Für Cate und John. Endlich.

PROLOG

Er … er war einfach verschwunden.

Susanna saß im feuchten Gras auf der Hangseite und starrte auf den Tunneleingang, der den Seelenfahrer namens Tristan verschluckt hatte. Eigentlich hatte sie hier nichts zu suchen – vor dem Tunnel herumzutrödeln und ihre nächste Seele warten zu lassen, war streng verboten –, aber sie hatte gesehen, wie Tristan in die falsche Richtung gegangen war.

In die Welt der Lebenden – er und seine Seele. Und wie er dort verschwunden war.

Es gab nur eine Erklärung dafür, die aber schlicht undenkbar war, und genau das ließ ihr keine Ruhe. Sie saß schon ziemlich lange hier – obwohl Zeit im Niemandsland ein relativer Begriff war – und hatte noch immer keine bessere Antwort gefunden als eben diese, die ihr kalte Angstschauer über den Rücken jagte und zugleich so verheißungsvoll war.

Irgendwie musste Tristan eine Tür in die Welt der Lebenden entdeckt haben.

Und irgendwie war er auch hinübergekommen.

Er war ein Seelenfahrer, so wie sie selbst, und hatte seinen Posten verlassen. Susanna spürte, wie der Sog, der von ihrer nächsten Seele ausging, immer stärker wurde, wie er schmerzhaft an ihren Nerven zerrte, aber noch war sie nicht bereit, diesen Ort zu verlassen. Sah immer nur Tristans breite Schultern vor sich, seine wuschelige blonde Haarmähne, wie er abrupt von der Dunkelheit verschluckt wurde, als er einfach aus dem Niemandsland hinausmarschierte.

KAPITEL 1

Dylan schwebte in einem warmen Dunst. Ihre Augen waren geschlossen, sie lag flach auf dem Rücken, unter ihr ein dickes Polster, über ihr weiche Decken, die sie bis zum Kinn einhüllten. Es war schön und entspannt, wie in einem lichten Kokon, und am liebsten wäre sie bis in alle Ewigkeit so liegen geblieben.

Doch so viel Glück war ihr nicht vergönnt, denn um sie herum wurde es jetzt laut – mehrere Stimmen störten ihren Frieden und zumindest eine davon ließ sich nicht länger ausblenden.

»Wer bist du überhaupt, wenn ich fragen darf?« Joans Worte klangen eisig. Dylan kannte diesen Tonfall, hatte nur allzu oft damit Bekanntschaft gemacht, wenn auch ohne die Panik und Hilflosigkeit, die jetzt darin mitschwangen.

»Ich bin mit Dylan zusammen.«

Diesmal flogen ihre Augenlider auf, ohne dass sie es verhindern konnte. *Die Stimme!* Wegen dieser warmen, tiefen Stimme hatte sie das Niemandsland durchquert und mit Kreaturen gekämpft, die schlimmer waren als alles, was sie sich in der Welt der Lebenden jemals hätte vorstellen können. Es gab nichts, was sie nicht tun würde, um ihn …

Oder nein, halt – *genau das* konnte sie momentan nicht, weil ihr Hals in diesem steifen Plastikding feststeckte: den Kopf drehen und Tristan anschauen, sich mit eigenen Augen überzeugen, dass er da war. Sie versuchte es trotzdem, spannte ihre Muskeln an, bis ihr das harte Material in den Hals schnitt, und verdrehte dabei die Augen so weit nach oben, dass ihre Schläfen wild zu pochen anfingen. Es half nichts, Tristan blieb weiter außer Sicht.

»Ach ja?« Ein bleiernes Schweigen folgte, so voller Feindseligkeit und Misstrauen, dass sie sich innerlich krümmte. »Wie kommt es dann, dass ich noch nie was von dir gehört habe? Doktor, warum lassen Sie diesen jungen Mann zu meiner Tochter?« Joans Stimme wurde lauter, wütender. »Sie liegt hier bewusstlos. Er könnte alles mit ihr machen!«

Dylan hatte genug gehört. Sie wollte protestieren, so laut sie nur konnte, aber es kam nur ein schwaches Krächzen heraus. »Mum!«

Da ihr Sichtfeld auf die hässliche weiße Neonröhre über ihrem Kopf und die gebogene Vorhangstange um ihr Krankenhausbett herum beschränkt war, musste sie ein paar Sekunden warten, bis Joans Gesicht vor ihr auftauchte.

»Dylan? Du bist ja wach!«

Joan sah um Jahre gealtert aus. Ihre Augen waren blutunterlaufen, die tiefen Ringe darunter mit Mascara verschmiert. Ihr sonst so straffer Haarknoten hatte sich halb aufgelöst, einzelne Strähnen hingen ihr schlaff ins Gesicht. Sie trug ihre Schwesterntracht unter der ausgeleierten Strickweste, die sie, wie Dylan verwundert registrierte, schon angehabt hatte, als sie sich am Unfallmorgen voneinander verabschiedeten – oder vielmehr miteinander stritten.

Wie war das möglich? Nach Dylans Zeitgefühl mussten Tage vergangen sein, seit sie aus dem Tunnel gekrochen war und das Niemandsland durchquert hatte. Ohne Vorwarnung schossen ihr Tränen in die Augen, liefen über ihr Gesicht und verschwanden in ihrem Haar.

»Mum!«, wiederholte sie, ihr Gesicht schmerzhaft verzerrt, weil plötzlich alles wie Feuer brannte – ihre Augen, ihre Nase, ihre Kehle.

»Ist ja gut, mein Schatz, ich bin da.« Ihre linke Hand wurde von behutsamen Fingern umschlungen, und obwohl Joans Griff eiskalt war, fühlte Dylan sich getröstet.

Schniefend hob sie ihre andere Hand, um sich die Tränen abzuwischen – versuchte es zumindest –, aber der Schmerz, der dabei durch ihren Arm zuckte, raubte ihr den Atem. Keuchend versuchte sie den Kopf zu heben, aber nicht nur die Halskrause hinderte sie daran, sondern auch der Schultergurt, den ihr jemand angelegt hatte. Mühsam stemmte sie sich ein paar Zentimeter hoch – und selbst das tat entsetzlich weh.

»Bleib schön liegen, Schätzchen«, sagte Joan sanft. »Du bist im Krankenhaus. Du hattest einen schweren Unfall und musst jetzt ganz still liegen.« Behutsam drückte sie Dylans rechte Hand. »Du hast einen Tropf an deiner anderen Hand. Am besten, du …« Joans Stimme wurde brüchig, »… du bleibst einfach so still liegen, wie du eben kannst, in Ordnung?«

Nein, nichts war in Ordnung. Dylan fühlte sich völlig hilflos, so flach auf dem Rücken liegend. Und vor allem – sie konnte Tristan nicht sehen.

»Ja, Dylan, bleib jetzt einfach liegen«, warf eine zweite Stimme geschmeidig ein. Ein Arzt mit einem Stethoskop um den Hals tauchte auf der anderen Bettseite in ihrem Blickfeld auf. Er sah genauso müde aus, wie Dylan sich fühlte, aber er lächelte. »Wir müssen erst sehen, wie gravierend deine Verletzungen sind, bevor wir dich aufstehen lassen. Möglicherweise hast du dir das Rückgrat verletzt, das heißt, wir müssen sehr vorsichtig sein.«

Panik erfasste Dylan, als die Erinnerung an den Zug in ihr aufstieg.

»Und meine Beine?«, flüsterte sie.

Mit einem Schlag kam alles zurück – das schreckliche Erwachen, als sie hilflos unter den Trümmern des Zugwracks gelegen hatte, als ihr bei jeder Bewegung der Schmerz wie Feuer durch die Beine schoss. Jetzt war da … nichts mehr. Ein Meer von Taubheit. Sie versuchte, mit den Zehen zu wackeln, konnte aber nicht sagen, ob sie sich bewegten.

»Sie sind noch da.« Der Arzt hielt beruhigend beide Hände hoch, das aufmunternde Lächeln wie angeklebt in seinem Gesicht. Sie fragte sich einen Augenblick, ob er auch so aussah, wenn er einem Patienten etwas wirklich Schlimmes sagen musste. Und plötzlich hatte sein Lächeln gar nichts Tröstliches mehr für sie.

Er ließ eine Hand auf die Decke sinken und sie konnte nicht sagen, ob er ihr Bein berührte. Wenn ja, spürte sie es jedenfalls nicht.

»Ich … ich kann nicht …«

»Entspann dich, Dylan.« Das war leichter gesagt als getan. »Du musst keine Angst haben. Du bekommst starke Schmerzmittel, und wir mussten dir dicke Verbände anlegen, weil du ein paar tiefe Fleischwunden hast. Deshalb spürst du nichts, in Ordnung?«

Sie starrte den Doktor lange an, wägte die Wahrheit seiner Worte ab, dann atmete sie endlich aus.

»Ich komme in ein paar Minuten zurück, wenn du zum Röntgen gebracht wirst«, ließ der Arzt sie noch wissen. Er lächelte und entfernte sich aus ihrem abgeschirmten Bereich.

»Mum.« Sie schluckte, dann hustete sie ein bisschen. Ihre Kehle fühlte sich an wie Sandpapier.

»Hier.« Joan hielt ihr einen Plastikbecher hin, mit einem Strohhalm, der nur Zentimeter von ihren Lippen entfernt war. Gierig saugte sie das Wasser in sich hinein, aber Joan nahm ihr den

Becher weg, bevor sie auch nur annähernd ihren Durst gelöscht hatte. »Das reicht fürs Erste.«

»Mum«, wiederholte sie etwas energischer. Wieder versuchte sie, ihren Kopf zu heben, aber auch diesmal vergeblich. »Wo ist Tristan?«

Joans Lippen wurden schmal. Sie drehte leicht den Kopf weg, als sei ihr ein unangenehmer Geruch in die Nase gestiegen, und eine kalte Angst kroch in Dylans Herz.

»Ich dachte, ich hätte …« Mit aller Kraft bäumte sie sich gegen die Fesseln auf, die sie am Bett festhielten. »Wo …«

»Ich bin hier.« Diesmal hörte sie nicht nur Tristans Stimme, denn im selben Moment erschien sein Gesicht auf der anderen Seite des Betts, möglichst weit weg von Joan. Was vermutlich auch klug von ihm war, so wütend und feindselig, wie sie ihn anfunkelte.

Tristan. Erleichterung und Freude durchströmten Dylan wie ein klarer Bach. Er war hier. Er hatte es geschafft.

Sie hatten es beide geschafft.

Er machte Anstalten, ihre Hand zu nehmen – die mit dem unangenehmen Tropf in der Vene –, aber ein scharfes Schnauben von Joan stoppte ihn abrupt. Fast hätte sie geschrien. Sie *brauchte* seine Berührung, sehnte sich so sehr danach, dass sie den scharfen Schmerz ignorierte, der sofort wieder durch ihren Arm schoss. Keuchend vor Anstrengung hob sie die Hand und ließ ihre Finger in Tristans schlüpfen.

Er drückte sie ganz fest. Es tat weh, aber sie spürte, wie ihr Gesicht aufleuchtete.

»Du bist hier«, flüsterte sie.

Im selben Moment erinnerte sie sich, dass sie genau dieselben Worte schon einmal gesagt hatte, direkt nach dem Unfall, als die beiden Sanitäter sie aus dem Tunnel trugen. Und plötzlich war auch das überschäumende Glücksgefühl wieder da, ihn hier in der wirklichen Welt zu sehen, am Leben, heil und unversehrt, nachdem sie ihn schon verloren geglaubt hatte. Nachdem sie gedacht hatte, er sei ihr aus der Hand geglitten und allein zurückgeblieben. Neue Tränen purzelten ihr über die Wangen.

»Da, bitte! Siehst du es jetzt?« Joan griff über sie hinüber, um Tristans Hand wegzuschlagen. »Du regst sie nur auf. Lass meine Tochter los, sofort!«

»Nein! Mum!« Dylan klammerte sich an Tristans Finger und stieß mit ihrer freien Hand Joans Arm weg. »Hör auf!«

»Du hast sie ja förmlich verhext«, zischte Joan wütend über ihren Kopf hinweg. »Du hast ihre Hilflosigkeit ausgenutzt.«

»Mum!«

Joan funkelte Tristan an, ohne Dylan zu beachten. »Geh jetzt bitte«, sagte sie mit fester Stimme. Dann richtete sie ihren Blick über seine Schulter hinweg auf den Arzt, der außerhalb von Dylans Blickfeld stand: »Er gehört nicht zur Familie, er hat kein Recht, hier zu sein.«

»Schwester McKenzie«, fing der Arzt an, aber Joan fiel ihm abrupt ins Wort.

»Nein, ich kenne die Regeln. Ich arbeite seit acht Jahren hier. Ich weiß nicht, wer diesen Jungen hereingelassen hat, aber …«

»Geh nicht«, flehte Dylan, ganz auf Tristan konzentriert, der ebenfalls keine Notiz von Joan nahm, sondern ihre Hand noch immer in seiner hielt. Seine leuchtend blauen Augen verschlangen sie förmlich, als wollte er sich ihre Gesichtszüge für immer und ewig in allen Einzelheiten einprägen.

Er drückte ihre Hand noch fester, bis der Schmerz durch ihren Körper fuhr, und schüttelte kaum merklich den Kopf. »Ich gehe nirgends hin.«

Joan schrie weiter auf den Arzt ein, aber Dylan nahm nichts

davon wahr, solange Tristan sie anschaute. Sie wagte kaum zu blinzeln, aus Angst, dass er verschwinden könnte. Ins Niemandsland zurückgerissen, um seinen endlosen Job wieder aufzunehmen. Irgendwie konnte sie es immer noch nicht fassen, dass er seinen Seelenfahrerpflichten so leicht entkommen war.

»Unglaublich, dass du hier bist«, flüsterte sie ihm zu.

»Warum? Wo soll ich sonst sein?« Er warf ihr ein schiefes Lächeln zu, runzelte verwirrt die Stirn.

»Du weißt schon, wie ich es meine.«

»Wir gehören zusammen.« Tristan rückte noch näher. »Wo du bist, werde auch ich sein.«

»Gut.« Sie lächelte, hoffte wider besseres Wissen, dass es tatsächlich so leicht war, wie er sie glauben machen wollte. Sie warf einen Blick zu Joan, die mit verkniffenem Gesicht dastand, die Hände erbost in die Hüften gestemmt.

»Mum.«

Keine Reaktion von Joan.

»Mum!«

Wieder nichts.

»Joan!«

Das wirkte.

Abrupt drehte sie sich zu ihr um, streitlustig wie eh und je. »Dylan …«

»Ich will, dass Tristan bleibt.« Sie war nicht so dumm wie der Arzt vorhin – sie ließ ihre Mum gar nicht erst zu Wort kommen. »Wenn er nicht bleiben darf, will ich dich auch nicht hier haben.«

Joan taumelte zurück, als hätte sie sie geschlagen. »Ich bin deine Mutter, Dylan!«

»Ist mir egal.« Was nicht stimmte – der verletzte Blick ihrer Mutter schnürte ihr die Kehle zu. Aber sie blieb unerbittlich: »Ich will Tristan.«

»Also …« Ausnahmsweise fehlten Joan die Worte. Sie blinzelte ein paarmal heftig, den Tränen nahe, wie Dylan erschrocken feststellte. Ihre Mum hatte noch nie in ihrer Gegenwart geweint – kein einziges Mal. Der Anblick war so schrecklich, dass ihr Magen sich verknotete, als hätte sie ein Schlangennest im Bauch. Sie musste ihre ganze Kraft aufbieten, um nicht klein beizugeben.

Dann platzten zwei Pfleger herein, ohne die angespannte Atmosphäre im Raum auch nur wahrzunehmen.

»Wir sollen hier jemanden zum Röntgen abholen.«

Einen Augenblick herrschte Schweigen, bis der Arzt sich offenbar wieder gefangen hatte.

»Ja, richtig«, sagte er und atmete sichtlich auf. »Dylan hier.« Er deutete unnötigerweise in ihre Richtung.

Die Pfleger gingen um das Krankenhausbett herum, lösten die Bremsen und rollten sie hinaus, samt Tropf und allem Drum und Dran.

Sie atmete auf, als Tristan und Joan aus ihrem Blickfeld verschwanden, war aber andererseits ziemlich nervös bei dem Gedanken, was Joan alles von sich geben würde, wenn sie nicht dabei war, um notfalls einzugreifen. Womöglich ließ sie Tristan aus dem Krankenhaus hinauswerfen oder sogar verhaften? Einer der beiden Pfleger schien ihre Angst zu spüren und sagte beruhigend: »Keine Sorge, wir sind gleich da – die Röntgenabteilung ist direkt um die Ecke.«

Was ihr nicht wirklich half. Je weiter sie sich von Tristan entfernte, desto schlechter fühlte sie sich, desto stärker wurden die Schmerzen. Was, wenn er nicht mehr da war, wenn sie zurückkam?

Nein. Er ließ sie nicht im Stich. Das hatte er versprochen.

Der Röntgentechniker war effizient und kurz angebunden, die Röntgenassistentin redete erst gar nicht mit ihr. Was auch schon egal war, weil Dylan ihre ganze Kraft aufbieten musste, um sich nicht zu übergeben. Der Schmerz in ihren Beinen flammte wieder auf, und sie konnte es kaum erwarten, auf die Station zurückzukommen, um sich von den Schwestern ein Schmerzmittel geben zu lassen.

Auf dem Rückweg durch die Krankenhausflure wurde es seltsamerweise besser, und als die beiden Pfleger ihr Bett endlich wieder an seinem Platz abstellten, spürte sie kaum noch etwas.

Joan lief wie ein Tiger im Käfig hin und her und Tristan war zum Glück auch noch da. Er hockte zusammengesunken auf einem Metallstuhl, kreideweiß im Gesicht. Wahrscheinlich hatte ihre Mum ihm die ganze Zeit die Hölle heißgemacht. Dylan suchte seinen Blick, sah die Besorgtheit in seinen Augen.

Zumindest hatte Joan ihn nicht weggeschickt.

»Wie geht's dir? Hat der Doktor was gesagt?« Joan stürzte an ihr Bett und gluckte um sie herum, ehe Tristan auch nur die Chance hatte, von seinem Stuhl aufzuspringen.

»Ich hab mit keinem Doktor gesprochen«, wehrte Dylan ab. »Da waren nur zwei Röntgenassistenten, und die haben mir nichts gesagt.«

»Ach ja, natürlich, wie dumm von mir.« Joan schüttelte den Kopf über sich selbst. Das hier war ihr Arbeitsplatz, also musste sie die Abläufe doch kennen. »Vielleicht sollte ich mal …« Sie reckte den Hals und spähte durch die offene Tür auf den Flur hinaus. Wahrscheinlich überlegte sie, ob sie kurz hinausgehen und einen Arzt abfangen sollte, um Dylan ganz oben auf die Dringlichkeitsliste setzen zu lassen. Doch dann fiel ihr Blick wieder auf Tristan. »Wir warten einfach noch, ja, mein Schatz? Wird nicht lange dauern.«

Dylan konnte ihre Enttäuschung kaum verbergen. Nicht nur, weil sie wissen wollte, was mit ihren Beinen war, sondern weil sie Joan für ein paar Minuten aus dem Zimmer haben wollte, um ungestört mit Tristan sprechen zu können. Sie konnte ihr Glück immer noch kaum fassen – er war wirklich da, hier bei ihr im Krankenhaus, statt wie bisher zielstrebig über die Wiesen und Hügel des Niemandslands zu wandern.

Sie warteten, ohne viel zu reden. Joan gluckte um Dylan herum, gab ihr Wasser zu trinken, klopfte ihre Kissen auf und versuchte, ihr Haar zu entwirren, bis Dylan sie schließlich wegscheuchte. Nach einer gefühlten Ewigkeit tauchte endlich der Arzt auf, derselbe wie vorhin, und er wirkte noch erschöpfter und gestresster, falls das überhaupt möglich war.

»Haben Sie die Ergebnisse, Dr. Hammond?« Joan kam sofort zur Sache.

Dr. Hammond verzog einen Augenblick das Gesicht, dann riss er sich zusammen und setzte wieder seine professionelle, beschwichtigende Miene auf. »Also, ich habe mit dem Radiologen gesprochen, und er hat mir bestätigt, was wir bereits vermutet hatten«, fing er an. »Das rechte Bein ist gebrochen.«

»Ist es ein glatter Bruch?«, fragte Joan.

Eine unheilvolle Pause entstand. Dylans Magen verknotete sich wieder vor Angst – das hieß also offensichtlich Nein.

»Es sind multiple Brüche, Schwester McKenzie. Wir müssen operieren und eine Platte einsetzen, bis es verheilt ist.«

»Eine Operation«, flüsterte Joan, der alles Blut aus den Wangen gewichen war.

»Mum?«, wimmerte Dylan. Die Reaktion ihrer Mum versetzte sie in helle Panik.

»Nicht aufregen, mein Schatz, alles wird gut.« Joan stürzte sofort an ihr Bett zurück, ein angespanntes Lächeln im Gesicht.

»Das ist eine Routineoperation, Dylan«, sagte der Arzt schnell. »Du brauchst keine Angst zu haben. Allerdings gibt es noch andere Komplikationen …«

»Doktor?« Joan sog die Luft ein.

»Wir haben auch in deinem linken Bein einen Bruch entdeckt, nur ein ganz feiner Riss, für den du keinen Gips brauchst, aber du darfst das Bein nicht belasten, bis es verheilt ist.«

»Beide Beine! Dann sitze ich ja im Rollstuhl!« Dylan schauderte.

»Ach, das wird schon alles.« Joan drückte ihr beruhigend die Schulter. »Ich bin ja da und helfe dir.«

»Und Tristan«, fügte Dylan schnell hinzu, ohne ihre Mum aus den Augen zu lassen. Tristan hielt sich irgendwo am Rand ihres Blickfelds. »Er hilft mir. Er kann bei uns wohnen.«

»Nein!«, bellte Joan entrüstet.

Der Arzt räusperte sich und hatte es plötzlich eilig, aus dem Zimmer zu kommen, um nicht in den drohenden Streit hineingezogen zu werden. »Ich sehe noch mal nach dir, sobald ich weiß, wann wir dich im OP einschieben können«, sagte er und verschwand schnell zur Tür hinaus, während Joan sich wieder Dylan zuwandte.

»Ich will ihn nicht im Haus haben. Er ist …« Dylans Augen wurden schmal und Joan bremste sich gerade noch. »Wir brauchen ihn nicht«, beendete sie ihren Satz in betont ruhigem Tonfall.

Tristan kam an ihr Bett und stellte sich vorsichtshalber auf die andere Seite, gegenüber von Joan. »Ich helfe gern«, sagte er einfach. Seine ruhige Stimme und entspannte Haltung standen in scharfem Kontrast zu seinen Händen, die das Bettgeländer so fest umklammerten, dass die Knöchel weiß hervortraten. Dylan streckte ihren Arm aus, bekam eine Hand frei und schlang ihre Finger um seine.

»Nein«, wiederholte Joan. »Wir kommen allein zurecht. Ich nehme mir eine Zeit lang von der Arbeit frei und …«

»Aber es wird Wochen dauern, bis Dylan wieder auf den Beinen ist, Mrs McKenzie«, unterbrach Tristan sie leise. »Wahrscheinlich sogar Monate.«

Einen Augenblick blieb es still im Raum, während Joan förmlich mit den Zähnen knirschte und Dylan ein triumphierendes Lächeln unterdrückte. So lange konnte ihre Mum unmöglich zu Hause bleiben. Selbst wenn das Krankenhaus ihr freigeben würde, konnte sie es sich nicht leisten, wochenlang auf ihr Gehalt zu verzichten.

»Und außerdem, Mum, wohnen wir im zweiten Stock, schon vergessen? Ich glaube kaum, dass du stark genug bist, um mich zwei Treppen rauf- und runterzutragen!«

Wieder vergingen zwei, drei spannungsgeladene Sekunden, bis Joan sich zu Tristan umdrehte. »Aber du schläfst auf der Couch, verstanden?« Sie spuckte die Worte förmlich aus.

KAPITEL 2

Der Mann weinte. Susanna schaute zu, wie er sein Gesicht verzog und in sich zusammenfiel, wie seine Hände unablässig das Taschentuch kneteten, an das er sich klammerte wie an eine Notfalldecke. Wie war noch mal sein Name? Michael. Genau. Er hieß Michael.

Sie starrte ihn an, konnte nur hoffen, dass ihr Gesicht nicht verriet, wie komplett gleichgültig er ihr war. Dieser Michael konnte bitten und betteln, soviel er wollte. Er konnte weinen und schluchzen und schreien, er konnte sich auf den Boden werfen und mit Händen und Füßen auf den dünnen, hässlichen Teppich einschlagen, das würde nichts ändern. Er war tot und damit basta.

Warum dieses ganze Theater? Er war doch schon so lange krank gewesen, und als sie zu ihm in die Klinik kam, hatte er sofort Bescheid gewusst. Keine Tricks nötig bei ihm, keine langen Geschichten, um ihn fortzulocken. Sie hatte es nicht mal für nötig gehalten, ihr Aussehen für diese Seele zu verändern. War einfach »sie selbst« geblieben. Das heißt, sie hatte das Gesicht beibehalten, das ihr zu Beginn ihrer Laufbahn als Seelenfahrerin verliehen worden war. Als sie zum ersten Mal sehen, denken, fühlen konnte. Es war das Gesicht einer jungen Frau, die sie gern gewesen wäre, sollte ihr etwas derart Unerreichbares jemals bestimmt sein. Groß, hübsch, dunkelhaarig, mit dunklen Augen.

Ein Gesicht, das sie mindestens zehn Jahre jünger wirken ließ als Michael, obwohl der kein Wort darüber verlor.

Die Worte sparte er sich für den Moment auf, als sie endlich aufbrachen. Und das auch nur, um die ganze Zeit herumzujammern, dass er noch nicht bereit sei. Mehr Zeit brauche. Dass er nicht alles gemacht habe, was ihm noch vorschwebe.

Tja, Pech gehabt. Dieser Mann hatte mehr Warnzeichen erhalten als die meisten anderen Seelen. Sie wusste genug über ihn, um sich zusammenreimen zu können, dass er sein Leben erst durch die Krankheit wirklich schätzen gelernt hatte. Aber egal – er war selber schuld, wenn er die Zeit, die ihm zustand, nicht gut genutzt hatte.

Auf jeden Fall fing dieser erste Tag höchst unerfreulich an. Michael hatte in einer kleinen Community in der Wildnis von Kanada gelebt und war im tiefsten Winter seiner Krankheit erlegen. Eisige Winde hatten sie auf ihren ersten Schritten ins Niemandsland empfangen, es schneite unablässig, bis der Boden fast ganz unter einer dicken weißen Decke verschwunden war. Nicht lange, und sie hatten die letzten Echos der wirklichen Welt hinter sich gelassen und stapften über niedrige Hügel, die sich unter den hohen Schneewehen zu wahren Gebirgen auftürmten. Obwohl das erste Schutzhaus nicht weit entfernt war, hatten sie die Strecke kaum vor Einbruch der Dunkelheit geschafft. Stapf, stapf, stapf. Jeder Schritt ein Kampf gegen die Elemente, die das Niemandsland aufbot, um Michael in den Tod zu führen.

Susanna fror nicht wirklich, aber Michaels pausenloses Jammern zerrte an ihren Nerven, war wie ein lästiges Krabbeltier unter ihrer Haut. Und vor allem hatte er sie von dem einzigen Wesen abgelenkt, an das sie gar nicht genug denken konnte: Tristan.

Sie hatte ihn sofort erkannt, als er mit seiner Seele zielstrebig in die falsche Richtung marschiert war. Sie hätte ihn auf jeden

Fall erkannt – an seinem Energiepotenzial, jener Signatur, die ausschließlich Tristan war –, selbst wenn er nicht das Gesicht getragen hätte, das sie schon mehr als einmal an ihm gesehen hatte. Sehr oft sogar. Leuchtend blaue Augen, ausgeprägte Wangenknochen. Eine eigenwillige, vielleicht sogar etwas störrische Kinnpartie. Ein starkes Gesicht. Stark und entschlossen.

Tristan war in den Tunnel gegangen, direkt am Rand des Niemandslands seiner Seele, und seitdem hatte sie ihn nicht wiedergesehen.

Er war tatsächlich fort. In der Welt der Lebenden.

Den ganzen Tag hatte sie mit dieser Tatsache gerungen. Denn dass es die Wahrheit war, wusste sie, wusste es im tiefsten Inneren. Die Frage war nur, wie? Wie hatte er es gemacht? Der Übertritt auf die andere Seite war für einen Seelenfahrer schlicht unmöglich. Undenkbar. Selbst wenn er eine Seele an dem Ort abholte, an dem sie gestorben war, betrat er nie wirklich das Land der Lebenden. Niemals durfte er etwas berühren oder von anderen gesehen werden, die noch am Leben waren. Die Seele, die er abholte, war im Moment ihres Todes bereits übergetreten. Es geschah unmerklich, augenblicklich. Nahm nicht einmal die Dauer eines Herzschlags in Anspruch – sofern das Herz des frisch Verstorbenen noch geschlagen hätte.

Wie also hatte er es gemacht? Immer wieder wälzte sie diese Frage in ihrem Kopf herum, während sie ein mageres Feuer in der Blockhütte anfachte, die ihnen als erstes Schutzhaus diente.

Und natürlich hatte Tristan das herausgefunden und kein anderer, was Susanna nicht überraschte. Tristan war anders, schon immer. Besonders. Er war für etwas Besseres bestimmt – nicht für dieses öde Halbleben.

Seit er fort war, spürte sie es umso deutlicher. Die Lücke, die er hinterlassen hatte. Eine Lücke, die ihr in jedem Moment bewusst war. Als fehlte ein winziges Stück ihrer Seele. Was natürlich dumm war, denn sie hatte ja gar keine Seele. Trotzdem vermisste sie Tristan. Vermisste seine Gegenwart irgendwo in ihrer Nähe. Er hatte immer eine Route parallel zu ihrer eigenen genommen, wenn sie ihre jeweiligen Niemandsländer durchquert hatten: tröstlich, stark.

Also wie hatte er es gemacht?

Und … konnte sie ihm folgen?

»Morgen müssen wir schneller gehen«, sagte sie zu Michael, der pausenlos vor sich hin jammerte und murmelte. »Da draußen lauert nichts Gutes im Dunkeln – Kreaturen, die du nicht im Nacken haben willst, glaub mir.«

Durch die Wände der kleinen Blockhütte, in der sie sich für die Nacht verschanzt hatten, drang unablässig gedämpftes Stöhnen und Heulen, das sich mit dem Wind vermischte. Geister. Dämonen, die Michaels Verletzlichkeit spürten, seine Schwäche, seine Feigheit. Und sie versammelten sich.

KAPITEL 3

Tristan umklammerte die Griffe von Dylans Rollstuhl vor dem Mietshaus draußen, während Joan hektisch am Türschloss herum fingerte, sodass die Schlüssel laut in der Stille klapperten. Sie war immer noch wütend, das konnte er an ihrem stocksteifen Rücken sehen. Er musste verdammt vorsichtig sein.

Joan brauchte ihn – vorläufig jedenfalls.

Aber sie wollte ihn weghaben.

Das Wartezimmer im Krankenhaus war nicht der ideale Ort gewesen, um einen guten ersten Eindruck zu machen. Und schon gar nicht der ideale Zeitpunkt. Er hatte sich eine Ausrede für sein unerwartetes Auftauchen zurechtgelegt, war aber ins Stottern geraten, als er sich in die Ecke gedrängt fühlte. Er wusste, dass später noch ein paar unbequeme Fragen auf ihn warteten.

Jetzt …

Joan öffnete die Tür und er schob Dylans Rollstuhl in den dunklen Flur des Gebäudes. Über ihm ragte das Treppenhaus auf – sie mussten Dylan zwei Stockwerke hinauftransportieren.

»Also gut, du hebst sie hoch, aber vorsichtig, und ich nehme den Rollstuhl.«

Er beugte sich hinunter, um Dylan aus ihrem Rollstuhl herauszuhelfen, und spürte bei jeder Bewegung Joans wachsame Blicke auf sich.

»Leg deine Arme um meinen Hals«, sagte er leise, während er eine Hand um ihre Schultern gleiten ließ und die andere behutsam unter ihre Beine schob, um sie hochzuheben. Ihr Gewicht lastete unerwartet schwer auf seinen Schultern und seinem Rücken, als er sich wieder aufrichtete.

»Lass mich ja nicht fallen!«, krächzte Dylan.

»Nein, natürlich nicht«, versicherte er ihr. Und er würde sein Versprechen auch halten – aber entweder war die Schwerkraft hier anders als im Niemandsland oder er selbst hatte sich verändert. Im Niemandsland war er stark gewesen. Stark genug, um den Dämonen zu entkommen und Seelen jeglicher Form und Größe durch das erbarmungslose Gelände zu lotsen.

Jetzt dagegen besaß er nur noch die Kraft eines gewöhnlichen Sechzehnjährigen, der er ja auch war. Einzig sein Stolz und die Angst, Dylan zu verletzen, hielten ihn davon ab, stehen zu bleiben und zu verschnaufen, als er die Stufen zum zweiten Stock hinaufstieg.

Joan blieb ihm mit dem sperrigen Rollstuhl dicht auf den Fersen und half ihm, Dylan abzusetzen, bevor sie die Tür zu ihrer Wohnung aufsperrte.

Er kannte Dylans Zuhause natürlich aus ihren Erinnerungen. Und trotzdem war es seltsam, ihren schwachen Geruch einzuatmen, vermischt mit der stickigen Feuchtigkeit, die sich ins Wohnzimmer eingeschlichen hatte. Er streckte eine Hand aus und strich kurz über das erhaben geprägte Muster der Raufasertapete an den Flurwänden. Seine Fingerspitzen kribbelten. Im Prinzip war es kaum anders als bei all den Wänden, die er bisher berührt hatte, und dennoch nicht dasselbe. Weil das hier Wirklichkeit war. Diese Tapete war – vor langer Zeit, wenn er sich nicht täuschte – sorgfältig unter zahlreichen anderen ausgewählt und an den Wänden angebracht worden, um ein schönes Zuhause entstehen zu lassen.

Plötzlich riss er seine Hand zurück und hustete, überwältigt von einer Gefühlsaufwallung, die so stark war, dass es ihm die Brust zuschnürte.

»Ist was mit dir?«, flüsterte Dylan, als Joan im Wohnzimmer verschwand und sie kurz allein ließ.

»Nein, alles gut«, wehrte er ab. »Um mich brauchst du dir keine Sorgen zu machen.«

Was nicht gelogen war. Ihm ging es prächtig. Er war am Leben. Blut strömte durch seine Adern, ein Herz schlug in seiner Brust. Am liebsten hätte er lauthals gelacht, gesungen und geschrien. Er musste sich beherrschen, um Dylan nicht aus ihrem Rollstuhl zu reißen, sie in den Arm zu nehmen und übermütig mit ihr im Kreis herumzuwirbeln.

Stattdessen schob er sie langsam und vorsichtig ins Wohnzimmer, wo Joan bereits auf sie wartete.

»Ich muss noch ein paar Sachen aus dem Supermarkt holen«, verkündete sie. »Bin gleich wieder da.« Mit schmalen Augen schaute sie von ihm zu Dylan und wieder zurück. »Dylans Zimmer ist natürlich tabu für dich, wenn ich nicht in der Wohnung bin. Ohne jede Ausnahme.«

Er nahm ihre grimmige Miene in sich auf, die fest zusammengepressten Lippen.

»In Ordnung«, sagte er, obwohl er nicht die Absicht hatte, sich an diese Regel zu halten. Aber wenn es Dylans Mum beruhigte und ihm zugleich ein paar kostbare Minuten mit Dylan allein verschaffte, war er bereit, zu allem Ja zu sagen.

Joan machte diese schnelle Kapitulation sichtlich misstrauisch, aber sie fegte ohne weitere Kommentare hinaus, hielt nur kurz inne, um ihre Hand leicht auf Dylans Schulter zu legen. Dylan beachtete sie nicht, schien nicht zu merken, wie viel Erleichterung und Besorgtheit in dieser winzigen Geste lag. Ihm dagegen entging es nicht. Er wusste von Dylans schwieriger, konfliktreicher Beziehung zu ihrer Mutter – sie hatte es ihm in ihren langen Nächten im Niemandsland erzählt – und dennoch war die Liebe zwischen ihnen deutlich zu spüren.

Der Augenblick ging vorüber und Joan verließ das Zimmer.

Endlich waren sie allein. Tristan und Dylan. Nur sie beide.

Er konnte nicht anders, beugte sich über den Rollstuhl und nahm sie in den Arm. Dann schmiegte er sein Gesicht in ihre Halsbeuge und ließ sanft seinen Atem hineinströmen. Spürte ihre Haut, ihren Körper warm und lebendig an seinem.

»Tristan«, hauchte sie. Ihre Hände griffen zu ihm hoch, um ihn noch enger an sich zu ziehen. Es war unbequem – der Rollstuhl bohrte sich in seinen Magen, seine Knie wurden gegen das hintere Rad gepresst –, aber er schaffte es, absolut stillzuhalten und sich keinen Millimeter zu bewegen. Es war perfekt. Wie im Himmel. Und einen Augenblick glaubte er fast, dass ihm das alles genommen würde, wenn er auch nur einen Muskel regte. Ein einziges Blinzeln und er würde im Niemandsland wieder zu sich kommen. Allein.

Er war so versunken in diesen Moment, dass er nicht gleich bemerkte, wie Dylans Schultern bebten. Erst als er ihr leises, ersticktes Atemgeräusch hörte, wurde ihm klar, dass sie weinte.

»Dylan? Hab ich dir wehgetan?« Erschrocken löste er sich von ihr, wirbelte um den Rollstuhl herum und kniete sich vor ihr nieder. Besorgt suchte er ihren Blick. »Tut mir leid, Süße. Ich wollte nicht …«

Sie schüttelte so wild den Kopf, dass ihm die restlichen Worte im Hals stecken blieben.

»Das ist es nicht.« Ihre Stimme klang zittrig und brüchig. »Ich … es ist nur … ich kann es einfach nicht glauben. Dass du hier bist. Wirklich hier.« Sie lachte, verschluckte sich fast dabei.

»Du stehst in unserem schrottigen alten Wohnzimmer. Das ist doch der Wahnsinn!«

»Na ja, streng genommen knie ich.« Er riskierte ein winziges Lächeln und strich eine verirrte Haarsträhne hinter ihr Ohr.

»Ach, hör auf.« Sie boxte ihn spielerisch gegen die Schulter, dann beugte sie sich vor und legte ihre Stirn an seine Brust, so weit es ihr mit dem sperrigen Gipsbein möglich war, das wie ein Hebebalken vor ihr in die Luft ragte. Tristan strich ihr sanft über den Rücken, sorgfältig darauf bedacht, nicht mit ihren Verbänden in Berührung zu kommen.

Dylan war so mitgenommen, so schwer verletzt. Schaudernd dachte er daran, wie sie auf dieser schrecklichen Trage aus dem Tunnel gebracht worden war. Und da war er nun, heil und unversehrt, während sie mit Verletzungen zu kämpfen hatte, die sie normalerweise umgebracht hätten. Nein, *hatten*.

Und er war schuld daran – nur für ihn hatte sie das alles in Kauf genommen.

»Ich liebe dich«, flüsterte er ihr ins Haar.

Sie stieß einen unartikulierten Laut aus und hob den Kopf, um ihm in die Augen zu sehen.

»Ich dich auch.« Sie lächelte, ihre Augen strahlten. »Ich hab's dir ja gesagt.«

»Was?«, fragte er verwirrt.

»Okay, ich reibe es dir nur dieses eine Mal unter die Nase, Ehrenwort … na ja, vielleicht auch zweimal.« Dylan lachte. »Aber ich hab dir ja gesagt, dass es funktioniert!«

»Ach so. Ja, klar, hast du.« Er verzog den Mund zu einem reumütigen Grinsen. »Also gut, wenn das so ist, kann ich ja auch zugeben, dass ich unrecht hatte.« Er grinste noch breiter. »Umso mehr, als außer dir niemand was davon erfahren wird.«

Er blickte sich im Zimmer um, fasste die schäbige, durchgesessene Couch, die mit ein paar neuen Kissen aufgehübscht war, ins Auge.

»Okay, dann helfe ich dir jetzt aus diesem elenden Rollstuhl raus.«

»Ja, gut.« Sie legte beide Hände auf die Armlehnen, um sich hochzustemmen, aber er drückte ihr eine Hand auf die Schulter, um sie zu stoppen.

»Ich hab dich«, sagte er.

»Ich weiß«, gab sie lächelnd zurück.

Wieder spannte er jeden einzelnen Muskel an, während er im Stillen seinen neuen menschlichen Körper verfluchte. Dann hob er sie hoch und setzte sie langsam und vorsichtig in den Kissen ab. Als er sich aufrichten wollte, packte sie seine Hand und zog ihn zu sich herunter.

Er sträubte sich nicht dagegen – schließlich gab es nichts, was er lieber gemacht hätte. Je enger er mit ihr zusammen war, desto besser.

»Und? Wie fühlst du dich?«, fragte Dylan leise.

»Wie *ich* mich fühle?« Er drehte sich um und warf ihr einen verständnislosen Blick zu. »*Ich* bin doch nicht das Unfallopfer!«

»Ja, klar.« Sie schwenkte eine Hand in der Luft, als spielte das keine Rolle. »Ich meine, wie du dich *hier* fühlst? Ist es irgendwie anders? Fühlst du dich lebendig? Also … fest. Aus Fleisch und Blut?«

Der Druck ihrer Hand verstärkte sich leicht, als befürchtete sie, er könnte sich jeden Moment in Luft auflösen. Um sie zu beruhigen, erwiderte er ihren Händedruck.

»Ja, schon«, sagte er. »Fest genug. Und …« Er runzelte die Stirn, weil es ihm zum ersten Mal bewusst wurde. Dieser Druck in den Schläfen, die Schwere hinter seinen Augen. Und ein seltsam nagendes Gefühl im Magen. »… müde, glaube ich, aber mein Magen … ich denke, ich bin hungrig.« Wieder dieses ungewohnte Ziehen. »Verdammt hungrig sogar. Oh Mann, was für ein grässliches Gefühl.«

»Da musst du wohl warten, bis Mum zurückkommt und was Anständiges auf den Tisch bringt«, sagte Dylan. »Aber vielleicht findest du ein paar Kekse oder so in der Küche.«

Er ging in die Küche und entdeckte Joans altmodische Keksdose auf der Mikrowelle. Er nahm eine Handvoll Kekse mit ins Wohnzimmer und gab Dylan die Hälfte davon.

»Schokokekse.« Sie rümpfte die Nase. »Nicht gerade die beste Sorte, aber besser als nichts. Wenigstens füllen sie das Loch im Magen.«

Sie stopfte sich einen Keks ganz in den Mund, kaute gierig und schluckte ihn hinunter. Er schaute ihr zu, dann starrte er auf die drei Kekse in seiner Hand. Der Schokoladenguss schmolz in seinen Fingern.

Dylan beobachtete ihn neugierig, ehe sie endlich den Mund öffnete. »Du hast nicht versucht, im Krankenhaus was zu essen?«

Langsam schüttelte er den Kopf, ohne die Kekse aus den Augen zu lassen.

»Deine Mum hat mir was angeboten, aber ich … ich hatte zu viel Angst um dich, um an Essen zu denken. Ich hab ein bisschen Wasser getrunken, aber …«

»Weißt du überhaupt, wie das geht?«

Abrupt hob er den Kopf, um zu checken, ob sie sich über ihn lustig machte, aber sie meinte es ernst.

»Klar weiß ich, wie es geht. Es ist nur …«

»… ein großer Moment«, ergänzte Dylan seinen Satz. Ihr linker Mundwinkel zuckte nach oben. »Tut mir leid, dass ich dir nichts Besseres als diese billigen Supermarktkekse anbieten kann.«

»Ach, kein Problem.« Er starrte noch immer auf seine Kekse.

»Und Schokolade soll ja was Gutes sein, hab ich mir sagen lassen …«

Um das Ganze nicht noch länger hinauszuzögern – er hätte sich sonst eingestehen müssen, dass ihm ziemlich mulmig dabei war –, hob er den Keks an seinen Mund und biss ein winziges Stück davon ab, das an seinen Lippen zerbröselte. Er kaute und die Süße darin überflutete förmlich seine Zunge. Speichel sammelte sich in seinem Mund und vermischte sich mit dem Keksbrei, bis er den Drang verspürte, alles hinunterzuschlucken. Er hielt inne, darauf gefasst, dass der Keksklumpen in seiner Kehle stecken bleiben würde, aber nichts dergleichen. Nur die Gier nach mehr. Ehe er wusste, wie ihm geschah, leckte er sich die restliche Schokolade von seinen Fingern ab.

»Und?«, hakte Dylan nach und schaute ihn prüfend an.

»Ich glaube, ich mag Schokolade.«

Woraufhin sie den Kopf zurückwarf und in schallendes Gelächter ausbrach.

»Wir hätten nicht mit was Schokoladigem anfangen sollen – jetzt wird dir alles andere langweilig dagegen vorkommen.« Sie legte den Kopf schief, eine winzige Falte zwischen den Augenbrauen, und fügte nachdenklich hinzu: »Aber Pizza wirst du auch mögen, jede Wette. Und Chips. Chips sind super.«

Einen Augenblick blieb es still im Zimmer, bis Dylan wieder seine Hand nahm. »Und? Bist du froh, dass du hier bist?« Wieder hielt sie inne. »Meinst du, es war richtig, was wir gemacht haben?«

»Ist das dein Ernst?« Er wartete, bis sie seinen Blick auffing und zögernd nickte. »Ich möchte nirgendwo anders sein, Dylan. Das schwöre ich dir.«

Er bekam ein hinreißendes Lächeln dafür, dieses wunderbare, selbstvergessene Lächeln, das er so sehr an ihr liebte. Es dauerte eine Weile, bis sie wieder den Mund aufmachte.

»Was hast du Joan gesagt? Über uns, meine ich. Als ich beim Röntgen war?«

»Ich hab ihr gesagt, dass ich dein Freund bin.« Er hielt kurz inne. »Sie wollte wissen, warum sie noch nie was von mir gehört hat, und ich hab ihr erzählt, dass du noch nicht bereit warst, mit ihr darüber zu sprechen, oder etwas in der Art. Ich glaube nicht, dass sie erfreut war.«

»Ja, und sie wird nicht lockerlassen«, prophezeite Dylan. »Sie wird so lange nachbohren, bis sie eine plausible Antwort von uns bekommt. Ich weiß nicht, was ich ihr sagen soll. Ich meine, echt jetzt – was zum Teufel sollen wir ihr erzählen? Die Wahrheit? Kannst du dir das vorstellen?«

»Schsch«, machte Tristan beschwichtigend. »Natürlich nicht, Baby – die Wahrheit kommt nicht infrage, das weißt du doch. Wir lassen uns was einfallen. Wir kriegen das schon hin.«

»Versprochen?«

»Versprochen.« Er zog sie an sich und legte seine Stirn auf ihren Kopf. »Wir denken später darüber nach. Im Augenblick will ich dich nur im Arm halten, sonst nichts.«

»Ist das alles?«, hauchte Dylan. Sie wand sich herum, hob ihr Gesicht, und er beugte sich bereits herunter, um sie zu küssen, bis er sah, wie ihre Züge sich schmerzhaft verzerrten.

»Was ist?« Erschrocken wich er zurück, sein Blick flog prüfend über ihren Körper.

»Nichts«, wehrte sie ab, obwohl ihr Gesicht kreideweiß war. »Alles gut.«

»Gar nicht gut. Du bist verletzt und musst dich schonen. Hier.« Er stand auf, klopfte die Kissen auf der Couch zurecht und drückte sie sanft hinunter. »Ruh dich aus, Dylan.«

»Ich will mich aber nicht ausruhen«, protestierte sie schmollend. »Ich will, dass du mich küsst.«

»Tu ich ja«, sagte er. »Aber erst, wenn es dir besser geht.«

»Da kann ich ja lange warten!«

Er lachte. »Na und? Ich geh nicht weg. Wir haben jetzt alle Zeit der Welt.«

Dylans empörtes Schnauben, ihr Gesicht, das so hinreißend enttäuscht aussah, warfen beinahe alle seine guten Vorsätze über den Haufen, aber dann kam Joan türenknallend zurück. Sekunden später tauchte sie mit hochrotem Kopf in der Wohnzimmertür auf, als wäre sie den ganzen Weg gerannt.

Ihre Augen verengten sich misstrauisch, als sie ihn neben Dylan auf dem Sofa sitzen sah.

»Du da«, kläffte sie ihn an. »Du kannst mir mal bei den Einkäufen helfen!«

»… ich glaube einfach nicht, dass es der richtige Moment ist … nein, ich finde das sehr egoistisch von dir … du hast ja keine Ahnung, was sie durchgemacht hat! … Wage es nicht, hier aufzutauchen! Du kannst dich nicht einfach in ihr Leben … Und wenn schon, es ist mir egal, ob sie dich vorher schon kontaktiert hat oder nicht – das ist jetzt alles anders … Sie ist nicht alt genug, um so eine Entscheidung zu treffen, sie ist doch erst fünfzehn …«

Dylan kauerte in ihrem Rollstuhl vor Joans Schlafzimmertür und hörte zu, wie ihre Mutter leise ins Telefon zischte. Es war keine Kunst, sich zusammenzureimen, mit wem sie da redete.

James Miller, ihr Dad, der in Aberdeen lebte. Der Mann, zu dem sie unterwegs gewesen war, als sie bei dem Zug-Crash ihr Leben verlor … und es dann wunderbarerweise wieder zurückbekam. Sie erinnerte sich genau daran, wie es sich angefühlt hatte, in den Zug zu steigen. An die Aufregung und Vorfreude, die durch ihre Adern rauschte wie Champagner. Sie hatte sich ausgemalt, wie er sein würde, was sie zusammen unternehmen würden. Ob sie ihm ähnlich sah und sich selbst in seinen Gesichtszügen wiederfinden würde oder nicht.

Damals hatte sie keine Antwort darauf erhalten. Stattdessen hatte das Schicksal sie in ein anderes Abenteuer gestürzt – eines, das sie zu Tristan geführt hatte, sodass sie es niemals bereuen würde, keine Sekunde lang. Es war schwer genug gewesen, diese Reise zu ihrem Dad durchzusetzen, alle Hindernisse zu überwinden, die Joan ihr in den Weg legte. Und jetzt wollte sie das Ganze auch zu Ende bringen, nachdem sie es so mühsam in Gang gesetzt hatte.

Ein Ruck ging durch ihren Körper und sie rollte wild entschlossen in Joans Zimmer, knallte mit ihrem Gipsbein die halb offene Tür beiseite.

»Dylan!« Erschrocken fuhr ihre Mum vom Bett hoch, wo sie gedankenverloren gesessen hatte.

»Wer war das?«

»Was?« Joan blinzelte sie verwirrt an.

»Wer war da am Telefon?«

Joan drückte abwehrend das Telefon an ihre Brust. »Nur eine Freundin … von der Arbeit.«

»Lügnerin!« Mit beiden Händen stieß Dylan ihren Rollstuhl noch weiter ins Zimmer hinein und fluchte unterdrückt, als sie sich die Knöchel ihrer linken Hand am Türrahmen aufschürfte.

»Wie bitte?« Joan stand auf und versuchte sich wieder zu fangen. »Sag mal, wie redest du eigentlich mit mir?« Dann kniff sie die Augen zusammen und spähte über Dylans Schulter. »Wo ist Tristan?« Normalerweise vermied sie es geflissentlich, Tristans Namen auszusprechen – geschweige denn, dass sie ihn ansah oder mit ihm redete –, aber jetzt spuckte sie ihn förmlich aus.

»Er sitzt im Wohnzimmer vor dem Fernseher.«

»Ach ja? Statt dir zu helfen. Nur dazu ist er schließlich hier – unter meinem Dach.«

Noch so ein Seitenhieb, wie Joan ihn bei jeder Gelegenheit von sich gab. *Er wohnt ja schließlich unter meinem Dach. Solange er die Füße unter meinen Tisch stellt.* Und dann noch, was Dylan irgendwie am meisten erbitterte: *Sogar die Kleider, die er am Leib trägt, hat er von mir.* Joans giftige kleine Nadelstiche brachten sie immer wieder von Neuem in Rage, aber diesmal ließ sie sich nicht davon ablenken.

»Du hast mit meinem Dad geredet, oder?«

»Dylan …«

»Jetzt sag schon. Ich weiß, dass er es war!«

»Na, und wenn schon?«, gab Joan, in die Ecke gedrängt, herausfordernd zurück.

»Was hat er gesagt? Warum hat er angerufen?« Dylan beugte sich erwartungsvoll vor. »Will er immer noch, dass ich zu ihm komme und ihn besuche?«

»Als ob du dazu in der Lage wärst!« Joan wollte an ihr vorbeifegen, aber der Rollstuhl war zu breit. Also stemmte sie die Hände in die Hüften und starrte sie nieder, wartete darauf, vorbeigelassen zu werden. Aber Dylan, die mit ihrer Mutter herumstritt, seit sie denken konnte, ließ sich nicht so leicht von ihrem wütenden Gesicht einschüchtern.

»Wäre ich wohl, wenn Tristan mir hilft.«

»Kommt nicht infrage«, fauchte Joan sie an. »Du gehst mir nirgendwohin mit diesem Jungen.«

Dieser Junge. So nannte sie ihn immer.

»Na gut, dann kann Dad doch herkommen.«

Joans Augen flackerten unsicher.

Dylan sah ihre Chance und stürzte sich sofort darauf. »Das ist es, oder? Er will herkommen.«

»Nein, warte …«

Aber sie hatte richtig vermutet, das wusste sie. »Und wann kommt er?«

»Da ist vorläufig noch gar nichts geplant, mein Schatz.« Die Schärfe war aus Joans Stimme gewichen, stattdessen verfiel sie jetzt in einen einschmeichelnden, ja beinahe flehenden Tonfall. »So was lässt sich doch nicht über Nacht organisieren.«

»Wieso denn nicht? Er lebt in Aberdeen und nicht auf dem Mond!« Vorwurfsvoll starrte sie Joan an. »Du hast ihm gesagt, dass er nicht kommen darf.«

»Ja.« Wenigstens stritt sie es nicht ab. »Du bist schwer traumatisiert, Dylan. Du … du brauchst einfach Zeit, um wieder auf die Beine zu kommen. Wir reden noch über deinen Vater – ich verspreche es dir. Wenn es dir besser geht.«

Ein paar wütende Herzschläge lang dachte sie über Joans Worte nach. »Nein«, stieß sie dann hervor.

»Dylan …«

»Nein. Ich will nicht mehr warten. Wenn du ihn nicht zu uns einlädst, mach ich es selber.«

Wie genau das funktionieren sollte, wusste sie allerdings nicht, denn die einzige Nummer, die sie von ihrem Vater hatte, war mit ihrem Handy im Zug verloren gegangen. Trotzdem hielt sie dem Blick ihrer Mutter stand, um ihr zu zeigen, dass sie nicht bluffte.

Die Sekunden tickten vorüber, doppelt so langsam wie sonst. Eins, zwei, drei, vier …«

»Gut«, knurrte Joan zähneknirschend und Dylans Herz schlug einen Salto. »Gut, ich rufe ihn an. Aber du darfst ihn nicht alleine treffen. Ich komme mit, und das steht absolut nicht zur Diskussion, Dylan.«

»Gut.« Was nicht nur so dahingesagt war, denn insgeheim musste sie zugeben, dass die Begegnung mit ihrem Dad sie ziemlich nervös machte, auch wenn sie sich noch so sehr darauf freute. Nach einigem ungeschickten Hantieren gelang es ihr, den Rollstuhl zur Seite zu manövrieren, damit Joan hinauskonnte. Sie fegte an ihr vorbei, so würdevoll sie nur konnte.

»Mum!«, rief Dylan ihr nach. Joan reagierte mit einem Nicken, kehrte ihr aber weiter den Rücken zu. »Danke.«

Ein Seufzer, dann drehte sie sich zu ihr um und lächelte sie mit feuchten Augen an. »Aber gerne doch, mein Schatz.«

KAPITEL 4

»Bist du bereit für das hier?« Tristan blieb auf dem Gehsteig gegenüber der Schule stehen und versperrte den Weg, sodass die Schülerhorden hinter ihnen auf die Straße ausweichen mussten, um an ihnen vorbeizukommen. Als Dylan nicht reagierte, streckte er seine Hand nach ihr aus und drückte ihre Schulter.

»Ich hasse das«, murrte sie und klatschte ihre Hände auf die großen Räder ihres Rollstuhls. »Wie die mich anstarren!«

Und sie hatte recht – alle verdrehten die Köpfe, um einen Blick auf das Mädchen im Rollstuhl zu erhaschen. Sie starrte böse zurück, funkelte jedes der neugierigen Gesichter an und versuchte, ihr wildes Herzflattern und das enge, mulmige Gefühl in ihrer Brust zu ignorieren.

Zu Joans Überraschung hatte sie beschlossen, so schnell wie möglich wieder in die Schule zu gehen. Der Grund dafür war ganz einfach: Ihre Mum trieb sie fast in den Wahnsinn mit ihrer Kontrollsucht. Gluckte pausenlos um sie herum, behielt Tristan auf Schritt und Tritt im Auge, tauchte sofort auf, wenn sie sich mit Tristan auch nur ansatzweise ihrem Schlafzimmer näherte. Es war lächerlich – was in aller Welt sollte schon passieren, wo ihr rechtes Bein bis zum Oberschenkel in einem steifen Gips steckte und ihr linkes Bein und ihr unterer Rücken dick einbandagiert waren?

Auf jeden Fall stand für sie fest, dass sie aus der Wohnung rausmusste – alles war besser, als den ganzen Tag zu Hause herumzuhängen.

Erst als dann der hässliche Betonblock, in dem die Kaithshall Academy untergebracht war, in Sicht kam, geriet ihr Entschluss ins Wanken. Jetzt wusste sie wieder, warum sie diesen Ort hasste wie die Pest. Angefangen bei diesen Idioten hier, die allen Ernstes einen Unfall riskierten, nur um einen Blick auf ihr Gipsbein zu erhaschen. Obwohl sie, wie Dylan sich zähneknirschend eingestehen musste, nicht nur ihr Bein anstarrten.

»Und du? Bist du bereit dafür?«, fragte sie Tristan.

Es war sein erster Tag in der Kaithshall. Und überhaupt in der Schule. Wie sie es geschafft hatten, ihn dort einzuschleusen, war ihr immer noch ein Rätsel – er hatte ja keine Zeugnisse, keine Ausweise oder sonstige Papiere, keinen Namen und keine Vergangenheit. In der Welt der Lebenden war er ein Geist. Obwohl es fast noch schwieriger gewesen war, Joan davon zu überzeugen, dass er ein Mensch aus Fleisch und Blut war. Sie war die Königin des Kreuzverhörs. Erst als sie ihr erzählten, dass Tristan – Tristan Fraser – in einem Brennpunktviertel am Stadtrand von Glasgow aufgewachsen war, in einer Familie mit Gewaltproblemen, war sie eingeknickt, hatte sogar Mitleid mit ihm gezeigt. Na ja, ein bisschen jedenfalls. Und Joan wollte ja selber, dass Tristan mit ihr an die Kaithshall ging und auf sie aufpasste. Deshalb war sie zum Direktor gegangen und hatte ihm ein paar faustdicke Lügen über Tristans Herkunft aufgetischt – was Dylan immer noch kaum glauben konnte. Aber vielleicht dachte ihre Mum, dass Tristan auf diese Weise keinen Ärger machen konnte. Oder vielmehr sie beide, da sie ja förmlich aneinanderklebten. Wo Tristan hinging, ging auch Dylan hin und umgekehrt. Seit ihrem Krankenhausaufenthalt waren sie nie länger als eine Stunde getrennt gewesen.

Das wusste Joan allerdings nicht – sie dachte immer noch, dass Tristan auf der Couch schlief.

»Alles gut«, sagte er jetzt.

Sie drehte den Kopf in seine Richtung, aber sein Gesichtsausdruck war unlesbar, verriet nichts – ebenso wenig wie seine Stimme. Er wirkte ruhig und kühl, erwiderte die neugierigen Blicke ohne jedes Interesse. Er war hier genauso unerschütterlich wie im Niemandsland, und das, obwohl sie ihn komplett aus seiner Welt herausgerissen hatte. Wenn sie sich vorstellte, wie sie sich ihm gegenüber aufgeführt hatte, als sie ihm ins Niemandsland gefolgt war – ein hilfloses, weinerliches Häufchen Elend … Bei der bloßen Erinnerung daran schoss ihr die Röte ins Gesicht.

Allerdings, das musste zu ihrer Ehrenrettung gesagt sein, gab es hier auch keine Dämonen und vergiftete Albtraumlandschaften. Die einzige Gefahr, die in der Kaithshall auf Tristan lauerte, bestand darin, dass er sich von den Schwachköpfen hier mit ihrer Dummheit anstecken ließ. Als sie hochschaute, stolzierte prompt ein Parade-Exemplar dieser Gattung auf sie zu.

»Oh mein Gott, Dylan! Ich hab gehört, was dir passiert ist! Der Wahnsinn, echt, ich konnte es kaum glauben!« Cheryl McNally in Topform, so orange im Gesicht wie eh und je, in einem lächerlich kurzen Rock und hochhackigen Ankleboots. »Und jetzt das hier!« Bei den letzten Worten kreischte sie förmlich, damit auch alle, die nicht sowieso schon in ihre Richtung starrten, auf sie aufmerksam wurden.

»Hi, Cheryl«, knurrte Dylan zähneknirschend. Sie wusste genau, was diese blond gefärbte geistige Tieffliegerin von ihr wollte. Cheryl hatte nie ein Geheimnis daraus gemacht, dass sie Dylan nicht ausstehen konnte, und Dylan verdankte ihr ein paar demütigende Szenen in der Kaithshall. Einmal, zum Beispiel, hatte Cheryl sie in der Cafeteria absichtlich geschubst, sodass die

Spaghetti Bolognese auf ihrem Teller über ihren ganzen Rock gespritzt waren und sie wie ein blutüberströmtes Mordopfer ausgesehen hatte. Und jetzt, wo sie wegen ihres Unfalls und des dummen Rollstuhls plötzlich im Mittelpunkt der Aufmerksamkeit stand, wanzte sich Cheryl an sie heran, weil sie sich das natürlich nicht entgehen lassen konnte. Außerdem …

»Ist das dein Cousin?« Cheryl umrundete geschmeidig ihren Rollstuhl und stand plötzlich neben Tristan, ein strahlendes, verführerisches Lächeln im Gesicht. Dylan hätte am liebsten ihren Rollstuhl herumwirbeln lassen und Cheryl auf die Straße hinuntergestoßen. Dann wäre die blöde Kuh definitiv die Attraktion des Tages gewesen!

Aber leider beherrschte sie ihren Rollstuhl noch nicht gut genug, um ihn so punktgenau einzusetzen. Und am allermeisten wurmte sie die Antwort, die sie Cheryl geben musste.

»Ja.« Das Wort hinterließ einen widerwärtigen Geschmack in ihrem Mund. »Das ist Tristan. Mein Cousin.«

Joans Idee natürlich. Sie hatte Tristan als ihren Neffen ausgegeben, um vor dem Direktor zu begründen, warum sie das Sorgerecht für ihn übernommen hatte. Irgendwie musste sie ihn ja in die Schule einschmuggeln. Und wahrscheinlich war es ihr eine heimliche Genugtuung, dass Dylan jetzt als Tristans Cousine auftreten musste und sich nicht als seine Freundin outen konnte. Sie musste also tatenlos in ihrem blöden Rollstuhl sitzen, während Cheryl ihre Hand über Tristans Arm gleiten ließ und »Willkommen in der Kaithshall« säuselte.

Blöde Bitch.

»Danke.« Tristan nickte und wich unmerklich vor Cheryls Berührung zurück. Seine Stimme klang kühl.

Dylan atmete auf, aber dickfellig, wie Cheryl nun mal war, entgingen ihr natürlich Tristans subtile Signale. Sie wackelte auf ihren absurden High-Heels noch näher an ihn heran und stieß ihn mit der Schulter an.

»Ich kann dich rumführen, wenn du willst, Tristan.« Dann schaute sie Dylan an, mit einem Blick, der vor geheucheltem Mitleid nur so triefte, und säuselte: »Du schaffst das ja wohl nicht, Dylan – mit diesem Ding da, meine ich.«

»Das geht schon«, knurrte Dylan.

»Nein, nein, du darfst dich nicht anstrengen, Dylan, so schwer verletzt, wie du bist.« Cheryls besorgte Miene war genauso unecht wie ihre Sonnenbräune.

»Das strengt mich nicht an«, gab Dylan scharf zurück. »Ich hab ja Tristan – der schiebt mich.«

Cheryl blinzelte, versuchte ihre Worte zu verarbeiten, während Tristan hinter ihr auflachte.

»Da vorne an der Kreuzung sind Ampeln«, sagte Dylan zu ihm und zeigte auf eine Stelle etwa hundert Meter weiter unten an der Straße. »Da kommen wir leichter rüber. Also dann, Cheryl. Man sieht sich.«

Zum Glück war Tristan nicht so schwer von Begriff wie Cheryl. Er fing ihren Wink sofort auf und rollte sie ohne ein weiteres Wort die Straße hinunter. Ein paar Sekunden später flötete Cheryl: »Tschüs, Tristan!«, und segelte hinter ihnen her.

»Du musst auf den Knopf drücken«, sagte Dylan zu Tristan, als er an der Kreuzung anhielt und auf den vorbeirauschenden Verkehr starrte.

Komisch eigentlich – er wusste so viel über diese Welt, aber solche Kleinigkeiten, zum Beispiel wie man eine Fußgängerampel bedient, fehlten in seinem Repertoire. Winzige Lücken, durch die er sich verriet, die ihn anders und fremd erscheinen ließen. Dylan bügelte diese kleinen Pannen aus, wo immer sie konnte.

»Ist das eine Freundin von dir?«, fragte Tristan, während sie an der Ampel warteten.

»Ich habe hier keine Freunde.« Unbehaglich verlagerte sie ihr Gewicht im Rollstuhl. »Das hab ich dir doch gesagt.«

»Klar hast du Freunde«, gab Tristan zurück und legte eine Hand auf ihre Schulter. »Mich zum Beispiel.«

Sie gab keine Antwort. Ihre Kehle war wie zugeschnürt, und sie wollte nicht, dass er das Zittern in ihrer Stimme hörte.

Obwohl sie immer noch alle Blicke auf sich zogen, kamen sie in die Schule, ohne ein weiteres Mal von »mitfühlenden« Gaffern belästigt zu werden. Nach einem kurzen Abstecher ins Büro, wo Tristan seinen Stundenplan – derselbe wie Dylans – in Empfang nahm und die übliche Begrüßung durch den Direktor über sich ergehen lassen musste. Sie selbst wartete so lange draußen in einer unauffälligen Ecke des Verwaltungsflurs und rutschte die ganze Zeit nervös auf ihrem Sitz herum. Nach einer gefühlten Ewigkeit ging endlich die Tür auf und Tristan spazierte heraus. Sein Gesicht war undurchdringlich, wie immer, das des Direktors dagegen definitiv verwirrt. Er starrte hinter Tristan her, eine nachdenkliche Falte zwischen den Augen, dann zuckte er mit den Schultern und schloss die Tür hinter sich.

»Alles okay?«, fragte Dylan.

»Ja, klar«, antwortete Tristan. »Also – wohin jetzt?«

»Anwesenheitskontrolle«, seufzte sie finster. »Wir müssen den Lift nehmen, das ist im obersten Stock.«

Der Lift war klapprig und eng. Die sechzig Sekunden, die es dauerte, bis er sich die drei Stockwerke hinaufgequält hatte, zogen sich schmerzlich in die Länge. Sie konnte erst aufatmen, als die Türen sich endlich öffneten und sie wieder ausspuckten.

»Ganz am Ende des Flurs.« Sie deutete überflüssigerweise den Flur entlang. »Miss Parsons Zimmer.«

Sie waren zu früh dran – noch zehn Minuten bis zur Anwesenheitskontrolle –, aber sie wollte nicht in das wilde Gedrängel nach dem ersten Läuten geraten. Auch wenn ihr Bein fest eingegipst war, jagte jeder noch so leichte Schubs wahre Schmerzwellen durch ihren Körper.

Miss Parsons schrieb etwas an die Tafel, als sie hereinkamen, und nach einem kurzen, genervten Blick rückte sie die Tische vorne beiseite, damit Tristan den Rollstuhl hereinmanövrieren konnte. Leider bedeutete das auch, dass jeder einzelne Schüler in der Klasse an ihnen vorbeistolzierte.

Dylan spürte die Blicke, die ihren Rollstuhl abtasteten, ihr grellweißes Gipsbein, das hilflos in den Raum hineinragte. Hin und wieder lächelte jemand mitfühlend, aber die meisten in der Klasse starrten sie nur an. Oder nein, nur so lange, bis ihr Blick auf den Neuen fiel, der neben ihr saß.

Sie versuchte, Tristan mit den Augen der anderen zu sehen. Er war groß, breitschultrig und wirkte eindeutig zu alt für die zehnte Klasse. Streng genommen um Jahrhunderte zu alt, aber da er nie in die Schule gegangen war, spielte es keine Rolle, in welcher Klasse er anfing. Tristan hatte es strikt abgelehnt, sich seine blonde Haarmähne schneiden zu lassen. Joans Kommentare, die von Tag zu Tag spitzer wurden, ignorierte er einfach. Jetzt hingen sie ihm über die Augen. Er trug die Schuluniform – weißes Hemd, schwarze Hose und eine grün-rote Krawatte –, und Dylan wusste nicht, ob er lächerlich darin aussah oder umwerfend. Den Blicken nach, die er von den Mädchen erntete, musste es Letzteres sein. Er stach die anderen Jungs komplett aus – neben ihm sahen sie noch mickriger, unreifer und dümmer aus.

Das unterdrückte Murren in den hinteren Reihen ließ darauf schließen, dass sie das auch wussten.

»Wer ist das denn?«

»Dylans Cousin?«

»Sieht aus wie mein Dad, so wie der seine Krawatte gebunden hat. Muttersöhnchen!«

Tristan überhörte zunächst die nicht gerade diskreten Kommentare, bis er schließlich den Kopf herumdrehte.

»Einfach ignorieren«, flüsterte sie ihm zu. »Das ist Dove MacMillan. Er ist ein Idiot.«

Tristan sagte nichts, starrte nur weiter scharf in Doves Richtung und sie krümmte sich innerlich. Das konnte nicht gut gehen, und es dauerte auch nicht lange, bis der Ärger anfing. Ein Stuhl ratschte über den Boden und Dove kam auf die Füße.

»Was gibt's da zu glotzen, ey?«

»Tristan.« Sie streckte die Hand aus, um ihn auf seinem Platz festzuhalten, aber er machte keine Anstalten, aufzustehen. Behielt nur seinen harten, unlesbaren Blick bei. Sie zog den Kopf ein, darauf gefasst, dass Dove herüberstampfte und Streit anfing. Aber das machte er nicht, und als Miss Parsons ihn anschnauzte: »Hinsetzen, David!«, gehorchte er nach kurzem Zögern.

Sie zog die Augenbrauen hoch und warf einen Blick hinter sich. Keiner der Jungs sah in ihre Richtung. Mit einem verstohlenen Grinsen drehte sie sich wieder um.

Die Typen hatten Angst vor Tristan.

Schade, dass er auf die Mädchen nicht dieselbe Wirkung hatte.

Die Krawatte brachte ihn noch um. Er saß eingequetscht neben Dylan in einer Ecke der Geschichtsklasse und zerrte ungeduldig an dem Ding.

Es war lächerlich. Alles hier. So zu tun, als wäre er ein Schuljunge, ein Klon dieser unreifen, verantwortungslosen Idioten, die um ihn herum saßen. Französisch war schlimm genug gewesen, aber die Geschichtsklasse hier war der Gipfel – angefangen von dem Lehrer und seiner unkorrekten Beschreibung der Schlacht von Culloden. Er war zwar nicht selbst dabei gewesen, aber er hatte einen Bericht aus erster Hand von einem dreizehnjährigen Jungen erhalten, der diesen Albtraum mit dem Leben bezahlt hatte.

Er wollte es Dylan zuflüstern, die neben ihm saß und Antworten auf die hirnlosen Fragen in ihrem Arbeitsblatt niederschrieb, aber sie brachte ihn abrupt zum Schweigen.

»Schreib einfach mit, was der Lehrer sagt«, zischte sie und warf einen verstohlenen Blick auf ihre Banknachbarn, um zu checken, ob jemand mitgehört hatte.

»Aber das ist falsch«, protestierte er.

»Na und? Ist doch egal«, fauchte sie ungeduldig. »Er benotet das nachher, und das sind die Antworten, die er hören will. So läuft das nun mal in der Schule, okay?«

Nein, es war nicht okay. Warum sollten sie sich etwas Falsches notieren und hinterher wieder ausspucken, als wären es Fakten? Das war sinnlos. Aber egal. Er riss sich zusammen, hielt den Mund – er machte das schließlich nur Dylan zuliebe. Es war ihre Welt, und er musste sich einfügen, auch wenn es ihm idiotisch erschien.

Und insgeheim war er froh, dass er mit diesem Schulkram überhaupt zurechtkam. Er hatte nicht gewusst, dass er lesen und schreiben konnte, aber als Dylan ein Buch aus dem Regal in ihrem Zimmer genommen und blindlings eine Seite aufgeschlagen hatte, ergaben die Buchstaben auf Anhieb Sinn für ihn. So wie er sich im Niemandsland mühelos mit jeder Seele, die er begleitete, in ihrer Sprache verständigen konnte.

Englisch am Nachmittag war dann etwas erträglicher. Das Gedicht, das die Lehrerin ihnen vorlas, berührte ihn, die Worte waren schön und bedeutungsvoll. Nur verdarb sie dann alles, indem sie das Gedicht von den Schülern kommentieren und Zeile für

Zeile zerlegen ließ wie ein Stück Wild auf dem Hackblock. Was so anmutig und lebendig begonnen hatte, zerfiel in tote, kalte Teile – Herz, Lunge, Knochen …

Aber er behielt seine Gedanken für sich, weil Dylan den Unterricht bei der Gedichtemörderin offenbar gut fand, im Gegensatz zu allen anderen Fächern.

Dann kam Mathe. Was zum Teufel sollte das für einen Zweck haben? Eingequetscht neben Dylans Rollstuhl, wie schon den ganzen Vormittag, konnte er sich nicht länger beherrschen. Er riss den Arm hoch und packte die Schulkrawatte, die sie ihm am Morgen sorgfältig umgebunden hatte. Aber das Ding sträubte sich in seiner Hand, zog sich noch enger zu und würgte ihn erbarmungslos.

»Tristan!« Dylans Zischen riss ihn aus seinen Gedanken.

Er schaute auf und sie deutete mit dem Kopf nach vorne. Dort stand eine unscheinbare Frau in einer rosa Strickweste und mit einer Brille im Schildpattlook neben dem glatzköpfigen Mathelehrer.

»Tristan Fraser?«, rief sie – dem gereizten Tonfall nach offenbar nicht zum ersten Mal.

»Das bist du!«, flüsterte Dylan wütend.

»Ich weiß«, zischte er zurück. »Tristan« war der Name, den er im Niemandsland angenommen hatte, wenn er sich in männlicher Gestalt zeigte. Aber an den Nachnamen musste er sich erst noch gewöhnen. »Ich kann dich doch nicht allein lassen.« Dylan war aufgeschmissen ohne ihn, ihr Arm nicht stark genug, um den schweren Rollstuhl zu manövrieren. Und nachdem er jetzt einige ihrer Mitschüler kennengelernt hatte, sträubte sich alles in ihm dagegen, Dylan ihren Gemeinheiten auszusetzen.

»Bis zur Mittagspause bist du doch zurück«, sagte sie und stieß ihn mit ihrer Hand an.

»Und wenn nicht?«

»Tristan Fraser!« Der harte, schnippische Ton gefiel ihm gar nicht, und er warf der Frau einen scharfen Blick zu, was sie jedoch nicht einschüchterte. »Du wirst im Büro gebraucht.« Sie deutete mit ihrer Hand zur Tür und er erhob sich widerwillig.

»Ich warte einfach hier auf dich«, versprach Dylan. »Geh!«

Er zwang sich zu einem Lächeln, dann wandte er sich ab und folgte der Verwaltungsfrau brav zur Tür. Es ging ihm immer noch gegen den Strich, Dylan allein zu lassen, aber er musste sich fügen, das Spiel mitmachen. Er war minderjährig, ein Schüler. Er musste tun, was ihm gesagt wurde.

Zumal sein Platz in Dylans Wohnung alles andere als sicher war. Joan traute ihm nicht über den Weg, sie mochte ihn nicht und wollte ihn weghaben. Er bezweifelte, dass sie ihnen die Geschichte abgenommen hatte, die sie ihr über seine Vergangenheit aufgetischt hatten. Joan hatte ihm überhaupt nur eine Chance gegeben, weil sie jemanden brauchte, der sich in ihrer Abwesenheit um Dylan kümmerte. Er durfte sich nicht den kleinsten Fehler erlauben, zu Hause oder in der Schule – keinen einzigen Eintrag ins Klassenbuch –, sonst war er draußen. Und er würde ihr keinen Anlass geben, ihre Drohung wahr zu machen, das schwor er sich.

Aber es war verdammt anstrengend.

Ihm wurde seltsam schwer ums Herz, als die Frau ihn den Flur entlangführte. Bis sie die Treppe erreichten, war das Engegefühl in seiner Brust in den Bauch abgesackt und brachte seinen Magen zum Schlingern. Dylan geht es gut, beruhigte er sich. Sie hat drei Jahre lang an diesem stumpfsinnigen Ort überlebt. Und hier gibt es keine Monster, gegen die sie kämpfen muss. Die einzige Gefahr, die ihr droht, ist ein langsamer, qualvoller Tod durch pure Langeweile. Trotzdem wurde das Gefühl immer stärker, während er die erste Treppenflucht, dann die zweite hinunterstieg.

Als er im Erdgeschoss ankam, wusste er, dass es nicht nur seine Sorge um Dylan war. Er konnte nicht atmen. Seine Lunge pumpte wie verrückt, und ihm wurde schwindlig, als hätte er einen Schwächeanfall. Benommen stolperte er hinter der Frau her und musste sich immer wieder an der Wand abstützen. Mit jedem Schritt wurde es schlimmer, und als sie endlich das Hauptbüro erreichten, war ihm sterbenselend zumute. Er lehnte sich schwer gegen den Türrahmen, aus Angst, dass er umkippen würde, sobald er sich bewegte. Heftige Schmerzen schossen ihm wie Feuerpfeile in den Beinen hoch.

»Ich muss dich nur nach deinem Arzt und nach deinem Notfallkontakt fragen«, verkündete die Verwaltungsfrau ungerührt, ohne sich darum zu kümmern – oder es auch nur wahrzunehmen –, dass er kurz davor war, das Bewusstsein zu verlieren.

»Ich habe noch keinen Arzt«, stieß er hervor, während er mit aller Kraft gegen die Schmerzen ankämpfte, die in seinem Körper tobten. »Aber es wird sicher derselbe sein wie Dylans. Meine Cousine«, fügte er hinzu. »Und der Notfallkontakt vermutlich auch. Ihre Mum, Joan McKenzie.«

»Und die Telefonnummer?«, fragte die Verwaltungsfrau, ein Formular vor der Nase, und blinzelte ihn durch ihre Brille an.

»Ich kann sie noch nicht auswendig – warum schreiben Sie die Nummer nicht aus Dylans Akte ab?«, fragte er. Seine Stimme klang jetzt schon ziemlich ungeduldig, er hielt die Schmerzen kaum noch aus. Was war das nur? Es kam ihm vor, als würden seine Organe von einer Eisenfaust zerquetscht und zu Hackfleisch geschreddert. Er musste schleunigst zu Dylan zurück. Sofort. Sonst würde er sterben.

»Na gut.« Die Frau kräuselte mit unverhohlenem Missfallen ihre Lippen.

»Kann ich jetzt gehen?« Immerhin war sein Verstand noch klar genug, dass er nicht vergaß, um Erlaubnis zu fragen. Er packte die Türklinke, um sich aufrecht zu halten, bis die Frau endlich Ja sagte.

Seufzend verdrehte sie die Augen. »Du musst aber das hier noch unterschreiben.«

»Gut.« Er fiel geradezu ins Zimmer zurück, riss ihr den Kugelschreiber aus der Hand – was ihm einen strengen Blick eintrug – und kritzelte die Unterschrift, die Dylan mit ihm zusammen designt hatte, auf das Formular. Dann stolperte er davon.

Rennen. Er musste rennen. Und das hätte er auch gemacht, wenn ihm seine Beine gehorcht hätten. Stattdessen torkelte er den Flur entlang und knallte von einer Wand zur anderen. Keuchend krachte er durch die Flügeltür vor dem Treppenaufgang und musste sich mit den Händen vorwärtsstoßen. Mit jedem Schritt, den er machte, ließ der Schmerz nach, und die Panik verebbte, bis er fähig war, am Eingang zum Matheflur anzuhalten und sich wieder zu fangen.

Den Kopf gesenkt, um sein Gesicht zu verbergen, holte er ein paarmal tief Luft. Die Übelkeit, die ihn nach dem Abflauen der Schmerzen überrollte, war nur eine leichte Irritation im Vergleich zu allem, was er davor erlebt hatte. Er musste Dylan sofort mit eigenen Augen sehen, er musste herausfinden, ob sie das Gleiche durchgemacht hatte wie er.

Ein Blick auf ihr aschfahles Gesicht und er wusste Bescheid. Und was noch schlimmer war, sie hatte es offenbar nicht verbergen können. Der Lehrer gluckte um ihren Rollstuhl herum, eine Hand auf ihrer Schulter, und alle in der Klasse starrten in ihre Richtung.

»Tristan.« Endlich hatte der Mathelehrer ihn entdeckt und winkte ihn herüber. »Dylan geht es nicht gut, aber sie will nicht ohne dich nach Hause.«

So erleichtert, wie er aussah, musste »Dylan geht es nicht gut« die Untertreibung des Jahrhunderts sein. Aber selbst in den paar Sekunden, die Tristan brauchte, um das Zimmer zu durchqueren, konnte er sehen, wie die Farbe wieder in ihre Wangen zurückkehrte.

»Ich bringe sie nach Hause«, sagte er und winkelte seinen Oberkörper ab, um sich am Schreibtisch vorbeizuquetschen und die Griffe des Rollstuhls zu packen.

Er wollte sie berühren – seine Finger über ihr Haar gleiten lassen, die Hand des Lehrers wegschlagen und ihre Schultern massieren –, aber das ging natürlich nicht.

»Ja, unbedingt.« Der Lehrer half ihm, Dylans Sachen zusammenzupacken, und begleitete sie lächelnd zur Tür. Ein weiterer Hinweis darauf, dass er sie gar nicht schnell genug loswerden konnte, falls wirklich etwas mit ihr nicht stimmte. »Also, du bringst jetzt Dylan ins Büro und rufst bei ihr zu Hause an, vielleicht kann jemand kommen und euch abholen.«

»Ja, gut.« Tristan hatte nicht die Absicht, ins Büro zu gehen und um Erlaubnis zu fragen, ob er mit ihr weggehen durfte, wohin auch immer, aber Dylan bestand darauf, dass sie sich ordnungsgemäß abmelden mussten.

Endlich konnte er sie an die frische Luft hinausrollen. Sie redeten nicht, bis er sie über das unebene Pflaster zum nahen Park manövriert hatte. Dort schob er sie zu einer Bank und stellte den Rollstuhl so ab, dass er dicht genug neben ihr sitzen konnte, um ihre Hände zu nehmen. Es war kalt hier draußen, aber daran lag es vermutlich nicht, dass ihre Finger die reinsten Eisklötze waren.

»Was ist denn passiert?«

»Ich weiß nicht.« Ihre Haut hatte die tödliche Blässe verloren, aber ihre Augen waren immer noch angstgeweitet. »Mir wurde auf einmal so komisch, gleich nachdem du aus dem Zimmer gegangen bist. Ich glaube, das ist mir schon mal passiert, als sie mich im Krankenhaus zum Röntgen gebracht haben. Aber diesmal ist es einfach immer schlimmer geworden … und dann plötzlich wieder besser. Ich war fast wieder okay, als du in der Tür aufgetaucht bist.«

»Komisch?«, wiederholte er. »Wie *komisch*?«

»Na, komisch eben. Zuerst konnte ich nicht mehr atmen, dann wurde mir schlecht. Aber dann … oh Gott … diese Schmerzen! Es war so schrecklich – als ob meine Beine zum zweiten Mal zertrümmert würden, und mein Rücken hat sich ganz heiß und nass angefühlt. Es war die Hölle, Tristan, wirklich – ich dachte, ich verblute.«

»Lass mich mal sehen.« Er half ihr, sich nach vorne zu beugen, und hob behutsam ihren Schulpullover hinten hoch. Ihr T-Shirt musste er gar nicht erst wegschieben – der Stoff war mit winzigen roten Pünktchen gesprenkelt, dort, wo das Blut durch die Verbände gesickert war.

»Genau wie im Zug«, murmelte er.

»Was?«

»Deine Verletzungen im Zug. Deine Beine waren zerschmettert und dein ganzer Rücken war zerschnitten, erinnerst du dich nicht?«

Dylan nickte, die Augen weit aufgerissen.

»Aber warum? Was war das?«

»Ich weiß nicht.« Er holte tief Luft. »Aber mir ist dasselbe passiert, verstehst du?«

Dylan starrte ihn fassungslos an.

»Je weiter ich mich von dir entfernt habe, desto schlimmer wurde es. Und dann, als ich im Büro unten bei dieser dummen Frau war …« Er runzelte die Stirn bei der Erinnerung daran. »Also, ich dachte wirklich, ich würde sterben.«

Das Entsetzen in ihren Augen ließ ihn seine unverblümten Worte sofort bereuen.

»Und was glaubst du, was das bedeutet?« Dylan fasste seine Hände und beugte sich zu ihm vor, wollte offensichtlich von ihm getröstet werden.

Er konnte sie nicht in den Arm nehmen, mit dem sperrigen Rollstuhl und ihrem Gipsbein zwischen ihnen, aber er verlagerte seine Haltung, damit sie wenigstens ihren Kopf an seine Schulter legen konnte, auch wenn es wahrscheinlich nicht sehr bequem war. Trotzdem schmiegte sie sich enger an ihn, und ihm wurde bewusst, wie sehr sie sich gefürchtet haben musste.

»Ich glaube, es bedeutet, das wir nicht voneinander getrennt sein können«, sagte er sanft und hielt einen Augenblick inne. »Ich dürfte ja eigentlich gar nicht hier sein …«, fügte er nach einer Weile hinzu.

»Bist du aber«, schnitt Dylan ihm das Wort ab. »Also bedeutet es, dass du bei mir bleiben musst.«

»Ja, stimmt«, gab er zu. »Wir beide müssen zusammen sein.« Er lachte laut auf. »Und das können wir von jetzt an wörtlich nehmen.«

Dylan lag einen Augenblick still an seiner Schulter, den Kopf unter seinen Kiefer geschmiegt.

»Oh, gut«, sagte sie schließlich. »Ist ja nicht gerade eine Strafe, oder?«

»Nein«, stimmte er zu. »Ist es nicht.«

KAPITEL 5

Es war noch lange nicht Abend, doch der Himmel wurde bereits dunkel. Der Tag hatte schon trüb angefangen, passend zu Michaels Stimmung, und auf dem Weg durch sein unwirtliches, verschneites Niemandsland hatten sich die Wolken zusammengeballt und waren immer dicker geworden. Jetzt zog zu allem Übel noch ein Sturm über ihren Köpfen auf, und die Schneeflocken, die sie schon den ganzen Tag begleitet hatten, fielen dichter und schneller. Der Wind frischte auf, ließ ihre unbedeckten Gesichter und Hände taub werden. Susanna biss die Zähne zusammen und widerstand der Versuchung, schneller zu gehen, als Michael ihr folgen konnte.

Es war nichts Körperliches – das gab es für Michael nicht mehr –, sondern etwas, das nur in seinem Kopf existierte. Eine unterschwellige Verzögerungstaktik, wie sie es schon tausendmal erlebt hatte. Viele Seelen trödelten im Niemandsland, weil sie Angst hatten, ins Unbekannte zu gehen. Ein einziger Schritt nur, der aber großen Mut verlangte, einen Mut, den Seelen wie Michael einfach nicht aufbrachten.

Sie sah es lebhaft vor sich, wie sie ihn am Ende der Reise eigenhändig über die Linie schubste. Es wäre nicht das erste Mal …

»Komm schon«, fauchte sie ungeduldig und drehte sich zu

Michael um, der ungeschickt hinter ihr herstolperte. »Wir müssen so schnell wie möglich zum nächsten Schutzhaus kommen.«

Es gefiel ihr nicht, wie das Wetter umschlug, erst recht nicht die Tiefe der Schatten, die sich bildeten, während das Licht praktisch aus dem Himmel gesaugt wurde. Von dem leisen Zischen und Knurren, das nicht vom Wind kam, der über ihren Köpfen tobte, ganz zu schweigen.

»Ich kann nicht schneller«, jammerte Michael. Sein Gesicht war blass, außer einem hässlichen roten Fleck von dem eisigen Wind, der sich über seine Nase und seine Wange ausbreitete. »Mann, wie ich das hasse. Dieser verdammte Schnee! Und mir ist saukalt!«

Susanna kräuselte verächtlich die Lippen. Sie mochte das Schneetreiben auch nicht und überlegte kurz, ob sie ihm verraten sollte, dass er sich das alles selber zuzuschreiben hatte, weil seine Stimmung das Wetter beeinflusste. Aber im Grunde genommen hatte sie keine Lust, irgendwelche Erklärungen abzugeben. Zu mühsam, zu frustrierend. Ihr Job war, ihn zu beschützen, und wenn das bedeutete, dass sie ihn hart anpacken musste, dann war es eben so.

»Wir müssen schneller gehen«, drängte sie. »Es ist gefährlich hier draußen.«

»Gefährlich?« Michael hustete und funkelte sie an. »Hier ist doch nichts!« Er ließ seine Hand in einer weiten Bewegung vorschnellen. Schnee, Schnee und noch mal Schnee und darüber ein hässlicher grauer Himmel. Nur ein paar knorrige Bäume und schwarzer, vom Wind blank gescheuerter Fels unterbrachen das endlose Weiß. Die Landschaft sah vollkommen leer und trostlos aus.

Susanna wusste es besser. »Wir sind nicht allein hier draußen.«

Im selben Moment ließ der Wind nach, und wie auf ein Stichwort heulten die Dämonen los, die ihr schon den ganzen Tag drohend ins Ohr gewinselt hatten. Eine vielstimmige Geräuschkulisse aus Kreischen, Knurren und Grollen erfüllte die Luft. Michael wurde noch blasser, falls das überhaupt möglich war, sein Gesicht verlor jede Farbe, nur seine rot verbrannte Nase wurde noch dunkler als zuvor.

»Was ist das?«

»Das willst du nicht wissen.«

Die Dämonen sangen wieder, klangen so hungrig, so blutrünstig, dass sich ihre Nackenhärchen sträubten. Ohne ein weiteres Wort setzte Michael sich in Gang, rannte praktisch, obwohl sein Fuß bei jedem Schritt tiefer im Schnee einsank.

Sie folgte ihm zufrieden. Aber ihre Erleichterung währte nicht lange. Das Schutzhaus kam nicht in Sicht. Nicht einmal hinter der nächsten Anhöhe war es zu sehen und die Dämonen wurden ungeduldig. Sie waren hungrig, und fast schien es, als könnten sie Michaels Fleisch bereits riechen. Ein rascher Blick nach oben bestätigte ihr, dass der schwere, bleierne Himmel immer finsterer wurde. Sie würden kämpfen müssen.

Und Michael war kein Kämpfer.

Sie stieß die Luft aus und starrte auf die Landschaft. Eine Sekunde lang blendete sie das endlose Weiß aus, das sich vor ihr ausdehnte, und sah das Niemandsland, wie es unter Michaels Projektion tatsächlich war. Hitzeflimmernde Hänge, in blutiges Rot getaucht, und tausend andere Seelen, die mit ihren Begleitern das Niemandsland durchquerten. Ein ganzes Heer von Seelenfahrern, aber immer noch kein Tristan. Susanna fühlte sich grenzenlos allein. Und einsam.

Ohne Tristan war ihre Welt nicht mehr dieselbe. Aber wer würde schon freiwillig zurückkommen, wenn er das hier hinter sich gelassen hatte? Nur ein Irrer, klar. Nein, sie konnte es Tristan nicht übel nehmen, aber in solchen Momenten vermisste sie ihn – oh, wie sie ihn vermisste! Mit einem Blinzeln ließ sie die kalte Schneekulisse wieder über das Niemandsland herabsinken, und der Wind biss ihr ins Gesicht, noch bevor sie die Augen wieder aufgeschlagen hatte.

Zurück an die Arbeit. Sie musste sich konzentrieren.

Sie lief hinter Michael her, und sobald sie ihn eingeholt hatte, packte sie ihn am Arm und zerrte ihn noch schneller mit sich. Es war hoffnungslos, aber sie machte ihren Job. Wenn sie die sabbernden Monster, die ihnen auf den Fersen waren, nicht abhängen konnten, mussten sie gegen sie kämpfen. Es war eine aussichtslose Schlacht – gegen eine Kreatur, nein, *Kreaturen*, die unzerstörbar waren.

Endlich überschritten sie die nächste Anhöhe. Michael hielt keuchend inne. Er hoffte auf eine Pause, die sie ihm aber nicht gewähren konnte.

»Komm. Ist jetzt nicht mehr weit.«

Was nicht stimmte, aber wozu ihn noch mehr in Panik versetzen? Vielleicht würde er sogar komplett das Handtuch werfen, wenn er es wüsste? Und das hier war kein guter Ort, um aufzugeben. Die Landschaft war zu offen, die Dämonen konnten von allen Seiten über sie herfallen.

Sie stiegen auf der anderen Seite des Hangs hinunter, der Schnee spritzte unter ihren wegrutschenden Füßen auf. Sie blieb hinter Michael, hielt seinen Jackenkragen fest in der Hand, sodass sie ihn zugleich aufrecht halten und vorwärtsstoßen konnte. Was aber nicht ausreichte, denn plötzlich fiel er einfach um wie ein Stein.

Mit einem Bein versank er schenkeltief im Schnee, das andere knickte ein, konnte sein ganzes Gewicht nicht tragen. Als sie spürte, wie sein Jackenkragen unter ihren Fingern riss, wollte sie ihn packen, aber es war zu spät. Wild mit den Armen rudernd stolperte er den Hang hinunter, und die Schwerkraft riss ihn immer schneller bergab, sodass sie ihm kaum folgen konnte.

»Michael!«, brüllte sie und stürzte hinter ihm her, so schnell es die tiefen Schneewehen zuließen. Dann endlich, etwa zwanzig Meter unter ihr, blieb er liegen, das Gesicht nach unten, ohne sich zu rühren. »Michael!«

Er musste wieder auf die Füße kommen. Auf der Stelle. Wenn er noch länger so reglos liegen blieb, war er leichte Beute für die …

Bevor sie ihren Gedanken zu Ende bringen konnte, begann der makellos weiße Schnee um Michael herum zu bluten und wurde immer dunkler – ein tiefes, unheilvolles Schwarz. Rauchschlieren quollen aus dem vereisten Boden empor, verschmolzen zu lumpenverhüllten Schatten, die fauchend und kreischend um Michael herumwirbelten, ihre Mäuler mit den spitzen Zähnen weit aufgerissen.

Dämonen.

»Michael, steh auf!«, brüllte sie ihm von Weitem zu.

Diesmal zuckte er und hob den Kopf, machte aber keine Anstalten, sich aufzurappeln und zu kämpfen. Fassungslos starrte er auf die kreischenden, heulenden Dämonen, die in wilden Sturzflügen über ihm auf und ab schossen.

Sie hatte ihn fast erreicht. Noch zehn Meter. Fünf. Drei.

Nah genug, um das nackte Entsetzen in Michaels Gesicht zu sehen. Er war gelähmt. Hilflos. Eine leichte Beute für die Dämonen, die ihn von allen Seiten umzingelten. Sie gackerten vor Freude über das unverhoffte Mahl, konnten ihr Glück kaum fassen.

»Nein!« Susanna wappnete sich gegen den Angriff, warf sich der Länge nach über Michael, gerade noch rechtzeitig, bevor der ganze Schwarm auf ihn herunterschoss. Hunderte spitze Krallen bohrten sich in ihre Kleider, in ihre Haut. Der Ansturm war so heftig, dass es ihr die Luft aus der Lunge presste. Sie schrie auf, als der Schmerz durch ihre Schultern schoss, durch die Hüften und Beine, wich aber keinen Millimeter von Michael zurück.

Mit einer Hand hielt sie ihn fest, mit der anderen schlug sie um sich und zerrte einen kreischenden Dämon von ihrem Bein fort. Blut spritzte aus mehreren langen, tiefen Wunden und hinterließ gezackte scharlachrote Tropfen im blendend weißen Schnee.

Die Dämonen verfielen in sinnlose Raserei, als sie den Eisengeschmack ihres Blutes witterten. Seelenfahrer waren keine Nahrung, aber das störte sie nicht – lange, tiefe Wunden ins Fleisch zu reißen, war fast genauso befriedigend. Die Kreatur, die Susanna von ihrem Bein weggerissen hatte, krallte sich wieder in ihren Fuß, während sie zwei andere, die sich in die weiche Haut ihrer Halsmulde verbeißen wollten, von den Schultern abschüttelte.

Ihre Hände waren taub vor Kälte, die Finger nass vom geschmolzenen Schnee. Unter ihr stöhnte und winselte Michael, aber zumindest kamen die Dämonen nicht an ihn heran. Die wütenden Schreie, das schaurige Heulen verrieten ihre wachsende Frustration und in ihrer Wut bohrten sie ihre Zähne und Krallen noch erbarmungsloser in Susannas Körper.

Es tat entsetzlich weh. Sie presste ihre Kiefer zusammen, kniff die Augen zu und blendete den Schmerz aus, so gut sie konnte. Sie durfte nicht loslassen, komme, was wolle. Die Seele geht vor. Immer. Ihr eigenes Leben, ihre Schmerzen – unerheblich. Immer wieder hämmerte sie sich diese eiserne Regel ein, während einer der Dämonen unter ihre schwere Jacke kroch und seine Krallen direkt in ihre Seite bohrte. Er schnitt in ihr Fleisch, als wäre es Butter.

Du kannst nicht sterben, beruhigte sie sich. *Das heilt wieder. Einfach weiteratmen, okay?*

Die Dämonen wechselten jetzt ihre Strategie. Statt sich durch ihren Körper zu bohren, um an die heiß begehrte Seele heranzukommen, krallten sie sich an ihrer Jacke fest – Schultern, Hüfte, Kapuze – und zogen mit aller Kraft.

Im nächsten Moment flog sie nach hinten und dann vom Boden hoch. Obwohl sie sich verzweifelt wehrte, wurde ihr zappelnder Körper hoch in die Luft hinaufgerissen, bis Michael nur noch ein dunkler Klecks unter ihr war. Ein schwarzer, regloser Fleck im Schnee.

Eine Sekunde später schossen sie wieder hinunter, stießen Susanna grob vor sich her.

Der weiße Boden raste auf sie zu, so schnell, dass sie nur noch die Augen zukneifen und einmal kurz Luft holen konnte, bevor sie mit aller Kraft in den Schnee geschleudert wurde – tief, tief hinunter. Klaftertief. Dicke Schneewolken pufften um sie herum auf und rieselten auf sie herunter. Schlossen sie ein. Ein Gefängnis aus eisigem Weiß.

Ein Gefängnis, das hin und her schwappte wie etwas Flüssiges, wenn sie sich dagegenstemmte. Einen Moment lang tobte sie darin herum, bis sie merkte, dass sie allein war. Die Dämonen hatten von ihr abgelassen. Warum?

Auf die Antwort musste sie nicht lange warten. Michael schrie, schrie wie am Spieß.

KAPITEL 6

»Ich habe nachgedacht«, sagte Tristan plötzlich und schaute von dem Naturbuch auf, in dem er las. Es war ein Band über die Urwälder Südamerikas, eine Landschaft, die er mit seinen Seelen am liebsten durchquerte. Er hatte sich mit Dylan in der Bibliothek verschanzt, weil sie statt Sport – was für Dylan natürlich nicht infrage kam – eine Freistunde bekommen hatten.

»Ja und?«

»Ich denke, wir sollten experimentieren.«

»Experimentieren?« Sie warf ihm einen verständnislosen Blick zu.

»Ja. Wir müssen herausfinden, wie weit wir uns voneinander entfernen können, ohne dass es uns so schlecht geht, als ob wir … na, du weißt schon …«

»Als ob wir sterben müssten?«

»Richtig.«

Dylan überlegte einen Moment. Im Prinzip fand sie seinen Vorschlag vernünftig, wenn nicht die eine große Angst gewesen wäre, die alles andere in ihrem Kopf ausblendete.

»Warum? Kannst du's nicht erwarten, von mir wegzukommen?« Es sollte witzig klingen, ein harmloser Scherz, was aber voll danebenging. Na ja, kein Wunder, nachdem sie nachts kaum geschlafen und sich die ganze Zeit nur herumgewälzt hatte, soweit ihr das mit ihrem Gipsbein überhaupt möglich war. Die Schmerzen hatten einfach nicht nachgelassen und Tristan wollte ihr nicht mehr als die empfohlene Dosis an Schmerztabletten geben. Das kalte, mulmige Gefühl, das sich jetzt in ihr ausbreitete, schwang offenbar in ihrer Stimme mit, denn Tristan sprang von seinem Stuhl auf und setzte sich zu ihr auf die Tischkante.

»Nein«, sagte er und zupfte etwas fester an ihrem Pony als sonst. »Doch nicht deshalb. Warum sagst du so was?« Er wartete auf eine Antwort, aber sie brachte nur ein verlegenes Schulterzucken zustande. Sie wäre eher gestorben, als zuzugeben, was sie wirklich dachte. »Wir müssen doch wissen, woran wir sind«, fügte Tristan schließlich hinzu. »Oder vielmehr, wie weit wir uns voneinander wegbewegen können«, fügte er mit verschmitztem Grinsen hinzu. »Du willst doch nicht jedes Mal mitkommen, wenn ich auf die Toilette muss, falls die nicht direkt nebenan ist? Oder in die Jungen-Umkleide im Sport?«

»Na ja«, murmelte sie mit belegter Stimme und schluckte ihre hässlichen Gefühle hinunter. »Das mit der Umkleide wäre vielleicht gar nicht so übel.«

Tristan grinste und gab ihr einen sanften Schubs, dann legte er seine Hand in ihren Nacken.

»Du brauchst doch ein bisschen Unabhängigkeit«, sagte er. »Oder willst du mich von morgens bis abends um dich haben? Wir müssen checken, wie weit das möglich ist. Okay?«

Tristan hatte natürlich recht. Den Albtraum im Matheunterricht am Tag zuvor wollte sie nicht noch mal erleben – dieses Gefühl, zum zweiten Mal zu sterben, alles von Neuem durchzumachen –, in ihrem ganzen restlichen Leben nicht. Das hoffentlich noch lange dauern würde. »Ja, stimmt«, gab sie zu.

»Hast du vielleicht zwei Walkie-Talkies?«, fragte Tristan unvermittelt.

»Was?«

»Walkie-Talkies.«

»Nein.« Sie zog grinsend eine Augenbraue hoch. »Ich bin nicht mehr zehn, weißt du? Und auch kein Junge. Wozu brauchst du die Walkie-Talkies?«

»Damit wir uns verständigen können natürlich – einander mitteilen, wie es uns geht. Und sobald dir komisch wird, hören wir auf.«

Oh. Ja – das leuchtete ihr ein. »Ich denke, heutzutage tun's auch Handys.« Sie lachte. »Wir würden uns zum Gespött der ganzen Schule machen.«

Diesmal zupfte Tristan so fest an ihrem Pony, dass sie aufschrie.

Dann rollte er sie direkt in den hinteren Teil der Bibliothek, in ein Labyrinth aus hohen Regalen voller Sach- und Fachbücher, die kein Mensch je benutzte. Es war die einzige Möglichkeit, ihre Handys herauszunehmen, ohne dass die knopfäugige Bibliothekarin etwas davon mitbekam. Dylan hatte ein brandneues Smartphone – ein Geschenk von Joan als Ersatz für ihr altes, das sie im Zug verloren hatte. Tristan musste sich mit einem schäbigen alten Kartentelefon begnügen, das sie aus einer ihrer Schubladen zu Hause hervorgekramt hatte.

»Ruf mich an«, sagte Tristan. »Damit wir sehen, wie weit wir gehen können.«

»Ungefähr fünf Meter«, fauchte sie. Dann holte sie tief Luft, um sich wieder in den Griff zu bekommen. Trotz Tristans Beteuerungen eben war sie noch sauer, und der Gedanke an die höllischen Schmerzen, die sie erwarteten, wenn sie sich von Tristan entfernte, verbesserte ihre Laune auch nicht gerade.

»Komm schon, Süße.« Tristan kauerte sich vor ihrem Rollstuhl nieder. Er nahm ihre freie Hand in seine und kitzelte ihre Handinnenfläche mit seinen Fingerspitzen.

Mehr brauchte es nicht, um sie herumzukriegen, was nicht gerade ein gutes Licht auf ihre Willensstärke warf. »In Ordnung«, brummte sie schulterzuckend. »Dann bringen wir es hinter uns.«

Tristan bedankte sich mit einem raschen Kuss, bevor er auf ihr Telefon tippte und sich aufrichtete. »Sag Bescheid, wenn ich aufhören soll.« Langsam wich er zurück, ohne sie aus den Augen zu lassen.

Zuerst spürte sie gar nichts – kam sich nur ziemlich dumm vor, so allein hier hinten in der Bibliothek. Tristan ging weiter, bis er die letzte Regalreihe erreicht hatte.

»Und?«

Dylan redete, so laut sie konnte, ohne dass sie die Aufmerksamkeit auf sich zog. »Nichts. Und du?«

»Mir geht's gut.«

Tristan wich noch etwas weiter zurück, bis er mit dem Rücken an der Doppeltür stand, die auf den Flur hinausging. Sie konnte ihn gerade noch hinter den hohen Bücherregalen sehen, und sie lächelte, als er fragend die Augenbrauen hochzog.

Was sollte sie sagen? Sie zuckte die Schultern. Es war … okay. Ein leichtes Zucken in der Brust vielleicht, nicht sehr angenehm, aber das bildete sie sich wahrscheinlich nur ein.

Und dann, einen Herzschlag später, als Tristan leise zur Tür hinaushuschte, spürte sie es. Panik. Übelkeit. Der Schmerz in ihrem Bein wurde stärker, die fast verheilten Wunden auf ihrem Rücken begannen zu brennen. Mit zitternden Fingern scrollte sie ihre Telefonkontakte durch und knallte ihren Daumen auf Tristans Namen.

»Mir geht's beschissen«, stieß sie hervor, sobald er antwortete. »Meine Brust ist wie zugeschnürt und mir wird schlecht.«

»Und dein Bein?«

»Ähm … geht so.« Mist. Am liebsten hätte sie Tristan angefleht, dass er aufhören sollte, aber sie beherrschte sich. Sie mussten das jetzt testen, es war wichtig. »Wo bist du?«

»Ich stehe praktisch direkt vor der Tür.«

»Oh.« Sie biss sich auf die Unterlippe. »Ich dachte, du bist schon weiter weg.«

»Nö.« Sie konnte Tristans Enttäuschung durch die Telefonverbindung hören.

»Gut, dann geh noch ein bisschen weiter«, drängte sie.

Kurze Pause, dann: »Wirklich?«

»Ja.« *Nein.* »Na los, mach schon.«

»Ich gehe nur bis ans Ende des Flurs«, versprach er.

Sie lauschte auf das Geräusch seiner schwarzen Schulschuhe, die laut auf den Flurboden knallten. *Er ist da*, beschwor sie sich. *Du kannst ihn hören, du weißt, wo er ist.*

Aber es half nichts. Das Engegefühl in ihrer Brust nahm zu, bis sie kaum noch Luft bekam. Ihre Schläfen pochten, ihr Magen schlug Purzelbäume. Aber das konnte sie aushalten. Viel schlimmer war das Gefühl, dass jede einzelne Wunde, die sie bei dem Unfall erlitten hatte, wieder aufbrach. So als würde ihr Bein von Neuem zerquetscht und zertrümmert, als schälte sich die Haut an ihrer Hüfte und am Rücken unten ab, bis das nackte Fleisch darunter zum Vorschein kam. Ihr war sterbenselend, und sie fühlte sich so schwach und zittrig, als ob mit jedem Schritt, den Tristan machte, alles Leben aus ihr heraussickerte.

»Zu weit«, keuchte sie. »Komm zurück.«

»Dylan?« Seine Stimme drang knisternd durch das Telefon. »Bist du okay?« Pause. »Ich fühle mich … ich glaube, das ist weit genug.« Er schluckte schwer, was als scharfes Klicken an ihr Ohr drang.

»Komm zurück«, wiederholte sie.

»Ja, gleich«, sagte er. »Ich … ich will es nur noch ein paar

Sekunden länger aushalten. Mal sehen, ob es nach einer Weile nachlässt.«

Sie konzentrierte sich auf ihren Atem – ein, aus, ein, aus. Das passiert nicht, beschwor sie sich. Es ist nur in deinem Kopf. Nichts Wirkliches, okay? Aber es half nichts. Der Schmerz wurde nur noch stärker, statt nachzulassen. Erschrocken merkte sie, dass ihr Kopf haltlos herumbaumelte und ihre Sicht allmählich verschwamm.

»Ich kann nicht, Tristan.« Sie griff hinunter und packte ihren Gips, der ihr Bein wie in einem Schraubstock zusammenquetschte. »Mann, tut das weh.«

»Nur noch ein paar Sekunden«, wiederholte Tristan.

»Ich glaube, ich werde ohnmächtig«, flüsterte sie ins Telefon.

»Dylan? Hörst du mich?« Panik in Tristans Stimme. Das, und der Schmerz. »Ich komme.«

Das Geräusch von eiligen, schweren Schritten riss sie aus ihrer Benommenheit. Ihr ganzer Arm fühlte sich taub an, ihr Kopf war so schwer, dass sie ihn nicht hochheben konnte. Plötzlich schallte eine Stimme durch den Lautsprecher.

»Du da – bleib sofort stehen!«

Thomson. Das konnte nur der verschrobene alte Vizedirektor sein, der die Schüler immer so grob anschrie. Aber Tristan blieb nicht stehen – sie hörte ihn immer noch rennen.

»Ich sagte: Stopp!«

Wenn Tristan nicht stehen blieb, musste er nachsitzen. Ohne sie. Eine Trennung, die viel länger dauern würde als ihr kleines Experiment.

»Stopp, Tristan«, flüsterte sie ins Telefon.

Sie hörte sein ärgerliches Knurren, als er schlitternd zum Stehen kam, und ein gedämpftes »Tut mir leid, Sir«. Er musste sein Telefon wieder eingesteckt haben.

»Wozu diese Eile, junger Mann?«

»Meine Cousine wartet in der Bibliothek auf mich und sie sitzt im Rollstuhl. Sie braucht mich, ich muss sofort zu ihr.«

»Dylan McKenzie hat ein schweres Zugunglück überlebt – was in aller Welt soll ihr da in einer harmlosen Bibliothek passieren?«

Betretenes Schweigen, dann: »Buchlawine?«

Trotz allem, was sie durchgemacht hatte, lachte sie laut auf, schlug sich aber schnell die Hand vor den Mund, um das Geräusch zu ersticken.

»Findest du das komisch, Junge?«

Dylan fand es zum Totlachen, aber Thomson hatte leider keinen Funken Humor.

»Nein, Sir.« Gute Antwort.

Wieder Schweigen. Tausendundeins, tausendundzwei, tausendunddrei …

»Geh mir aus den Augen!«

Dann wieder Schritte, leiser diesmal, aber immer noch schnell. Kurz darauf ging die Bibliothekstür knarzend und quietschend auf und Tristan schlüpfte herein.

Sie lehnte sich zurück und versuchte sich zu fangen. Schwindlig war ihr immer noch, aber der Schmerz ließ allmählich nach. Nur ein paar Sekunden, dann würde Tristan in Sicht kommen. Sie blinzelte kurz und versuchte sich zu konzentrieren.

»Tristan?« Eine weiblichc Stimme, die sie nur allzu gut kannte. Dem gedämpften Klang nach musste Tristan das Telefon noch immer mit sich in der Tasche herumtragen. Sie hörte ihn eine Antwort murmeln, dann wieder die weibliche Stimme – jetzt schon viel näher.

»Oh, du hast eine Freistunde?« Cheryls zuckersüßes Gesäusel sollte wohl sexy sein – in Dylans Ohren klang es allerdings so grässlich, als würde jemand mit den Fingernägeln über die Tafel kratzen. »Steph, das ist Tristan, von dem ich dir schon so viel erzählt habe, du erinnerst dich?«

»Hi, Tristan.« Steph Clark. Berühmt für ihre Knutschereien am Generator draußen – und dafür, dass sie noch dümmer war als Cheryl McNally. Was eine echte Leistung war.

»Wahnsinn«, säuselte Cheryl weiter. »Ich glaube, das ist das erste Mal, dass ich dich ohne deine Cousine antreffe.«

Auf dem Wort »Cousine« lag etwas zu viel Betonung für Dylans Geschmack. Warum hatte sie sich nur auf diese dumme Idee eingelassen?

»Wir sind uns eben sehr nahe«, wehrte Tristan leise ab. Das besänftigte sie ein bisschen.

»Und außerdem sitzt sie im Rollstuhl«, stichelte Cheryl. »Ist sicher ganz schön hart für dich, dass du dich den ganzen Tag um sie kümmern musst.«

»Mach ich gern«, gab Tristan kurz angebunden zurück. »Also, ich muss jetzt …«

»Warte mal!«

Oh, fuck. Dylan wäre am liebsten zu Cheryl hinübergerollt und mit ihrem Rollstuhl voll in sie reingeknallt – dann würde die dumme Kuh schon sehen, wie hilflos sie war. Sie schaltete ihr Smartphone aus – inzwischen waren sie in Hörweite – und packte die beiden großen Räder links und rechts von ihr mit aller Kraft. Der Rollstuhl bewegte sich ein paar Zentimeter vorwärts. Ächzend verlagerte sie ihren Griff und versuchte es erneut.

»Was machst du nach der Schule, Tristan?«

»Was? Warum?«

Wollte Cheryl etwa ein Date mit ihm? Dylan legte sich noch mehr ins Zeug, bis die Räder endlich über den Teppich rollten, aber leider nicht in die gewünschte Richtung. Der blöde Rollstuhl rutschte seitlich weg, voll auf Kollisionskurs mit einem Regal voller Autobiografien. Sie riss das linke Rad herum, wollte gegensteuern, aber ihr ausgestreckter Gipsfuß stieß gegen einen fetten Hardcover-Wälzer mit dem Titel »Churchill: The Life«. Der Schmerz, der ihr durch das verletzte Bein schoss, raubte ihr den Atem. Ein paar Sekunden lang saß sie keuchend da und hörte zu, wie die beiden Mädchen Tristan auf der anderen Seite des Regals anmachten.

»Ich meine, du musst doch nicht zu Hause bleiben, nur weil sie nicht wegkann …«

»Nein, muss ich nicht.« Tristan wieder. War das Ärger in seiner Stimme? »Ich bleibe, weil ich es will.«

»Also, jedenfalls schmeiß ich ’ne Party am nächsten Samstag«, fing Cheryl wieder an. »Willst du nicht auch kommen?«

Keine Antwort. Er dachte also darüber nach. Dylan knirschte mit den Zähnen. Ohne dieses blöde, pochende Gipsbein hätte sie jetzt hinüberlaufen und Cheryl eine reinhauen können. Und Steph, der dummen Kuh, am besten gleich auch.

»Mal sehen, was Dylan dazu meint.«

Der Wutknoten in Dylans Brust löste sich ein bisschen.

»Oh. Also, ich meine …«, stotterte Cheryl herum. »Sie wird wahrscheinlich sowieso nicht wollen, mit dem Rollstuhl und allem …« Dann verstummte sie, ziemlich kleinlaut offenbar, und Dylan wusste genau, wie Tristan das gemacht hatte. Sie kannte diesen speziellen Blick, mit dem er sie im Niemandsland mehr als einmal zum Schweigen gebracht hatte.

»Wenn Dylan nicht will, komme ich auch nicht«, sagte er kalt.

Sekunden später tauchte er hinter der äußersten Regalreihe auf. Er sah wütend aus – wütend und besorgt.

»Alles gut?« Erleichtert ging er neben ihr in die Knie, streckte seine Arme aus und umfasste ihr Gesicht mit beiden Händen, sodass sie gezwungen war, ihn anzusehen, was sie gern vermieden hätte. Hässliche, böse Gefühle blubberten in ihr hoch – gegen Cheryl und Steph, aber auch gegen Tristan. Das war natürlich unfair, aber was sollte sie machen? Ihr Herz kümmerte sich nicht darum, was fair war oder nicht.

»Mir geht's gut«, murmelte sie und versuchte, ihren Groll zu verbergen. Dann riss sie sich zusammen und zwang sich zu einer richtigen Antwort: »Die Schmerzen waren ... erträglich, dann plötzlich ...«

»Ich weiß, ich hab's auch gespürt.« Er schaukelte näher heran und presste seine Lippen auf ihre.

»Tristan«, flüsterte sie warnend. »Wenn uns jemand sieht ...«

»Ist mir egal«, flüsterte er zurück. »Es tut mir so leid, Dylan. Ich hätte dir das Experiment nicht zumuten dürfen. Nie wieder, okay?« Noch ein Kuss. »Ich verspreche es.«

Obwohl es das Letzte war, was sie wollte, löste sie sich aus Tristans Griff. Es war wirklich keine gute Idee, sich dabei erwischen zu lassen, wie sie ihren Cousin küsste.

»Wir mussten es doch testen«, wandte sie ein und mit einem schiefen Grinsen fügte sie hinzu: »Ein Mal.«

Tristan lächelte automatisch zurück, aber sein Gesicht blieb nachdenklich. »Außer Sichtweite.«

»Was?«

»Sobald wir außer Sichtweite voneinander sind, potenziert sich die Wirkung ...«

»Aber das macht doch keinen Sinn.« Sie schüttelte den Kopf. »Ich wusste ja, wo du bist. Kann es nicht sein, dass wir einfach so eine Art Schranke erreicht haben?«

»Möglich.« Sein Blick blieb skeptisch. »Aber es wurde so schnell so viel schlimmer.«

Sie versuchte zu verstehen, worauf er hinauswollte. »Du meinst, es ist psychologisch?«

»Teilweise.«

»Aber wir waren doch davor auch schon außer Sichtweite voneinander. Jedes Mal, wenn wir auf die Toilette gehen, um Himmels willen!«

»Aber das ist in deiner Wohnung«, wandte Tristan ein. »Dein Zuhause, das dir vertraut ist. Wo du weißt, dass ich definitiv zu dir zurückkomme.«

»Ach ja? Glaubst du, ich habe Angst, du könntest mir davonlaufen?« Diesmal gab sie sich keine Mühe, ihre Entrüstung zu verbergen.

»Nein«, wehrte Tristan schnell ab. »Mich trifft es doch auch, schon vergessen?«

»Also, was dann?«

»Ich glaube, wir haben eine Verbindung zueinander geschaffen, damit wir beide in dieser physischen Welt existieren können. Wenn wir dieses Band zu lösen versuchen, holt uns die Realität wieder ein.«

»Eine Realität, in der ich gestorben bin.« Sie nickte. Daher die Schmerzen, als würde ihr Bein zum zweiten Mal zertrümmert …

»Wenn wir einander sehen können oder in einer sicheren Umgebung sind …« Er ließ seine Hände auf ihre Knie fallen und drückte sie. »Dann wissen wir, dass es okay ist. Aber sobald wir außer Sichtweite sind, zwingt uns die Verbindung wieder zusammen.«

Einen Augenblick herrschte Schweigen, während sie über Tristans Worte nachdachte. »Aber das ist nur eine Vermutung, oder?«, sagte sie schließlich. »Du weißt es nicht wirklich.«

»Nein, ich weiß es nicht«, gab er zu. »Wie denn auch? Das hat ja bisher noch niemand gemacht.«

»Also dann …« Sie prustete laut, obwohl ihr gar nicht nach

Lachen zumute war, »… dann sitzt du jetzt wirklich mit mir fest. Für immer.«

Ein Witz natürlich, aber sie behielt Tristan scharf im Auge. Wenn er auch nur mit der Wimper zuckte oder sie den geringsten Unwillen in seinen Augen entdeckte, wusste sie nicht, was sie tun würde. Wie sollte sie mit dem Gedanken leben, dass er nur gezwungenermaßen bei ihr blieb und nicht aus eigenem Antrieb? Aus *Liebe*?

Aber Tristan lächelte und seine Augen leuchteten auf, während er sich vorbeugte, um sie noch einmal zu küssen.

»Ich wüsste nicht, was mir lieber wäre, Dylan.«

KAPITEL 7

Michael war tot. Wahrscheinlich hätte ihr das leidtun müssen. Susanna prüfte ihre Gefühle, fahndete nach einem Hauch von Traurigkeit, spürte aber nur Erschöpfung. Nichts als Kälte und knochenzermürbende Müdigkeit.

Außerdem war er selber schuld. Sie hatte alles getan, um ihn zu beschützen. Hatte ihn gedrängt, schneller zu gehen, aber er hatte es nicht geschafft. Nach der langen Krankheit, die ihn schließlich getötet hatte, war sein Körper dieser plötzlichen Anstrengung einfach nicht gewachsen. Ständig musste er sich ausruhen. Nur eine Minute. Dann noch eine … und noch eine.

Am Ende hatte er zu oft gerastet. Statt auf sie zu hören, ihr zu glauben, was sie ihm sagte. Er war nicht mehr krank, sein Körper brauchte keine Ruhe mehr. Das alles spielte sich nur in seinem Kopf ab, der sich hartnäckig an seine vertraute Gestalt klammerte.

Nicht einmal das Tal hatten sie erreicht, worüber sie wahrscheinlich froh sein musste. Mit Michael gegen einen ausgewachsenen Schneesturm ankämpfen … undenkbar. Er hätte es nie durch die Todesfalle geschafft, und falls doch, wäre spätestens der See sein Ende gewesen. Trotzdem wurmte es Susanna – verletzte ihren Stolz –, dass sie nicht einmal die leichten Levels geschafft hatten.

»Levels«, ein Ausdruck, der von einem ihrer Schützlinge

stammte, einem Jungen, der die Reise durch das Niemandsland als die einzelnen Stufen eines Videospiels betrachtet hatte. Der Anfang war einfach, leichtes Terrain und händelbare »Baddies«. Wenn der Spieler die Basics gelernt hatte, ging er zur mittleren Stufe weiter. Dort wurde es schwieriger – der Mut wurde getestet. Wer das überlebte, wurde zum »Experten« befördert. Er rückte zu den obersten Levels auf, wo der Endgegner lauerte und besiegt werden musste, um das Spiel abschließen zu können.

Der Vergleich mit den Prüfungen im Niemandsland lag auf der Hand, das musste sie zugeben. Trotzdem war ihr der Gedanke nicht geheuer. Weil das hier eben *kein* Spiel war. Hier ging es nicht um Sieg und Triumph, sondern um Leben und Tod. Oder nein, um Überleben oder Auslöschung. Wer im Niemandsland starb, konnte nicht auf Los zurück und wieder von vorne anfangen. Er war dann einfach … fort.

Das hatte sie dem Jungen natürlich nicht gesagt. Er war fast sein ganzes kurzes Leben lang krank gewesen – ein seltener Gendefekt hatte ihn ans Haus gefesselt, wo er abgeschottet von der Welt und ihren tödlichen Keimen leben musste. Computerspiele waren seine einzige Realität, die wirkliche Welt kannte er fast genauso wenig wie Susanna. Sie hatte ihr Bestes gegeben, hatte alles getan, um ihn durch die verschiedenen Levels des Niemandslands zu bringen, damit er am Ende den Endgegner besiegen konnte und sicher ans Ziel kam.

Wenn sie sich für Michael genauso bedingungslos eingesetzt hätte, wäre er vielleicht durchgekommen.

Seufzend wandte sie sich von der Stelle ab, an der die Dämonen ihn hinuntergezerrt hatten – der Schnee war noch aufgewühlt, mit hellrotem Blut gesprenkelt, seinem und ihrem. Dann entfernte sie sich langsam. Mit jedem Schritt verdunstete der knirschende Schnee unter ihren Füßen ein wenig mehr und der düstergraue Himmel klarte auf. Einen Augenblick lang erstrahlte alles in blendenden Weißschattierungen – sie hatte diese Farbe so satt! –, bis die Welt sich allmählich neu zusammenfügte. Jetzt folgte sie einem schmalen Erdweg, der an einem Fluss entlangführte. Riesige Reisfelder dehnten sich in der Ferne aus, die grünen Stängel leuchteten in der Sonne. Nicht weit von ihr lag ein kleines Dorf, das sich in den Hügel schmiegte. Ihr Bestimmungsort.

Während sie langsam weiterging, spürte sie, wie ihr Haar wuchs und wuchs und immer weiter über ihre Schultern herunterfiel, bis es schließlich über ihrem Rücken baumelte. Ihre Schritte wurden holpriger, je mehr ihre Beine sich verkürzten und je runder ihr schmaler, schlanker Körper wurde. Als die Verwandlung abgeschlossen war, fühlte sie sich plump und unförmig. Angewidert rümpfte sie die Nase über ihre neue, schwerfällige Gestalt. Das würde ziemlich lästig sein, wenn sie rennen oder kämpfen musste.

Das Haus war kleiner als die meisten anderen, ein gedrungener, einstöckiger Bau mit einem Ziegeldach, das in der Mitte leicht durchsackte. Die Eingangstür, die von der Veranda abging, war mit kunstvollen, verblichenen Zeichnungen bedeckt, die kaum noch erkennbar waren. So wie es aussah, musste es ein gepflegtes, gut instand gehaltenes Zuhause gewesen sein, das erst in letzter Zeit etwas vernachlässigt wurde. Die sorgfältig angelegten Blumenbeete waren unkrautüberwuchert, das Gras so hochgeschossen, dass es über die flachen Steine des Hauswegs fiel. Drinnen roch es nach Räucherwerk, beißend und leicht Übelkeit erregend in dem kleinen Raum. In einer Nische ungefähr in der Mitte des Flurs ragten ein halbes Dutzend schwarz verkohlte Stäbchen vor einer kleinen Buddhastatue auf, einer dickbäuchigen Gestalt mit lächelnden Augen.

Das Schlafzimmer hinten lag im Dunkeln, trotz des warmen Sonnenscheins draußen. Leise trat sie ein und starrte die schmächtige Gestalt auf dem Bett einen Herzschlag lang an, dann umrundete sie das schwere hölzerne Fußteil und öffnete die Vorhänge. Draußen verschmolzen die wirkliche Welt und das Niemandsland miteinander. Sie stand zwar im Niemandsland – die Vorhänge in ihren Händen waren nichts als ein Fantasiegespinst der Verstorbenen –, doch die Welt, die sich jenseits davon ausbreitete, war real. Und so nahe.

Obwohl das Fenster nicht groß war, drang genug Licht herein, um die verblichene gelbe Farbe an den Wänden und die zart geblümte Decke über dem Bett zu enthüllen.

»Meine Lian besucht mich nicht mehr«, murmelte eine leise, zittrige Stimme und Susanna zuckte zusammen. Ihr Blick huschte zum Gesicht der kleinen Gestalt im Bett. Xing You Yu. Sie schlief nicht mehr, wie sie geglaubt hatte, sondern schaute sie unverwandt mit ihren ruhigen braunen Augen an.

»Ich bin doch jetzt da, Großmutter«, sagte Susanna lächelnd und fügte sich übergangslos in die Rolle, die ihr zugewiesen worden war.

»Ja, du bist da«, gab die alte Frau zurück und richtete sich ächzend auf. »Aber du bist nicht meine Lian.«

»Großmutter?« Susanna runzelte sanft die Stirn, lächelte ihr in gespielter Verwirrung zu. Warum durchschaute die Frau ihre Maskerade? Sie war doch das genaue Ebenbild von You Yus Enkelin, das wusste sie. Bis hin zur Farbe ihrer Augen war jedes Detail perfekt.

»Lüg mich nicht an«, schimpfte You Yu. »Ich erkenne den Tod, wenn ich ihn vor mir sehe.«

Susanna schwieg betroffen.

»Du willst wahrscheinlich, dass ich mit dir komme.« Die Beine, die sich unter der aufgeschlagenen Decke hervorschwangen und auf dem Teppich landeten, waren so dünn wie die eines Vögelchens und die Arme, die nach dem Morgenmantel am Fußende des Bettes griffen, erschreckend zerbrechlich.

»Ja, Großmutter«, fing Susanna wieder an. »Ich bin gekommen, um dich zu einem Spaziergang abzuholen. Heute ist ein schöner, sonniger Tag.«

»Nenn mich nicht so!«, fauchte die alte Frau und funkelte sie an. »Du bist nicht meine Lian.« Als ihr Blick an Susanna heruntergliitt, wurde ihr harter Ausdruck weicher. »Ich habe dir ja gesagt, dass sie nicht mehr kommt. Es macht sie so traurig, sagt sie. Und mich wohl auch.« Seufzend fügte sie hinzu: »Aber es ist nett von Gevatter Tod, dass er sich mir in einer so vertrauten Gestalt nähert. Lässt du mir die Zeit, mich anzuziehen?«

Susanna nickte stumm.

Kurze Zeit später verließen sie das Haus. You Yu – so wollte die alte Frau genannt werden – in festen Stiefeln, einer einfachen Tunika und einer derben, blutrot gefärbten Hose. Für die wollgefütterte grüne Jacke, die sie darübergezogen hatte, war es viel zu warm, aber Susanna sagte nichts. Das Wetter konnte sich im Niemandsland schlagartig ändern, wie sie nur zu gut wusste. You Yu brauchte nur von einem leichten Stimmungstief überwältigt zu werden und schon mussten sie sich in peitschendem Wind und prasselndem Regen vorwärtskämpfen.

Aber noch schien die Sonne, als sie den kleinen Gartenweg hinuntergingen. Auf halber Höhe hielt You Yu inne, nahm einen tiefen Atemzug und legte ihr runzliges altes Gesicht zurück, um die helle Sonne in sich aufzusaugen.

»Emphysem«, sagte sie leise. »Das ist der erste richtige Atemzug, den ich seit …«, kopfschüttelnd hielt sie inne, »… seit einer Ewigkeit gemacht habe.« Die Hände in die Hüften gestemmt, schaute sie den Weg hinunter und Susanna folgte ihrem Blick.

Der Dorfplatz lag still da, nur eine Handvoll Menschen hauchten dem Ort etwas Leben ein. Ein alter Mann beugte sich in dem Garten links von ihnen über seine Hacke, ein junges Ehepaar mit einem Baby im Kinderwagen kam langsam auf sie zu.

»Ich werde diesen Ort vermissen«, murmelte You Yu. »Ich habe hier mein ganzes Leben verbracht.«

»Vielleicht wirst du ihn ja wiedersehen.« Susanna lächelte vorsichtig.

»Vielleicht? *Weißt* du es denn nicht?«, fragte You Yu mit hochgezogenen Augenbrauen.

»Nein«, gab Susanna wahrheitsgemäß zu. »Ich bin nur deine Begleiterin auf diesem Teil der Reise.«

»Hmmmm«, machte You Yu. Dann, nach einem letzten, wehmütigen Blick auf ihr Haus: »Nun, dann führe mich.«

Sie bogen in die Straße ein, und You Yu merkte nicht, dass der Gärtner ihr Winken ignorierte oder das junge Paar ihr freundliches Lächeln. Das waren Menschen aus Fleisch und Blut, Menschen, die wirklich existierten – im Gegensatz zu You Yu. Sie war nur um Haaresbreite von ihnen entfernt, einen Schritt außerhalb der Zeit. Jenseits des Dorfes ging die Straße nahtlos in die letzten Ausläufer des Niemandslandes über. Dass die wirkliche Welt so nahe war – und doch so unerreichbar –, würde Susanna nie verstehen. Obwohl sie ihren Job schon so lange machte – seit … na ja, sie wusste nicht genau, wie lange, aber es erschien ihr wie eine Ewigkeit. Die Welt, die Wirklichkeit, das Leben – hier war es so nahe. Zum Greifen nahe.

Beflügelt von diesem Gedanken, ließ sie sich zu etwas hinreißen, das sie noch nie gemacht hatte. Als sie an dem jungen Paar vorbeikamen, das sich lauthals über You Yus verwilderten Garten empörte, streckte sie die Hand aus. Vorsichtig ließ sie ihre Finger am Arm der Frau entlang durch die Luft gleiten, versuchte, die

Flauschigkeit des zitronengelben Kaschmirpullis, den sie trug, an ihrer Handfläche zu spüren.

Nichts. Sie fühlte nichts, obwohl sie nicht nur mit ihrer Hand, sondern mit ihrem Herzen und ihrer Seele danach suchte. Der Schleier zwischen dem Niemandsland und der wirklichen Welt mochte noch so dünn sein – so hauchdünn, dass er unsichtbar blieb –, aber er hielt stand.

»Hast du diese Frau gerade für den Tod gezeichnet?«, fragte You Yu leise, während das junge Paar seinen Weg ahnungslos fortsetzte.

»Nein«, erwiderte sie wahrheitsgemäß. »Ich konnte sie nicht berühren.«

Es fiel ihr nicht leicht, ihre gallenbittere Enttäuschung zu verbergen. Wie hatte Tristan das nur geschafft?

Wie in aller Welt?

Wenn ihre Vermutung richtig war, wenn *er* das fertiggebracht hatte, warum nicht auch sie? Vielleicht konnte sie dann wieder mit ihm zusammen sein.

KAPITEL 8

Dylan konnte endlos schmollen, was sie natürlich jedes Mal erbittert abstritt, wenn Joan es ihr vorhielt. Aber ihre Mutter hatte recht, das wusste sie. Umso mehr versuchte sie, ihre hässlichen, vorwurfsvollen Gedanken vor Tristan zu verbergen, wenn er sie wieder einmal auf irgendeine Weise gekränkt hatte. Etwas, das ihr so schwerfiel, dass sie am Ende oft fast gar nichts sagte, um ihren heimlichen Groll nicht zu verraten.

Also schmollte sie weiter.

Sie hielt es bis zum Abend durch, als sie mit ihrem Mikrowellengericht auf dem Schoß im Wohnzimmer saßen, weil Joan Spätschicht hatte und Dylan zu sauer war, um etwas zu essen vorzubereiten.

»Und? Willst du auf diese Party?«, fragte sie betont gleichgültig, während sie auf ein Stück Huhn einstach, als wäre es ihr schlimmster Feind.

»Was?« Er wandte den Blick von der Nachrichtensendung ab, die er gerade ansah – davon konnte er nie genug bekommen –, und starrte sie an. Erst als sie mehrere Gabeln voll Tikka Masala in ihren Mund geschaufelt hatte, konnte sie sich dazu aufraffen, ihre Frage zu wiederholen.

»Cheryls Party. Willst du hin?«

Tristan starrte sie weiter an, als versuchte er zu erraten, was sie von ihm wollte, und sie musste ihre ganze Kraft aufbieten, um einen neutralen Gesichtsausdruck beizubehalten.

»Und du? Willst *du* hin?«, sagte er schließlich.

»Mir egal.« Lügnerin. »Wenn du hinwillst, gehen wir.«

Tristan aß weiter, die Augen auf seinem Teller und dann wieder auf dem Bildschirm. Nach sechzig langen Sekunden öffnete er endlich den Mund: »Ich habe nicht die geringste Lust, mit diesen Mädchen herumzuhängen, aber da sie ja deine Freundinnen sind …«

»Das sind nicht meine Freundinnen und das weißt du genau!«, widersprach sie schnell. Und dann, nachdem sie sich jetzt ohnehin verraten hatte: »Ich will nicht hin.«

»Warum sagst du es dann nicht gleich?« Tristan konnte seinen Ärger nur schwer verbergen.

»Na ja …« Kurze Pause, dann brach alles aus ihr heraus. »Ich kann sie nicht ausstehen, aber das heißt doch nicht, dass du nicht mit ihnen befreundet sein kannst – und Cheryl ist zwar strohdumm, aber die Jungs an der Schule finden sie hübsch, und … also, ich weiß nicht … ich meine, findest du das auch?«

Die Frage hing schwer in der Luft und sie hätte sich am liebsten auf die Zunge gebissen. Aber wenigstens verkniff sie sich jeden weiteren Kommentar, um nicht alles noch schlimmer zu machen. Tristan funkelte sie an, eine tiefe Falte zwischen den Augenbrauen.

»Das ist jetzt nicht dein Ernst, oder?«

»Nein«, sagte sie schnell, weil er das offenbar erwartete. Und dann, ganz leise: »Ich weiß nicht.«

»Also gut.« Er stellte die Überreste seines Tikka Masala beiseite. »Damit das mal ganz klar ist: Ich gehe in diese Schule, weil du hinmusst. Außer dir gibt es dort niemanden, den ich auch nur annähernd akzeptabel finde.« Ein schiefes Grinsen, das Dylan tapfer erwiderte. »Cheryl MacNally interessiert mich nicht, genauso wenig wie diese Steph oder wie auch immer sie heißt. Ich will nur dich.« Behutsam hob er ihr Kinn hoch. »In Ordnung?« Er hielt ihren Blick, sah ihr ernst in die Augen, bis es ihr zu eng wurde, zu intensiv, und sie leicht zurückwich. Wie peinlich, dass er ihre Unsicherheiten so leicht durchschaute! Es gab nur eine Möglichkeit, aus dieser Nummer wieder herauszukommen.

»Ach ja? Und was ist mit Mrs Lambert?«

»Welche soll das sein?«

»Die Bibliothekarin.« Die Frau, die man nie ohne Strickjacke sah. An diesem Tag trug sie ein Fünfzigerjahre-Kleid darunter – echtes Vintage! –, das wie die Faust aufs Auge dazu passte. Mrs Lambert, die Frau, der ein paar lange graue Haare am Kinn hervorsprossen. Tristans Augen blitzten amüsiert.

»Na ja, sie ist schon verdammt sexy«, sagte er grinsend. »Aber ich bleibe trotzdem bei dir.«

»Also, wenn du keine Lust auf Cheryls Party hast, gäbe es noch den Halloween-Ball …« Wieder versuchte Dylan, so beiläufig wie möglich zu klingen.

»Was ist das, ein Halloween-Ball?« Tristan schaute sie mit hochgezogenen Augenbrauen an und sie rutschte unbehaglich auf ihrem Sitz herum.

»Ach, vergiss es. Ist schon okay. Ich dachte nur, du willst vielleicht ein paar neue menschliche Erfahrungen machen oder so«, murmelte sie und schaute schnell weg. Ihr Gesicht brannte vor Verlegenheit, was Tristan auf keinen Fall sehen durfte. Sie spürte, wie er ihr Handgelenk anstieß. »Also gut, dann gehen wir auf diesen Ball«, sagte er. »Zusammen.«

Als sie endlich den Kopf hob, lächelte er sie ruhig an.

»Im Ernst? Du willst zum Halloween-Fest der Kaithshall Academy gehen?«

»Ja, klar.« Er zuckte die Schultern. »Neue menschliche Erfahrungen sammeln. Willst du nicht hin?« Dann ein schnelles Grinsen und er fügte hinzu: »Wie ist es denn so?«

»Weiß nicht«, gab sie widerstrebend zu.

»Du weißt es nicht?«

»Ich war noch nie dort.«

»Und warum nicht?«

Oh nein, warum hatte sie nur davon angefangen? Was in aller Welt dachte sie sich dabei? Wie konnte sie nur so dämlich sein! »Weil … na, du weißt schon.« Diesmal zuckte *sie* die Schultern.

»Nein«, sagte er langsam. »Das weiß ich nicht.« Seine Mundwinkel zuckten. »Ich bin neu hier, schon vergessen?«

»Ach, sei still.« Spielerisch knuffte sie ihn in den Arm, aber er wartete immer noch auf eine Antwort. Er würde auch nicht lockerlassen, das wusste sie. »Na ja, also … ich hatte bisher niemanden, mit dem ich hingehen konnte. Außer Katie natürlich, aber das ist mehr … ähm … so ein *Paar-Ding.*« Die letzten Worte murmelte sie kaum hörbar vor sich hin.

»Ist doch super«, sagte er schnell. »Ich will mit dir hingehen.«

Ihr Herz zog sich zusammen, so ehrlich erfreut klangen seine Worte. Und wie peinlich andererseits, dass er sie so leicht durchschaute, dass er erriet, wie verzweifelt sie sich insgeheim wünschte, auf diesen bescheuerten Ball zu gehen – endlich einmal dazuzugehören. Peinlich, aber auch wieder toll, dass er sie so gut kannte. Sie lächelte ihn an, dann fiel es ihr wieder ein. Mist!

»Ja, klar, aber wir sind als Cousin und Cousine auf dem Fest, vergiss das nicht.«

»Wir finden schon eine dunkle Ecke, wo wir ein bisschen für uns sein können.« Er lachte unbekümmert und sie wurde rot bei diesen Worten. Tristan hielt ihren Blick, suchte in ihrem Gesicht nach einer Antwort, aber sie wandte schnell den Kopf ab, noch immer total verlegen. »Dein Essen wird kalt.«

»Stimmt«, sagte er, ohne sich zu rühren. »Aber ich bezweifle, dass es kalt noch schlechter schmecken kann als jetzt schon.«

Er lachte sie an, seine blauen Augen blitzten übermütig. Dieses Wesen aus einer anderen Welt, das ihre Seele im Niemandsland vor der Auslöschung bewahrt hatte, machte sich über sie lustig. Lachte über sie, als wäre es das Natürlichste der Welt. Saß neben ihr auf ihrer schäbigen Couch, als gehörte er dorthin. Es war unglaublich. *Er* war unglaublich. Ein beinahe ehrfürchtiges Gefühl stieg in ihr auf, eine Empfindung, die sie schnell zu unterdrücken versuchte. »Hey!« Sie boxte ihn gegen die Schultern, spielte die Empörte. »Ich hab diese köstliche Mahlzeit auf den Punkt in der Mikrowelle für dich gegart. Wenn du in Schottland leben willst, musst du Chicken Tikka Masala lieben. Das ist praktisch unser Nationalgericht.«

»Tja, dann tut's mir leid.« Tristan wandte sich nicht wieder seinem Essen zu, sondern zog sie noch enger an sich. Ihr Magen flatterte erwartungsvoll, ihr Herz schlug schneller. Endlich küsste er sie, presste seinen Mund auf ihren, einmal, zweimal. Sie schmeckte einen Hauch Tomatensoße auf seinen Lippen, was um Klassen besser war, wenn man es auf diese Weise kostete. Gott, wie sie das vermisst hatte! Obwohl Tristan sie jede Nacht im Arm hielt, behandelte er sie, als wäre sie aus Glas, seit sie vom Krankenhaus zurück war. Als könnten ihre Knochen zersplittern, wenn er sie nur mal ein bisschen fester an sich drückte.

Sie stürzte sich förmlich in den Kuss, ausgehungert, wie sie war, aber nur zu bald löste er sich von ihr und kehrte auf seinen Platz auf der Couch zurück. Er nahm seinen Teller in die Hand, zwinkerte ihr zu und richtete seinen Blick wieder auf den Fernseher.

Sie folgte seinem Beispiel, starrte auf das gequälte Gesicht des Reporters, der vornübergebeugt im peitschenden Wind und strömenden Regen stand. Die Landschaft hinter ihm war in stumpfe, verwaschene Braun- und Grüntöne getaucht, nur von dem grellen Geflacker der roten und blauen Lichter diverser Rettungsfahrzeuge erhellt. Eine karge, hässliche Szene – und irgendwie gespenstisch vertraut.

»Tristan«, sagte sie. »Mach das mal lauter.«

Er gehorchte und die Stimme des Reporters hallte durch das Zimmer.

»… die Leichen wurden am Vormittag gefunden, als ein Gutachter vor Ort eintraf, um den Schaden am Tunneldach in Augenschein zu nehmen. Nach unseren Informationen sind alle vier Männer Opfer eines Überfalls, und obwohl die Polizei noch keine Todesursache festgestellt hat, werden die Umstände als verdächtig eingestuft. Klar scheint bisher nur zu sein, dass es sich nicht um einen Betriebsunfall handelt – aber die Fakten bleiben geheimnisumwittert. Beamte, die an der Unfallstelle interviewt wurden, wollten das Gerücht, dass wilde Tiere im Spiel gewesen seien, weder bestätigen noch dementieren. Die Staatsanwaltschaft wird alle vier Opfer obduzieren lassen, und die Angehörigen werden endlich erfahren, was in der Dunkelheit des Eisenbahntunnels geschehen ist. Und damit zurück ins Studio.«

Dylan griff nach der Fernbedienung und schaltete auf *Pause*, kurz bevor der Reporter sich mit einem Nicken verabschiedete.

»Ist das …« Das war doch nicht möglich. »Ist das *der* Tunnel, Tristan? *Unser* Tunnel?«

Der Blickwinkel der Kamera war ungünstig, weil er sich auf das Gewirr von Polizei- und Rettungswagen und ein einsames Feuerwehrauto konzentrierte, aber die Bahngleise verliefen um eine Biegung, und dort, fast außer Sichtweite, musste das klaffende Loch sein, das Dylan niemals vergessen würde.

»Ich weiß nicht …« Tristan beugte sich vor und starrte mit zusammengekniffenen Augen auf den Bildschirm. »Kannst du es noch mal ablaufen lassen?«

Sie schauten sich den Bericht von vorne an, klebten an jedem Wort, das der Reporter sagte. Dummerweise war nicht mehr von der Landschaft zu sehen, obwohl Dylan ihren Kopf weit nach links verdrehte, als könnte sie dadurch magisch das Blickfeld der Aufnahmen erweitern.

»Es sieht aber genauso aus«, beharrte sie. »Und der Reporter spricht von der Unfallstelle – ich meine, wie viele Züge können in den letzten paar Tagen denn noch gecrasht sein?«

Tristan schüttelte langsam den Kopf. »Du hast recht, es muss der Tunnel sein.«

Wieder starrte er auf den Bildschirm und ließ die Szene von vorne ablaufen. Dylans Blick hing an dem Tunnel, der ihr Leben so drastisch verändert hatte. Als der Reporter zu sprechen begann, sprangen ihr bestimmte Sätze buchstäblich in die Augen, schrien ihr ins Gesicht und übertönten alle anderen – *wilde Tiere ... zum Opfer gefallen* und schließlich die verräterischste Formulierung: *geheimnisumwittert.*

Vier Männer ermordet. Vier gewöhnliche Männer, Arbeiter, die nur ihren Job gemacht hatten, genau an der Stelle, wo sie mit Tristan im Schlepptau unter sträflicher Missachtung der Naturgesetze in die Welt der Lebenden eingedrungen war. Ihr Magen zog sich zusammen und ihr wurde schlecht. Ein Gefühl wie an jenem Tag, als sie ihrer kleinen Cousine – einer echten Cousine – die Haare geschnitten und dabei versehentlich ein Stück Knorpel an ihrem Ohr erwischt hatte. Der Vorfall verfolgte sie bis heute und jetzt empfand sie genau dasselbe wie damals: blanken Horror, das Gefühl, dass Blut an ihren Händen klebte, dass sie eine schwere Schuld auf sich geladen hatte – nur war es diesmal noch viel schlimmer.

»Meinst du, das hat was mit uns zu tun?«, flüsterte sie mit erstickter Stimme.

»Aber warum? Wie soll das gehen?« Tristan zögerte. »Das kann nur ein Zufall sein, eine schreckliche Tragödie.« Es klang überzeugend, aber Taten sprachen lauter als Worte. Wieder stellte er das Video auf *Start* zurück und schaute sich noch einmal alles ganz genau an, diesmal stummgeschaltet.

»Die Polizei sagt, die Umstände seien verdächtig«, wandte sie ein.

»Verdächtig heißt doch nicht …« Tristan brach ab, glaubte offensichtlich seinen eigenen Worten nicht.

»Meinst du … meinst du, sie mussten sterben, weil ich ins Leben zurückgekehrt bin? Als eine Art Ausgleich? Yin gegen Yang?«

»Könnte sein.«

»Aber du glaubst es nicht.« Es war keine Frage, denn sie spürte seine Skepsis.

»Nein«, gab er zu, die Stirn nachdenklich gerunzelt.

»Und was glaubst du dann?«

»Ich weiß nicht. Es ist … Wir müssen mehr darüber in Erfahrung bringen. Wir müssen herausfinden, wie sie gestorben sind.«

»Du meinst, wer sie getötet hat?«

»Ja«, sagte er. »Genau das meine ich.«

KAPITEL 9

Für eine alte Frau war You Yu ungewöhnlich flink. Leichtfüßig fegte sie den schmalen Erdweg entlang, dem sie folgten, ohne das frische junge Grün der flachen Felder zu beiden Seiten auch nur eines Blickes zu würdigen. Ihre Arme schwangen energisch hin und her, ihre Schritte waren lang und zielstrebig, sodass Susanna auf Lians kurzen, dicken Beinen kaum hinterherkam und bald völlig außer Atem war.

»Warum so eilig?«, keuchte sie, während sie fast im Laufschritt neben der alten Frau herjoggte.

You Yu neigte ihren Kopf in ihre Richtung und lächelte, ohne ihr gnadenloses Tempo zu drosseln.

»So gut habe ich mich schon lange nicht mehr gefühlt«, sagte sie. »Keine Schmerzen, keine Beschwerden. Es ist herrlich. Ich fühle mich so … so lebendig.« Sie hielt inne und stieß ein bellendes Lachen aus. »Ist das nicht absurd?«

Susanna schüttelte staunend den Kopf. Sie konnte sich nicht erinnern, dass jemals eine ihrer Seelen diese Reise mit so viel Freude und Energie angetreten hatte. You Yu hatte sofort erkannt, wer Susanna war, obwohl sie ihrer Enkelin zum Verwechseln ähnlich sah, und war einfach mitgekommen – ohne Wenn und Aber, ohne zu jammern und zu klagen. Sie hatte ganz selbstverständlich die Chance genutzt, ihren Körper mit all seinen Beschränkungen hinter sich zu lassen, und jetzt lief sie dahin wie eine Sechzehnjährige. Ganz abgesehen davon, dass die Sonne – und das war der absolute Hammer – von einem makellos blauen Himmel auf sie herunterschien. Man hätte meinen können, dass You Yu froh darüber war, tot zu sein.

»Da vorne kommt bald eine Hütte«, sagte sie zu ihr. »Dort bleiben wir über Nacht.«

»Ach, das ist doch nicht nötig.« You Yu wedelte den Vorschlag unbekümmert weg. »Lass uns einfach unter freiem Himmel schlafen.«

Susanna schüttelte den Kopf. »Nein«, sagte sie. »Das willst du nicht wirklich.«

»Doch, das will ich.«

Es hatte keinen Sinn, die Wahrheit zu verschweigen. Jedenfalls nicht bei einer Seele wie You Yu.

»Nein, im Ernst. Hier lauern Gefahren, die erst im Dunkeln zum Vorschein kommen. Blutrünstige Monster, die dir die Seele zerfetzen, wenn sie dich erwischen – die dich auf den Boden reißen und verschlingen, bis du so wirst wie sie.«

You Yus Schritte gerieten einen Herzschlag lang ins Stocken, aber sie fing sich schnell wieder und lief weiter.

»Ich verstehe«, räumte sie ein. »Aber es ist doch dumm, jetzt schon haltzumachen. Die Sonne steht noch direkt über uns.«

»Mag sein, aber hier kann es blitzartig dunkel werden«, wandte Susanna ein. »Und heute ist kein zweites Schutzhaus in erreichbarer Nähe. Wir müssen in der Hütte übernachten.«

Eine Weile gingen sie schweigend weiter, dann sagte You Yu seufzend: »Also gut.«

Zum ersten Mal in ihrer Laufbahn war Susanna froh darüber, frühzeitig das Schutzhaus zu erreichen, sodass noch ein wenig Zeit zum Ausruhen blieb. Normalerweise zog sie es vor, kurz vor Einbruch der Nacht anzukommen, damit die Seele müde war und sich bald in den Schlaf lullen ließ, statt mit ihr zu reden und ihr tausend lästige Fragen zu stellen. Aber jetzt schmerzten ihre Beine, ihr Herz hämmerte wild und sie war schweißgebadet. Als die kleine Hütte in Sicht kam, weinte sie fast vor Erleichterung.

Das Schutzhaus bestand aus einem windschiefen Holzgerüst mit gestampften Erdwänden und einem halb vermoderten Strohdach. Es hatte ein kleines Fenster an der Vorderseite und eine einzige, niedrige Tür. Alles sah verwittert und vernachlässigt aus, die Einrichtung war karg und schäbig, so wie immer, aber die Dämonen konnten ihnen hier nichts anhaben und nur das zählte.

»Oh, wie nett.« You Yu trat lächelnd über die Schwelle. »Mein Großvater hatte eine kleine Hütte, die genauso aussah wie die hier. Er war immer zum Fischen und zum Jagen dort – und um von seiner Frau wegzukommen.« Sie lachte glucksend. »Damals habe ich die Hütte gehasst. Es gab kein warmes Wasser und nur ein schmales Bett, so wie das hier.« Sie tätschelte das schmale Bambusgestell. »Ich musste also auf einem Strohsack auf dem Boden schlafen. Ich habe nie verstanden, was ihm daran gefiel.« Die Hände in die Hüften gestemmt, schaute sie sich um, musterte das Spülbecken mit der Handpumpe, die grob behauene Feuerstelle, die selbst gezimmerten Möbel: einen Tisch und zwei Stühle. »Aber jetzt schon.«

Obwohl es draußen noch hell war, machte Susanna sich am Ofen zu schaffen. Die Luft hier drin war kalt und klamm, und sie wollte ein Feuer in Gang bringen, bevor die Schatten sich sammelten. You Yu nahm unterdessen einen der Stühle, setzte sich in die Tür und schaute zu, wie die Sonne am Horizont heruntersank.

»Hörst du das?«, fragte sie plötzlich und Susanna hielt inne, den Kopf zur Seite geneigt. Zuerst nahm sie nur die Stille wahr, aber dann, endlich, drang es an ihr Ohr, dieses schrille, unheimliche Heulen, das ihr jedes Mal eisige Schauer über den Rücken jagte.

»Ich höre es«, sagte sie.

»In dieser Gegend gibt es keine Wölfe.«

»Nein«, bestätigte Susanna. »Das ist richtig.«

»Sind das die Kreaturen, von denen du gesprochen hast?«

»Dämonen.« Sie nickte. »Ja, das sind sie. Pass auf, dass du die Schwelle nicht überschreitest, sonst bist du verloren.«

Wie sie vorausgesagt hatte, versank die Sonne unnatürlich schnell hinter dem Horizont und die sanfte Abendröte ging abrupt in düsteres Zwielicht über.

»Ich habe dir nicht wirklich geglaubt«, sagte You Yu schaudernd. »Oder nein, ich habe dir zwar geglaubt, aber ich habe es nicht verstanden.« Eine Pause, dann in fröhlicherem Ton: »Ich weiß, dass ich kein Essen brauche, du hast es mir ja schon gesagt, aber es kommt mir so merkwürdig vor, gar nichts zu kochen. Obwohl ich nicht hungrig bin – ich habe nur das Gefühl, ich müsste etwas tun.«

»Es dauert eine Weile, bis das aufhört«, antwortete Susanna. »Habe ich mir sagen lassen.«

Als das Feuer endlich brannte, warf sie sich auf das schmale Bett und stöhnte leise. Alle Muskeln schmerzten, die Knochen ebenso. Ja selbst die Haare ziepten.

»Hast du was?« You Yu warf ihr einen belustigten Blick zu.

»Oh, tut mir leid.« Susanna setzte sich auf, ohne ein Stöhnen unterdrücken zu können.

»Müsstest du nicht daran gewöhnt sein?« You Yu verspottete sie, und das zu Recht. Sie hatte sich vor dieser alten Frau gründlich blamiert.

»Normalerweise schon«, gab sie zu. »Aber dann bin ich auch nicht so …«

»Du meinst, du schleppst nicht so viele zusätzliche Pfunde mit dir herum?« You Yu zog die Augenbrauen hoch, winkte jedoch schnell ab, als sie Susannas zerknirschtes Gesicht sah. »Ich hab's ihr ja gesagt! Ich hab ihr immer gesagt, dass sie zu dick ist. Aber meine Enkelin ist versessen auf Süßes.« Ein Schnauben, dann trat ein zugleich trauriger und sehnsüchtiger Blick in ihre Augen, aber im nächsten Moment fing sie sich wieder. »Musst du diese Gestalt beibehalten, solange du mich begleitest?«

»Na ja, nicht direkt müssen. Aber es ist …«

»Dann verändere sie doch.« You Yu schnitt ihr kurzerhand das Wort ab. »Ich weiß, warum du das gemacht hast, aber ich habe sofort erkannt, dass du nicht meine Lian bist, das sagte ich ja schon. Es ist schön, ihr liebes Gesicht ein letztes Mal vor mir zu sehen, aber nicht sie schaut mich aus diesen Augen an, sondern du. Mach es rückgängig. Lass mich sehen, wie du wirklich aussiehst.«

Der Gedanke, Lians plumpen, schwerfälligen Körper abzustreifen, war einfach zu verlockend. Im Handumdrehen nahm sie die Gestalt an, die sie für ihr wahres Selbst hielt und die sie sich nur in den seltenen Fällen zugestand, wenn sie die freie Wahl hatte. Ihr Körper dehnte sich, wurde schlanker und anmutiger. Ihre Haare schrumpften auf Kinnlänge zurück und färbten sich dunkler, ihre Wangenknochen traten stärker hervor, ihr Kinn wurde spitzer.

»Viel besser«, lobte You Yu. »Jetzt passt deine Persönlichkeit zu deinen Gesichtszügen, wenn du verstehst, was ich meine.«

Sie verstand es nicht wirklich, fühlte sich aber sofort viel wohler, obwohl ihre Muskeln immer noch schmerzten.

»Komm, setz dich zu mir.« You Yu deutete auf den anderen

Schemel, und Susanna trug ihn zur Tür, um sich neben die alte Frau zu setzen. Die Welt draußen war eine brodelnde, bedrohliche dunkle Masse, in der die Dämonen auf- und abschossen.

»Du fügst dich so bereitwillig in alles«, sagte Susanna schließlich, nachdem sie lange geschwiegen hatten.

You Yu verlagerte ihr Gewicht auf ihrem Hocker und zuckte mit den Schultern unter der dicken Steppjacke, die sie vor der nächtlichen Kälte schützte. »Klagen und Jammern würde mir doch nichts nützen – was passiert ist, ist passiert, daran lässt sich nichts ändern. Und außerdem …«, eine kurze Pause, »… außerdem bin ich mir gar nicht sicher, ob ich es rückgängig machen würde, wenn ich könnte.«

»Wirklich?«, fragte Susanna verwundert. »Warum nicht?«

»Ich war alt«, sagte You Yu. »Mein Körper hat mir den Dienst verweigert, an manchen Tagen bin ich kaum noch aus dem Bett gekommen. Und ich war einsam.« Die letzten Worte endeten in einem tiefen Seufzer.

»Du hattest deine Enkelin«, wandte Susanna leise ein.

»Ja, das stimmt.« You Yu nickte langsam. »Aber zuletzt nicht mehr. Lian wollte mich nicht so sehen, so alt und gebrechlich, verstehst du? Es machte sie traurig.«

»Hattest du denn sonst niemanden?«

»Ich hatte meinen Hui«, sagte You Yu. »Ich habe ihn lange nicht mehr gesehen, aber nun werde ich ja bald bei ihm sein.«

Susanna wusste, was sie meinte – hatte schon viele Seelen Ähnliches sagen hören. »Wann ist er gestorben?«, fragte sie. You Yu zuckte zusammen und Susanna sog die Luft ein. Es war taktlos von ihr gewesen, einfach mit dieser Frage herauszuplatzen.

»Vor elf Jahren«, sagte You Yu leise. »So lange wartet er schon auf mich.«

»Woher weißt du, dass du ihn wiedersehen wirst?«

You Yu drehte sich um, sodass der Feuerschein ihr Gesicht von unten beleuchtete. »Weißt du wirklich nicht, wo du mich hinbringst?«

Susanna biss sich auf die Lippe und schüttelte den Kopf.

You Yu zuckte leicht mit den Schultern. »Wie auch immer. Ich glaube daran, dass er auf mich wartet, so wie ich auf ihn warten würde. Egal, wie lange es dauert.«

Hoffentlich hast du recht. Die Worte schwebten durch Susannas Kopf, aber sie sprach sie nicht aus, um keine Zweifel in You Yus Geist zu säen. Die Wünsche der alten Frau sollten wahr werden.

»Und du?«, fragte You Yu. »Hast du jemanden, der auf dich wartet, egal wie lange?«

Nein, hatte sie nicht. Einem Seelenfahrer war das nicht beschieden. Jedenfalls nicht, was You Yu darunter verstand. Aber manchmal hatte Susanna es gespürt. Etwas wie Freundschaft, Verbundenheit. Das Gefühl, nicht ganz so allein zu sein. Und jetzt war er fort.

»Ich habe niemanden.«

You Yu tätschelte ihr Knie, eine tröstliche, großmütterliche Geste. Eine Form von Zuneigung, die Susanna fast völlig fremd war, die ihr die Tränen in die Augen trieb, während sie auf die dunkle Landschaft draußen starrte, die bei Tag so friedlich und heiter wirkte und dennoch eine Lüge war. Susanna musste nur kurz die Augen schließen, ihre Wahrnehmung anpassen, und wenn sie wieder hinsah, lag das wahre Niemandsland vor ihr.

Selbst jetzt, im Dunkeln, waren die Myriaden von Schatten, die durch die Luft schossen, leicht zu erkennen. Die glitzernde schwarze Schlange, die einen malerischen Fluss in You Yus heimatlicher Landschaft vorspiegelte. Die Seelen, durchsichtig und flackernd, und ganz in der Nähe – der einzige Lichtblick in dieser Version des Niemandslands für Susanna – die anderen Seelenfahrer. Sie waren wie Sterne, die unermüdlich im Morast funkelten. Wenn sie diese Lichter sah, konnte sie sich einreden, dass sie nicht allein war.

Und trotzdem spürte sie die Leere.

Zu ihrer Linken lag ein anderes Schutzhaus, still und verlassen. Keine geisterhafte Seele, kein leuchtender Seelenfahrer. Tristans Schutzhaus. Seine Route durch das Niemandsland stimmte im Wesentlichen mit ihrer überein, ihre Schutzhäuser duckten sich fast auf dem ganzen Weg Seite an Seite in die Landschaft. Wie viele Nächte hatte sie so dagesessen, aus einem Fenster oder durch eine offene Tür gestarrt und ihn dasselbe tun sehen? Sie hatten nicht miteinander kommuniziert, sich nie beim Namen gerufen – das war nicht erlaubt –, aber sie wussten, dass der andere da war. Ihre Augen hatten mehr miteinander geteilt, als sie jemals hätten in Worte fassen können.

Die Verbindung war abgebrochen, und sie konnte nur dasitzen und auf die Stelle starren, an der es sich abgespielt hatte. Was Tristan jetzt wohl machte? Ob er manchmal an sie dachte? An Susanna, die noch hier war, noch immer im Niemandsland festsaß.

Eine grenzenlose Einsamkeit überwältigte sie, so verlassen hatte sie sich noch nie gefühlt. Und weil sie es nicht ertragen konnte, stellte sie sich vor, Tristan hielte sich genau dort auf, wo sie ihn immer gesehen hatte. In Gedanken zeichnete sie seine Züge nach, ließ sein Gesicht nach ihrer Erinnerung neu entstehen – den scharfen, brütenden Blick, der sich ihr so unauslöschlich eingeprägt hatte. Ob er lächeln würde, wenn er sie wiedersah? Sie wagte es kaum zu hoffen. Und doch … vielleicht, nur vielleicht würde sein Gesicht aufleuchten und er würde ihr einen Blick aus seinen tiefblauen Augen schenken, die sie so lange schon vermisste.

Egal, was spielte es schon für eine Rolle? Er kam ja nicht zurück. Mit einem Blinzeln löschte sie das geisterhafte Bild, das sie heraufbeschworen hatte.

Jetzt war sie wirklich allein. So allein, dass ihr der Atem stockte.

KAPITEL 10

»Also, das ist es.« Susanna stand mit You Yu an der Grenze, und zum ersten Mal war sie diejenige, die vor diesem letzten Schritt zurückschreckte.

Sie hatten das Niemandsland fast ohne Probleme durchquert und nur im Tal ein bisschen mit der Gefahr geflirtet, als die Schatten den Weg so stark verengten, wie Susanna es noch nie erlebt hatte. Alles lief gut, aber You Yu war so gebannt von den kahlen Steilhängen und den majestätisch aufragenden Berggipfeln über ihnen gewesen, dass sie getrödelt hatte, ohne daran zu denken, wie schnell die Sonne im Niemandsland hinter dem Horizont versank.

Aber selbst dann waren die Dämonen nicht nahe genug gekommen, um das Lächeln im weichen, runzligen Gesicht der alten Frau auszulöschen.

Statt zu rennen und zu kämpfen, hatten sie abends im Schutzhaus gesessen und in die Sterne geschaut – in You Yus Niemandsland zogen keine dunklen, unheilvollen Wolken auf. Susanna fühlte sich fast in die wirkliche Welt versetzt, als sie nun auf die gut gepflügten grünen Felder blickte, die sich vor ihnen ausdehnten, so weit das Auge reichte. Und auf die Pfingstrosen – in You Yus Niemandsland wuchsen sogar Pfingstrosen!

Und jetzt war alles vorbei. You Yu würde verschwinden und

für sie selbst würde alles wieder von vorne anfangen. Wie lange es wohl dauern würde, bis sie das nächste Mal eine so zufriedene und weise alte Seele wie You Yu begleiten durfte? Der Gedanke war deprimierend.

»Kommt es dir gar nicht in den Sinn, einfach umzukehren und zurückzugehen?«

»Was? Nachdem wir so lange gegangen sind?« You Yu lachte, dann wurde ihr Gesicht ernst und sie schüttelte den Kopf. »Nein. Nein, um keinen Preis der Welt würde ich meinen Hui noch länger warten lassen.«

Susanna hatte nichts anderes erwartet, wollte es aber aus You Yus Mund hören. In den langen Nächten, die sie zusammen in den stillen, dunklen Schutzhäusern verbracht hatten, war sie auf eine Idee gekommen – eine neue Theorie.

Sie ahnte dunkel, wie Tristan in die wirkliche Welt gelangt war. Die Seele, die er geführt hatte, musste einen Weg zurück ins Leben gefunden und Tristan ins Schlepptau genommen haben.

Wenn ihre Theorie stimmte, würde sie das vielleicht auch schaffen – nur brauchte sie dazu eine Seele, die zurückwollte. You Yu wäre perfekt gewesen – weise, freundlich und vertrauensvoll. Aber die alte Frau hatte recht: Wozu in die gebrechliche Hülle ihres abgelegten Körpers zurückkehren, der ihrem scharfen Geist nicht mehr gewachsen war? Wenn sie auf die andere Seite ging, konnte sie nur gewinnen.

Dort wartete ihr Mann auf sie. Eine Liebe, die ihr die Kraft verliehen hatte, der Ungewissheit und den Gefahren des Niemandslands furchtlos ins Auge zu blicken. Susanna konnte nicht von ihr verlangen, dass sie das alles aufgab. Und würde es auch niemals tun.

»Schade, dass ich deinen Hui nicht kennenlernen werde«, sagte sie zu der alten Frau. »Er muss ein besonderer Mensch sein, wenn er die Liebe einer Seele verdient, wie du es bist.«

You Yu lächelte, dann streckte sie die Hände aus und umarmte Susanna, hielt sie ganz fest, als fiele ihr der Abschied schwer. Wieder schossen Susanna die Tränen in die Augen.

»Der Himmel segne dich dafür, dass du mir auf dieser Reise beigestanden hast«, sagte You Yu, dann wandte sie sich ab und überquerte die Linie. Ohne Zögern, ohne einen Blick zurück.

Susanna wartete – worauf, konnte sie nicht sagen, aber sie brachte es nicht fertig, einfach zu gehen. Bis der Zwang, sich umzudrehen und die nächste Seele einzusammeln, so stark wurde, dass sie es nicht länger aufschieben konnte. Sie wischte sich eine einsame Träne aus dem Auge, richtete ihren Blick ein letztes Mal auf You Yus schöne Pfingstrosen, dann wandte sie sich ab und ließ die stille Landschaft um sich herum verblassen.

Die Welt, die sich stattdessen neu vor ihr entfaltete, war eine völlig andere. Hohe Wohnblocks, hässlich, heruntergekommen. Die Straße mit Autos vollgeparkt, die meisten in miserablem Zustand. Überall Müll, Graffiti … Sie wusste, dass sie weder gehört noch gesehen oder berührt werden konnte, außer von der Seele, die sie abholen sollte, und trotzdem machte die Umgebung sie nervös.

Auch ihr Körper durchlief eine Verwandlung, wenn auch subtiler als beim letzten Mal. Ihre Haut blieb makellos, ohne jede Runzel, ihr Haar war dunkel, nur glatter, mit einem dichten Pony, der ihr bis über dic Augenbrauen fiel. Sie spürte, dass sie abnahm, aber nicht viel, und auch ihre Größe wich um höchstens ein, zwei Zentimeter von ihrer wahren Gestalt ab. Das gefiel ihr – ihr Gesicht mochte sich verändert haben, aber sonst war sie dieselbe geblieben, zumindest fühlte es sich so an.

Der Tote, den sie suchte, lag in einem kleinen Gässchen in einer riesigen Blutlache, nachdem ihm ein Messer in den Bauch gerammt worden war. Sie starrte auf den jungen Mann, der sich eingerollt hatte wie ein Fötus und noch nicht wieder zu sich gekommen war. Er war groß und dünn, vermutlich zu schnell in die Höhe geschossen, ohne dass ihm die Zeit geblieben war, seinen neuen Körper auszufüllen. Und jetzt war es zu spät. Auf der dunklen Jeans und dem schwarzen T-Shirt, das er trug, war das Blut, mit dem sich der Stoff vollgesogen hatte, nicht zu sehen, aber die zähe Flüssigkeit, die zwischen seinen Fingern hervorquoll, wirkte fast schwarz gegen seine bleiche Haut. Seine Haare waren dunkel und fielen ihm über die Stirn. Die Augen darunter waren geschlossen, sein Ausdruck friedlich. Er hatte ein sehr junges Gesicht, wie Susanna feststellte, als sie auf ihn hinunterschaute. Glatt, faltenlos, die Wangen noch rund und weich.

Sie kauerte sich zu ihm nieder, was mit den High Heels, die sie trug, nicht ganz einfach war. Vorsichtig streckte sie ihre Hand aus – lange, rot lackierte Fingernägel? Im Ernst jetzt? – und fasste ihn an der Schulter. Sie schüttelte ihn sanft und die Seele – Jack – fing an zu stöhnen. Benommen ließ er die Augenlider aufflattern und sank wieder ins Vergessen zurück. Sie kräuselte die Lippen und schüttelte ihn fester.

»Was?« Er schlug nach ihrer Hand, obwohl er kaum fähig war, seine Bewegungen zu koordinieren. Sie rüttelte weiter an seiner Schulter. »Geh weg von mir!«

Diesmal war Jack so irritiert, dass er die Augen ganz aufriss und sich in der finsteren Gasse umschaute. Es fiel ihm schwer, seinen Blick auf ihr Gesicht zu fokussieren.

»Jack …« Sie hatte kaum Zeit, seinen Namen auszusprechen, da sprang er auch schon auf, schoss auf sie zu und schleuderte sie gegen die Backsteinmauer. Ehe sie wusste, wie ihr geschah, schnitt er ihr mit einem Arm die Luft ab.

»Wer bist du?«, fauchte er. »Was zum Teufel geht hier vor?«

Sein Gesicht mochte jung wirken, aber die Augen waren alt. Kein Sechzehnjähriger sollte solche Augen haben.

»Jack!«, würgte sie durch ihre zusammengequetschten Stimmbänder hervor.

Sofort ließ der Druck nach und sie holte keuchend Luft.

»Sammy?«

Sammy war seine Ex-Freundin. Der positivste Einfluss in seinem bisherigen Leben, nach allem, was Susanna von ihm wusste oder sich zusammenreimen konnte. Sammy war längst von der Bildfläche verschwunden, behielt aber ihren Platz in Jacks Herzen, in dem eine große Portion reumütiger Sehnsucht zurückgeblieben war. Etwas, das Susanna vielleicht für ihn eingenommen hätte. Früher einmal.

»Ich bin es.« Keine Lüge, nicht wirklich. Sie log ihre Seelen nicht gern an, weil es ihnen später viel schwerer fiel, auf sie zu hören, ihr zu vertrauen. Und dann waren sie leichte Beute für die Dämonen.

»Mann.« Jack rieb sich das Gesicht und fasste seine Umgebung ins Auge. »Ich fühl mich, als wäre ich in 'ne verdammte Schlägerei geraten. Was machst'n du hier? Wo sind wir?«

»In einer Gasse«, sagte sie, um wenigstens die einfachste Frage zu beantworten.

Jack schnaubte. »Was du nicht sagst. Los, komm.«

Er packte ihre Hand, zerrte sie auf die Straße hinaus, dann hielt er abrupt inne, als er sah, wo er war. Und sich erinnerte, warum er hier war.

Er war von zu Hause weggelaufen. Sie sah Jacks letzte Erinnerungen – den Streit mit seinem Stiefvater, seine Mum, die im Hintergrund weinte, die Augen schon ganz rot und verquollen; wie er aus der schäbigen Sozialwohnung stürmte, in einen Bus stieg und so weit wie möglich wegfuhr, dann auf eine Gang von Jugendlichen traf, die er nicht kannte, die ihn nicht kannten und ihn nicht in ihrem »Block« haben wollten. Ein Kampf, ein Springmesser. Ein plötzlicher Schmerz und dann … Panik. Wegeilende Schritte. Er war auf den Boden in dem Seitengässchen gestürzt und dort war er gestorben. All das konnte sie sehen, die ganze sinnlose Verschwendung. Ein Leben, noch nicht einmal halb gelebt.

Jack funkelte die dunkler gewordene Straße an, die jetzt leer war, mit Ausnahme eines einsamen Autos. Unbehaglich scharrte er mit den Füßen, dachte angestrengt nach. Was jetzt, wo sollte er hin?

Susanna wusste, dass sie die Initiative ergreifen, ihn irgendwie zum ersten Schutzhaus lotsen musste. Sein brutaler Überfall in dem Gässchen jedoch und die latente Aggressivität, die er ausstrahlte – der Kontrast zu You Yus stiller Freundlichkeit hätte nicht größer sein können –, machten ihr Angst.

»Ich gehe nicht zurück«, erklärte Jack plötzlich. »Falls du deshalb hier bist, vergiss es. Ich hab die Schnauze voll, ich geh nicht nach Stirling zurück.« Mit einem streitlustigen Seitenblick zu ihr fügte er hinzu: »Okay?«

»Schon gut.« Sie überlegte fieberhaft. »Dann komm ich einfach mit dir.«

Jack erstarrte. Er sah sie an, ein schiefes Lächeln im Gesicht, das seine Züge aufhellte. »Echt jetzt?«

»Ja.« Sie leckte sich über ihre trockenen Lippen.

Jack legte den Kopf zur Seite und beäugte sie. Die aufkeimende Hoffnung in seinen Augen war nicht zu übersehen. »Du hast gesagt, du bist fertig mit mir.«

»Ja, schon, aber … du hattest recht mit dem, was du gesagt hast.« In ihren Ohren hallte die noch frische, schmerzliche Erinnerung an Jacks und Sammys letztes Gespräch nach. »Wir können niemandem trauen. Nur du und ich, das ist jetzt alles, was wir noch haben.«

Jack grinste sie an, plötzlich wieder sechzehn. Und glücklich. Ein Anflug von schlechtem Gewissen durchzuckte sie.

»Mir gefällt es hier nicht, lass uns gehen.«

Jack nickte. »Ja, genau – bevor uns noch die falschen Leute hier sehen. Bin nicht fit für 'nen Kampf.« Er rieb sich den Magen, genau an der Stelle, an der ihm das Messer die Organe zerfetzt hatte, obwohl davon jetzt nichts mehr zu sehen war. »Ich war auf dem Weg nach Glasgow, 'nen Schlafplatz suchen oder so.«

»Das können wir immer noch.« Nervös nagte sie an ihrer Unterlippe. »Aber es ist zu spät für den Bus. Wir werden wohl ein Stück gehen müssen.«

»Na toll. Das wird ja immer besser.« Er streckte den Arm aus, packte ihre Hand und zerrte sie mit sich.

Da er die richtige Richtung einschlug, folgte sie ihm widerspruchslos. Jack war es offensichtlich gewohnt, die erste Geige zu spielen – das sah man schon an seinem typischen Macho-Gang, den langen, zielstrebigen Schritten und den rhythmischen Schulterbewegungen. Ein mulmiges Gefühl beschlich sie: Diese Seele war nicht so einfach zu händeln, so viel stand fest. Zu großspurig, zu sprunghaft. Zu viel Selbstvertrauen – ganz anders als Tristan, dessen lässiges Auftreten das reine Understatement war. Von Tristan schweiften ihre Gedanken zu dem Mädchen ab, das mit ihm in den Tunnel gegangen war. War das etwa der Schlüssel zu dem Geheimnis?

Aber ihr Geist verwarf den Gedanken sofort wieder. Unmöglich. Es war falsch, falsch, falsch. *Wer tot ist, ist tot. Es gibt kein Zurück.* Das hatte sie Hunderten, nein, Tausenden Seelen erzählt. Sie musste gar nicht mehr überlegen – sobald die Seele fragte (sie fragten immer), spuckte sie die Antwort aus, ohne eine Sekunde zu zögern: Nein. Und sie hatte es auch nie infrage gestellt, bis Tristan verschwunden war.

Tristan. Ihr Herz machte einen Satz. Am liebsten wäre sie umgekehrt, um ihm in die Welt der Lebenden zu folgen. Stattdessen ließ sie sich von Jack noch tiefer ins Niemandsland hineinzerren.

KAPITEL 11

Viel früher als erwartet reiste Dylans Dad nach Glasgow, nachdem er bei sich zu Hause alles geregelt hatte, um eine Zeit lang wegbleiben zu können. Seine bevorstehende Ankunft lenkte Dylan von den Arbeitern ab, die im Eisenbahntunnel ums Leben gekommen waren.

Das hier war schließlich ihr Dad und endlich würde sie ihn kennenlernen!

Für Joan war es keine angenehme Überraschung – sie musste ihre Schichten im Krankenhaus verschieben. Dylan hatte vorsichtig angedeutet, dass Tristan an ihrer Stelle mitkommen könne, was ihre Mum jedoch kategorisch ablehnte.

Das brachte Dylan in eine heikle Lage. Joan machte ihr unmissverständlich klar, dass sie Tristan bei dem Treffen in dem Café am Royal Exchange Square nicht dabeihaben wollte, weil das eine »Familienangelegenheit« sei. Auf Dylans Einwand, Tristan gehöre für sie zur Familie, antwortete sie mit einem verächtlichen Schnauben und einem trockenen »Er kommt nicht mit«. Wie sollten Dylan und Tristan die entsetzlichen Trennungsschmerzen aushalten, wenn er zu Hause bleiben musste? Es konnte sie buchstäblich umbringen.

Dylan flehte und bettelte, brüllte und schmollte, was jedoch alles nichts half. Schließlich rettete Tristan die Situation, indem er einen Kompromiss vorschlug. Die Lösung war ebenso einfach wie genial: Er würde da sein und auch wieder nicht. Mit anderen Worten: Er würde sich auf die Treppe der Gallery of Modern Art setzen, in Sichtweite des Coffeeshops, und auf sie warten.

Joan gefiel das nicht, wie Dylan an ihrer steifen Haltung und dem Zucken in ihrem verkniffenen Gesicht ablesen konnte, aber sie gab schließlich widerstrebend nach.

Das barrierefreie Taxi, das sie bestellt hatten, setzte sie in der Nähe des Coffeeshops ab. Es war nicht einfach für Dylan, wieder herauszukommen, trotz der breiteren Türen des schwarzen Wagens und der speziellen Rampe für ihren Rollstuhl. Der Fahrer war mindestens siebzig, sie konnten also froh sein, dass Tristan dabei war und sie unversehrt herausheben konnte, das musste sogar Joan zugeben.

Dylan schaute auf ihre Uhr, während ihre Mum die Fahrt bezahlte. Sie waren zu früh dran – mehr als eine halbe Stunde.

»Willst du dich ein bisschen in den Läden umsehen?«, fragte Tristan.

Sie schüttelte den Kopf. »Zu nervös. Ich … Lass uns einfach hier in der Nähe bleiben und ein bisschen frische Luft schnappen.«

Es war kein warmer Tag, und sie war viel zu aufgeregt, um am Royal Exchange Square zu bleiben, wo sie in der Enge zu ersticken glaubte. Joan wollte nicht mitkommen und sagte, sie werde einen Platz im Coffeeshop reservieren, während Tristan Dylan ein kurzes Stück die Queen Street entlangschob, bis sie den George Square erreichten. Er parkte den Rollstuhl in dem weiten Fußgängerbereich im Zentrum, und eine Zeit lang schauten sie auf den Verkehr, der sich zäh um die belebte Kreuzung wälzte. Aber nichts konnte offenbar ihr Herzflattern beruhigen, also ließ sie sich von Tristan zurückbringen.

»Oh Gott«, flüsterte sie, als sie sich dem Coffeeshop näherten. »Er ist schon da!«

Er saß in einer Fensternische auf einer niedrigen Couch. Joan thronte steif gegenüber, mit einem rechteckigen Tisch als physische Barriere zwischen ihnen – als genügte die eisige Kälte, die Joan ausstrahlte, nicht, um den gebührenden Abstand zu wahren.

Aber damit konnte Dylan sich jetzt nicht aufhalten. Ihre Augen klebten förmlich an ihrem Dad, James Miller, und zum ersten Mal konnte sie seinen Anblick auf sich wirken lassen.

Er war groß, obwohl sich das schwer abschätzen ließ, so wie er auf der Couch kauerte. Die Länge seines Arms, den er über die Lehne gelegt hatte, und die ausgestreckten Beine, die unter dem Tisch kaum Platz fanden, deuteten darauf hin, dass er mindestens eins achtzig sein musste. Er hatte dunkles Haar, so wie Dylan, nur mit grauen Strähnen dazwischen.

»Bist du sicher, dass du das alleine schaffst?« Tristans besorgte Stimme schwebte über ihrer Schulter. »Ich kann immer noch mit dir kommen.«

»Mum würde ausrasten.«

»Ist mir egal, was deine Mum denkt. *Du* bist mir wichtig.«

Sie dachte darüber nach, konnte der Versuchung nur schwer widerstehen. Joan würde vor ihrem Dad wahrscheinlich keine Szene machen – aber dafür würden sie es später umso mehr büßen müssen.

»Nein«, sagte sie. »Ich muss da alleine durch.«

Tristan schwieg einen Moment. »Also gut«, sagte er endlich. »Aber darf ich dich wenigstens reinbringen?«

»Ja«, sagte sie. »Danke.«

Alleine wäre sie sowieso nicht durch die Tür gekommen. Tristan schob den Rollstuhl vorwärts und im selben Moment wurde

Joan auf sie aufmerksam. Eine Sekunde später hatte auch ihr Dad sie entdeckt. Seine Augen wanderten drei Sekunden lang, drei panische Herzschläge, die sie fast bewusstlos werden ließen, an ihr hinauf – dann begegneten sich ihre Blicke.

Ungläubig stieß sie die Luft aus. »Er sieht ja aus wie ich!« Er hatte die gleichen grünen Augen und die gleiche etwas zu runde Nase wie sie. Die gleiche blasse Haut, die viel zu schnell rot wurde, so wie auch jetzt wieder. Sie starrte ihn an, konnte ihre Augen nicht von ihm losreißen. Das war ihr Dad. Der Mann, dem sie die Hälfte ihrer Gene verdankte.

Als sie sich der Eingangstür näherten, schossen zwei Passanten vor ihrem Rollstuhl vorbei und brachen den Bann. Ihr Dad war verschwunden. Sie runzelte die Stirn, blinzelte den leeren Raum an und plötzlich stieg Panik in ihr auf. Hatte sie sich das alles nur eingebildet? Die Zeit stand still. Aber dann setzte sie wieder ein, die Tür zum Coffeeshop krachte auf – und da war er.

»Dylan!« Er kam auf sie zu und ging neben ihr in die Hocke, um auf Augenhöhe mit ihr zu sein. Er verschlang ihr Gesicht förmlich mit seinen Blicken, starrte sie genauso ungläubig an wie sie ihn. Sah er die Ähnlichkeit auch? Hoffentlich. »Da bist du ja«, murmelte er. Dann ein breites Grinsen. »Hi.«

»Hi«, hauchte sie, ohne die geringste Ahnung, was sie als Nächstes sagen sollte.

James half ihr aus der Klemme, indem er den Blick von ihr abwandte und zu Tristan hochschaute, der in Beschützerpose hinter ihr stand. Sie glaubte zu sehen, wie die Augen ihres Dads sich flüchtig umwölkten. »Du musst der Freund sein.«

»Ja, das bin ich«, bestätigte Tristan. »Ich bin Tristan.«

Sie gaben sich die Hand, und wie es aussah, gab ihr Dad sich alle Mühe, Tristan sämtliche Finger zu brechen. Tristan ließ sich jedoch nichts anmerken, sondern begrüßte James mit einem zurückhaltenden Lächeln. Dylan verzog das Gesicht – was Joan ihrem Dad wohl über ihn erzählt hatte?

»Ich übernehme jetzt den Rollstuhl«, verkündete James energisch. Er stieß Tristan aus dem Weg und packte die Griffe. »Lass uns reingehen, Dylan, und erst mal ein bisschen vertrauter miteinander werden.«

Seine Fürsorglichkeit erwärmte ihr Herz, aber gleichzeitig flatterte ihr Magen vor Aufregung. In leichter Panik drehte sie sich nach Tristan um, der in der Tür stand und ihr nachschaute.

»Ich bleibe in Sichtweite«, formte er mit den Lippen und zeigte auf die Treppe der Kunstgalerie, wo bereits mehrere Studenten mit ihren Laptops saßen. Das beruhigte sie ein bisschen und sie winkte ihm erleichtert zu. Und dann, ehe sie wusste, wie ihr geschah, fand sie sich samt ihrem Rollstuhl zwischen den beiden Ledercouchen mit Joan und James darauf wieder, wie in einem sperrigen Sandwich.

»Alles gut?« Joans frostiges Gesicht war ein bisschen aufgetaut – jetzt sah sie nur noch besorgt aus. Sie streckte die Hand aus und drückte beruhigend Dylans Arm.

»Ja, klar.« Dylan hätte ihre Hand am liebsten weggestoßen – sie war doch kein Baby –, hielt aber still, um Joans Gefühle nicht zu verletzen. Zum Glück ließ ihre Mum sie gleich wieder los und lehnte sich auf ihrem Teil der Couch zurück.

»Was willst du trinken, Dylan? Einen Saft?« James lachte plötzlich auf. »Ach, ich weiß!« Er stand auf, einen triumphierenden Ausdruck im Gesicht. »Heiße Schokolade! Mit Schlagsahne und Marshmallows und allem Drum und Dran. Ich kenne kein Mädchen in deinem Alter, das da Nein sagen würde.«

Obwohl sie kein Fan von heißer Schokolade war, nickte sie automatisch, um ihn nicht zu enttäuschen, wo er sich solche Mühe gab.

»Klingt gut.«

Er verschwand zur Theke, und sie stellte fest, dass sie richtig vermutet hatte – er war tatsächlich groß, sein Kopf blieb gut sichtbar über dem Gedränge um ihn herum. Einen Augenblick schaute sie ihm nach, dann schnellte ihr Blick in die Richtung, in der Tristan sich aufhielt. Er war in der Nähe, so viel stand fest. Ihre Brust fühlte sich eng an, aber eher vor Aufregung als von dem grässlichen Trennungsschmerz.

Sie fand ihn nicht gleich, und das Engegefühl in ihrer Brust potenzierte sich sofort, bis sie seine wuschelige blonde Haarmähne entdeckte, seinen Kopf, der tief über das Tablet gebeugt war, das sie ihm geliehen hatte. Sie atmete auf. Natürlich war er da.

Als er ihren Blick auf sich spürte, hob Tristan den Kopf und starrte in ihre Richtung. Er konnte sie durch die spiegelnde Scheibe auf diese Entfernung nicht sehen, aber sie war trotzdem beruhigt. Tief Luft holend, drehte sie sich zu Joan um.

Ihre Mum hatte sich irgendeine schicke Kaffeevariation mit einem Riesenberg aufgeschäumter Milch bestellt. Es sah teuer aus, und wahrscheinlich hatte sie das extra gemacht, weil James bezahlte. Sie war sonst eine eingefleischte Teetrinkerin. Außerdem hatte sie zu ihrem Kaffee ein Stück Kuchen bestellt, was sie normalerweise nie gemacht hätte, und stocherte jetzt geziert darin herum.

»Wir können jederzeit gehen, Dylan, ja?«, sagte sie plötzlich. »Du brauchst es nur zu sagen.«

»In Ordnung.« Dylan sparte sich die Mühe, ihr klarzumachen, dass sie nicht die Absicht hatte, so bald schon wieder zu gehen. Sie hätte stundenlang hier sitzen und mit ihrem Dad reden können. Andererseits kannte sie ihn ja kaum, hatte erst ein einziges Mal mit ihm telefoniert. Vielleicht stellte sich ja bald heraus, dass die Zeit, die man brauchte, um eine heiße Schokolade zu trinken, ziemlich lang sein konnte, wenn man einem Fremden gegenübersaß. »Er sieht aus wie ich.«

»Das stimmt«, gab Joan in einem komplett neutralen Tonfall zu.

»Heißt das … ich meine …« Dylan hielt inne, biss sich auf die Lippe. »Also, du musst mich ja seit sechzehn Jahren jeden Tag anschauen. Und du magst ihn nicht. Wahrscheinlich hast du gedacht …«

»Hör auf damit, Dylan.« Joan warf ihr einen strengen Blick zu. »Wenn ich dich anschaue, sehe ich dich. Und damit basta. Ende der Geschichte.«

Ende der Geschichte. Danach sagten sie nichts mehr, bis ihr Dad zurückkam und einen hohen, schmalen Becher mit einem dicken Sahnehäubchen und kleinen Schokoraspeln darauf vor sie hinstellte. »Tada!«

»Danke«, stieß Dylan mühsam hervor. Ihre Kehle fühlte sich plötzlich staubtrocken an.

»Also.« Ihr Dad quetschte seinen großen Körper wieder auf die Couch und beugte sich vor, die Hände zwischen den Knien. »Da sind wir endlich.«

»Ja«, stimmte sie zu. Endlich.

KAPITEL 12

Viermal hatte Susanna ihren kleinen Zaubertrick an Jack ausprobiert – Bewusstseinskontrolle, und dabei waren sie noch nicht einmal beim ersten Schutzhaus. Dieser Junge war ein Kleinkrimineller, ungehobelt, ohne Manieren, aber er besaß offenbar die Fähigkeit, ihre hypnotischen Befehle mit erstaunlicher Geschwindigkeit abzuschmettern. Was zu einem echten Problem werden konnte, weil er kein Typ war, der sich etwas sagen ließ – schon gar nicht von einem Mädchen.

»Vertrau mir einfach«, beschwor sie ihn und versuchte, sich ihre Gereiztheit nicht anmerken zu lassen. Das würde ihn nur noch mehr gegen sie aufbringen, wie sie instinktiv erkannte. »Ich weiß, wo wir hinmüssen.«

Sie verlegte sich inzwischen auf Betteln und Schmeicheln, denn jedes Mal, wenn sie ihren Zauber eingesetzt hatte – viermal aufwärts –, hatte er den Bann noch schneller abgeschüttelt. Bald würde es vielleicht gar nicht mehr wirken und sie hatten noch einen langen Weg vor sich.

»Echt jetzt, Sammy …« Er grinste sie an. »Du findest doch nicht mal aus 'ner Papiertüte raus. Und da soll ich mich jetzt auf deinen Orientierungssinn verlassen?«

»Ich weiß den Weg«, beharrte sie, nahm seine Hand und klebte sich ihr verführerischstes Lächeln ins Gesicht. »Komm schon.«

Jacks Züge wurden ein bisschen weicher und er ließ sich wider Erwarten vorwärtsziehen. Allerdings nur ein paar Schritte, dann übernahm er wieder die Führung – er konnte wohl nicht anders – und zog schnell an ihr vorbei.

Sie zählte bereits die Tage, bis sie diese lästige Seele über die Grenzlinie schubsen konnte. Ein böser kleiner Gedanke schlich sich in ihren Kopf: Falls die Dämonen ihn vorher erwischten, würde ihr das keine schlaflosen Nächte bereiten …

Seelen wie Jack schrien förmlich danach, dem unstillbaren Hunger der Dämonen zum Opfer zu fallen …

»Also«, sagte er ihr ins Ohr und riss sie unsanft aus ihren Gedanken. »Willst du mir nicht erzählen, wie du mich gefunden hast?«

»Ach, ganz einfach – jemand hat dich in einen Bus steigen sehen.« Sie kramte hektisch in Jacks letzten Erinnerungen, auf der Suche nach einer überzeugenden Story. »Den Siebenundvierziger. Und den hab ich auch genommen.«

»Na klar«, sagte Jack gedehnt und sie spürte die Gefahr. »Und wie konntest du wissen, wo du aussteigen musst?« Ein scharfer Ruck an ihrer Gürtelschlaufe unterstrich das Ende seines Satzes.

»Es war derselbe Fahrer. Ich habe ihn gefragt, und er hat sich an dich erinnert und mir gesagt, an welcher Haltestelle ich rausmuss.«

Noch ein Ruck und Jack brachte sie abrupt zum Stehen. Drohend riss er sie zu sich herum.

»Ach ja? Was für ein verdammter Zufall!« Er starrte sie an, und sie vergaß, dass sie einen sechzehnjährigen Jungen vor sich hatte. Ihr Herz klopfte zum Zerspringen. Seine Art, übergangslos von spielerisch auf brutal umzuschalten, jagte ihr eine Höllenangst ein.

»Wie hätte ich sonst wissen sollen, wo du bist?« Susanna ließ ihrer Frage einen mentalen Stoß folgen, einen ziemlich starken diesmal, um ihn zu überzeugen.

Jack starrte sie nur an, kein verräterisches Erweitern der Pupillen, kein Anzeichen von Entspannung in seiner Körperhaltung.

»Das ist die Frage, oder?«, flüsterte er. »Wie hättest du sonst da sein können? Ist ja ganz schön weit von zu Hause, Sammy.«

Ihr Herz klopfte bis zum Hals. Wie zum Teufel hatte sie sich nur in eine solche Situation bringen können? Warum – warum nur – war ihr diese spezielle Seele zugewiesen worden? Die Mächte, die darüber entschieden, handelten normalerweise nicht so unklug. Jack hätte einen männlichen Seelenfahrer gebraucht. Einen, dem er folgen konnte, ohne sein Gesicht dabei zu verlieren. Nicht sie.

Definitiv nicht Susanna.

»Hast du ’nen anderen?«, fragte Jack leise – aber nicht sanft. Eine unverhohlene Drohung schwang in seinen Worten mit. »Gehst du jetzt mit ’nem Typ aus der Gegend hier?«

»Vertraust du mir nicht, Jack?« Sie setzte eine gekränkte Miene auf und achtete sorgfältig darauf, dass sich keine andere Regung in ihrem Gesicht abzeichnete, indem sie ihre Angst im hintersten Winkel vergrub.

Das zeigte Wirkung. Er starrte sie an, dann lächelte er, und einen Herzschlag lang konnte sie verstehen, was diese dumme Sammy, die sie verkörperte, an ihm gefunden hatte – einem Bad Guy der schlimmsten Sorte.

»Klar vertrau ich dir.« Er gab ihr einen überraschend zärtlichen Kuss auf die Nase. »Braves Mädchen.«

Die Gefahr war gebannt und sie trieb ihn weiter vorwärts. Das erste Schutzhaus lag in greifbarer Nähe. Jack war nachts ermordet worden, weshalb sie damit rechnete, dass sich ein paar versprengte Dämonen, die leichte Beute witterten, hoffnungsvoll an ihre Fersen heften würden. Aber der erste Abschnitt des

Niemandslandes war seltsamerweise völlig frei von diesen Aasgeiern. Sie hielt nicht an, um sich Gedanken darüber zu machen oder um sich zu fragen, wie lange ihr Glück andauern würde. Sie konnte es kaum erwarten, den ersten Unterschlupf zu erreichen, um sich wieder ein bisschen zu fangen. Sie brauchte eine bessere Strategie, um Jack unter Kontrolle zu bekommen, damit er sich mit seiner Eigenmächtigkeit nicht unnötig in Gefahr brachte und verletzt oder getötet wurde … für immer, dieses Mal.

»Ich habe eine Freundin, die in der Gegend hier wohnt«, sagte sie vorsichtig.

»Freundin? Wer soll das sein?« Sofort flammte Misstrauen in ihm auf – die Folge latenter Eifersucht.

»Marcy«, sagte sie. Der Name war ihr einfach zugeflogen.

»Marcy?« Jack schnaubte. »Du hast eine Freundin, die Marcy heißt?«

»Ja. Also, jedenfalls … sie ist gerade im Urlaub. Sie lebt allein, ihre Wohnung steht jetzt leer. Wir können dort vielleicht übernachten. Es ist schon spät und ich werde langsam müde.« Sie verzog ihr Gesicht zu einem ausgiebigen Gähnen, obwohl sie sich ziemlich dumm dabei vorkam. Aber Jack sollte ja auf ihren Trick hereinfallen. Und außerdem, auch wenn sie nicht schlafen musste – das Gähnen lockerte zumindest ihre verkrampften Gesichtsmuskeln.

Jack warf ihr einen ungläubigen Blick zu, und sie fürchtete schon, dass er wieder Streit anfangen würde – lohnte es sich wirklich, noch einen Kampf zu riskieren? Vielleicht war es besser, ihn einfach k. o. zu schlagen? Aber der gefährliche Moment ging vorüber und Jack grinste sie vielsagend an. »Gibt's da auch ein Bett?«

»Ja …«

»Dann nichts wie hin.«

O-*kay*. Was sollte das jetzt? Susanna schüttelte leicht verwirrt den Kopf, aber da Jack ausnahmsweise keinen Widerstand leistete, ließ sie es ihm durchgehen.

In Jacks Vorstadtversion des Niemandslandes wartete das erste Schutzhaus im Erdgeschoss eines hohen Wohnblocks auf sie. Eine düstere Weltuntergangsstimmung lag über dem ganzen Komplex – zerbrochene Fenster, brettervernagelte Türen und Brandschäden an mehreren Wänden. Der Eingang war mit Glasscherben übersät, die Wohnung selbst nur spärlich möbliert, aber zumindest sauber.

»Und da lebt deine Freundin?« Jack starrte auf die Eingangshalle und die Lifttüren, die so verbeult und verzogen waren, als hätte sich ein wilder Stier dagegengeworfen. Oder eine ganze Bullenherde. Sie schloss die Tür hinter sich und drehte sich um, ein zuckersüßes Lächeln im Gesicht.

»Ja. Die Wohnung gehörte ihrer Oma, aber die ist vor einiger Zeit gestorben und hat sie ihr vererbt.«

»Na, da wird sie vor Freude an die Decke gesprungen sein.« Jacks Stimme triefte vor Hohn.

»Das Haus soll abgerissen werden«, fügte sie hinzu, ohne auf ihn einzugehen. »Aber sie bleibt hier, weil sie die Abfindung kassieren will.«

Ihr kleines Lügenkonto füllte sich bedenklich, aber da Jack gegen ihre Hypnose immun war, blieb ihr nichts anderes übrig. Mit den Konsequenzen würde sie sich später auseinandersetzen.

»Hat deine Freundin auch was zu essen im Haus?«

»Wohl kaum – sie hat sicher nichts rumliegen lassen.« Sie suchte nach einer Ausrede, um Jack vom Essen abzuhalten – weil er das ja nicht konnte. »Wegen der Mäuse, verstehst du?« Sie warf ihm ein vorsichtiges Lächeln zu. »Ich bin auch gar nicht hungrig.«

Obwohl sie es gern gewesen wäre – ein einziges Mal. Einfach ausprobieren, wie sich Essen anfühlte. Nicht angenehm vermutlich. Aber lebendig. *Wirklich.* Es war nur ein Punkt auf ihrer langen Liste der Dinge, die sie gern irgendwann einmal gemacht hätte.

»Ja, klar«, lenkte Jack ein. Dann trat wieder das teuflische Funkeln in seine Augen. »Und wo ist das Bett?«

»Das hier ist das Schlafzimmer …« Sie zeigte auf die einzige Tür in der Wohnung. Ein Badezimmer gab es nicht – weil Jack das genauso wenig brauchte wie eine Küche. Die Schutzhäuser waren auf das Nötigste beschränkt.

»Also, dann komm.« Er packte sie an der Hand und zerrte sie hinter sich her in das winzige Schlafzimmer.

Ein Doppelbett stand darin, mit einer verblichenen Blümchendecke darüber, die sich kaum merklich über zwei flachen Kissen wölbte. Bequem sah es nicht gerade aus, aber sie hatte zahllose Nächte auf dem Fußboden verbracht, scheinbar schlafend, um die frisch verstorbenen Seelen hinters Licht zu führen. Unbequeme Betten machten ihr nichts aus.

Auch wenn sie natürlich nicht die Absicht hatte, hier drin zu schlafen, bei Jack. Die Couch im Wohnzimmer war völlig okay, wenn auch ein bisschen schmuddelig.

Leider hatte Jack andere Pläne. Ohne ihre Hand loszulassen, packte er sie an der Hüfte und warf sie aufs Bett. Mit einem hörbaren »Ummpf« plumpste sie auf die Matratze, ein Geräusch, das sofort wieder erstickt wurde, als Jack mit seinem ganzen Gewicht auf ihr landete.

»Das war eine gute Idee.« Jack grinste zu ihr herunter, dann ließ er den Kopf sinken und küsste sie auf den Hals.

»Jack!«, keuchte sie und stieß ihn gegen die Schulter. »Hör auf!«

Er hörte aber nicht auf, sondern hob nur kurz den Kopf und murmelte: »Was ist, Baby?«

»Nein, nicht … ich …« Sie wehrte sich gegen seinen heißen Mund an ihrem Hals. »Ich bin müde.«

»Hm…mh«, murmelte er zwischen zwei schnellen Küssen. »Wetten, dass ich dich wach halten kann? Ich hab dich vermisst, Baby.«

Eine Hand fiel auf ihre Hüfte und schlängelte sich unter das langärmlige T-Shirt, das sie trug. Ihr reichte es jetzt.

»Schlaf!«, befahl sie ihm, legte jedes Quäntchen Willenskraft hinein, das sie noch aufbringen konnte.

Jack sackte auf sie herunter wie ein Stein.

»Brillant, Susanna«, murmelte sie. »Einfach brillant.«

Ganz langsam und vorsichtig wand sie sich unter ihm hervor, setzte sich auf die Bettkante und betrachtete ihn. Im Schlaf, wenn diese harten Augen geschlossen waren, sah er beinahe unschuldig aus. Süße sechzehn.

Sie atmete tief aus und schüttelte die Anspannung ab, die sich in diesen ersten gemeinsamen Stunden mit Jack in ihr aufgebaut hatte. Wenn sie doch nur die nächsten paar Tage überspringen könnte … aber dann? Dann würde sie eine neue Seele abholen und noch eine und noch eine … Die Wahrheit war, dass sie genug hatte. Dass sie nicht mehr hier sein, diesen Job nicht länger machen wollte.

Das war nichts Neues, sie hatte es schon lange satt, aber jetzt, wo Tristan fort war – irgendwo in der wirklichen Welt –, traf sie die Erkenntnis mit voller Wucht. Sie wollte hier wegkommen. Wollte dort sein, wo Tristan war.

Verblüfft stellte sie fest, dass sie Tränen in den Augen hatte. *Tränen.*

Kopfschüttelnd schlenderte sie zu der abgewetzten Ledercouch, um dort die Nacht zu durchwachen. Dann schloss sie die Augen und fing an zu träumen, beschwor die Fantasien herauf, die sie nährte, seit Tristan fort war. Stellte sich vor, wie sie zusammen in die wirkliche Welt gehen und dort die unglaublichsten Dinge machen würden. Alles sehen, fühlen, schmecken. *Leben.* Erfahrungen sammeln und miteinander teilen, statt nur hin und wieder ein stilles, verstohlenes Lächeln auszutauschen, wenn sie ihre Nächte in einem ihrer jeweiligen Schutzhäuser durchwachten. *Berührungen.* In der wirklichen Welt konnten sie sich berühren.

Wie es wohl gewesen wäre, wenn Tristan seinen Mund auf ihren Hals gepresst hätte statt Jack?

Wenn *seine* Fingerspitzen unter ihr T-Shirt geglitten wären?

Sie konnte es beinahe sehen, fühlen. Beinahe.

KAPITEL 13

Tristan saß auf der Treppe am geschäftigen Glasgow Square und versuchte, sich auf das Tablet vor ihm zu konzentrieren, aber seine Gedanken schweiften immer wieder ab. Es ging ihm gegen den Strich, Dylan aus den Augen zu lassen. Er wusste zwar, wo sie war, konnte sie aber durch die spiegelnden Fenster des Coffeeshops nicht sehen. Also konnte er auch nicht wissen, wie es ihr ging, wie sie mit dem Gefühlschaos zurechtkam, das sich in den letzten paar Tagen in ihr aufgestaut hatte.

Aber wenigstens hatte sie ihr Smartphone dabei und konnte ihn notfalls anrufen oder ihm schreiben. Alle paar Sekunden checkte er sein eigenes Handy, nur für alle Fälle. Aber nichts.

Schließlich steckte er es wieder in die Tasche, beugte sich über ihr Tablet und loggte sich in das kostenlose WLAN des Coffeeshops ein. Dieses Internet war fantastisch. Er hatte davon gehört, die Seelen der letzten Jahre redeten alle darüber, wenn sie von ihrem Leben erzählten – aber an dieses umwerfende Gefühl, das ganze Wissen der Welt unter seinen Fingerspitzen zu haben, musste er sich erst noch gewöhnen. Das, und frische Früchte. Und Schlaf. Und Dylan in seinen Armen …

Konzentrier dich. Er klickte die Nachrichten-App an, überflog die Artikel, bis er fand, was er suchte. Die Überschrift zog sich in fetten Großbuchstaben über die ganze Seite, aber vor allem das

Foto fiel ihm ins Auge. Es war aus einem anderen Blickwinkel aufgenommen als der Fernsehbericht und zeigte die Mitte des Tunnels, einen Mann oder vielmehr eine Leiche, die auf einer Trage aus der klaffenden Tunnelöffnung gebracht wurde. Es war definitiv dieselbe Stelle.

Das konnte kein Zufall sein, egal was er Dylan gesagt hatte. Irgendwie mussten sie durch ihren Übertritt in die Welt der Lebenden diese Todesfälle ausgelöst haben, so viel stand für ihn fest.

Er überflog den Artikel, suchte nach weiteren Informationen. Die Namen der vier Männer wurden genannt, was ihn jedoch nicht interessierte. Er wollte wissen, wie sie gestorben waren. Als er zu Ende gelesen hatte, runzelte er frustriert die Stirn.

Auf drei anderen Seiten, die er checkte, fand sich auch nichts Neues. Dieselbe undurchdringliche Mauer. Die Todesfälle wurden als verdächtig eingestuft, aber die Polizei gab nichts preis. Die Ermittler schlossen einen Unfall aus, ansonsten keine konkreten Angaben.

Er fluchte vor sich hin, verließ die offiziellen Nachrichtenseiten und scrollte diverse Internetforen durch. Er stieß auf jede Menge Schrott – finstere Verschwörungstheorien und Trolle, die einfach nur Öl ins Feuer gießen wollten –, bis er über einen Blog stolperte, der ein echter Treffer war. Bingo.

Ein User, der sich als Rettungshelfer ausgab und angeblich vor Ort gewesen war, meldete sich zu Wort. Als Tristan zu lesen begann, wusste er sofort, dass sein Verdacht richtig war. Und dass er voll in der Klemme steckte.

Es war der Wahnsinn – so was hatte ich noch nie gesehen. Zuerst dachten wir, sie seien von wilden Tieren überfallen worden, weil die Leichen so schrecklich verstümmelt waren. Aber meines Wissens gibt es keine wilden Tiere in dieser Gegend, die dazu fähig wären. Außer den tiefen Kratzern und Fleischwunden hatten die Opfer … Löcher in ihrem Körper. Als hätte ihnen jemand – oder etwas – die Faust oder was auch immer hineingerammt. Einer der Männer hatte ein Loch in der Brust, der andere eins im Bauch, Löcher, die so groß waren, dass der Tunnelboden durchschimmerte. Fragt mich nicht, wo die ganzen Organe und Eingeweide abgeblieben sind. Vielleicht haben die Angreifer sie aufgefressen oder was auch immer …

Aber das Allerschlimmste – und das wird mich bis in meine Träume verfolgen – war der Ausdruck in ihren Gesichtern. So als hätten sie den leibhaftigen Teufel gesehen und wären aus blankem Horror gestorben. Ich habe als Rettungshelfer schon viel Schlimmes gesehen – Unfallopfer, die nur noch eine blutige Masse waren –, aber so was wie das hier … gar kein Vergleich, und ich weiß, wovon ich rede …

»Verdammter Mist«, flüsterte Tristan. »Shit, Shit, Shit.«

Er schaute wieder auf das Tablet und las den Bericht von vorne durch, immer und immer wieder, bis er jedes Wort auswendig kannte. Und jedes Mal wurde ihm noch mulmiger dabei, denn er wusste, wer hinter diesen Todesfällen steckte. Er kannte die Kreaturen, die ihre Opfer so gnadenlos zerfleischten, die unermüdlich auf sie herunterschossen, um sie in Angst und Schrecken zu versetzen und am Ende kurzerhand zu durchbohren.

Dämonen.

Irgendwie hatten sie die Schranke zwischen der wirklichen Welt und dem Niemandsland durchbrochen. Und man musste kein Genie sein, um sich zusammenzureimen, warum sie genau an der Stelle eingedrungen waren, an der Dylan ihn auf die andere Seite gezerrt hatte. Es gab nur eine denkbare Erklärung dafür: Sie mussten einen Riss im Schleier zwischen Leben und Tod hinterlassen haben. Einen Riss, der offen geblieben war. Ein Portal. Die Dämonen hatten die Stelle entdeckt und dieses Massaker angerichtet, und da sie sich jetzt jederzeit an Menschenfleisch fett mästen konnten, würden sie bestimmt nicht freiwillig ins Niemandsland zurückkehren, um dort ihr Leben mit körperlosen Seelen zu fristen, die kaum mehr als der Hauch eines Festmahls waren.

Nein, diese Monster hatten Blut geleckt, lebendiges Menschenblut, und es war klar, dass sie nach mehr gierten.

Was hatte er nur angerichtet?

Die Schuld, die er auf sich geladen hatte, ließ ihn würgen und er konnte nur mit Mühe seinen Mageninhalt unten behalten. Vier Leben vorzeitig beendet, nur wegen seines Egoismus. Und wenn bereits jetzt, nach so kurzer Zeit, Dämonen durch diesen Riss im Schleier gekommen waren, wie viele würden dann noch folgen?

Aber Tristan blieb keine Zeit mehr, über die Folgen seiner Handlungen nachzudenken, denn die Tür des Coffeeshops ging wieder auf und die Räder von Dylans Rollstuhl krachten gegen den Spalt. Er konnte sehen, wie James vergeblich versuchte, die Tür aufzuhalten und gleichzeitig den Rollstuhl zu lenken, bis Joan herbeistürzte, um ihm zu helfen, einen leicht gereizten Ausdruck im Gesicht. Wahrscheinlich hatte Dylans Vater ihre Hilfe abgelehnt und darauf bestanden, den Rollstuhl allein durch den alles andere als barrierefreien Eingang herauszuhieven.

Tristan schaltete das Tablet ab, stand auf und ging schnell hinüber.

»… mich wirklich so gefreut, dass du dich gemeldet hast, Dylan. Ich kann dir gar nicht sagen, wie oft ich selber dran gedacht habe, aber ich …« James brach ab, entweder, weil er Tristan entdeckt hatte, oder wegen Joans eisiger Miene.

»Du wirst ja sicher wieder nach Aberdeen zurückfahren«, sagte

Dylans Mum jetzt und verlagerte unauffällig ihr Gewicht, sodass sie Tristan den Rücken zukehrte. Er unterdrückte ein Grinsen. Wenn sie glaubte, dass sie ihn kränken konnte, indem sie ihm die kalte Schulter zeigte, hatte sie sich getäuscht. Er war froh, wenn er so wenig wie möglich mit ihr zu tun hatte – Hauptsache, sie versuchte nicht, einen Keil zwischen ihn und Dylan zu treiben.

»Nein, ich fahre nicht zurück«, verkündete James.

Dylan und ihre Mum schnappten hörbar nach Luft, wenn auch aus unterschiedlichen Gründen.

»Wirklich? Du bleibst hier?«, fragte Dylan ungläubig.

»Ja, ich kann auch zu Hause arbeiten, wenn ich will, also dachte ich mir, ich mache das hier für eine Weile zu meinem Zuhause. Meine Nachbarin kümmert sich um meinen Hund und ich habe hier eine Wohnung gemietet, werde also mindestens den nächsten Monat noch bleiben.« Er holte tief Luft. »Ich wollte mir die Zeit nehmen, dich wirklich kennenzulernen.«

Dylan wurde rot vor Freude und warf ihm ein schüchternes Lächeln zu. »Das klingt gut.«

Tristan musste sich zusammenreißen, um nicht eifersüchtig zu werden – oder es zumindest nicht zu zeigen. James war schließlich Dylans Vater und kein Rivale. Keine Gefahr für ihn. Obwohl, wenn er an James' Händedruck vorhin dachte … das nächste Mal nur noch mit Schutzhandschuhen!

»Was machst du morgen?«, fragte James.

»Hausaufgaben«, warf Joan sofort ein. Es klang streng und unnachgiebig. »Du musst noch diese Arbeit in Sozialkunde abgeben, und ich weiß, dass du sie noch nicht fertig hast.« »Aber dafür brauch ich doch nicht den ganzen Tag«, protestierte Dylan.

»Ist schon gut, Dylan«, sagte James schnell, um keine unnötigen Diskussionen heraufzubeschwören. »Vielleicht können wir nächste Woche abends nach der Schule mal was zusammen machen. Essen gehen zum Beispiel.« Er schaute hoch und sah Tristan hinter Joan stehen. »Du kannst gern deinen Freund mitbringen, damit ich ihn auch ein bisschen besser kennenlerne.«

Das besänftigte Dylan einigermaßen, aber sie warf Joan trotzdem einen bitterbösen Blick zu, bevor sie sich geschlagen gab.

»Ich muss jetzt gehen.« James zog sein Telefon aus der Tasche. »Vielleicht kannst du mir schnell noch deine neue Nummer geben, Dylan, dann rufe ich dich einfach an, ja?«

Joan öffnete den Mund, um diesen Vorschlag sofort abzuschmettern, aber Dylan rasselte bereits die Zahlen herunter. Nachdem er versprochen hatte, spätestens am Montag anzurufen, beugte James sich zu ihr herunter und küsste sie auf die Stirn. Tristan nickte er nur zu und nach kurzem Zögern gab er Joan einen Kuss auf die Wange. Dylan und Joan sahen ihm nach, bis er im Gewimmel der Passanten verschwunden war.

Tristan trat vor und packte die Griffe von Dylans Rollstuhl, die noch warm von den Händen ihres Vaters waren, was ihn einen Augenblick schaudern ließ.

»Gehen wir jetzt nach Hause?«, fragte Dylan.

»Ja, gut.« Joan starrte immer noch in die Richtung, in die James verschwunden war, einen seltsamen Ausdruck im Gesicht – eine Mischung aus Ärger und etwas, womit sie offenbar nicht so richtig klarkam. »Geht nur.« Sie drehte ihren Kopf herum und lächelte Dylan an. »Ich gebe dir Geld für das Taxi und noch ein bisschen was extra. Dann könnt ihr euch beim Chip Shop was zum Abendessen holen.«

»Wo gehst du hin?«

»Ach, nichts weiter – hab noch was in der Stadt zu erledigen. Ein bisschen shoppen, das ist alles.«

Tristan zog die Augenbrauen hoch. Nicht dass es ihn interessierte, wo Joan hinwollte, aber shoppen war mit Sicherheit eine

Ausrede, was Dylan jedoch nicht zu merken schien. Sie zuckte nur die Schultern und murmelte »Okay«.

Dann warteten sie, bis Joan ein paar Scheine aus ihrer Tasche geangelt hatte, und gingen zum Taxistand, ohne viel zu sprechen. Dylan war in Gedanken wahrscheinlich noch bei dem Treffen mit ihrem Vater – er würde sie danach fragen, sobald sie unter vier Augen waren. Er selbst wälzte ganz andere Gedanken in seinem Kopf – finstere Gedanken –, ohne sich entscheiden zu können, ob er mit Dylan darüber sprechen sollte oder nicht.

Sie hatte ein Recht darauf, es zu erfahren, aber es würde sie verletzen.

»Okay«, sagte er, als sie ein Taxi gefunden hatten und im Schneckentempo durch den zähen City-Verkehr krochen. »Willst du mir erzählen, wie es gelaufen ist?«

»Gut«, sagte Dylan. »Es war gut.« Einen Moment lang dachte er, mehr würde sie nicht preisgeben, aber dann sprudelte alles aus ihr hervor. »Ich meine, anfangs war es ganz schön peinlich, wenn ich ehrlich sein soll. Ohne Mum wäre es vielleicht einfacher gewesen, aber dann hätte ich ihm allein gegenübergesessen, und ich glaube, das hätte mich fertiggemacht.«

»Ich war auch da«, erinnerte er sie sanft.

Dylan streckte ihre Hand aus und drückte kurz seinen Arm, bevor sie fortfuhr: »Ich wusste nicht, was ich sagen sollte, aber er hat mir jede Menge Fragen gestellt, und nachdem ich ein bisschen aufgetaut war, konnte ich mich supergut mit ihm unterhalten. Er ist total witzig.« Ein schiefes Lächeln. »Und er sieht aus wie ich. Ist dir das aufgefallen?«

»Du bist hübscher«, sagte er, was ihm ein strahlendes Lächeln von ihr einbrachte.

»Ich glaube … also, ich wüsste so gern, was zwischen ihm und meiner Mum passiert ist, dass sie so sauer auf ihn ist.«

»Mhmmm.« Er dachte daran, wie Joan hinter Dylans Vater hergestarrt hatte, als er in der Menge verschwunden war. Und dann diese plötzliche Eile, wegzukommen – ihm hinterher vielleicht? Normalerweise hätte sie ihn und Dylan doch nie aus den Augen gelassen. »Wahrscheinlich ist es viel komplizierter, als du denkst.«

»Meinst du?« Sie blinzelte ihn an, dann erzählte sie wieder von dem Gespräch mit ihrem Vater.

Er ließ ihre Worte über sich hinwegströmen, genoss ihre kindliche Freude und Begeisterung und stellte fest, dass er es nicht übers Herz brachte, ihr diese schwere Last auf die Schultern zu legen. Nicht, solange sie so aufgekratzt und glücklich war. Er würde es ihr später erzählen, schwor er sich. Alles. Aber nicht jetzt.

Dylan hatte so viel durchgemacht und sie war doch noch so jung. Diese Bürde zumindest konnte er allein auf sich nehmen, bis er eine Möglichkeit fand, den schrecklichen Fehler wiedergutzumachen.

KAPITEL 14

»Ich bin tot? Was zum Teufel soll das heißen, ich bin tot?« Jack packte ein altes Trinkglas, das gesprungen und schmutzig war, und schleuderte es gegen die Wand, sodass es in tausend Scherben zerbarst. »Shit, Sammy. Was zur Hölle sind das für Spielchen?«

Susanna hielt seiner Wut stand, statt sich vor ihm wegzuducken, was sie nur zu gern getan hätte. In den ersten drei Tagen im Niemandsland war es ihr gelungen, die Wahrheit vor ihm geheim zu halten, denn das unerklärliche Ausbleiben der Dämonen hatte seine Fragen im Zaum gehalten. Der kleine Gedankenkontrollzauber, den sie benutzt hatte, verlor allerdings schon am zweiten Tag seine Wirkung, und sie musste sich aufs Bitten und Betteln verlegen, um ihn rechtzeitig zum zweiten Schutzhaus zu bringen, einem verbeulten Campingwagen. Jetzt, in der ersten Stunde von Tag drei – sie hingen noch immer im Campingwagen herum –, hatte er wieder einen Streit vom Zaun gebrochen und dadurch war die Wahrheit ans Tageslicht gekommen.

Natürlich hatte das seine Laune nicht gerade verbessert.

»Ich bin nicht Sammy«, sagte sie. »Ich bin deine Seelenfahrerin, die dich durchs Niemandsland bringt.«

»Was laberst du da für einen Schrott«, knurrte er. »Bist du übergeschnappt, oder was?« Drohend machte er einen Schritt auf sie zu. »Was zum Teufel ist los mit dir?«

Eine ganze Menge, dachte sie, behielt aber ihre unlesbare Miene bei, soweit ihr das möglich war. »Ich bin nicht Sammy«, wiederholte sie, weil sie wusste, dass das ihr einziger Trumpf war, mit dem sie ihn überzeugen konnte. »Schau mal.«

Und dann verwandelte sie sich vor seinen Augen. Eine winzige Anpassung in Größe und Gewicht, der Pony weg – sie würde ihn nicht vermissen –, ihr Haar dicker und leicht gewellt. Ein flüchtiges Kribbeln im Gesicht, als ihre Züge sich neu anordneten, und sie war wieder die »wahre« Susanna.

Jack wurde blass. Schwankte. Eine Sekunde lang drohte er umzufallen oder sich zu übergeben, aber er fing sich rasch wieder. Mit ihrer Gestaltwandlernummer hatte sie ihm jedenfalls fürs Erste den Mund gestopft. Er schaute sich im Wagen um, wankte zu der kurzen Couch, die in die Wand eingelassen war – das stabilste Möbelstück im ganzen Schutzhaus –, und ließ sich schwer darauffallen.

»Ist das wahr?«, krächzte er, aber es war keine Frage, denn Susanna konnte sehen, dass er ihr glaubte.

»Ja«, bestätigte sie und nach einer Pause fügte sie hinzu: »Es tut mir leid«, weil sie das Gefühl hatte, dass sie ihm das schuldig war.

»Und wie?« Dann dämmerte es ihm. »Die Gasse.«

»Genau. Dort hat dich jemand erstochen«, bestätigte sie.

»Einer von diesen Typen.« Jack funkelte sie böse an. »Welcher war es?«

»Keine Ahnung.« Hilflos zuckte sie mit den Schultern. »Ich komme immer erst hinterher.«

»Das ist …« Jack legte den Kopf in seine Hände und starrte auf den Boden. »Das ist … eine gottverdammte Scheiße! Unmöglich – verdammte Kacke, verdammt, verdammt, verdammt …«

Mit jedem Fluch wurde er lauter, seine Hände krallten sich in seinen Schädel. Vorsichtig wich sie zurück, spürte die drohende Explosion, war aber trotzdem schockiert, als der Sturm schließlich losbrach.

Jack sprang von seinem Sitz auf und zertrümmerte alles in seiner Reichweite. Er riss die Tür des winzigen Kleiderschranks aus den Angeln, hämmerte mit einer Bratpfanne auf das Fenster über der Spüle ein, bis es nachgab und zersprang. Dann fetzte er die Vorhänge aus den Halterungen, zerrte das Sofa aus der Wand und schlug die Schubladen darunter kurz und klein, bis nichts mehr im ganzen Wagen übrig war, das auch nur entfernt an ein Möbelstück erinnerte. Dann, endlich, stand er da, schwer atmend inmitten der Verwüstung.

Susanna trat vorsichtig einen Schritt zurück, war aber bereits an der Wand angekommen. Es gab keinen Fluchtweg.

Während sie mit angesehen hatte, wie er die Beherrschung verlor, war ihr unwillkürlich Tristan in den Sinn gekommen, der in jeder Hinsicht das genaue Gegenteil von Jack war. Diese ganze sinnlose Wut und Empörung – Jack hatte sein Leben mutwillig vergeudet und weggeworfen und jetzt tobte er herum und jammerte über die Konsequenzen. Dabei hatte er keine Ahnung, was es bedeutete, wirklich zu leiden, so wie sie und Tristan. Jahrein, jahraus dieselbe Aufgabe erfüllen, ohne das Recht, sich zu beklagen, oder die Möglichkeit, etwas daran zu ändern. Keiner von ihnen hatte sich dieses Schicksal ausgesucht. Es war ihnen zugeteilt worden, ohne dass sie es verdient hatten. Ganz anders als Jack, der sich leichtsinnig in Gefahr begeben hatte, indem er in dunklen Gassen herumlungerte und Streit mit anderen Straßenjungen anfing. Tristan war genauso unglücklich gewesen wie sie, das wusste Susanna – sie hatte seinen Schmerz, seine Unzufriedenheit deutlich gespürt –, aber hatte er deshalb die Beherrschung verloren? Hatte er herumgebrüllt und alles kurz und klein geschlagen, was ihm in die Quere kam? Nein. Er hatte weitergemacht, unbeirrt und entschlossen.

Diese Zielstrebigkeit, diese Ruhe hätte sie jetzt dringend gebraucht.

»Nein«, fauchte Jack sie schließlich an. »Das lass ich mir nicht gefallen. Du kannst mich gleich wieder zurückbringen.« Er kam noch einen Schritt näher, dann zwei. Der Wagen war eng und mit dem nächsten Schritt war er in Reichweite. Sie wappnete sich gegen ihn – wollte nicht vor ihm einknicken, nicht um Gnade winseln, aber sie hatte Angst. Todesangst.

»Was?«

»Bring mich zurück, zum Teufel noch mal. Du hast mich da rausgerissen, jetzt kannst du mich auch wieder zurückbringen.«

»Nein, ich …«

»Hast du nicht gehört, was ich gesagt habe? Bring. Mich. Zurück!«

Sie hatte dieselben Worte schon tausendmal von unzähligen wütenden Seelen gehört. Aber noch nie hatte sie solche Angst bekommen. Und nie hatte sie – kein einziges Mal! – so geantwortet wie jetzt.

»Ich kann es versuchen.«

Denn was Jack von ihr verlangte, war genau das, was sie selber wollte.

»Was?« Das nahm ihm den Wind aus den Segeln. Seine Augen weiteten sich einen Moment lang, dann verengten sie sich zu misstrauischen Schlitzen. »Ist das wieder so ein kleiner Trick von dir? Ich weiß genau, dass du die ganze Zeit in meinem Kopf herumgepfuscht hast. Wenn du das noch mal machst, schlag ich dir den Schädel ein, verstanden? Du bist nicht Sammy – du bist ja nicht mal ein richtiges Mädchen. Ich könnte dich zu Brei schlagen, ohne das Geringste dabei zu fühlen.«

»Könntest du nicht«, widersprach sie und schüttelte ernst den Kopf. »Du kannst mich nicht töten, Jack. Ich bin eine Seelenfahrerin. Ein unsterbliches Wesen.«

»Ach, hör auf damit.«

»Willst du den Beweis dafür?« Ihre Angst verwandelte sich allmählich in Zorn. Sie stürmte zur Tür und riss sie auf. »Hier, hör mal.«

Die Sonne war noch nicht aufgegangen und trotzdem löste die plötzliche Bewegung im Wagen ein ohrenbetäubendes Geschrei unter den Dämonen aus, die irgendwo im Dunkeln lauerten. Jack erstarrte. Zum ersten Mal, seit sie mit ihm unterwegs war, huschte so etwas wie echte Angst über sein blasses Gesicht.

»Ist …« Jack schluckte. »Sind das die Geräusche, die ich nachts immer gehört habe?«

Wortlos trat sie auf das vertrocknete Gras hinaus, was die hungrigsten, verzweifeltsten Dämonen dazu brachte, im Sturzflug auf sie herabzuschießen. Kreischend und flatternd schwirrten die Kreaturen um sie herum, doch bevor sie ihr zu nahe kommen konnten, ging sie ruhig in den Wagen zurück und schloss die Tür hinter sich. Etwas derart Tollkühnes hatte sie noch nie riskiert und die Dämonen brodelten vor Wut. Ihr Zischen und Fauchen erfüllte die Luft um ihre schäbige Unterkunft herum.

»Was zum Teufel war das denn?«, krächzte Jack.

»Dämonen. Seelen, die es nicht geschafft haben, das Niemandsland zu durchqueren. Hungrige, verzweifelte Seelen, und du wirst eine von ihnen, wenn sie dich erwischen. Es ist mein Job, dich vor ihnen zu beschützen.«

»Bring mich zurück.« Jacks Stimme war so leise, dass sie ihn kaum verstehen konnte. »Ich will hier nicht sein.«

»Ich werde es versuchen. Aber versprechen kann ich dir nichts, okay? Es ist nur ein Versuch … ich habe es noch nie probiert.«

Jack wirkte einen Augenblick sehr nachdenklich, und sie hoffte, dass ihre kleine Show ihn gefügiger gemacht hatte. Dann kam er drohend auf sie zu.

»Und warum nicht?« Eine Welle von Misstrauen und Feindseligkeit schwappte ihr entgegen. »Soll ich jetzt glauben, ich wäre was Besonderes für dich, nur weil du es bisher mit keiner anderen Seele versucht hast? Du lügst doch!«

»Nein, ich lüge nicht«, sagte sie schnell. »Wirklich. Ich wusste bis vor Kurzem selber nicht, dass es möglich ist.«

»Ach ja? Und wie?« Jacks Stimme triefte vor Misstrauen.

»Ich habe jemanden gesehen, der es gemacht hat, ein anderer Seelenfahrer. Er ist mit seiner Seele über die Linie zurückgegangen. Aber …« Sie leckte sich die Lippen, ihr Herz hämmerte vor Angst und Hoffnung. »Aber du musst mich mitnehmen. Sonst funktioniert es nicht.«

Sie wusste nicht, ob das stimmte, aber es war der Preis für ihre Hilfe.

»Und was dann?«, stieß Jack drohend hervor. »Ich nehme dich mit, und was dann?«

»Nichts«, versicherte sie schnell. »Ich gebe dir dein Leben zurück und du bringst mich aus dem Niemandsland heraus. Dann lasse ich dich in Ruhe. Du wirst mich nie wiedersehen.« Sie drückte ihre Schultern heraus und schluckte den Angstknoten in ihrem Hals herunter. Dann streckte sie die Hand aus. »Also – abgemacht?«

Jack nahm ihre Hand, packte sie und zerrte sie zu sich her. Dunkle, wütende Augen funkelten sie an. Was immer er suchte, in seiner Vorstellung schien es in greifbare Nähe gerückt zu sein.

»Gebongt.«

KAPITEL 15

Dylan hasste das Krankenhaus. Sie war mit Tristan und ihrer Mutter zu einer weiteren Kontrolle hier, um ihr Bein checken zu lassen. Sie warteten erst zwanzig Minuten auf ihren Termin, aber in der unbehaglichen Stille kam es ihr wie eine Ewigkeit vor. Endlich erschien eine stämmige, unfreundliche Schwester in der Tür und rief ihren Namen auf.

»Du kannst draußen warten«, sagte Joan zu Tristan, als er mit ihr aufstand.

Tristan öffnete den Mund, überlegte es sich jedoch anders. Er schaute Dylan fragend an.

»Ich will Tristan dabeihaben«, sagte sie sofort. »In seiner Gegenwart kann ich ruhiger bleiben.«

Was noch nicht mal gelogen war.

»Der Arzt braucht keinen Menschenauflauf um sich herum, wenn er dein Bein checkt, Dylan.« Joan redete wieder einmal in diesem herablassenden Ton mit ihr, als gäbe es keine Einwände gegen ihre Worte – etwas, das Dylan regelmäßig auf die Palme brachte.

»Na gut, dann kannst du auch gleich dableiben«, konterte sie mit zuckersüßer Stimme.

»Ach, um Himmels willen.« Joan verdrehte die Augen und stolzierte hinter der mürrischen Schwester her.

Der Arzt, der sie untersuchte, war wieder derselbe – Dr. Hammond. Er begrüßte sie freundlich, während er für Tristan nur ein distanziertes Nicken übrighatte. Wahrscheinlich lagen ihm noch die Streitereien zwischen Tristan und Joan beim letzten Mal schwer im Magen. Er erklärte ihr, dass der Gips an diesem Tag abgenommen werden sollte.

»Ist das nicht zu früh?«, wandte Joan ein, um zu zeigen, dass sie sich als Krankenschwester auskannte.

»Normalerweise schon«, gab der Arzt zu. »Aber ich möchte wissen, ob der Knochen richtig verheilt und keine der Wunden sich entzündet hat. Besser jetzt als später, wenn der Knochen ihr Gewicht nicht tragen kann.«

Dylan hörte nur mit halbem Ohr hin, denn das Instrument, das der Arzt in der Hand hielt, jagte ihr eine Höllenangst ein. Es sah aus wie …

»Ist das eine Kreissäge?« Ihre Stimme klang hoch und schrill vor Panik.

»Im Prinzip ja, aber keine Angst, das ist nicht gefährlich.« Dr. Hammond hielt ihr die Säge hin, damit sie sie genauer ansehen konnte. »Ich habe keine Gartenmöbel damit zerkleinert.« Fröhlich grinsend drückte er mit seiner freien Hand auf den elektrischen Knopf an der Minisäge. Er erinnerte sie an den irren Horrorarzt in einem durchgeknallten Psychothriller. Sie hielt den Atem an, als die sich drehende kleine Scheibe immer näher und näher an ihr Bein heranrückte, aber in letzter Sekunde verließ sie der Mut. Sie schaute schnell weg, kniff die Augen zu und wartete auf den Schmerz.

»Das tut nicht weh, Dylan.« Plötzlich war Tristan da und nahm ihre Hand.

Sie spürte die Vibration, hörte, wie sich das Geräusch veränderte, als die Säge sich langsam durch den Gips fraß, was ein komisches Kribbeln in ihrem Schienbein auslöste. Am liebsten hätte sie ihr Bein weggerissen, und nur die Vorstellung, wie ihr Blut in hohem Bogen durch den sterilen weißen Raum spritzte, hielt sie davon ab.

Kaum eine Minute später verebbte das Geräusch und sie beäugte ihr Bein durch halb geschlossene Lider. Es sah aus wie eine Requisite aus einem Frankenstein-Film. Lange rote Linien zogen sich an den Stellen herunter, wo das Bein aufgeschnitten worden war, um die Stifte einzusetzen, die kreuz und quer mit dicken schwarzen Fäden fixiert waren. Fast ihr ganzes Bein war fleckig rot-violett. Aber das Peinlichste waren die zwei Wochen lang nicht rasierten Haare, die ihr verunstaltetes Bein zierten.

»Nicht hinsehen«, befahl sie Tristan.

»Tja …« Der Arzt schaute stirnrunzelnd auf ihr Bein hinunter. »Das sieht … das sieht …«

»Ach, du liebe Güte.« Joan spähte ihm über die Schulter.

»Was?« Dylans Magen zog sich angstvoll zusammen.

»Das ist … bemerkenswert«, murmelte der Arzt.

»So was hab ich noch nie gesehen«, fügte Joan hinzu.

»Dein Bein heilt sehr schnell, Dylan – und vor allem sauber.« Er streckte die Hand aus und tastete ihr Knie ab, dann ihren Wadenmuskel. »Wie fühlt sich das an?«

»Gut«, erwiderte sie wahrheitsgemäß.

»Hmmm …« Er trat einen Schritt zurück. »Ich glaube, wir sollten zur Sicherheit noch eine Röntgenaufnahme machen.«

Es dauerte keine Stunde, bis sie mit Tristan und Joan im Schlepptau zur Röntgenabteilung gerollt wurde und die Röntgenologin und ihr technischer Assistent die gewünschten Aufnahmen von ihrem Bein machen konnten. Am längsten musste sie sich im Wartezimmer gedulden, bis Dr. Hammond mit den Ergebnissen zurück war.

Endlich tauchte er auf, und obwohl es um ihr Bein ging, redete Dr. Hammond ausschließlich mit Joan, die er zu einem PC in der Ecke hinüberzog. Tristan schwirrte kurz hinter ihnen herum, dann kam er mit einem breiten Grinsen im Gesicht zu ihr zurück.

»Was ist?«

Er antwortete nicht sofort.

»Sag schon, Tristan?«

»Dein Bein«, sagte er und nickte zu ihrem gipslosen, nackten Bein in seiner ganzen Pracht hinunter, »es ist …«

»Es ist was?«, fragte sie und hätte es am liebsten zugedeckt, um die Haare zu verbergen, die jedes Mal, wenn sie hinschaute, noch länger aussahen.

»Es heilt zu schnell«, sagte Tristan. »Hast du gehört, was der Doktor gesagt hat?«

»Ja, aber das ist doch gut, oder?« Fragend sah sie ihn an. »Vielleicht kann der blöde Gips jetzt wegbleiben und du musst mich nicht mehr schieben?«

»Ich schiebe dich gern«, sagte Tristan lächelnd. »Nein, das Problem ist nur … deine Wunden heilen so schnell wie meine …«

»Was?«

»Wenn ich im Niemandsland verletzt war, hat es nie lange gedauert, bis die Wunden verheilt waren, schon vergessen?«

Vergessen? Nie im Leben! Der Anblick hatte sich regelrecht in ihr Gehirn eingebrannt. Sie hatte gedacht, Tristan würde sterben. Er war von einem Dämonenschwarm attackiert worden, nur weil sie zu langsam gewesen war, zu schwerfällig. Und als sie sah, was die Dämonen ihm angetan hatten, hatte sie sich fast zu Tode geschämt.

Am nächsten Morgen war kaum noch etwas davon zu sehen gewesen – so als hätten die Wunden eine ganze Woche Zeit zum Heilen gehabt und nicht nur ein paar Stunden.

»Meinst du wirklich?« Sie schaute auf ihr Bein hinunter. Die violetten Male und Flecken und die grellroten Narben waren in ihren Augen noch schlimm genug.

»Dylan«, erinnerte Tristan sie, »deine Unterschenkelknochen waren völlig zertrümmert – wie ein Puzzle, das mühsam wieder zusammengesetzt und mit einer ganzen Reihe von Metallstiften fixiert werden musste. So was heilt normalerweise nicht in zwei Wochen.«

»Lass uns erst mal abwarten, was der Doktor sagt«, wehrte sie ab.

Wie auf ein Stichwort wandte sich der Arzt genau in diesem Moment an Dylan, um ihr die Röntgenaufnahme auf dem Bildschirm zu zeigen, auch wenn sie nicht viel damit anfangen konnte. Sie konnte zwar die harten weißen Metalllinien erkennen, wo die Knochen zusammengefügt worden waren, und die leicht gekrümmten Linien der Knochen selbst, aber sie hatte keine Ahnung, ob das gut oder schlecht aussah.

»Also, ich muss zugeben, dass ich nicht wirklich geglaubt habe, was der Radiologe mir gesagt hat«, fing der Arzt an, »aber das hier ist … erstaunlich. Wenn ich dich nicht selbst operiert hätte, Dylan, würde ich sagen, der Chirurg hat deine Verletzungen maßlos übertrieben.«

»Wirklich?«, fragte sie, ohne Tristans triumphierenden Blick zu beachten.

»Ja, wirklich«, bestätigte Dr. Hammond lächelnd. »Deine Knochen sind verheilt. Du darfst zwar dein Bein nicht allzu sehr belasten, aber ich denke, den Gips können wir jetzt weglassen. Wir schienen es einfach, damit du ein bisschen Halt hast.«

»Heißt das, ich komme aus dem Rollstuhl raus?«, fragte sie und konnte ihr Glück kaum fassen.

»Ja, den Rollstuhl bist du los«, bestätigte der Arzt. »Aber du brauchst Krücken, was dir anfangs vielleicht etwas schwerfallen wird.« Er nickte mit dem Kopf zu ihrer unteren Körperhälfte. »Und jetzt sehen wir uns noch die Wunden in deinem linken Bein und am Rücken an. Würde mich nicht überraschen, wenn die auch schon verheilt wären.«

Am nächsten Tag fuhr Dylan mit Tristan im Taxi zur Schule. Als der Wagen vor dem Eingang anhielt, stieg Dylan auf ihren eigenen Beinen aus. Sie musste sich schwer an die Seite des Wagens lehnen, während Tristan mit ihren Krücken zu ihr herüberstürzte, aber sie hielt sich aufrecht. Und das allein zauberte ein strahlendes Lächeln in ihr Gesicht, als sie an dem hässlichen dreistöckigen Gebäude hinaufschaute.

Sie konnte sich schon ziemlich gut auf ihren Krücken fortbewegen, aber weil Tristan darauf bestand, nahmen sie den Lift, der ihr seltsamerweise noch enger und unbequemer vorkam als mit dem Rollstuhl. Vielleicht, weil sie das Ruckeln und Zittern, mit dem sie in den obersten Stock hinaufgehievt wurden, jetzt viel stärker spürte.

»Ich hasse dieses Ding! Jedes Mal, wenn wir uns da reinquetschen, habe ich das Gefühl, dass es gleich zusammenbricht und wir hier festsitzen. Oder dass die Kabel reißen, und dann stürzen wir in den Tod!«

»Es sind nur drei Stockwerke«, wandte Tristan ein. »Von Stürzen kann da nicht groß die Rede sein.«

»Zum Sterben reicht es jedenfalls«, gab sie säuerlich zurück.

»Weißt du was?« Tristan rückte in der engen Kabine noch etwas näher an sie heran. Dann ließ er plötzlich beide Taschen fallen und beugte sich vor, sodass sie zwischen ihm und der Wand eingequetscht war. »Ich werde dich mal ein bisschen ablenken.«

Dylan wollte protestieren, aber Tristan verschloss ihr sofort den Mund. Sie schrie auf, als sie seine Lippen auf ihren spürte – das hier war ein Schul-Lift! –, aber andererseits, wer sollte sie schon erwischen? So groß war das Risiko jedenfalls nicht, dass sie deshalb auf die Bremse trat …

Tristan hatte sie nicht mehr so geküsst, seit sie das Niemandsland verlassen hatten. Kein einziger richtiger Kuss-ohne-Grenzen. Er hatte ihr gesagt, ihr Körper sei zu zerbrechlich und ihre Wunden müssten erst heilen, was sie zutiefst erbittert hatte. Aber jetzt machte er alles wieder wett und keine Macht der Welt würde sie von diesem Kuss abhalten. Außer vielleicht das Bedürfnis, Luft zu holen …

Keuchend löste sie sich von ihm, ließ ihren Kopf an die Wand des Aufzugs sinken und versuchte, ihr hämmerndes Herz zu beruhigen.

»Siehst du«, wisperte Tristan ihr ins Ohr, »das hat die Dinge ein bisschen beschleunigt.«

Sie stieß ein ersticktes Lachen aus, das in einen glücklichen kleinen Seufzer überging. Tristan gab ihr noch ein keusches Wangenküsschen, sammelte die Krücken auf dem Boden ein – wann hatte sie die nur fallen gelassen? – und drückte sie ihr in die Hand. Dann trat er in den vollen Flur hinaus, cool und lässig, als sei nichts geschehen. Der einzige Hinweis darauf, dass ihn der Kuss genauso geflasht hatte wie sie, war ein strahlendes kleines Augenzwinkern, bevor er sich umdrehte, um ihr einen Weg durch die Menge zu bahnen.

Nicht einmal die Aussicht auf eine Doppelstunde im eiskalten Mietcontainer bei Miserable Monkton konnte ihre Stimmung trüben.

Doch als sie die Bruchbude erreichten, die Monkton als Unterrichtslabor diente, war der Lehrer nirgends in Sicht. Das war nichts Ungewöhnliches. Ungewöhnlich war nur das laute Stimmengewirr, das zu ihnen herausdrang. Sie hielt auf der Türschwelle inne und fasste die aufgeregten Gesichter ins Auge. Was in aller Welt ging hier vor?

»Was ist los?«, fragte sie Marie Cummings, die als Einzige nicht in einem der überall im Raum verteilten kleinen Schülerknäuel stand. Marie war eine Außenseiterin in der Klasse, so wie Dylan, und hatte die ganze Zeit neben ihr gesessen, bis Tristan auf der Bildfläche erschienen war. Kein Wunder also, dass Marie ihr jetzt einen leicht säuerlichen Blick zuwarf. Aber die Sensation war offenbar einfach zu groß, als dass Marie sie für sich behalten konnte, denn im nächsten Moment platzte sie voll damit heraus:

»Ein Mord!«, stieß sie hervor und ihre Augen funkelten aufgeregt hinter ihren Brillengläsern.

»Ein Mord? Ist es jemand Berühmtes?«, fragte Dylan. Okay, ein Mord war schlimm, was aber noch lange nicht den Aufruhr in der Klasse erklärte. Die Schüler der Kaithshall waren nicht gerade für ihre übermäßige Empathie bekannt.

»Nein, es war ein Bauarbeiter«, verkündete Marie genüsslich.

Dylan dachte sofort an den Tunnel. »Und warum sind dann alle so …?« Sie deutete im Klassenzimmer herum.

»Na, wegen den Aufnahmen natürlich!«

»Von dem Mord?«

»Nein, von dem Opfer. Der Typ, der die Leiche gefunden hat, hat ein Video davon gemacht und es online gestellt. Man sieht alles drauf! Alles! Er wurde buchstäblich aufgefressen oder so …«

Dylan schaute Tristan an, der bei Maries Worten kreideweiß geworden war. Mehr wollte sie nicht hören, also humpelte sie auf ihren Krücken an Marie vorbei und schlingerte um die Tische herum, bis sie sich mit Tristan hinten im Klassenzimmer verstecken konnte.

»Kannst du das glauben?«, fragte sie, sobald sie sich gesetzt hatten. »Meinst du, das war noch ein Arbeiter aus dem Tunnel?«

Sie konnte die Handydisplays in jedem der Schülerknäuel leuchten sehen. Ihr Blick blieb kurz an Dove MacMillan hängen, der breit grinsend den grausigen Tod nachspielte, den der Mann erlitten hatte.

Plötzlich flüsterte Tristan ihr ins Ohr: »Hast du dein Handy dabei?«

»Ja. Warum?«

»Ich will das Video sehen.«

»Was? Wieso?«

Ausgerechnet in diesem Moment stolzierte Monkton in die Klasse herein, und sie musste warten, bis er ein paar Arbeitsblätter verteilt und ihnen die Aufgabe für diesen Tag erklärt hatte. Sie schnappte sich die Chemikalien, die sie zusammenmischen sollten, und sobald Monkton anderweitig beschäftigt war, stieß sie Tristan mit dem Ellenbogen in die Rippen.

»Also?«, zischte sie. »Warum zum Teufel willst du dieses abartige Video sehen?«

»Weil …« Er warf ihr einen Blick zu, als hielte er sie für komplett begriffsstutzig, »… weil deine Freundin gesagt hat, dass er aufgefressen wurde.«

Noch bevor er zu Ende geredet hatte, ließ er seinen Daumen über das Display ihres Smartphones gleiten und lud das Video herunter. Im tiefsten Inneren wusste Dylan bereits, was kommen würde.

»Du meinst … du meinst, es hat was mit diesen vier ermordeten Tunnelarbeitern zu tun?«

»Ich glaube, es *ist* einer von ihnen.«

»Was?«

»Na ja, einer der Rettungssanitäter, die vor Ort waren, hat was

Ähnliches über die Leichen im Bahntunnel gesagt. Vielleicht ist es sogar das Video von einem dieser Typen.«

Dylan legte den Kopf zur Seite und starrte ihn mehrere Sekunden lang an. Dann konnte sie nicht länger an sich halten. »Was?!!«

Tristan zuckte zusammen, sichtlich zerknirscht, was sonst nicht seine Art war. Und es verhieß nichts Gutes.

»Als du mit deinem Dad zusammen warst«, fing er an, »habe ich ein bisschen im Internet recherchiert und einen Blog gefunden ...«

»Das war vor fast einer Woche!«

»Miss McKenzie«, brüllte Monkton durch die Klasse, »gibt es ein Problem?«

»Nein, Sir«, stieß Dylan hervor und zwang sich, ihre Augen von Tristan loszureißen. »Tut mir leid, Sir.«

Monkton schnaubte, woraus sie schloss, dass er ihre Entschuldigung annahm. Nachdem der Lehrer also besänftigt war, funkelte sie wieder Tristan an.

»Warum hast du mir nicht erzählt, was du herausgefunden hast?«, zischte sie unterdrückt. Die Augen auf ihr Arbeitsblatt gerichtet, weil sie das Gefühl hatte, dass Monkton sie im Blick behielt, packte sie ein Fläschchen mit einer gefährlich aussehenden Flüssigkeit und öffnete es. Sie kippte einen kräftigen Schuss von dem Zeug in ihre Schale mit dem weißen Pulver und schaute zu, wie alles leuchtend grün wurde. Wie aufregend. »Also?«

»Weil ich dir keine Angst einjagen wollte. So, wie diese Leichen ausgesehen haben, gibt es keinen Zweifel daran, wer die Männer getötet hat.«

Er hielt ihrem Blick stand, als wäre er nicht sicher, ob sie die Wahrheit wirklich hören wollte. Und Dylan *wollte* sie hören.

»Sie wurden zerfetzt«, sagte er. »Lange Furchen im Fleisch

von langen, scharfen Krallen. Und die Leichen hatten Löcher, so als …«

»… als ob etwas durch ihren Körper gefegt wäre«, beendete Dylan seinen Satz. Sie spürte, wie ihr das Blut aus dem Gesicht wich. »Dämonen.«

Tristan holte tief Luft. »Ich glaube, ja.« Er schnitt eine Grimasse und fügte hinzu: »Nein. Ich *weiß* es. Sie wurden von Dämonen getötet.«

»Aber wie kommen die hierher?«, fing sie an, verstummte jedoch unter Tristans stetigem Blick. »Oh … wir haben sie reingelassen. Als wir zurückgegangen sind, haben wir sie reingelassen, oder?« Sie schlug die Hand vor den Mund, aus Angst, sich übergeben zu müssen. »Shit! Das ist meine Schuld!«

»Siehst du, genau deshalb wollte ich es dir nicht sagen.« Tristan packte sie an der Schulter und schüttelte sie leicht. »Du kannst nichts dafür, Dylan.«

Sie warf ihm einen ungläubigen Blick zu, der im nächsten Moment in blankes Entsetzen überging. Tränen schossen ihr in die Augen.

»Wirklich nicht, Dylan«, beharrte er. »Wir konnten doch nicht wissen, was passieren würde – und *wenn* jemand Schuld hat, dann ich.«

Sie konnte ihn nur hilflos anstarren. Tränen sammelten sich in ihren Augen und strömten ihr über die Wangen. Dann sah sie, wie Monkton zu ihr herüberstarrte. Sie senkte schnell den Kopf und bedeckte ihr Gesicht mit beiden Händen, um das Entsetzen zu verbergen, das in ihr aufstieg, als sie die verstümmelten Leichen vor sich sah. Grässliche Flashbacks zuckten durch ihren Kopf, Bilder von kreischenden Dämonen, die von allen Seiten auf sie herunterschossen.

Die Attacke hatte sie damals buchstäblich zur Salzsäure erstarren lassen, sodass sie keinen Finger mehr rühren konnte – und nun hatten vier Menschen denselben Horror in der wirklichen Welt erleben müssen, nur weil sie so egoistisch gehandelt hatte. Die vier Mordopfer waren auf grausame Art gestorben und würden jetzt ihrerseits im Niemandsland enden – falls sie es überhaupt dorthin schafften.

Dylan konnte nicht atmen. Wagte es nicht, den Mund zu öffnen, weil ihr sonst alles hochkommen würde.

»Kannst du mir bitte mal erklären, was los ist?«, fragte Monkton Tristan in eisigem Ton.

»Dylan geht es nicht gut, Sir. Ich glaube, sie hat Schmerzen, weil der Gips gerade erst entfernt wurde. Ich gehe mit ihr raus, frische Luft schnappen.«

Mit tränenverschleiertem Blick ließ Dylan sich von ihm hochziehen und wegführen. Monkton baute sich herausfordernd vor ihnen auf, die Arme vor der Brust verschränkt, und einen Augenblick dachte sie, dass Tristan einfach durch ihn hindurchfegen würde, als wäre er Luft. Aber dann, im letzten Moment, rettete sie ein gewaltiger Knall, als Daves Arbeitstisch in einer Wolke aus dickem Qualm und Reagenzglasscherben explodierte.

Sofort brach das Chaos aus und niemand achtete mehr auf sie. Unter Monktons wutentbranntem »MacMillan!«-Gebrüll und dem Kreischen und Schreien der restlichen Klasse schlichen sie ungehindert zur Tür hinaus.

In der Kaithshall gab es nicht viele Rückzugsmöglichkeiten, aber Tristan schaffte es dennoch, ein ruhiges Plätzchen zu finden. Er führte sie zu einem Tisch in einer Nische an der Seite des Hauptgebäudes, die einigermaßen windgeschützt war. Dort hielt er sie im Arm, und sie weinte an seiner Schulter, ihr Gesicht in seinem Sweatshirt vergraben, um ihr Schluchzen zu verbergen. Es dauerte lange, bis sie endlich den Kopf hob. Und obwohl ihr wahrhaftig nicht nach Lachen zumute war, prustete sie los, als sie sah, wo Tristan sie hingebracht hatte.

»Weißt du, dass Dove immer mit seinen Eroberungen hierherkommt?«, fragte sie mit hochgezogenen Augenbrauen.

Tristans Ausdruck verwandelte sich von besorgt zu entrüstet.

»Ach ja? Hat er dich auch schon mal hergebracht?«, stieß er hitzig hervor.

»Machst du Witze?«, fragte sie ungläubig, aber Tristan wartete auf eine Antwort. »Nein«, schnaubte sie und verdrehte die Augen, dann kehrte ihre Verzweiflung zurück, und sie spürte, wie ihr erneut die Tränen in die Augen schossen.

»Dämonen. Glaubst du wirklich, dass sie von Dämonen getötet wurden?«

»Wenn ich das Video sehe, werde ich es wissen.« Er hatte das Smartphone in der Hand, wartete jedoch ab, den Blick auf sie gerichtet.

Dylan wollte das nicht sehen. Wirklich nicht. Aber Tristan hatte recht, sie mussten sich Gewissheit verschaffen. »Also los«, sagte sie. »Bringen wir's hinter uns.«

Er brauchte einen Moment, bis er das Video gefunden hatte, und noch ein paar quälend lange Sekunden, um es herunterzuladen, weil das hohe Schulgebäude ihren Handyempfang störte, aber endlich ertönte der raue, keuchende Atem des Rettungshelfers, der das Massaker entdeckt hatte. Tristan reduzierte die Lautstärke, bis die Entsetzensrufe und Flüche des Mannes kaum noch zu hören waren.

»Ich seh nichts, Tristan«, sagte Dylan leise.

Er schaute zu ihr hoch und änderte widerstrebend den Blickwinkel auf den Bildschirm, sodass sie beide die Szene mitverfolgen konnten. Unbewusst wollte er sie immer noch schonen.

Zuerst war nicht viel zu erkennen. Nur Dunkelheit, und das flackernde Licht einer Taschenlampe ließ hin und wieder etwas aufblitzen, aber so flüchtig, dass es unmöglich war, den Blick darauf zu fokussieren. Dann verharrte der Lichtkegel über einem Streifen bleicher Haut, in der tiefe, lange Risse klafften. Die untere Hälfte des Rumpfs war nichts als eine violette Masse aus zerfetztem Fleisch um eine leere Bauchhöhle herum. Ein riesiges Loch, als wäre etwas hindurchgefegt.

»Shit, schau dir sein Gesicht an!« Der Ausruf in dem Video war deutlich zu hören, obwohl Tristan den Ton so leise gestellt hatte, dass das Handy fast stumm war.

Unwillkürlich folgte Dylan der Aufforderung, das Gesicht anzuschauen – und bereute es sofort. Die Bestialität des Angriffs zeichnete sich deutlich in den Zügen des Toten ab. Er musste das nackte Grauen erlebt haben.

»Gott«, flüsterte sie. »Wie schrecklich – dieser Horror in seinem Gesicht!«

Das Video endete hier, und obwohl sie spürte, dass Tristan die Szene am liebsten noch einmal angesehen hätte, hob er den Kopf und steckte das Smartphone weg.

»Für mich gibt es keinen Zweifel mehr.« Er schüttelte den Kopf. »Nicht nach dem hier. Sie kommen auf dieselbe Weise herein wie wir.«

»Und was machen wir jetzt?«, flüsterte Dylan.

»Ich weiß nicht. Ich muss erst noch darüber nachdenken.«

»Da sind Menschen gestorben«, stieß sie unterdrückt hervor. »Vier … soviel wir wissen. Es könnten auch mehr sein.« Wieder schwappte die Übelkeit in ihr hoch und sie schluckte schwer. »Wir haben sie in die Welt gebracht und es wird nicht aufhören. Oder, Tristan?«

»Nein.« Er schüttelte den Kopf. »Wohl kaum. Es ist nur … Ich glaube, ich muss da mal hin, und zwar so schnell wie möglich. Sehen, was ich tun kann.«

»Du meinst wohl, *wir* müssen da hin.« Sie funkelte ihn an.

»Auf keinen Fall, Dylan. Du bist verletzt und das kann gefährlich werden. Ich lasse dich nicht …«

»Ach ja? Du *lässt* mich nicht?«

Tristan hielt klugerweise den Mund.

»Ich komme mit dir, Tristan. Kannst ja sowieso nicht ohne mich.«

Er sah sie an, schätzte ihre Entschlossenheit ab. Sie starrte herausfordernd zurück, bis er mit einem Seufzer nachgab.

»Also gut.« Er beugte sich vor und legte seine Stirn an ihre. »Es tut mir leid.« Und er meinte damit nicht die Tatsache, dass er allein in den Tunnel gehen wollte, das wusste sie. »Es tut mir so leid, Baby. Ich hätte es dir sagen sollen, aber ich …«

»Was?«, hakte sie nach, als nichts mehr kam – offenbar wollte er nicht weitersprechen.

»Ich konnte dir das doch nicht antun. Dir eine solche Bürde aufhalsen. Nach allem, was du durchgemacht hast …«

»Wir stecken da beide mit drin«, hielt sie ihm vor. »Du und ich. Du hättest mir vertrauen müssen.«

»Ich weiß. Ich vergesse manchmal, wie stark du bist. Ich meine«, sagte Tristan mit einem schiefen Lächeln, »du bist das Mädchen, das ganz allein das Niemandsland durchquert hat, nur um zu mir zurückzukommen.« Er küsste sie zärtlich. »Du hast mich gerettet.«

KAPITEL 16

»Ich kann nicht glauben, dass ich wieder hier bin.«

Dylan stand knietief in der dichten Grasböschung und starrte auf den klaffenden schwarzen Schlund des Tunnels. Blau-weiß gestreiftes Absperrband flatterte im Wind und der Eingang war mit einer großen Metallplatte provisorisch versiegelt. Auf dem Schild darauf stand:

ZUTRITT VERBOTEN
POLIZEILICHE ERMITTLUNGEN

Anscheinend war gerade die Unfallstelle geräumt worden, als die Morde passierten. Ihr schoss der Gedanke durch den Kopf, dass die Dämonen sich vielleicht erst in die Welt der Lebenden gewagt hatten, als die Laternen und Blaulichter verschwunden waren.

Es war früher Nachmittag. Der Busfahrer hatte sie angestarrt, als seien sie von allen guten Geistern verlassen, weil sie sich mitten in der Pampa am Straßenrand absetzen ließen. Aber nach Tristans Einschätzung kamen sie mit keinem öffentlichen Verkehrsmittel näher an den Tunnel heran als genau an dieser Stelle.

Sie folgten die nächsten drei Meilen einer einspurigen Landstraße und gingen dann durch Felder und Wiesen. Das hatte ihr beinahe den Rest gegeben, da konnte ihr Bein noch so gut verheilen. Es war ein mühsames, holpriges Vorankommen mit den Krücken, ein echter Härtetest für ihr Bein.

Sie war immer noch leicht sauer auf Tristan gewesen. Er hätte ihr doch sagen müssen, was er herausgefunden hatte! Doch als sie jetzt vor dem Tunnel standen, erschien es ihr nicht mehr so wichtig. Tristan dachte offenbar genauso, denn er beugte sich vor und massierte ihr die verspannten Schultern. Er verstand ohne Worte, wie schwer es ihr fiel, an diesen Ort zurückzukehren, der sie beinahe umgebracht hatte.

Allein dafür verzieh sie ihm.

Sie holte tief Luft. Wie würde es erst im Tunnel drinnen sein? Verschwommene Bilder, wie sie hinausgetragen wurde, stiegen in ihrem Geist auf – ansonsten war da nur Dunkelheit, von flackernden Lichtern durchzuckt. Und höllische Schmerzen. Jetzt war der Tunnel still und leer. Abgesehen von dem Portal ins Niemandsland natürlich.

Sie schluckte, ein dicker Kloß entstand in ihrer Kehle. Ob sie das Loch erkennen würde, das sie im Niemandsland hinterlassen hatten? Obwohl es lächerlich war, fürchtete sie, dass sie die Stelle vielleicht nicht sehen und hineinstürzen würde.

Aber das würde sich ja bald zeigen.

»Du musst nicht da rein«, wiederholte Tristan zum x-ten Mal und riss sie damit aus ihren Gedanken. »Mir wäre es ehrlich gesagt lieber, wenn du draußen wartest.«

»Ich komme mit, Tristan.«

»Es ist gefährlich«, wandte er ein. »Du könntest dir dein Bein zum zweiten Mal brechen. Ist ja nicht gerade krückengängiges Gelände.«

»Na gut, dann lass ich die Dinger eben hier.« Sie zog beide Krücken unter ihren Achseln hervor und lehnte sie an den Stacheldrahtzaun, an dem sie sich damals beim Drübersteigen die

Jeans zerrissen hatte. Er war im wirklichen Leben offenbar genauso scharf wie im Niemandsland, obwohl sie sich diesmal wenigstens nicht die Hände aufgeschürft hatte.

»Du weißt genau, wie ich das meine.« Tristan ging zum Zaun hinüber und las die Krücken auf, um sie ihr zurückzugeben, aber dann überlegte er es sich anders. Er nahm beide Krücken über eine Schulter, schlang seinen freien Arm um ihren Rücken und packte ihre Jeans an der ihm abgewandten Seite ihrer Hüfte. »Stütz dich auf mich«, kommandierte er. »Wenn du schon unbedingt mitkommen musst, helfe ich dir wenigstens.«

Sein Tonfall war alles andere als freundlich, aber sie hielt es für das Klügste, sich auf ein einfaches »Danke« zu beschränken.

Auf den Gleisen unten wurde das Gehen leichter, obwohl ihre Krücken dauernd in die dicke Schotterschicht einsackten, aus der das Schwellenbett bestand. An der Tunnelmündung hielt sie inne. Tristan hatte das ZUTRITT-VERBOTEN-Schild entfernt und riss jetzt das Absperrband weg, das über die Öffnung gespannt war, aber das war nicht der Grund, warum sie stehen blieb. Jetzt, wo sie hier war, kamen ihr plötzlich Zweifel, ob sie es schaffen würde, in die pechschwarzen Tiefen des Tunnels zurückzugehen. Bilder vom letzten Mal, bevor sie erkannt hatte, dass sie tot war, wirbelten ihr durch den Kopf. Wie sie erwachte, ganz allein in der Totenstille. Die umgerissenen Sitze um sie herum. Die verdächtig weichen Gegenstände am Boden, die so glitschig waren, dass sie darauf ausrutschte und sich die Jeans beschmierte. Und wie sie sich mit letzter Kraft aus dem Chaos befreite und dann durch diesen endlos langen Tunnel stolperte …

»Tristan«, flüsterte sie.

Er hob den Kopf von dem blau-weißen Absperrband, das er zu einer klebrigen Kugel zusammenrollte. Als er ihr gequältes Gesicht sah, sog er die Luft ein.

»Bleib hier«, flehte er.

Absurderweise war das genau der Anstoß, den sie brauchte, um aus ihrer Erstarrung herauszukommen. »Nein. Wir gehen da jetzt rein.«

Sie lehnte eine Krücke an die Wand neben Tristans Absperrbandknäuel und behielt die andere an ihrer verletzten Seite. Tristan schaltete die Taschenlampe auf ihrem Smartphone ein, um den Weg vor ihnen zu beleuchten. Es war ein kaltes Licht, das den grauen Stein wie das Gewölbe eines mittelalterlichen Verlieses aussehen ließ, aber immerhin besser als nichts.

Obwohl der verunglückte Zug geräumt worden war, lagen noch massenhaft Trümmer und Schutt herum. Etwas weiter im Tunnel drinnen waren ein paar schwere Bahnschwellen bei dem Unfall herausgerissen und die Gleise verbogen worden. Im schwankenden Lichtschein der Handy-Taschenlampe arbeitete sie sich vorsichtig an den Gleisen entlang, wobei die dumme Krücke sie eher behinderte als stützte.

»Warte, Tristan!«, rief sie nach vorne. »Ich kann nicht … Ups, dieses blöde Bein!«

Tristan blieb sofort stehen. Er drehte sich um und hielt das Telefon in ihre Richtung, damit sie besser sehen konnte, aber sie hastete trotzdem weiter. Und dann … ein zerbrochenes Metallstück, das sie nicht sehen konnte – sie spürte es erst, als es unter ihrem Fuß wegschlitterte.

Der Sturz war unausweichlich, obwohl sie sich im Fallen mit ihrer freien Hand an der Wand abstützte. Ihre Nägel krallten sich mit aller Kraft daran fest, aber sie taumelte vorwärts, sodass ihre Handfläche am Mauerwerk entlangschrappte, bis sie als hilfloses Knäuel aus Armen und Beinen auf dem Boden landete.

»Dylan!« Tristan war sofort an ihrer Seite, zog sie in eine sitzende Haltung hoch und sammelte ihre Krücke ein. »Bist du okay?«

»Ja«, stöhnte sie mit schmerzverzerrtem Gesicht und hielt ihre Handflächen hoch. Im bleichen Licht der Taschenlampe sahen sie zerkratzt und blutig aus.

»Ich bring dich jetzt zurück, okay?« Tristans Stimme klang beinahe flehend.

»Nein.« Sie schüttelte den Kopf. Sie würde keinen Schritt zurückweichen, solange ihre Aufgabe nicht erledigt war. »Wir sind jetzt fast da. Hilf mir auf.«

Seufzend fasste Tristan sie unter dem Ellbogen und zog sie auf die Füße. »Darf ich dich wenigstens tragen?«

»Nein, lieber nicht, falls du plötzlich beide Arme frei haben musst.«

Tristan verschlug es einen Augenblick die Sprache. »Dylan«, fing er dann vorsichtig an. »Wenn ich glauben würde, dass hier drin Dämonen lauern, würde ich dich niemals in diesen Tunnel lassen. Ende der Geschichte.«

Sie öffnete den Mund, um zu protestieren – wofür hielt er sich eigentlich? Als ob sie ihn um Erlaubnis fragen müsste! Aber bevor sie ihm die gebührende Antwort erteilen konnte, hielt er ihre Krücke hoch. »Bereit?«

Na ja … So bereit wie möglich unter diesen Umständen. Sie nickte entschlossen, und Tristan setzte seinen Gang in den Tunnel fort, langsamer diesmal, damit sie ihm folgen konnte.

Ihre Ängste entpuppten sich als überflüssig, denn die Stelle, an der ihr Leben geendet hatte, sprang ihr förmlich ins Auge. Erstens, weil der Bereich gut sichtbar mit Plastikband abgesperrt war, und zweitens schimmerten Kreidemarkierungen an der Wand und auf dem Boden, neben etwas Dunklem, das nach einer Blutlache aussah. Ein dumpfer, abstoßender Geruch hing in der Luft. Oder schlimmer noch – dort, wo sie stand, war es geradezu spürbar.

Die Kälte in ihrer Brust, die plötzliche Schwäche in ihren Gliedern – als würde ihr erneut alles Leben ausgesaugt. Als versuchte ihre Seele, ihren Körper zu verlassen. Sie wich zurück, von plötzlicher Panik erfasst, dass genau das passieren könnte.

»Hier«, sagte Tristan überflüssigerweise. »Da sind wir durchgekommen.«

»Und hier sind die Männer gestorben«, fügte sie hinzu.

»Komm mal her …« Tristan ging in die Hocke und inspizierte etwas auf dem Boden. »Sieh dir das an.«

Sie trat einen Schritt vor, dann musste sie innehalten. Da war es wieder, dieses Gefühl – tief in ihrer Brust. Als wäre ihr Herz aus Eisen und ein gewaltiger Magnet wäre darauf gerichtet. Ein Magnet, der mit aller Kraft zog und zerrte.

Erschrocken taumelte sie zurück, stürzte beinahe wieder.

»Dylan?«

»Spürst du es nicht?«

»Was denn?«

»Dieses Ziehen. Oh Gott, es ist, als würde etwas aus mir herausplatzen …«

»Deine Seele?« Tristans Augen weiteten sich angstvoll. »Zurück! Zurück, Dylan!« Er wartete nicht erst ab, bis sie sich humpelnd in Bewegung setzte, sondern packte sie um die Hüfte, hob sie hoch und lief mit ihr zurück.

Ihr Herz klopfte noch immer wie verrückt, als klammerte es sich mit aller Kraft in seinem sicheren Käfig fest, und Dylan brachte nicht die Kraft auf, sich mit Tristan anzulegen. Er ließ sie nicht nach ein paar Schritten herunter, wie sie gedacht hatte – nein, er lief weiter, die sperrige Krücke zwischen ihnen, und seine Arme schlossen sich wie ein Stahlband um ihre Mitte.

»Tristan, lass mich runter«, verlangte sie.

Er ging nicht darauf ein. »Hätte dich nie in den Tunnel reinlassen dürfen. Keine Ahnung, was zum Teufel ich mir dabei gedacht habe«, murrte er vor sich hin.

»Tristan!« Diesmal schrie sie ihn an, um zu ihm durchzudringen. »Ist ja gut. Ich spüre es jetzt nicht mehr, du kannst mich runterlassen.«

»Erst, wenn wir draußen sind.«

»Tristan, bitte, das ist echt unbequ…« Der restliche Satz blieb ihr in der Kehle stecken, denn ihre Augen hatten etwas im Dunkeln erspäht. »Tristan!«

»Nein, Dylan!«

Diesmal wehrte sie sich im Ernst, die Augen unverwandt auf eine Stelle über Tristans Schulter gerichtet. »Lass mich runter! Sofort! Los, Tristan, ehrlich – du musst mich runterlassen! Es ist …«

Ein Dämon. Es war ein Dämon, der im Tunnel auf und ab schwirrte, als testete er die Luft, und seine Loopings kamen immer näher. Seltsam war nur, dass die Kreatur nicht einfach auf sie zuschoss, sondern irgendwie orientierungslos wirkte. Benommen.

»Tristan!«

»Ich weiß, Dylan«, stieß er zähneknirschend hervor. »Ich spüre es.«

Er lief mit ihr zur Tunnelwand, setzte sie dort ab und drückte ihren Körper in den Spalt zwischen der Wand und dem Schotterbett. Dann wirbelte er herum und hielt Wache über ihr, jeder einzelne Muskel war angespannt und kampfbereit.

»Warte!«, schrie sie und versuchte sich aufzurappeln.

»Unten bleiben«, kommandierte er.

»Nein, Tristan! Warte!« Mit aller Kraft zerrte sie an seinem Ärmel, bis ihr klar wurde, wie idiotisch das war – er musste ja beide Hände frei haben. Also schlug sie ihm stattdessen auf den Schenkel. »Wir sind nicht im Niemandsland! Du bist jetzt ein Mensch aus Fleisch und Blut. Wenn das Ding dich erwischt, stirbst du!«

»Psst!« Er stieß ihre Hand weg, ganz auf den Dämon konzentriert.

In dem Licht, das durch den höchstens zehn bis fünfzehn Meter entfernten Tunneleingang strömte, war der Dämon nicht mehr so einfach zu erkennen. Er hielt sich in den Schatten, schwirrte unablässig hin und her.

»Was macht er denn?«

»Er begreift nicht, wo er ist«, murmelte Tristan. »Dämonen sind dumm. Sie jagen im Schwarm, sind unfähig, selbstständig zu denken.«

»Im Schwarm!«, rief Dylan entsetzt. »Nichts wie weg, Tristan! Wir müssen rennen!«

Und das mit ihren Krücken ... Aber irgendwie würde sie es schaffen. Auch auf die Gefahr hin, dass ihr Bein zum zweiten Mal in die Brüche ging. Es würde schnell wieder heilen, so wie das letzte Mal. Besser im Gips als tot.

»Psst!«, zischte Tristan wieder, drehte sich kurz um und funkelte sie an. »Es ist nur einer. Beweg. Dich. Nicht.«

»Tristan!«

»Psst. Wenn wir Glück haben, beachtet er uns nicht. Ich glaube, das Ding ist zwischen den Blutlachen dort hinten und irgendwas anderem hin- und hergerissen. Kann sich nicht entscheiden, verstehst du? Vielleicht schaffen wir es, ganz langsam ...«

»Tristan?«

Tristan verstummte im selben Moment, als sie leise seinen Namen rief. Er drehte sich um und starrte auf die Hände, die sie hochhielt. Derselbe Gedanke schoss ihnen durch den Kopf.

Dylans blutige Handflächen ...

»Du«, flüsterte er rau. »Er ist hinter dir her, er wittert dein Blut.«

»Was ist stärker?«, fragte Dylan, die ihre Panik im Zaum zu halten versuchte. »Altes oder frisches Blut?«

Vielleicht war es nur Einbildung, aber der Dämon schien ihre Frage aufgefangen zu haben und stürzte sich gierig darauf. Konzentrierte sich voll auf sie.

»Dylan? Steig auf, Dylan!« Tristan bewegte sich ein paar Zentimeter vorwärts, sodass sie an ihm hinaufklettern konnte wie auf einer Leiter. »Geh«, zischte er, sobald sie oben war. »Mach, dass du hier rauskommst. Schnell.«

Sie wollte widersprechen, ihm klarmachen, dass das nicht infrage kam, dass sie ihn nicht allein lassen würde, aber dann ging ihr plötzlich auf, dass sie nur ein Hemmschuh für ihn war. Diese dumme Krücke, ihr verfluchtes Bein. Sie war nicht fit genug, um an seiner Seite zu kämpfen, und selbst wenn, hatte sie keinerlei Erfahrung darin, Dämonen abzuwehren. Frustriert humpelte sie davon, aber Tristan hatte recht, das musste sie zugeben.

Es war die Hölle, ohne ihn zurückzugehen, aber was sollte sie anderes machen? Wenn sie sah, dass er in Gefahr war, würde sie ihren Überlebensinstinkt verlieren – und garantiert wieder voll auf der Nase landen.

Und prompt passierte es.

Ihr verletztes Bein sackte unter ihr weg – der Schmerz raubte ihr den Atem –, sie fiel auf den Boden, traf mit der Hüfte auf und stieß sich den Kopf an einer losen Bahnschwelle. Ihr blieb die Luft weg, sie konnte keinen Finger rühren, ja nicht einmal zu Tristan und dem Dämon zurückschauen. Sie konnte nur daliegen, keuchend und stöhnend, und ihre in alle vier Winde zerstobenen Gedanken wieder sammeln.

»Tristan!« Sie wollte schreien, aber es kam kein Laut heraus. »Tristan!«

»Geh, Dylan! Los!« Seine Stimme klang atemlos, panisch. Das genügte, um sie auf Trab zu bringen. Ihr Gehirn schaltete sich wieder ein, und sie schaffte es, ihren verschrammten Körper wieder unter Kontrolle zu bekommen. Zappelnd und strampelnd wälzte sie sich herum und kam auf die Füße. Doch was sie dann sah, ließ ihr das Blut in den Adern gefrieren.

Tristan kämpfte gegen den Dämon – mit bloßen Händen. Eine Faust hatte er in die zerfransten schwarzen Schlieren der Kreatur gerammt, mit der anderen zerfetzte er ihr das Gesicht. Der Dämon warf sich in seinem Griff hin und her, suchte mit gefletschten Zähnen nach etwas, in das er sich verbeißen konnten. Scharfe Klauen fuhren aus seinem Körper hervor und hackten nach Tristans Armen, nach seiner Brust. Der hellblaue Pulli, den er trug, war bereits zerrissen, und Dylan sah, wie sich hellrotes Blut auf seinem Ärmel ausbreitete.

Sie konnte nur hoffen, dass Tristan einige seiner Fähigkeiten aus dem Niemandsland beibehalten hatte. Und tatsächlich, er konnte die Dämonen immer noch berühren und packen. Nicht so wie Dylan, der das damals auf der anderen Seite nicht möglich gewesen war.

Plötzlich warf sich der Dämon zurück und riss sich aus Tristans Griff los. Im nächsten Moment schoss er wieder vorwärts, wich aber Tristans Hand aus und steuerte direkt auf Dylan zu. Ihr blieb gerade noch die Zeit, einen Schreckensschrei auszustoßen und ihr Gesicht mit den Händen abzuschirmen.

Böse, hasserfüllte Augen durchbohrten sie …

Und sackten knapp vor ihrem Ziel auf den Boden, während Tristans breite Hand auf den Schädel des Dämons krachte. Und obwohl das Ding wild herumpeitschte und sich mit aller Kraft zu befreien versuchte, ließ er nicht locker. Er packte den Dämon noch fester und warf sich mit seinem gesamten Gewicht auf ihn.

Ein scharfes Knacken, und die Kreatur erschlaffte, zuckte nicht einmal mehr, als Tristan seinen Griff endlich löste.

»Shit!« Endlich fand Dylan ihre Stimme wieder.

Sie streckte die Hand aus, um den Dämon zu berühren – eine dunkle Masse mit verschwommenen Rändern von undefinierbarer Gestalt –, aber Tristan schlug ihre Hand weg.

»Fass ihn nicht an!«

»Er ist doch tot, oder?«

»Das war er bereits«, verbesserte er sie. »Keine Ahnung, was er jetzt ist. Er hätte niemals hier sein dürfen.« Schnaubend fügte er hinzu: »So wie ich.«

»Er qualmt«, stellte Dylan fest.

Der zerfranste Dämonenkörper verdunstete in der Luft zu einem Gewirr aus dünnen, beißenden Rauchschwaden. Sie packte einen Ast und stocherte darin herum, bis das Ganze in einer Wolke aus giftigem schwarzem Gas explodierte.

»Nicht einatmen!«, warnte Tristan, aber sie hatte sich bereits mit einem Hechtsprung in Sicherheit gebracht und zwang sich, den Atem anzuhalten, bis der schwarze Dunst sich verflüchtigt hatte.

»Du liebe Güte!« Angewidert wedelte sie mit ihrer Hand in der wieder reinen Luft herum. »Hast du gewusst, dass sie als das hier enden?«

»Nein.« Tristan schüttelte den Kopf und blinzelte ein paarmal rasch hintereinander. Er schaute sie an, ohne dass seine Augen sich richtig auf sie fokussieren konnten. Jetzt erst fielen ihr sein glasiger Blick und seine bleiche, wächserne Haut auf.

»Tristan?« Sie streckte die Hand nach ihm aus, bekam ihn gerade noch zu fassen, ehe er auf den Boden sank und reglos sitzen blieb. »Was ist mit dir?«

Sie brachte ihn irgendwie dazu, sich hinzulegen, und wälzte

ihn leicht herum, damit er nicht mit der Stelle in Berührung kam, wo der Dämon gerade verpufft war. Im schummrigen Licht entdeckte sie tiefe Kratzspuren, die sich an seinem Hals herunterzogen. Zwei davon, die bis zu seiner Brust hinunterreichten, schimmerten unter dem zerfetzten Wollpullover hervor. Abgesehen von der wächsernen Haut war sein Gesicht unversehrt. Am meisten erschreckte sie jedoch der rote Fleck an seinem Ärmel, der sich immer weiter ausbreitete. Sie packte seinen Pulli am Halsausschnitt und zerrte daran, bis er an der Naht entlang aufriss.

Als sie das Wollgewebe von der Schulter abstreifte, quoll ein Blutschwall aus seiner Seite und tropfte auf den Boden. Sie tupfte die Wunde mit ihrem Ärmel ab, wobei ihr Blick auf einen zerfetzten Muskel und eine gerissene Sehne fiel … und auf etwas weißlich Schimmerndes, das verdächtig nach einem Knochen aussah.

»Nein«, hauchte sie. Weil sie nicht wusste, was sie sonst tun sollte, wickelte sie ihre Hand in ihren Ärmel und presste sie auf die Wunde, so fest sie konnte.

Du bist nicht mehr im Niemandsland, flüsterte ihr eine gehässige Stimme in ihrem Hinterkopf zu. Du bist in der wirklichen Welt und da sterben die Leute …

Ohne loszulassen, starrte sie auf Tristans bleiches, eingesunkenes Gesicht hinunter und kämpfte gegen die Panik an. Er lag so still und leblos da, vielleicht war er bereits tot. Der Gedanke schnürte ihr die Kehle zu. Nein, sie durfte Tristan nicht verlieren. Nicht jetzt, nach allem, was passiert war.

»Tristan«, schluchzte sie. »Tristan! Bitte komm wieder zu dir. Bitte, bitte, ich brauche dich!«

Verzweifelt tastete sie mit ihrer freien Hand nach ihrem Smartphone, auf dem noch immer die Taschenlampe aktiviert war.

Der Akku war mittlerweile fast leer, und sie hatte keinen Empfang, wählte aber trotzdem den Notruf und irgendwie kam die Verbindung zustande.

»Notrufzentrale. Sprechen Sie bitte!«

»Krankenwagen«, stieß Dylan hervor. »Ich brauche einen Notarzt!«

KAPITEL 17

»Hier ist es.« Susanna bog um eine Ecke und deutete nach vorne. »Das ist die Straße, in der du gestorben bist.«

Jack starrte in das enge Gässchen, das von ein paar Wohnblocks und kurzen Reihenhauszeilen eingeschlossen war. Es gab weder Gärten, die diesen Namen verdienten, noch Bäume am Straßenrand. Nur hässlicher grauer Beton und rostige Autos. In vielen Gebäuden waren die Fenster zugenagelt und jede freie Wand mit Graffiti vollgesprüht. Über allem hing eine bleierne, trostlose Atmosphäre, was durch die zunehmende Dunkelheit noch verstärkt wurde. In der letzten Stunde war das Vormittagslicht immer mehr verblasst, bis der Himmel über ihnen so finster wurde wie in dem Augenblick, als Jack gestorben war.

»Ich hätte nie hierherkommen dürfen.« Jack scharrte mit seinen abgewetzten Sneakers auf dem Bordstein herum. »Total bescheuert von mir, hier allein rumzuhängen.«

»Warum hast du es dann gemacht?« Jack hatte nicht viel über sich erzählt – und das bisschen, was er preisgegeben hatte, war alles andere als erfreulich gewesen, sodass sie ihm keine Fragen mehr stellte.

Jack zuckte mit den Schultern. »Hatte nicht genug Geld, um weiterzufahren.«

»Warum bist du fortgegangen, wenn du nicht genug Geld für

die Reise hattest?« Susanna wusste aus seinen Erinnerungen, dass er nach Glasgow gekommen war, weil er irgendwo untertauchen wollte.

»Ja und? Was willst du von mir hören?« Jack fühlte sich sichtlich in die Ecke gedrängt.

Das war häufig der Fall. Manchmal musste sie nur in seine Richtung schauen und schon ging er in Abwehrhaltung. Wurde aggressiv, wütend. War es da verwunderlich, dass er mit seinen kaum sechzehn Jahren in einer dunklen Gasse geendet hatte, mit einem Messer im Bauch?

»Ich musste weg«, sagte Jack plötzlich. »Mein Stiefvater war … Und meine Mum. Die ist auch keine Hilfe. Wehrt sich nie gegen ihn. Ich hatte einfach genug.«

Susanna presste die Lippen aufeinander und nickte nur. Wozu ihn darauf hinweisen, dass sie alles gesehen hatte? Wie er in seinem Zimmer kauerte, die Hände über den Ohren, während sein Stiefvater nebenan auf seine Mum einprügelte – egal, ob sie sich wehrte oder nicht.

Jack holte tief Luft, schaukelte auf den Fersen hin und her, die Hände in seine Taschen gerammt. Verwundert erkannte sie, dass er nervös war. Ja sogar verängstigt. Der Überfall musste schrecklich gewesen sein, und dann der Albtraum, allein und hilflos in einer dunklen Gasse zu liegen, während das Blut langsam aus ihm heraussickerte. Trotzdem begegnete er seiner Angst wie allem anderen in seinem kurzen Leben – mit finster entschlossener Miene.

»Lass uns weitergehen.«

Als sie die lange Straße überquerten, verschwammen die Ränder des Niemandslands mit der Wirklichkeit. Nichts an der Szenerie veränderte sich – Jacks Niemandsland war das genaue Spiegelbild des Ortes, an dem er gestorben war, zumindest anfangs –, aber allmählich materialisierten sich Lebenszeichen. Auf den Straßen entstand Verkehr, Menschen traten aus den Türen und gingen den Gehsteig entlang.

Niemand würdigte Susanna und Jack auch nur eines Blickes, geschweige denn, dass jemand sie im Vorbeigehen zufällig berührte – was ja auch nicht möglich war. Aber die Tage im Niemandsland hatten Jack an die Stille und Leere gewöhnt, die dort herrschten. Und seine kleine Begegnung mit den Dämonen musste ihn tief erschüttert haben. Jedenfalls machte er um alle, die ihnen begegneten, einen großen Bogen, zuckte bei jedem Autogeräusch zusammen. Bis ihm bewusst wurde, was er da machte und – noch schlimmer – dass Susanna ihn dabei ertappt hatte. Auf den letzten paar Hundert Metern zwang er sich, stur geradeaus zu gehen. Einmal stürmte er voll durch zwei junge Mädchen hindurch, von denen die eine leicht erschauerte.

Endlich betraten sie das Gässchen.

Jack stand da und starrte auf die Stelle, an der er gestorben war. Er mahlte mit den Kiefern, seine Fäuste waren krampfhaft zusammengepresst. Susanna hielt sich direkt hinter ihm, spähte ihm über die Schulter und sah, was er sah.

Einen Toten. Ohne die aggressive Energie, die der lebendige Jack ausstrahlte, hatte diese Gestalt nicht viel Ähnlichkeit mit ihm, aber er war es. Lag zusammengekauert da, einen Arm ausgestreckt, den anderen auf seinen Bauch gepresst. Neben seiner Hüfte lag seine Jacke, die ihm im Todeskampf aus der Hand gefallen war. Auf dem Boden unter ihm breitete sich eine große Blutlache aus und die Backsteinmauer zur Linken war voller Blutspritzer. Um seinen Körper herum war jede Menge Müll auf dem rissigen Betonboden verstreut.

Ein trauriger Ort zum Sterben. Jack wirkte fast wie eine tragische Figur, so allein unter dem ganzen Müll.

»Und wie mach ich das jetzt?«, fragte er. Seine Stimme klang angespannt und krächzig.

Aber genau das war ja das Problem – Susanna hatte keine Ahnung. Sie stand da, zerbrach sich verzweifelt den Kopf und geriet in Panik, als Jack sich zu ihr umdrehte. »Also?«

»Du musst … du musst dich wieder mit deinem Körper vereinigen. Ich glaube … also … ich glaube, du musst wieder reinsteigen.«

»Wieder reinsteigen?« Jack zog höhnisch die Augenbrauen hoch. »Ich bin doch kein verdammter Kombi.«

»Du weißt schon, was ich meine.« Stirnrunzelnd starrte sie ihn an. Dann hatte sie plötzlich eine Idee. »Wenn du es versuchst, musst du dir vorstellen, wie verzweifelt du dich danach sehnst, wieder zurückzukommen.«

»Du meinst, wieder lebendig zu sein?«

»Ja, genau.«

Er schnaubte. »Das ist idiotisch.«

Jetzt fühlte sie sich in die Ecke gedrängt – sie hatte ja keine Ahnung, was sie tun mussten – und warf ihm einen bösen Blick zu. »Ich kann dich gern wieder ins Niemandsland zurückbringen, wenn du lieber tot sein willst.«

»Nein.« Jack schüttelte heftig den Kopf, etwas wie Panik in seinem Blick. Zum ersten Mal sah sie echte Angst in seinen Augen. Jack konnte seine Gefühle gut verbergen, mit Ausnahme seiner Aggressionen natürlich. Er hatte kein Problem damit, seine Wut zu zeigen. »Nein, ich mach das. Also, dann los.«

Ohne zu zögern, wie es seine Art war, näherte er sich dem Körper – *seinem* Körper – und hockte sich davor nieder. Er streckte eine Hand nach seinen kalten Leichenfingern aus … »Warte!« Ihr panischer Aufschrei ließ ihn zurückzucken. »Du musst mich mitnehmen.«

Sie streckte jetzt ebenfalls ihre Hand aus und Jack starrte sie an.

»Sonst funktioniert es nicht«, fügte sie schnell hinzu, für den Fall, dass er ihr nicht glaubte.

Jack packte ihre Hand und drückte sie grob. Es tat weh, aber sie protestierte nicht – zumindest wusste sie jetzt, dass er nicht die Absicht hatte, sie loszulassen.

»Also los«, sagte er und ohne jede Vorwarnung warf er sich kopfüber auf seine eigene Leiche.

Sie spürte den Ruck an ihrer Hand, als er zu Boden stürzte, dann ein viel stärkeres Ziehen, das direkt aus ihrer Mitte kam. Eine eiserne Faust um ihre Eingeweide und dann das Ziehen. Sie schaute an sich herunter – was in aller Welt war das? Wurden ihr die Organe einzeln aus dem Körper gerissen, als grausame Strafe dafür, dass sie die Naturgesetze missachtete? Ihre Sicht verschwamm, sie war halb bewusstlos vor Schmerz. Ein tödlicher Schmerz, der ihr durch alle Nervenenden schoss, bis sie zu schreien begann.

Sie konnte nicht atmen, sich nicht bewegen, ja nicht einmal denken.

Das würde sie keine Sekunde länger aushalten.

Und dann, genauso blitzartig, wie es angefangen hatte, verschwand es wieder. Auf Händen und Knien kauernd, kam sie wieder zu sich, ihre Handflächen in die rasch abkühlende Blutlache um Jack herum gestützt. Sie schüttelte den Kopf, um ihre Benommenheit vollends zu verscheuchen, dann schaute sie sich blinzelnd um.

Die Gasse.

Jack!

Sie griff nach ihm, drückte ihre Handflächen auf seine Brust, die sich unter ihrer Berührung warm anfühlte – und die sich auf und ab bewegte. Sein Atem ging rasselnd, aber er atmete.

»Jack!« Sanft schüttelte sie ihn an den Schultern. »Jack, kannst du mich hören?«

Es war wie eine Wiederholung ihrer ersten Begegnung mit ihm, nur dass er sich dieses Mal noch an sein Leben klammerte. Diesmal hatte er eine Chance.

Sie hob sein T-Shirt hoch, um die Wunde zu untersuchen, und atmete auf. Blut drang heraus, aber nur ein stetiges Rinnsal und kein Schwall, wie sie erwartet hatte. Sie krempelte den Saum seines T-Shirts hoch und drückte fest auf die Wunde – Jack kam sofort zu sich.

»Geh runter von mir, verdammt!«

Genau wie im Niemandsland sprang er auf und drängte sie an die Wand. Seine Augen waren glasig, seine Stirn verwirrt gerunzelt. Er drückte ihr mit einer Hand die Kehle zu, bis sie keine Luft mehr bekam.

»Jack!«, krächzte sie. »Ich bin's doch. Susanna!«

Seine Augen wurden schmal und er überlegte angestrengt, suchte in seinem Gedächtnis. Endlich ging ihm ein Licht auf und er ließ sie los, sackte sofort auf dem Boden zusammen. Keuchend hielt er sich die Seite.

Sie beugte sich über ihn, ihre Hand auf seinem Bauch. »Jack, wir haben es geschafft!«, sagte sie. »Bleib da, hörst du? Du musst wach bleiben!«

»Oh mein Gott!«, rief jemand direkt über ihrer Schulter. Eine hohe, weibliche Stimme. Sie drehte sich um und da stand ein Mädchen, noch in ihrer Schuluniform, einen Beutel über der Schulter. Ihre viel zu stark geschminkten Augen waren schreckgeweitet. »Braucht ihr Hilfe?«

»Ja.« Erleichterung durchströmte Susanna. Jack war so schwer verletzt, dass sie nicht allein damit zurechtkommen würde. »Ruf uns einen Krankenwagen.«

»Nein.« Jack war nicht bewusstlos, wie sie gedacht hatte, sondern packte sie am Arm und drückte überraschend fest zu. »Nein, kein Krankenwagen.«

»Jack!« Sie drehte sich wieder zu ihm um. »Du brauchst ärztliche Hilfe.«

»Nein!«, stöhnte er und drehte mühsam den Kopf, um das Mädchen anzufunkeln, das ganz blass wurde und die Hand mit dem Smartphone an der Seite heruntersinken ließ.

»Hau ab, verdammt noch mal!«

»Warte!«, rief Susanna hinter ihr her, aber sie rannte bereits davon, so schnell, dass ihre Schultasche gegen ihre Schulter schlug. »Warum hast du das gemacht?«, fuhr Susanna ihn an. »Du bist schwer verletzt, du brauchst einen Arzt.« Und nach einer Pause fügte sie hinzu: »Oder willst du noch mal sterben?«

»Ach, halt die Klappe, dumme Kuh.« Mühsam zog sich Jack ein Stück weit hoch. »Weißt du nicht, wer dann gleich mitkommt, wenn du einen Krankenwagen rufst?«

»Die Rettungshelfer?«, murmelte sie verwirrt.

»Die Bullen!«, stöhnte Jack und verlagerte sein Gewicht. »Oh Mann, bist du so dumm oder tust du nur so? Die Polizei! Na los, hilf mir auf.«

Susanna fühlte sich ertappt – sie hatte ja keine Ahnung, wie solche Dinge in der wirklichen Welt abliefen. Also gehorchte sie und machte, was er sagte. Stützte seinen Arm am Ellbogen ab und hievte ihn auf die Füße. Jack schrie auf vor Schmerz und dann verpestete er die Luft mit einem langen Strom unflätiger Schimpfwörter.

»Jack, das ist wirklich ernst.« Sie zeigte auf die Wunde, die er mit der Hand verdeckte, während er sich vor Schmerzen vornüberkrümmte. »Das muss behandelt werden.«

»Bloß keine Polizei. Denen trau ich nicht über den Weg. Ich

kümmere mich zu Hause darum.« Jack ignorierte ihren skeptischen Blick. »Bring mich einfach hier weg.«

Das war gegen die Abmachung. Ihr Deal lautete, dass sie ihm helfen würde, in seinen Körper zurückzukommen – lebendig –, und dass sie dann beide frei wären. Sie hatte ihren Teil bereits erfüllt, aber sie kam nicht gegen ihr Verantwortungsgefühl an – ihren Seelenfahrerinstinkt – und das Bedürfnis, ihn vor Schaden zu bewahren.

Außerdem hatte sie keine Ahnung, wo sie hinsollte. Wie sie Tristan finden konnte. Sie konnte Jack nicht ausstehen und traute ihm nicht, hatte sogar ein bisschen Angst vor ihm, aber im Moment war er ihre einzige Gewissheit.

Er kannte diese Welt viel besser als sie.

»Also gut«, sagte sie. »Ich helfe dir.«

Auf sein knurriges Kommando hin winkte sie ein Taxi heran und half ihm behutsam auf den Rücksitz, in der Hoffnung, dass der Fahrer in dem dunklen Wagen nicht das Blut auf ihrer Kleidung und ihren Händen sehen konnte.

»Was ist los mit ihm?«, fragte der Mann prompt. »Er wird doch hoffentlich nicht kotzen, oder?«

»Nein, nein, keine Sorge«, versicherte sie schnell und tätschelte mitfühlend Jacks Arm. »Ich verspreche es Ihnen.«

»Na gut. Wohin?« Der Fahrer klang immer noch misstrauisch.

Susanna schaute Jack abwartend an. Sie hatte unzählige Erinnerungen an seine Vergangenheit im Kopf, wusste alles über sein Leben, aber sie hatte keine Ahnung, wo er wohnte oder wo er hinwollte.

»Stirling«, brummte Jack. »Vincent Street.«

Der Taxifahrer fuhr wortlos auf die Straße hinaus. Susanna starrte aus dem Fenster, schaute auf den Verkehr, der an ihr vorbeisauste. Sie saß in einem Auto. Der Junge, der zusammengesunken neben ihr kauerte, war lebendig, der Mann auf dem Fahrersitz vorne, der das Lenkrad fest in den Händen hielt, ebenfalls. Sie war in der wirklichen Welt – der Welt der Lebenden.

Die wirkliche Welt.

Es war unglaublich. Überwältigend. Ein Wunder. Nur nützte ihr das alles nichts, wenn sie keine Möglichkeit fand, zu Tristan zu kommen. Sie wusste nicht, wo sie ihn suchen sollte, hatte nicht die leiseste Ahnung. Aber …

Aber wenn sie die Augen schloss, sich mit aller Kraft darauf konzentrierte, spürte sie ihn.

Er war da. Ganz nahe.

Und sie würde ihn finden.

KAPITEL 18

So muss Tristan sich gefühlt haben, dachte Dylan. Sie saß auf einem harten Plastikstuhl in der Notaufnahme, allein und verzweifelt, und plötzlich wurde ihr bewusst, dass Tristan nur wenige Wochen zuvor genau dasselbe durchgemacht hatte.

Es war schrecklich.

Sie hatte ihn im Krankenwagen noch begleiten dürfen, aber in der Klinik angekommen, war Tristan sofort von den beiden Sanitätern im Eiltempo weggebracht worden. Sie war ihnen gefolgt, so gut sie konnte – diese dumme Krücke! –, hatte es aber nur bis in den riesigen Wartesaal geschafft, der gerammelt voll war. Das tat weh, wenn auch nicht so, wie sie es erwartet hatte. Es tat weh, weil sie Angst hatte – Tristan hatte die Augen nicht mehr geöffnet, seit er auf der Trage festgeschnallt und in den Krankenwagen gerollt worden war …

Und jetzt … keine Spur von der Enge in ihrer Brust, der Übelkeit, den Schmerzen, dem grässlichen Gefühl, dass ihr Bein von Neuem zertrümmert wurde. Sie konnte Tristan nicht sehen, wusste nicht, wo er war, was mit ihm passierte, und trotzdem fühlte sie nichts – außer ihrer schrecklichen Angst.

Vielleicht, weil er bewusstlos war. Sobald er wieder zu sich kam, würde der Schmerz wahrscheinlich umso brutaler zuschlagen – und sie wäre auch noch froh darüber …

Aber egal, ihr blieb nichts anderes übrig, als sich zu setzen … und zu warten. Eine Empfangssekretärin nahm Tristans spärliche Daten auf, dann kam eine Schwester und fragte Dylan, ob sie untersucht werden musste, was sie strikt ablehnte, obwohl ihr Bein wie verrückt pochte. Sie wollte da sein, wenn Tristan endlich zu sich kam, und nicht irgendwo auf einer Untersuchungsliege feststecken.

Dann passierte etwas, das sie ihre Entscheidung bitter bereuen ließ. Warum war sie nicht mit der netten Schwester gegangen? Denn plötzlich stürzte eine weitaus weniger freundliche, weiß gekleidete Gestalt in den Wartebereich und suchte die Menge nach ihr ab.

»Bist du auch nicht verletzt?«, brüllte Joan, sobald sie Dylan entdeckt hatte. »Marie hat gesagt, du willst dich nicht untersuchen lassen.« Ihr Blick fiel auf Dylans Bein und natürlich fiel ihr sofort die verräterisch steife Haltung ihrer Tochter auf.

»Mir fehlt nichts«, sagte Dylan leise. Sie zog ihr Bein näher zu sich heran, was lässig wirken sollte, als wäre alles in bester Ordnung, aber nur das Gegenteil bewirkte. Ein scharfes Zischen entwich ihren zusammengepressten Lippen. »Weißt du, wo Tristan ist?«

»Von wegen, dir fehlt nichts. Und ich will auch gar nicht wissen, was ihr beide angestellt habt«, fauchte Joan. »Du kommst jetzt mit in die Röntgenabteilung.«

»Weißt du, wo Tristan ist?«, wiederholte Dylan. »Niemand will es mir sagen.«

Joan starrte zornig auf sie herunter, die Lippen fest zusammengepresst. Sie wusste etwas, das war offensichtlich. Dylan stählte sich für einen gewaltigen Krach, aber stattdessen füllten sich ihre Augen plötzlich mit Tränen. Eine glitt unter ihren Wimpern hervor und rollte über ihre Wange. »Mum …«

Mehr brauchte es nicht.

»Ihm geht's gut«, seufzte Joan. »Na ja, nicht gut natürlich. Er hat viel Blut verloren und eine Transfusion bekommen«, fügte sie hinzu, woraufhin Dylan hörbar schluckte. »Und es muss genäht werden. Aber das wird schon wieder.«

Joan hatte die Wahrheit gesagt. Wegen der Bettenknappheit auf der Station, und weil Tristan zu Hause von einer Krankenschwester versorgt werden konnte, durfte Joan sie abends um acht Uhr mit dem Taxi abholen.

Tristan sah blass aus und bewegte sich steif, war aber wach und lebendig, und das genügte Dylan.

Joans flammender Zorn hatte sich inzwischen in mühsam unterdrückten Groll verwandelt. Sie saß ihnen auf dem Klappsitz im Taxi hinten gegenüber und starrte sie grimmig an.

»Was in aller Welt habt ihr euch dabei gedacht, zu diesem Tunnel zurückzugehen?« Ihre Stimme war leise und schneidend.

»Mum …«

»Und das, obwohl du gerade erst aus dem Rollstuhl raus bist und immer noch humpelst. Und du, junger Mann – ich weiß nicht, was du dort wolltest und wie du es geschafft hast, dich so schwer zu verletzen, aber wenn du so auf meine Tochter aufpasst …«, sie holte zischend Luft, »… die einzige Bedingung, die ich dir gestellt habe, solange du unter meinem Dach wohnst …«

Wenn ich dir doch nur die Wahrheit sagen könnte, dachte Dylan verzweifelt. Aber sie musste ihre Mutter irgendwie besänftigen.

»Tut mir leid, Mum, es war meine Schuld – ich habe Tristan gebeten, mit mir zu der Unfallstelle zu gehen. Ich dachte, es hilft mir vielleicht …«

»Hilft? Von wegen! Du hast nur deinen Heilungsprozess damit verzögert, Dylan. Und ich musste schon wieder lügen – für *ihn* –

und seine Daten auf den Formularen fälschen. Dummer Kerl … wie kann man sich nur so zurichten? Das könnte mich meinen Job kosten, versteht ihr?«

»Tristan hat mich über den Zaun gehievt und dabei ist er ausgerutscht«, log Dylan. »Wir sind zusammen die Böschung runtergepurzelt, das ist alles. Mach jetzt bitte nicht Tristan dafür verantwortlich, es ist meine Schuld.«

»Tut mir leid, Joan«, krächzte Tristan und verlagerte unbehaglich sein Gewicht. »Es wird nicht wieder vorkommen.«

Joan verstummte und sagte kein Wort mehr, bis das Taxi sie zu Hause absetzte. Aber zumindest hatte sie nicht Dylans schlimmste Befürchtung wahr gemacht und Tristan aus ihrer Wohnung rausgeschmissen – *noch* nicht jedenfalls. Vielleicht hatte sie Angst, dass Dylan dann mit ihm gehen würde. Und das würde sie auch – da konnte ihre Mum sagen, was sie wollte.

Obwohl es erst kurz nach neun war, verkündete Joan, dass Tristan Schlaf brauche und sie jetzt alle ins Bett gehen sollten. *Umso besser*, dachte Dylan. Sie musste Tristan unbedingt allein sprechen, was erst möglich war, wenn Joan sich in ihr Schlafzimmer zurückgezogen hatte. Sorgfältig ihr Hinken kaschierend – das verletzte Bein pochte immer noch wie verrückt –, ging sie ins Badezimmer, um sich die Zähne zu putzen und zu waschen, dann zog sie ihren Pyjama an und löschte das Licht. Sie kroch ins Bett, rückte ganz an die Wand hinüber und wartete geduldig.

Tristan stand am Wohnzimmerfenster und starrte hinaus. Es war stockdunkel, aber auf der Straße unten herrschte dennoch stetiger Verkehr. In den Wohnungen gegenüber waren ein paar Fenster beleuchtet, auf dem Gehsteig war niemand zu sehen. Alles wirkte so friedlich, wie es in der City überhaupt nur sein konnte.

Tristan lauschte. Nichts. Nur Joans gedämpftes Gemurmel am Telefon, das aus ihrem Schlafzimmer drang. Sie redete schon ziemlich lange, obwohl er immer noch nicht heraushören konnte, wer am anderen Ende der Leitung war. Aber er konnte es sich denken …

Er wartete darauf, dass sie endlich zu reden aufhörte und ins Badezimmer ging, damit er sich zu Dylan schleichen konnte.

Er brauchte sie. Sehnte sich danach, sie festzuhalten, das sanfte Heben und Senken ihrer Rippen unter seinen Händen zu spüren, wenn sie atmete. Er war schon drauf und dran, einfach zu ihr hinüberzugehen, auch wenn Joan noch telefonierte. Und er hätte es auch getan, aber …

Er schloss die Augen und konzentrierte sich. Nichts. Nichts als Straßenlärm und Joans leise Stimme nebenan und …

Oder halt, da war es wieder. Ein Kribbeln irgendwo in den dunkelsten Winkeln seines Geistes. Eine Gegenwart, die er nicht mehr wahrgenommen hatte, seit er Dylan in die wirkliche Welt gefolgt war.

Ein Seelenfahrer. Hier in dieser Welt.

Er riss die Augen auf und suchte die Straße ab. Er sah auch diesmal nichts, aber in seinem tiefsten Inneren machte sich etwas bemerkbar. Ein anderes Bewusstsein. Eine Schwingung, die Tristan überall erkannt hätte.

Susanna.

Das war der Name, den sie sich gab, zusammen mit ihren dunklen Haaren und Augen. So viele Nächte hatte er in den Türen seiner Schutzhäuser gesessen, oder am Fenster, und Susanna nicht weit davon dasselbe tun sehen. Was machte sie hier? Von der dunklen Straße kam keine Antwort.

Seufzend trat er zurück und wandte sich vom Fenster ab. Schon diese winzige Bewegung war zu viel für seine verletzte Schulter. Er erstarrte, spürte, wie der Schmerz sich ausbreitete, durch seinen Arm hinunterschoss, bis ihm die Luft wegblieb.

»Tristan?« Er hob den Kopf zu Dylan, die in der Tür stand und ihn ansah. »Was machst du da?«

»Ich … nur aus dem Fenster sehen. Konnte nicht schlafen.«

Er hielt inne, spielte kurz mit dem Gedanken, ihr von Susanna zu erzählen, aber dann ließ er diesen Moment ungenutzt verstreichen. Susanna war eine Seelenfahrerin, kein Dämon. Ihre Gegenwart in der Welt der Lebenden bedeutete keine Gefahr für sie. Wenn Susanna es geschafft hatte, einen Weg hierherzufinden, und ihre Chance nutzte, ein richtiges Leben zu führen, ging sie das nichts an. Es war Susannas Schicksal, nicht ihres.

»Komm ins Bett«, murmelte Dylan.

Tristan verbannte Susanna aus seinen Gedanken, ging zu Dylan, legte ihr eine Hand auf die Hüfte und zog sie aus dem Zimmer.

»Bett«, murmelte er. »Ich muss dich festhalten.«

So leise sie konnten, schlichen sie durch den Flur, und Dylan machte ihm ein Zeichen, dass er sich zuerst hinlegen sollte. Dann schlüpfte sie neben ihn und holte tief Luft. »Alles okay, Tristan? Tut's noch weh?«

»Ein bisschen«, gab er zu. »Deine Mum hat mir ein paar Schmerztabletten gegeben.«

Dylan schnaubte. »Im Ernst? Ich hätte gedacht, sie genießt es, wenn du dich quälst.« Nach einer Pause fügte sie hinzu: »Ich hatte solche Angst, dass sie dich rauswirft.«

»Ich auch«, sagte Tristan. »Vielleicht macht sie's ja noch.«

Dylan widersprach nicht.

»Das sollte sie sich gut überlegen, weil ich natürlich mit dir kommen würde.«

»Na klar, bleibt dir ja auch nichts anderes übrig.« Tristan seufzte. »Tut mir wirklich leid.«

»Mir macht das nichts, Tristan, das weißt du doch.« Sie zuckte die Schultern. Es war nicht seine Schuld. Er hatte ja nicht gewusst, was passieren würde. Und außerdem – insgeheim genoss sie es sogar, so eng mit ihm verbunden zu sein. Jedenfalls, solange sie nicht vor Horror durchdrehte oder sich übergeben musste oder ihr Bein sich anfühlte, als würde es mit spitzen Nadeln durchbohrt.

»Das meine ich nicht«, sagte Tristan und sie runzelte die Stirn. »Ich spreche von dem Loch, das wir hinterlassen haben, als wir aus dem Niemandsland hierhergekommen sind, das Portal, durch das jetzt die Dämonen eindringen. Sie bringen Menschen um, Dylan. Ich hätte doch wissen müssen …«

»Ich habe kein Loch gesehen. Du etwa?«

»Aber du hast es gespürt«, murmelte Tristan. »Du hast gesagt, du spürst, wie dich etwas reinzieht. Das war das Niemandsland, das dich zurückholen wollte.«

»Oh.« Dylan schwieg einen Augenblick. »Komisch. Ich hatte erwartet … keine Ahnung … dass da ein Riss oder ein Portal ist, oder etwas in der Art.«

»Die beiden Welten sehen an dieser Stelle genau gleich aus, schon vergessen?«, wandte Tristan ein.

»Aber du hast es gesehen?«

Keine Antwort.

»Also nicht«, sagte sie. »Du hast es erst bemerkt, als ich dir gesagt habe, dass ich mich irgendwie komisch fühle. Das bedeutet nicht …«

»Doch, Dylan, glaub mir. Ich weiß, dass da ein Loch sein muss. Oder wie erklärst du dir, dass dort einfach Dämonen auftauchen?«

Darauf hatte Dylan keine Antwort.

»Wie auch immer, du hast ihn vernichtet«, sagte sie, um die Dinge ins Positive zu wenden.

»Ja, diesen einen.«

»Diesen einen? Glaubst du, da sind noch mehr?«

»Weiß nicht«, gab Tristan zu. »Ich kann sie hier nicht spüren wie im Niemandsland. Ich habe diesen verdammten Dämon erst bemerkt, als er sich schon auf mich gestürzt hatte.«

»Das heißt also, dass wir nicht einfach losgehen und sie jagen können. Dieses Ding hätte dich fast umgebracht.«

»Aber nur fast«, schoss Tristan entrüstet zurück – offenbar hatte sie seinen männlichen Stolz verletzt.

»Du hättest verbluten können, Tristan«, sagte sie sanft. »Und das wärst du auch, wenn ich nicht den Krankenwagen gerufen hätte. Hier kommst du nicht so leicht gegen sie an wie im Niemandsland.«

Tristan grunzte, was sie als Zustimmung auffasste.

»Gut«, sagte sie. »Es gibt also im Prinzip nichts, was wir tun können?«

Es war eine Feststellung, aber der Zweifel in ihrer Stimme – und eine dumpfe Vorahnung kommenden Unheils – ließ es wie eine Frage klingen.

»Doch, gibt es.« Tristan sah sie an. »Ich kann versuchen, das Portal zu schließen. Weiteres Eindringen zu verhindern.«

»Und wie?«

Schweigen. Ein absolutes, tödliches Schweigen.

»Wie, Tristan?«

»Indem ich zurückgehe.«

»Nein«, fauchte sie. »Kommt nicht infrage.« Sie redete viel zu laut, aber es war ihr egal. »Hörst du mich? Nein.«

»Dylan …«

»Ich hab Nein gesagt, Tristan. Nein. Ende der Geschichte.«

»Psst.« Tristan presste seine Fingerspitzen auf ihre Lippen und wälzte sich auf seine unverletzte Seite, sodass sie Gesicht an Gesicht im Dunkeln lagen. Er ließ seine Hand da, berührte sie sanft. »Ich will nicht mit dir darüber streiten. Ich … ich will nur bei dir sein, ganz nahe.«

Die wütenden Worte, die sie ihm an den Kopf hatte werfen wollen, verpufften. Tristan hatte recht. Sie hatte ihn an diesem Tag fast verloren, hatte hilflos mit ansehen müssen, wie das Blut in sein T-Shirt gesickert und an seiner Haut heruntergelaufen war, ohne irgendetwas dagegen tun zu können. Sie war nutzlos gewesen. Komplett nutzlos.

Aber er war da, lag warm an ihrer Seite.

Das genügte.

Sie packte den Saum des T-Shirts, das Tristan zum Schlafen anhatte, und küsste seine Finger. Dann noch einmal. Als er die Hand wegnahm und ihr stattdessen seine Lippen hinhielt, küsste sie auch diese. Die grässlichen Bilder von dem Dämonenangriff flatterten aus ihrem Kopf, und sie schmiegte sich an ihn, enger, immer enger, saugte genüsslich seine Wärme in sich ein.

Langsam ließ sie ihre Hand auf seine Brust gleiten, spürte seinen Herzschlag. Und plötzlich traf sie die Erkenntnis mit voller Wucht: Sie waren lebendig, so wunderbar, so hinreißend lebendig.

Nur das zählte.

Was den Rest betraf – darüber konnten sie sich morgen streiten.

KAPITEL 19

»Tristan?« Dylan stieß ihn gegen seine gesunde Schulter. Es war bereits zwei Tage her, seit seine Wunden vernäht worden waren, und einen spielerischen Schubs konnte er locker verkraften.

»Mhm?« Tristan drehte sich zu ihr um, ein Auge auf die Straßen um ihn herum geheftet.

»Ich verspreche dir, dass wir das Dämonenproblem in Angriff nehmen, sobald es dir besser geht, ehrlich – aber vorerst kannst du …«

»Kann ich was …?« Tristan schaute unter seiner blonden Haarmähne hervor.

»… zur Abwechslung mal so tun, als wärst du ein ganz normaler Junge mit ganz normalen Problemen. Nur für eine kleine Weile?« Sie packte seine Hand und drückte sie.

Sie waren mit ihrem Dad in einem kleinen italienischen Restaurant nur wenige Straßen von ihrer Wohnung entfernt verabredet. Weil Joan diesmal nicht dabei war, hatte sie darauf bestanden, dass sie in der Nähe bleiben mussten.

»Normal? Und was soll das sein? Kein Taschengeld, Prüfungsangst oder die unglaubliche Katastrophe, dass ich nicht zu Cheryls nächster Party eingeladen werde?«

»Genau!« Dylan holte tief Luft, verbannte das Dämonenproblem aus ihrem Kopf, so gut sie konnte – also nicht sehr gut –, und drehte sich zu Tristan um. »Bist du nervös wegen meinem Dad?«

»Warum sollte ich?« Er drückte ihre Hand, die er immer noch hielt. »Mach dir um mich keine Sorgen. *Du* bist nervös.«

Und das stimmte. Sie zitterte richtig.

»Ich weiß nicht, warum«, gab sie zu. »Ich meine, ich kenne ihn doch jetzt schon.«

»Du hast ihn ein Mal gesehen«, sagte Tristan. »Er ist dein Dad und trotzdem praktisch noch ein Fremder für dich. Und diesmal hast du nicht deine Mum als Puffer dabei.«

»Ich hab *dich*«, sagte sie. »Das ist viel besser.«

Tristan lächelte und drückte ihre Hand.

»Außerdem«, fügte sie mit einem verschmitzten Grinsen hinzu, »müsste man dich doch mit Gewalt zu Hause festhalten, wenn du weißt, dass es Pizza gibt.«

Dylan fand es faszinierend, Tristan neue Erfahrungen machen zu lassen und seine Reaktionen zu beobachten. Besonders Essen, denn im Niemandsland hatte sein Körper keine Nahrung gebraucht. Bisher standen Eis und Äpfel ganz oben auf der Hitliste – direkt hinter Pizza natürlich.

Im Restaurant war noch keine Spur von ihrem Dad zu sehen, aber er hatte Plätze reserviert und der Kellner brachte sie zu einem gemütlichen kleinen Tisch ganz hinten im Lokal.

Dylan behielt die ganze Zeit die Tür im Auge und konnte sich vor Aufregung kaum auf die Speisekarte konzentrieren. Es dauerte nicht lange, bis ihr Dad hereinstürmte. Hektisch ließ er den Kopf hin und her schnellen, suchte die Tische im Raum ab. Etwas mühsam kam sie auf die Füße und winkte ihm, aber er hatte sie bereits entdeckt. Die unverhohlene Freude in seinem Gesicht rührte sie, und obwohl es ihr ein bisschen peinlich war, blieb sie stehen, bis er zu ihnen herübergekommen war.

»Hi, Liebes.« Er nahm sie in den Arm und drückte sie fest an sich. »Tut mir leid, dass ich zu spät komme.«

»Kein Problem.« Sie löste sich aus seiner Umarmung und warf ihm ein schüchternes Lächeln zu. »Wir sind noch nicht lange hier.«

»Gut, das ist gut. Wie schön, dich ohne Rollstuhl und Gips zu sehen!« Dann wandte er sich langsam, fast unwillig von ihr ab, und der Blick, den er Tristan zuwarf, war alles andere als freundlich. »Tristan – ich habe schon viel von dir gehört.«

Sie setzten sich und Dylan ärgerte sich insgeheim über ihre Mutter, die Tristan wahrscheinlich nach Strich und Faden schlechtgemacht hatte. »Hör nicht auf das, was Joan dir erzählt«, sagte sie unvermittelt, und zu Tristan gewandt fügte sie hinzu: »Von mir hat er jedenfalls nur Gutes gehört.«

Tristan lächelte ihr zu, und als sie ihn so vor sich sah, mit seinen leuchtend blauen Augen und den süßen kleinen Sommersprossen, konnte sie nicht anders und strahlte ihn an wie ein Honigkuchenpferd. Ein warmes, tröstliches Gefühl breitete sich in ihr aus. Dann ein Räuspern von ihrem Dad … und der Moment war verflogen.

»Deine Mum sagt, du hast dir wieder dein Bein verletzt«, fing er an, nahm die Speisekarte in die Hand und blätterte darin herum. »Wie ist das passiert?«

»Ich bin gestürzt«, gab sie kurz angebunden zurück, denn je weniger über diesen Nachmittag gesprochen wurde, desto besser. Aber sie fragte sich, wann Joan mit ihm darüber geredet haben konnte und warum sie sich damit ausgerechnet an James wandte. Das war irgendwie seltsam – sie hasste ihn doch!

»Wo wart ihr?«

»Was?«

James schaute auf, seine Augen leuchteten im selben Grün wie ihre. »Als du gestürzt bist. Wo wart ihr da?«

Sie war sich ziemlich sicher, dass er es bereits wusste, aber sie antwortete trotzdem. »Wir sind noch mal zum Tunnel gegangen. Ich hatte Albträume, und ich dachte, das würde mir vielleicht helfen.« Dieselbe kleine Notlüge, die sie ihrer Mutter aufgetischt hatte und die nur ein winziges bisschen von der Wahrheit abwich.

»Ihr wart aber nicht nur beim Tunnel, oder? Ihr habt auch die Schule geschwänzt, wie du zu erwähnen vergessen hast.« Sein Tonfall war betont beiläufig, und er hielt den Kopf gesenkt, scheinbar in die Speisekarte vertieft – aber er war wütend. »Du warst mit deinem verletzten Bein in diesem Tunnel und hast die polizeiliche Absperrung dort übertreten. Das ist strafbar.«

»Bist du böse mit mir?«, brachte Dylan hervor. Eine wütende kleine Stimme in ihrem Hinterkopf flüsterte ihr zu, dass er kein Recht dazu hatte, ihr Vorhaltungen zu machen – was bildete er sich eigentlich ein? –, aber vor allem war sie verletzt. Aufgewühlt. Sie saß ihrem Dad zum zweiten Mal in ihrem Leben gegenüber und schon hatte er etwas an ihr auszusetzen.

Aber er schüttelte den Kopf und schaute sie jetzt wieder an.

»Nein, Dylan, ich bin nicht böse mit dir.« Er blätterte wieder eine Seite um, warf einen Blick darauf, dann schaute er zu ihr hoch. »Ich nehme an, du hast dich dazu verleiten lassen.«

Von Tristan. Er sprach es nicht aus, sah nicht mal in seine Richtung, aber es war klar, was er meinte. »Deine Mutter sagt, du hättest so was früher nie gemacht«, fuhr er fort. »Schule schwänzen, dich irgendwo herumtreiben, wo du nichts zu suchen hast. Und wir fragen uns, ob es vielleicht an deinem neuen Freund liegen könnte – von dem sie bis zu dem Unfall nie was gehört hat.«

»*Wir?*«, stieß sie empört hervor, ehe sie sich bremsen konnte. »Seid ihr jetzt plötzlich ein eingeschworenes *Team*, oder was?«

Ihr Dad reagierte nicht, wies sie nicht zurecht. Er wartete ab.

»Wie kommst du dazu, über mich zu urteilen, obwohl du mich

kaum kennst? *Uns*«, wiederholte sie verächtlich, ohne zu wissen, woher sie den Mut dazu nahm. Aber sie konnte einfach nicht zulassen, dass er Tristan schlechtmachte. Auf keinen Fall. »Tristan hat mich nicht dazu *verleitet*, die Schule zu schwänzen und mit ihm in den Tunnel zu gehen. Und es hatte auch nichts mit ihm zu tun, als ich damals früher von der Schule abgehauen bin, um zu dir zu fahren. Das war meine Entscheidung und ich stehe dazu. Also, wenn du schon sauer sein musst, dann gefälligst auf mich.« Sie holte tief Luft, um ihrem Dad die Chance zu geben, ihr ins Wort zu fallen, was er aber nicht machte. »Tristan ist immer für mich da, er hat mir durch harte Zeiten geholfen. Und du hast ja keine Ahnung, *wie* hart.«

Ein leichtes Zucken um James' Mundwinkel verriet ihr, dass er ihre Behauptung nicht allzu ernst nahm. Und sie konnte ihm doch nicht erzählen, was wirklich passiert war, damit er ihr glaubte.

»Ich liebe Tristan, er ist mein Leben.« Sie hielt inne und starrte ihren Dad eine Sekunde lang vielsagend an, damit er den unausgesprochenen Seitenhieb auch wirklich mitbekam – dass *er* nicht ihr Leben wahr, jedenfalls noch nicht.

Der Moment ging vorüber, und sie riskierte einen Blick zu Tristan, der nur still dasaß, ohne sich einzumischen. Sie drehte sich wieder zu ihrem Dad um und stellte fest, dass er ziemlich betroffen aussah.

»Du hast recht«, sagte er. »Tut mir leid, Dylan. Ich habe mir noch keinen Platz in deinem Leben verdient, aber ich bin dein Dad und mache mir Sorgen um dich.« Er lächelte und diesmal bezog er auch ausdrücklich Tristan mit ein. »Lass uns noch mal von vorne anfangen. Tristan, ich freue mich, dich kennenzulernen. Ich habe schon sehr viel Gutes von dir gehört … von Dylan.«

Tristan beobachtete schweigend, wie Dylan und ihr Vater miteinander redeten und lachten, was ihn allerdings nur kurzfristig von seinen finsteren Gedanken ablenkte. Wie hätte er auch fröhlich lachen und plaudern sollen, obwohl er wusste, dass noch mehr Menschen sterben würden, wenn das Tor zwischen den beiden Welten offen blieb? Er hatte alles auf eine Karte gesetzt, als er Dylan hierher gefolgt war – hatte sein Leben riskiert, seine Existenz als Seelenfahrer und ihre unsterbliche Seele. Und eine Zeit lang, ein paar glückliche Tage lang, hatte er geglaubt, er wäre damit durchgekommen.

Aber Handlungen bleiben nicht ohne Folgen. Und mit seiner unüberlegten Tat hatte er einen Riss in dem Schleier zwischen dieser und der anderen Welt hinterlassen … Ein Portal, durch das lebendige Albträume eindrangen und andere Seelen in Gefahr brachten.

Er hätte nicht sagen können, wie viele Seelen er im Lauf der Zeit verloren hatte – nur, dass es viel weniger waren, als er heil durch das Niemandsland geschleust hatte. Trotzdem lasteten die vier ermordeten Männer schwer auf seinem Gewissen, obwohl er wusste – ohne jeden Zweifel –, dass es ein Leben nach dem Tod gab.

Aber er wusste auch – ebenfalls ohne jeden Zweifel –, dass nicht alle Seelen das gelobte Land erreichten, von dem Dylan ihm erzählt hatte.

Und das Schlimmste war, dass es Menschen getroffen hatte, deren Zeit noch nicht gekommen war. Sie hätten an diesem Tag nicht sterben dürfen. Mit seinen leichtfertigen Handlungen hatte er das Schicksal dieser vier Männer verändert, die normalerweise noch am Leben gewesen wären.

Er musste etwas tun, aber es gab nur eine Möglichkeit, den Schaden wiedergutzumachen, das wusste er mit hundertprozentiger Sicherheit – er musste ins Niemandsland zurück. Vielleicht konnte er bis zur Grenze gehen und dort mit einem der Wesen sprechen, die Dylan ihm beschrieben hatte. Sie konnten ihm sicher sagen, was er tun sollte. Möglicherweise reichte sogar seine bloße Gegenwart aus, um das Gleichgewicht in dieser anderen Welt wiederherzustellen, sodass sich der Riss von selbst schloss. Und ihn damit von Dylan trennte. Oder sie beide sogar tötete.

Vielleicht. Möglicherweise. Eventuell.

So viele Ungewissheiten, nur eins stand fest: Wenn er hierblieb und gar nichts machte, mussten noch mehr Menschen sterben.

Und er konnte Dylan nicht ins Niemandsland mitnehmen. Sie war beim ersten Mal durchgekommen, ohne von den Dämonen verschlungen zu werden – ein Beweis für ihren Mut und ihre Tapferkeit. Und dass sie es geschafft hatte, alleine zu ihm zurückzufinden, grenzte geradezu an ein Wunder. Wenn er sie jetzt ein drittes Mal dieser Gefahr aussetzte, würde er ihr Schicksal leichtfertig herausfordern.

Seufzend hob er die Hand und rieb sich den Nacken, der plötzlich komplett verspannt war. Dann schaltete er sich wieder in das Gespräch zwischen Dylan und ihrem Dad ein. Es war wichtig, dass James ihn sympathisch fand, denn dieser Mann – das spürte er deutlich – würde sich nicht einfach zurücklehnen und den Mund halten, wenn ihm etwas nicht passte.

»Dove hatte keine Ahnung, dass Mrs Malcolm da war«, erzählte Dylan gerade. »Er hat sich gar nicht mehr eingekriegt und in der Klasse herumgebrüllt: ›Titten! Das sind Titten! Er zeichnet Titten!‹, und die ganze Zeit stand Mrs Malcolm einfach nur da, bis sie ihn plötzlich angeschnauzt hat: ›David MacMillan!‹, und alle sofort verstummt sind. Mann, die waren vielleicht fertig. Ich dachte, Dove kippt vom Stuhl runter.«

James lachte und schüttelte den Kopf.

»Unglaublich, dass Mrs Malcolm noch unterrichtet. Dass sie überhaupt noch lebt! Sie war schon alt, als ich in die Kaithshall ging, und das ist Ewigkeiten her.«

»Ich glaube, dieses Jahr wird sie pensioniert«, sagte Dylan. »Schade, ehrlich, ich finde sie super. Und sie schafft es wenigstens, alle zum Schweigen zu bringen, damit man mal mit dem Stoff weiterkommt.«

»Ja, die Kaithshall ist eine schwierige Schule.« James verzog das Gesicht, seine gute Laune verflüchtigte sich plötzlich. »Wie ist es denn für dich? Kommst du zurecht? Ich meine, du wirst doch nicht … geärgert oder so?«

»Du meinst, gemobbt?«, fragte Dylan.

»Ähm, ja.« James wirkte nervös, als hätte er Angst vor der Antwort, was ihn Tristan ein bisschen sympathischer machte.

Dylan grinste. »Jetzt, wo Tristan da ist, hab ich keine Probleme mehr. Die haben alle Angst vor ihm.«

»Ach, wirklich?« Ein anerkennender Blick von Dylans Dad.

»Das sind nur dumme kleine Angeber«, sagte Tristan. »Wenn man ihnen klare Kante zeigt, wissen sie nicht, was sie tun sollen.«

»Ja, genau.« Dylan nickte zustimmend, und er hoffte, dass er damit bei ihrem Dad gepunktet hatte.

Das Essen ging ohne weitere Zwischenfälle zu Ende. Dylans Dad bezahlte die Rechnung, dann gingen sie hinaus. Es war eine kühle, klare Nacht, obwohl keine Sterne zu sehen waren, weil ihr ferner Schein im grellen Licht der Straßenlaternen unterging. James bot an, sie nach Hause zu fahren, musste aber dann zugeben, dass sein Wagen eine halbe Meile entfernt an einer Straßenecke stand – in der entgegengesetzten Richtung.

»Kein Problem, Dad«, versicherte Dylan schon zum dritten Mal. »Zu Fuß sind wir schneller zu Hause. Es sind nur zehn Minuten und Tristan ist doch bei mir.«

James starrte sie einen Augenblick zögernd an, und Tristan konnte sehen, wie er mit sich kämpfte – wie sein Beschützerinstinkt von der Angst überlagert wurde, die noch so neue Beziehung zu Dylan aufs Spiel zu setzen, wenn er sie zu sehr drängte.

»Du rufst mich an, wenn du zu Hause bist, ja?«, sagte er schließlich.

»Ja, Dad.« Tristan sah das glückliche Leuchten in Dylans Augen, als sie dieses Wort aussprach, mit dem sie ihren Vater in die Familie aufnahm. Etwas, das er selbst nie gehabt hatte. Aber er war nicht eifersüchtig. Er hatte Dylan und mehr brauchte er nicht.

»Komm her«, sagte James mit erstickter Stimme und umarmte Dylan. Das Wort hatte ihn offenbar genauso berührt wie Dylan. »Also, dann geht jetzt …« Er trat zurück, verschränkte die Arme und stemmte seine Füße in den Boden. So würde er stehen bleiben, bis sie außer Sicht waren, das wusste Tristan. James ließ es sich nicht nehmen, auf »sein kleines Mädchen« aufzupassen.

Tristan nahm Dylans Hand, überzeugte sich, dass sie die Krücke dabeihatte, dann gingen sie an der kleinen Reihe von Cafés und Läden entlang. Die meisten Geschäfte waren inzwischen geschlossen, nur aus dem Schaufenster einer Wein- und Spirituosenhandlung fiel ein Lichtstrahl heraus, als sie vorüberkamen. Die Straßen waren still und dennoch beschlich ihn ein seltsames, kribbelndes Gefühl.

»Was ist?«, fragte Dylan, als er zum vierten Mal in wenigen Minuten über die Schulter blickte. »Stimmt was nicht?«

»Nein, nichts.« Er drückte beruhigend ihre Hand. Und vielleicht war es ja auch nichts.

Ein Seufzer, und Dylan riss ihm ihre Hand weg. »Sag's mir, los!«

Er zuckte die Schultern. »Ich … es ist nur …«

»Nur *was*?« Auch Dylan versuchte jetzt beim Gehen über die

Schulter zu blicken und stolperte beinahe. Er musste die Hand ausstrecken und sie festhalten. »Folgt uns jemand?«

»Nein.« Er schnitt eine Grimasse. »Ich glaub nicht. Ich … ich spüre nur etwas. Aber es ist nichts, ehrlich.«

Dylan blieb abrupt mitten auf dem Gehsteig stehen, in einer Haltung, die ihn unwillkürlich an ihren Dad erinnerte, wie er vor dem Restaurant gestanden und ihnen nachgesehen hatte.

»Ich weiß nicht … nur so ein Gefühl, als ob uns jemand beobachtet, das ist alles. Aber da ist niemand. Ich hab's gecheckt. Wahrscheinlich krieg ich langsam Verfolgungswahn wegen dieses Dämons.« Er nahm ihren Arm. »Komm, Dylan, wir gehen weiter. Es ist kalt.«

Auf dem restlichen Heimweg verkniff er sich jeden weiteren Blick über die Schulter, um Dylan nicht zu erschrecken. Aber dieses unheimliche Kribbeln, die feinen Nadelstiche in seinem Nacken, die ihm die Härchen sträubten, ließ einfach nicht nach.

Es war ganz anders als das Gefühl, das ihn angeflogen hatte, als er Susanna in seiner Nähe spürte. Sie war noch da, aber irgendwie weit weg; ein Hauch von Wärme hielt sich an den Rändern seines Bewusstseins.

Nein, das hier war anders. Etwas Kaltes, Zorniges.

KAPITEL 20

»Das ist nicht richtig.«

Susanna starrte angestrengt auf den blassen Streifen Haut, der zum Vorschein kam, als sie den Verband von Jacks Körpermitte abschälte.

»Wieso? Was ist?«, fragte er. »Hat es sich entzündet? Fühlt sich gar nicht so an.«

»Nein.« Sie schüttelte den Kopf. »Es sieht … sehr gut aus.«

»Sehr gut« war eine Untertreibung. Die Stiche, die sie selbst unter Jacks wachsamem, um nicht zu sagen einschüchterndem Blick angebracht hatte, waren sauber. Keine Narbe, nur eine leicht erhabene Linie, die zwar rot war, aber nicht frisch oder entzündet aussah. Bei ihr wäre es der normale Heilungsprozess gewesen, aber sie wusste von ihren Seelen, die sie durchs Niemandsland führte, dass Menschenwunden nicht so schnell heilten.

Jack war offenbar nicht ganz der Alte geblieben, als er in die Welt der Lebenden zurückgekehrt war.

Sie hatten sich in der Wohnung von Jacks Mum verkrochen, in einem hässlichen Betonblock mit rostigen Metallbalkonen. Es war ein düsterer Ort, kein Zuhause, in dem ein Kind aufwachsen sollte. Jack in das Gebäude hineinzubekommen, war nicht einfach gewesen, schon wegen Susannas mangelnder Vertrautheit mit elektrischen Türöffnern. Jacks Mum hatte schnell das Taxi bezahlt, dann hatte sie sich um ihren Sohn gekümmert, ihn geduscht, ihm viele aufmerksame Fragen gestellt und war schließlich in ihr Zimmer gehuscht, als er sie angefaucht hatte. Natürlich hatte Susanna Jacks Mum in seinen Erinnerungen gesehen. Eine kleine, verhuschte, vorzeitig ergraute Frau mit tiefen Linien um Mund und Augen. Ihr Gesicht sah ängstlich und verschüchtert aus, ihre Schultern waren leicht vorgebeugt, als wollte sie die Welt abwehren. Susanna hatte auch Jacks Stiefvater in seinen Erinnerungen gesehen – der aber zum Glück nicht da war.

Sie hatte die Nacht auf der Couch im Wohnzimmer verbracht, überwältigt von ihren schweren Augenlidern, dem warmen, schwebenden Gefühl, das sie ins Vergessen trug. Schlaf. So also fühlte sich Schlaf an. Sie schloss die Augen und genoss diese neue Empfindung.

Dreizehn Stunden. So lange hatte sie geschlafen. Als sie erwachte, war sie sofort in Jacks Zimmer gegangen, um nach ihm zu sehen. Sie hatte halb damit gerechnet, ihn tot vorzufinden, doch stattdessen war er auf dem besten Weg, bald wieder vollständig gesund zu werden. Er war nur etwas benommen, und als er wieder in den Schlaf driftete, hörte sie jemanden leise in der Küche rumoren. Jacks Mum vermutlich. Mit einem mulmigen Gefühl, als wäre sie ein unerwünschter Eindringling, stand sie auf und ging leise durch das Wohnzimmer zu dem offenen Torbogen, der in die Küche führte. Jacks Mum stand im Morgenmantel da, mit Flauschpantoffeln an den Füßen und einem Wasserkessel in der Hand.

»Tee?«, fragte sie etwas zu fröhlich.

»Ich … nein. Danke.« Susanna versuchte zu lächeln, fühlte sich aber so fehl am Platz, dass sie nur eine gequälte Grimasse zustande brachte.

»Schläft Jack noch?«, fragte seine Mum.

»Ja. Aber es geht ihm gut.«

Jacks Mum nickte zustimmend.

»Ich muss gleich zur Arbeit. Nimm dir einfach aus dem Kühlschrank, was du magst.«

Und damit war das Gespräch beendet. Jacks Mum gab einen Schuss Milch in ihre Tasse und watschelte leise aus der Küche, immer noch diesen angestrengt fröhlichen Ausdruck im Gesicht. Mit einem leisen Klicken fiel die Schlafzimmertür hinter ihr zu und Susanna blieb allein und verwirrt in der Küche zurück.

Wo blieb das Verhör? Warum wurde sie nicht gefragt, wer sie war und was sie hier machte? Irgendwie erschien ihr das nicht richtig, passte nicht zu ihren Vorstellungen, wie eine »Mum« sein musste. Zu der Frau, die sie in Jacks Erinnerungen gesehen hatte, passte es allerdings nur zu gut. Plötzlich tat sie ihr schrecklich leid, was kein angenehmes Gefühl war, und sie schlich auf Zehenspitzen an ihrem Zimmer vorbei und schlüpfte wieder zu Jack hinein.

Er schlief. Den ganzen Tag. Wachte nur hin und wieder kurz auf, sodass sie ihm Wasser einflößen und kleine Toaststücke füttern konnte. Sobald sich zeigte, dass er über den Berg war, würde sie gehen, und fertig.

Auf jeden Fall hatte sie viel Zeit zum Nachdenken, obwohl ihre Gedanken in Wahrheit nur um eines kreisten: Tristan. Wo war er? Irgendwo in der Nähe, das spürte sie. Wie hoch waren schon die Chancen, dass ihre Seelen in der Weite der Welten zueinanderfanden? Gleich null, oder? Und trotzdem waren sie beide hier. Das musste ein Zeichen sein. Aber wie sollte sie jetzt zu ihm kommen?

Sie musste sich setzen, die Augen schließen und ihre Sinne öffnen, so weit sie nur konnte. Dann, und nur dann, würde sie einen Schimmer von ihm erhaschen, ganz am äußersten Rand ihres Geistes.

Was zugleich tröstlich und erschreckend war.

Sie würde ihn umso leichter orten können, je näher sie ihm kam, das wusste sie – jedenfalls funktionierte es so im Niemandsland. Aber sie hatte kein Geld und kein Fortbewegungsmittel, und da sie nicht einmal in der Lage war, etwas so Einfaches wie eine Gegensprechanlage zu bedienen, gab es vermutlich tausend Dinge, von denen sie keine Ahnung hatte. Dinge, die sie sofort verrieten, als fremd und anders outen würden.

Sie durfte unter keinen Umständen auffallen, bis sie Tristan gefunden hatte. Und dafür brauchte sie einen Begleiter, der ihr half, in dieser seltsamen neuen Welt zurechtzukommen.

Jack. Sie brauchte Jack.

Den ganzen Tag dachte sie darüber nach, rief sich in Erinnerung, wie er ihr im Niemandsland die Hölle heißgemacht hatte. Wägte ihre Angst dagegen ab, dass sie es nicht alleine schaffen würde. Mehrmals sprang sie auf und stürzte zur Wohnungstür, aber jedes Mal überrollte sie im letzten Moment die Panik und ließ sie innehalten. Die Ungewissheit war einfach zu groß.

Wenn sie zu Tristan kommen wollte, brauchte sie Jack.

Nur noch ein kleines bisschen länger.

Als Jack endlich erwachte, war er erschreckend munter und schlug ihre Hand weg, obwohl sie nur seinen Verband checken wollte.

»Mir geht's gut«, verkündete er und zerrte sein T-Shirt wieder über seinen Bauch. »Oh Mann, kann's kaum erwarten, unter die Dusche zu kommen.«

»Das darf aber nicht nass werden«, warnte sie ihn und wich ihm hastig aus, als er sich vom Bett herunterwälzte.

Jack warf ihr auf dem Weg ins Badezimmer einen abschätzigen Blick zu.

»Auch gut«, murrte sie vor sich hin. »Dann geh doch duschen. Mach dich nur nass. Was kümmert mich das?« Ein bisschen steif kam sie auf die Knie hoch. »Hoffentlich bekommst du eine Infektion, dummes Arschloch.«

Die letzten beiden Wörter formte sie nur mit den Lippen, auch wenn er sowieso schon zu weit weg war, um sie zu hören. Einem brutalen Schläger wie Jack maulte man besser nicht nach.

Er brauchte lange in der Dusche. Sie fürchtete schon, dass er vielleicht zusammengeklappt war, als plötzlich das Wasserrauschen aufhörte. Sekunden später tauchte er wieder auf, ein Handtuch um die Hüften gewickelt. Der frische Verband, den sie ihm angelegt hatte, klebte nass an seiner Körpermitte. Jack bestand nur aus bleicher Haut und sehnigen Muskeln, aber es steckte Kraft darin, und wieder einmal zuckte sie bei dem Gedanken zusammen, wie leicht er sie verletzen konnte.

Im Niemandsland hatte sie auch ihre Fähigkeiten besessen – ganz zu schweigen davon, dass Jack sie zum Überleben brauchte. Aber jetzt, in der wirklichen Welt, hatte sich das Kräfteverhältnis zwischen ihnen verschoben, und sie bezweifelte, dass sie ihn mit ihren magischen Tricks noch in den Griff bekommen konnte.

»Kannst jetzt auch duschen, wenn du willst«, verkündete Jack und stolzierte an ihr vorbei ins Schlafzimmer.

Sie hatte es nicht gewagt, sich diese Freiheit herauszunehmen, solange Jack im Bett gelegen hatte. Und die Versuchung war groß gewesen – warmes Wasser! Allein bei dem Gedanken bekam sie schon weiche Knie.

»Danke«, rief sie leise hinter Jacks Rücken her und stürzte schnurstracks ins Badezimmer.

Es war fantastisch, fast noch besser, als sie erwartet hatte. Die Duschkabine war zwar eng, ja fast erdrückend, aber dieses wunderbare Gefühl, einen Wasserfall über sich herabrauschen zu lassen, so heiß, wie sie es gerade noch aushalten konnte, machte die Enge des sargähnlichen Duschraums mehr als wett.

Sie musste sich geradezu zwingen, das Wasser abzustellen und wieder herauszukommen. In ein großes Handtuch gewickelt, begutachtete sie ihre Kleider. Im Niemandsland konnte sie ihr Outfit wechseln, wie es ihr passte – der bloße Wunsch genügte. Aber hier trug sie ihre Jeans und ihren Pullover schon den ganzen Tag, und beides war schmutzig, vorsichtig ausgedrückt. Sie konnte den Gedanken kaum ertragen, ihre muffigen Kleider an ihre frisch geschrubbte Haut zu lassen.

Doch als sie in der Badezimmertür erschien, bellte Jack »Hier« und warf ein Stoffbündel in ihre Richtung. Sie fing es auf und zu ihrer Überraschung waren es frische Anziehsachen.

»Die sind von Sammy«, erklärte Jack. »Müssten dir eigentlich passen. Du hast ungefähr die gleiche Größe. Aber klar«, seine Augen wurden schmal, »das weißt du ja schon.«

»Richtig.« Je weniger Worte sie darüber verlor, desto besser. Sie eilte in das dampfende Badezimmer zurück, um sich umzuziehen.

Jack hatte ihr eine eng sitzende Jeans gegeben und ein blusenähnliches Shirt im Wickel-Look mit einem tiefen V-Ausschnitt vorne. Na ja, vielleicht durfte sie die Waschmaschine benutzen, damit sie so schnell wie möglich ihre eigenen Sachen wieder anziehen konnte.

Sie trödelte eine Ewigkeit im Badezimmer, kämmte sich im Schneckentempo die Haare, rückte immer wieder ihre offenherzige Bluse zurecht, denn jetzt, wo Jack wieder auf den Beinen war, wurde es Zeit, ein heikles Thema anzusprechen. Sie wusste nicht, wie Jack reagieren würde, wenn sie versuchte, die Bedingungen ihres Deals neu auszuhandeln – besonders, nachdem er seinen Teil bereits bekommen hatte. Sie hatte also nichts mehr, womit sie feilschen konnte, sodass ihr nur die Möglichkeit blieb, an sein besseres Ich zu appellieren.

Falls er überhaupt eins hatte, was sie zu bezweifeln wagte.

Als sie sich endlich dazu aufraffte, ihn anzusprechen, zog er gerade seine Schuhe an.

»Ich muss los«, sagte er, las eine schwarze Lederjacke auf, schnappte sich die Schlüssel vom Couchtisch, und dann endlich schaute er sie richtig an und ließ seinen Blick über die Sachen wandern, die sie trug. Sein Gesicht blieb unlesbar, ohne jeden Hinweis darauf, was in seinem Kopf vorging. »Bist du noch hier, wenn ich zurückkomme?«

Sie zögerte, überrumpelt von dieser Frage. Jetzt war der Moment, den Mund aufzumachen und ihn um Hilfe zu bitten. Doch als sie in sein hartes, emotionsloses Gesicht schaute, brachte sie es nicht fertig.

»Ich …« Sie schluckte. »Ich kann auch gehen, wenn du willst …«

»Bleib«, sagte er kurz angebunden. »Sortier dich, oder was auch immer. Ich brauch nicht lange. Nur … also, wenn du jemand an der Tür hörst, dann schließ dich in meinem Zimmer ein.«

Mit »jemand« meinte er vermutlich seinen Stiefvater.

»In Ordnung«, sagte sie. »Danke.«

Jack grunzte, ging zur Tür und knallte sie hinter sich zu. Sie atmete auf. Zum ersten Mal seit Tagen, nein, zum ersten Mal in ihrem ganzen Leben erlaubte sie sich den Luxus, abzuschalten, zu entspannen. Tief aufseufzend neigte sie den Kopf zur Seite und lauschte auf die gesegnete, leere Stille.

Der Frieden währte genau siebzehn Sekunden.

Es fing mit einer unerklärlichen Angst an, die sich tief in ihrem Inneren regte. Dann brannte und kribbelte ihre Haut und sie fühlte sich benommen und schwindlig. Ihr wurde schlecht, und als sie das Gefühl hatte, sich übergeben zu müssen, stand sie mühsam auf, aber ihre Beine wollten sie nicht tragen.

»Was ist da los?« Niemand da, der ihr antworten konnte. Ein

plötzlicher Schmerz zuckte durch ihren Bauch, so heftig, dass sie auf die Knie sackte. »Jack!«, schrie sie, aber es kam kein Laut über ihre Lippen.

Mit eiserner Willenskraft – jetzt kamen ihr die gnadenlosen Kämpfe mit den Dämonen zugute – schaffte sie es, zur Tür zu kriechen. Als sie auf den Treppenabsatz hinausstolperte, fiel sie halb die Stufen hinunter.

Jack lag sechs Treppen tiefer zusammengekrümmt über mehreren Stufen, den Kopf an der scharfen Kante des obersten Absatzes. Mit einer Hand hielt er sich den Bauch, sein langärmliges weißes T-Shirt war mit abstoßend dunkelrotem Blut getränkt.

»Jack! Was ist mit dir?« Sie kroch um ihn herum, bis sie direkt unter ihm war. Der grausame Schmerz in ihren Eingeweiden verflog genauso schnell, wie er gekommen war, aber sie fühlte sich noch immer schwach und zittrig.

»Nichts.« Er hob den Kopf und starrte auf sein vollgeblutetes T-Shirt. Er streifte es hoch und schälte den Verband ab, dann berührte er die Wunde, die genauso gut verheilt aussah wie bei Susannas letztem Verbandswechsel – trotz des Bluts. Jack blinzelte ein paarmal heftig, als müsste er sich aus einem tiefem Schlaf herausreißen. »Was zum Teufel ist da passiert? Bin ich gestürzt?« Er warf ihr einen misstrauischen Blick zu. »Was machst du denn hier? Bist du mir gefolgt?«

Sie wich ein Stück vor seinem giftigen Blick zurück. Er glaubte doch nicht etwa, dass sie ihn gestoßen hatte?

»Ich war in der Wohnung«, sagte sie schnell. »Und gleich nachdem du weg warst, ging es mir gar nicht gut. Mir war schlecht und schwindlig und dann dieser stechende Schmerz hier …«, sie rieb sich die Seite, »genau dort, wo deine Messerwunde war. Das konnte einfach kein Zufall sein, also bin ich dir nachgegangen und hab dich hier auf der Treppe gefunden.«

»Du meinst, das ist passiert, weil ich weggegangen bin?«

»Ich … ich weiß nicht.« Sie zuckte hilflos mit den Schultern.

Jack funkelte sie an. »Geh wieder nach oben.«

»Was?«

»Du sollst raufgehen. Checken, ob das stimmt.«

Sie musste sich auf die Zunge beißen, um ihn nicht anzufauchen, dass er gefälligst selber die Treppe hochgehen sollte. Aber sie schluckte die bösen Worte hinunter. Wenn ihre Theorie richtig war, mussten sie sich Klarheit verschaffen – und vor allem musste sie Jack bei Laune halten.

Auf der nächsten Treppe ging es ihr noch gut. Sie warf einen Blick nach unten und sah, dass Jack sie beobachtete – seine Augen wirkten unnatürlich dunkel im grellen Neonlicht. Sie ging noch eine Treppe höher und verlor ihn aus den Augen. Prompt setzte der Schwindel wieder ein, sodass sie sich am Geländer festhalten und daran hochziehen musste. Auf dem nächsten Treppenabsatz sammelte sich Speichel in ihrem Mund, ihr Magen schlug Purzelbäume. Sie drehte sich zu der nächsten Treppe um, starrte auf die Stufen.

»Das reicht«, rief Jack von unten herauf und sie seufzte erleichtert. Als sie wieder neben ihm stand, hatte er sich bereits aufgerichtet, aber seine Haut war wächsern, mit einem dünnen Schweißfilm bedeckt.

»Zufrieden?«, fragte sie mit unverhohlenem Groll, weil er ihr diese Tortur zweimal innerhalb von fünf Minuten zugemutet hatte.

»Hilf mir auf.«

Sie streckte ihre Hand aus und stemmte sich gegen ihn, damit er sich auf die Füße ziehen konnte. Er wackelte leicht, fing sich aber schnell. Dann ging er das ganze Stück zu seiner Wohnung zurück, ohne die Hand von ihrem Arm zu nehmen, den er eisern festhielt.

»Und was bedeutet das jetzt?«

»Ich weiß nicht.« Sie zuckte mit den Schultern. »Ich … ich glaube, wir sind irgendwie miteinander verbunden. Wahrscheinlich ist es die Folge davon, dass wir in die wirkliche Welt durchgebrochen sind.«

Schweigen, während Jack darüber nachdachte.

»Du meinst, wir kleben jetzt für immer aneinander?«, fragte er finster. »Wir können keine fünfzig Meter ohne den anderen gehen?«

»Weiß nicht. Vielleicht.« Sie holte tief Luft. »Ich meine, sieht ganz so aus.«

»Wusstest du, dass das passieren würde?«

»Was?«

»Das hier?« Drohend kam er auf sie zu. »Ich helfe dir in deinen Körper zurück, hast du gesagt. Du musst mich nur mitnehmen.« Jetzt stand er direkt vor ihr, nur wenige Zentimeter entfernt, und trotzdem rückte er noch näher. Ihr blieb nichts anderes übrig, als zurückzuweichen. »Du hast gesagt, ich muss dich nie wiedersehen. Das war unser Deal.« Ein dumpfer Aufprall – sie war gegen die Wand gestoßen. Jack hatte sie in die Enge getrieben, bis sie nicht mehr ausweichen konnte. »Hast du mich angelogen?«

»Nein, ich …«

»Hast du das geplant? Mich überlistet, damit ich dir hier rüberhelfe, ohne mir zu sagen, dass ich dich an der Backe haben würde?« Die letzten Worte brüllte er ihr mitten ins Gesicht. Sie zuckte zusammen, konnte ihre Angst nicht verbergen.

»Nein«, wiederholte sie, diesmal viel leiser. »Ich habe nicht gelogen, Jack. Ich wusste nicht, was passieren würde. Ich dachte wirklich, danach könnten wir getrennte Wege gehen. Ich schwöre es.«

Jack reagierte nicht. Sie hätte gern in seinem Gesicht gelesen, konnte aber ihre Augen nicht von seiner Brust losreißen.

Endlich, als die Spannung unerträglich wurde, schaute sie auf. Jack funkelte auf sie herunter. »Du musst das irgendwie rückgängig machen. Lass dir was einfallen.«

KAPITEL 21

»Raus damit!«

Dylan knallte ihr Essenstablett so heftig auf den Tisch der Cafeteria, dass ein Schwall von kleinen Maiskörnern aus dem größten Fach heraussprang, mitten in ihren Apfelkuchen mit Vanillesoße hinein.

»Raus womit?« Tristan stellte sein Tablett viel vorsichtiger ab – er hatte die Thekenfrau dazu überredet, ihm Pommes frites und Kuchen zu geben. Kein Gemüse, kein Hauptgericht. Das verstieß definitiv gegen die Schulregeln, denn in der Kaithshall wurde sehr auf gesunde Ernährung geachtet. Aber Tristan hatte seinen Charme spielen lassen und die Frau konnte ihm natürlich nicht widerstehen. Dafür hatte sie Dylan eine extragroße Portion Gemüse aufgetan, um ihr schlechtes Gewissen zu beruhigen.

»Du bist so komisch seit gestern Abend.« Am Morgen hatte er in Geschichte die ganze Zeit aus dem Fenster gestarrt, und auf dem Weg zu den Labor-Containern war er so zerstreut gewesen, dass er allen Ernstes auf die Nase fiel. Und der Clou war: Niemand hatte ihn ausgelacht, als er plötzlich der Länge nach auf dem Boden lag und seine Bücher und der Inhalt seiner Tasche überall herumflogen. Mark und Dove waren sogar stehen geblieben und hatten ihm geholfen, den ganzen Krempel aufzusammeln.

Wenn sie sich etwas derart Peinliches geleistet hätte, wäre sie zum Gespött der ganzen Schule geworden.

»Es ist alles in Ordnung, Dylan, ehrlich.«

»Du lügst.« Sie konnte einen Anflug von Ärger nicht unterdrücken. Egal, lieber wütend als verletzt – sie durfte das alles nicht so nahe an sich heranlassen, sonst brach sie womöglich noch in Tränen aus. Und das hier, mitten in der rappelvollen Cafeteria – undenkbar. »Also raus damit.«

Tristan starrte sie an. Er hatte offenbar gemerkt, wie ernst es ihr war, oder vielleicht hatte er das feuchte Schimmern in ihren Augen gesehen, auch wenn sie sich noch so tough gab. Sie war nicht verletzt, sondern sauer, verdammt noch mal!

»Tu mir das nicht an, Tristan«, sagte sie mit tränenerstickter Stimme. »Du hast versprochen, dass du mir in Zukunft die Wahrheit sagst, statt mich zu schonen oder was auch immer.«

»Nicht hier«, wehrte Tristan ab. »Lass uns irgendwohin gehen, wo wir ungestört sind.«

»Uns hört niemand zu, glaub mir«, sagte sie, sobald sie sich wieder gefangen hatte. Immerhin war er bereit, mit ihr zu sprechen. »Also was?«

Tristan kräuselte die Lippen. »Na ja ... es ist wieder dieses seltsame Gefühl.«

»Als ob uns jemand beobachtet?«

»Ja, aber ich kann es nicht erklären. So ein komisches Kribbeln im Nacken, aber wenn ich mich umdrehe, ist nichts da.«

»Und wer könnte das sein?«, fragte sie.

»Also, ehrlich gesagt ... vielleicht solltest du lieber fragen, ›was‹ und nicht ›wer‹ ...«

»Wie meinst du das?« Sie runzelte die Stirn, dann ging ihr ein Licht auf und der Magen sackte ihr in die Kniekehle. »Ein Dämon? Du meinst, ein Dämon stalkt uns?«

»Nein.« Tristan schüttelte energisch den Kopf. »Ein Dämon könnte das nicht. So denken die nicht. Ich meine, sie denken überhaupt nicht.«

»Was ist es dann?«

»Keine Ahnung.« Er schnitt eine Grimasse. »Das ist ja das Problem. Ich frage mich …« Er zögerte.

»Was? Na los!« Sie trat ihm unter dem Tisch leicht gegen sein Schienbein.

»Also ich frage mich, ob es vielleicht eines dieser Wesen sein könnte, die du hinter der Linie getroffen hast. Du erinnerst dich?«

Und ob sie sich erinnerte! Es hatte ihr buchstäblich das Herz gebrochen, als Tristan sie allein über die Grenze gehen ließ. Er hatte sie angelogen und hinters Licht geführt … und dann war dieses … dieses Wesen aufgetaucht und hatte ihr gesagt, dass sie mitkommen müsse. Caeli. Genau. Plötzlich war der Name wieder da. Er hatte irgendwie menschlich – wie ein Mann – ausgesehen, aber zugleich auch wie ein Engel, nur ohne Flügel und Heiligenschein. Blendend weißes, gleißendes Licht, das war ihre nachhaltigste Erinnerung an ihn. Sie hatte seine Gesichtszüge nie wirklich erkennen können, aber er war schön gewesen, soweit sie es beurteilen konnte.

»Was sollten die hier wollen?«, fragte sie. »Oder glaubst du, dass einer von ihnen zufällig auf das Portal gestoßen und einfach durchspaziert ist?«

»Nein.« Tristan schüttelte den Kopf. »Sie wagen sich nicht ins Niemandsland. Ehrlich gesagt wusste ich nicht, dass sie überhaupt existieren, bevor du mir davon erzählt hast.«

»Also, was sollten sie dann hier wollen?«

»Uns suchen?« Sein Gesicht verdüsterte sich. »Oder eher mich.« Als er ihren verwirrten Blick sah, fügte er hinzu: »Weil ich meinen Posten im Stich gelassen habe. Meine Pflichten vernachlässigt. Vielleicht ist dieses Wesen hier, um mich zurückzuholen.«

»Tja, Pech gehabt«, fauchte sie. »Er kriegt dich nicht.«

Tristan presste grimmig die Lippen aufeinander, aber sie wusste auch so, dass es nicht so einfach wahr. »Mir bleibt vielleicht keine Wahl, Dylan.«

Sie dachte einen Augenblick über Caeli nach und versuchte, ihre vagen Eindrücke in Worte zu fassen, was nicht einfach war. »Sag mal, kann es nicht sein, dass deine Wahrnehmung des Niemandslands durch die Dämonen verzerrt ist?«

»Wie meinst du das?«

»Na ja, auf der anderen Seite des Nachlebens war es paradiesisch ... Caeli sah aus wie ein Engel. Und ich war dort in Sicherheit.« Sie zuckte die Schultern. Besser konnte sie es nicht ausdrücken. »Ich kann mir jedenfalls nicht vorstellen, dass diese strahlenden Wesen dir ein Strafkommando hinterherschicken, nur weil du dich verliebt hast. Verstehst du, was ich meine?«

»Ja und nein.« Tristans Stirn legte sich in tiefe Falten, während er über ihre Worte nachdachte. »Dieses Gefühl, das ich die ganze Zeit habe ... die Blicke auf mir ... sie sind nicht freundlich, sondern finster und wütend.«

»Dann ist es vielleicht überhaupt nichts in der Richtung.«

»Ja«, stimmte er zu. »Es könnte was ganz anderes sein. Was Neues.«

»Und? Was machen wir jetzt?«

»Ich weiß nicht.« Tristans Augen waren dunkel vor Sorge. »Aber ich denke ... wenn ich das Loch schließen könnte, das wir hinterlassen haben, den Schaden wiedergutmachen, dann würde das vielleicht helfen.«

»In Ordnung. Sobald wir beide wieder fit genug sind, gehen

wir noch mal hin und regeln das – also, falls Mum uns weglässt.« Sie dachte an Joan, die seit dem Reinfall im Tunnel jeden ihrer Schritte mit Adleraugen überwachte. »Ich kann schon gar nicht mehr ruhig schlafen, weil ich dauernd an die Dämonen da draußen denken muss.«

»Ich auch.« Tristan schmiegte verstohlen seinen Fuß an ihren – er rechnete offenbar damit, dass sie beobachtet wurden. »Deine Mum hat uns aber trotzdem erlaubt, heute Abend zu der Halloween-Party zu gehen, vielleicht lässt ihr Kontrollzwang allmählich nach …«

»Ja, vielleicht«, stimmte Dylan zu. »Und so lange müssen wir einfach die Augen offen halten. Aufpassen, ob wir dieses Ding vielleicht auf frischer Tat ertappen können. Wenn ja … also, ich weiß nicht. Vielleicht sollten wir es stellen.«

Tristan nickte nachdenklich, er war immer noch beunruhigt, das spürte sie. Und sie selbst auch, aber wenigstens hatte sie ihn zum Reden gebracht, und allein das war schon eine große Erleichterung. Sie konnte es einfach nicht ertragen, dass er Geheimnisse vor ihr hatte, das war das Allerschlimmste für sie. Er war ihr Seelenverwandter, ihr Ein und Alles. Er musste ihr vertrauen, an sie glauben – so wie sie an ihn glaubte.

»Ist das wirklich nötig?«

»Ja, ist es.« Dylan riss noch einen Streifen Klebeband ab und hob den Kopf. »Jetzt halt endlich still, die müssen gerade sein, sonst sieht es nicht echt aus.«

Als sie den letzten Streifen aufgeklebt hatte, richtete sie sich auf und trat zurück, um ihr Werk zu bewundern.

»Und?« Tristan zog ein Gesicht wie ein Märtyrer auf dem Gang zur Hinrichtung. Oder vielmehr wie ein Märtyrer zehn Jahre *nach* seiner Hinrichtung. Die langen weißen Streifen, die sie ihm auf den Körper geklebt hatte, sahen toll aus, aber damit sie ihre volle Wirkung entfalteten, musste sie noch …

»Moment mal.« Sie griff an die Wand und schaltete das Licht aus. Die Streifen leuchteten im Dunkeln, und Tristans schwarze Kleidung verschwand, sodass er wie ein wandelndes Skelett aussah. Oder nein, im Moment eher wie ein erstarrtes Skelett, das die Arme angewidert vor der Brust verschränkte.

»Perfekt!«

Tristan grunzte nur, und als sie das Licht wieder einschaltete, sah er immer noch stocksauer aus.

»Ich hab dir die Wahl gelassen«, erinnerte sie ihn. »Du hättest auch den Sensenmann spielen können und ich das Skelett.«

»Nein«, fauchte Tristan, so wie beim ersten Mal, als sie ihm den Vorschlag gemacht hatte. »Ich will dich nie wieder als Leiche sehen, nicht mal im Scherz.«

»Ja, gut – wir hätten auch als Bert und Ernie gehen können.« Das war ihr Alternativvorschlag gewesen. Grinsend dachte sie an sein Gesicht, als sie ihm ein Bild von den beiden gezeigt hatte.

»Also, eins steht fest – so was Bescheuertes mach ich wirklich nur dir zuliebe.« Er betrachtete sich im Spiegel, halb entsetzt, halb resigniert.

»Ja, ja, ich liebe dich auch.« Lachend drückte sie seine Hand. »Ist doch eine Halloween-Party. Da muss man sich einfach verkleiden.«

Was allerdings nicht ganz stimmte. Aber die meisten Leute würden in Kostümen erscheinen, und das hier war ihr erster richtiger Ball, also wollte sie ihn auch voll und ganz auskosten. Besonders, weil ihr eigenes Kostüm – kurzes schwarzes Kleid mit Kapuzenumhang darüber – megacool aussah. Und Joan hatte ihr auch endlich erlaubt, die dumme Krücke wegzulassen, was sie total happy machte. Notfalls hatte sie ja noch ihre Sense!

»Okay, bringen wir's hinter uns«, seufzte Tristan mit einem verschmitzten Zwinkern, als er sie aus dem Schlafzimmer zog.

»Foto!«, krähte Joan, sobald sie auf der Treppe erschienen, und dirigierte sie, die Kamera in der Hand, zum Kamin im Wohnzimmer. Ausnahmsweise hatte sie auch für Tristan ein anerkennendes Nicken übrig, ja sogar ein Fünkchen Dankbarkeit. Joan machte sich dauernd Sorgen, ob Dylan in der Schule zurechtkam – weil sie nicht viele Freunde hatte, in keiner AG und keinem Sportteam mitmachte, zu keinem Schulfest ging. Tristan konnte also ordentlich punkten, indem er Dylan zum Halloween-Ball ausführte. Und vielleicht würde das auch ein bisschen mehr Freiheit für sie beide bedeuten. »Lächeln!«

»Der Tod lächelt nicht, Mum«, wandte Dylan ein.

»Der hier schon«, gab Joan zurück und wedelte mit der Kamera. »Ich habe deinem Dad versprochen, dass ich ihm die Bilder zeige.«

Wann genau redete Joan über all diese Dinge mit James? Und warum? Sie hasste ihn doch. Mit einem Schulterzucken wischte Dylan den Gedanken weg, schlang ihren Arm um Tristans Schultern und schmiegte sich an ihn, als er seinerseits den Arm um sie legte. Dann klebte sie ein strahlendes Lächeln auf ihr Gesicht – wie bescheuert war das denn? – und platzte zugleich fast vor Glück.

Heute Abend würde sie mit Tristan tanzen und Spaß haben. Sie würde keinen einzigen Gedanken an Dämonen, Mörder und Risse zwischen den beiden Welten verschwenden. Sie würde einfach nur leben wie ein ganz normales Mädchen.

KAPITEL 22

Es war nicht kalt an diesem Abend und sie legten den Weg zur Schule zu Fuß zurück – zum zweiten Mal an diesem Tag. Unterwegs trafen sie auf zahlreiche Schülergrüppchen, die auch zur Halloween-Party gingen, alle in gruselige, fantastische – oder nein, meistens nur gruselige – Kostüme gehüllt. Ein paar Zombies hüpften erschreckend lebendig auf der anderen Straßenseite herum und direkt vor ihnen stöckelten drei Dämonen in hautengen Kostümen und himmelhohen High Heels entlang. Cheryl und ihre Clique.

An der Aulatür stand McManus, ihr Geschichtslehrer, der definitiv dazu abkommandiert war, das Ganze zu überwachen und Störenfriede hinauszuwerfen. Ein Job, der ihn nicht gerade fröhlich stimmte.

»Tickets?«, bellte er mürrisch.

Tristan zog die beiden Karten aus den Tiefen seiner Hosentasche hervor.

»Wo ist Ihr Kostüm, Sir?«, rief einer der Zombies hinter Dylan.

»Das hat er doch an, du Dödel«, kicherte ein anderer Zombie. »Siehst du das nicht? Er geht als Reliquie.«

McManus trug seine übliche braune Hose und sein abgewetztes Tweedjackett. Unter seiner Nase prangte ein dicker Schnauzer, und er hatte einen Schlips umgebunden, als legte er es geradezu darauf an, von den Schülern verspottet zu werden. Fehlte nur noch die Pfeife, dann hätte er als viktorianischer Schulmeister gehen können. Seine säuerliche, missbilligende Miene passte jedenfalls perfekt dazu.

Den Zombiescherz fand er nicht lustig. »McCormack! Betrachte dich hiermit als unerwünscht. Zutritt verweigert.«

Dylan blieb nicht stehen, um die Diskussion mitzuverfolgen, die auf McCormacks barsches »Was?!« hin entbrannte. Sie war viel zu sehr damit beschäftigt, die Aula in all ihrer Pracht in sich aufzunehmen. Das Licht war heruntergedimmt, bunte Scheinwerfer blinkten rhythmisch zur hämmernden Musik, glitten über die Geister, Monster und Grabsteine, mit denen die Wände dekoriert waren – das Ganze in gefakte Spinnweben gehüllt.

»Und? Was sagst du?«, brüllte sie Tristan ins Ohr.

»Wahnsinn – ich liebe dich dafür«, schrie er zurück. »Was sonst?«

Grinsend boxte sie ihn gegen den Arm. Auch wenn Tristan manchmal jammerte oder sarkastisch reagierte, nahm er doch alle neuen Erfahrungen in der wirklichen Welt gierig in sich auf. Vielleicht war es nicht ganz das, was er sich versprochen hatte, aber auf jeden Fall zehnmal besser, als mit einem Mikrowellengericht vor dem Fernseher zu sitzen.

Sie brachten ihre Jacken in die Umkleide, wo Dylan auch ihre Sense abstellte, obwohl sie praktisch die ganze Zeit davon geträumt hatte, Cheryl hinterrücks damit zu köpfen.

»Lass uns was zu trinken holen«, brüllte sie.

Auch die Erfrischungen waren halloweenmäßig aufgestylt: Muffins mit Zuckergussspinnen und Zuckerwatte, als Spinnennetz getarnt. Eine riesige Schüssel »Monsterblut«-Fruchtpunsch wartete auf einem Tisch neben einem hohen Turm aus Papierbechern.

»Da sind wahrscheinlich mehr E-Nummern drin, als du dir vorstellen kannst«, warnte sie Tristan, während sie zwei Becher füllte.

»E-Nummern?«, fragte Tristan, aber sie nahm einen großen Schluck und nickte nur zu seinem Becher. Das Zeug war pappsüß, wie sie erwartet hatte, aber das war nicht der Grund, warum sie plötzlich würgen musste.

»Oh Mann!«, stieß sie hervor und hielt ihren Becher hoch. »Das ist gespikt!«

»Was? Mit Gift?« Tristan starrte sie erschrocken an. Er streckte seine Hand aus, um ihr den Becher wegzunehmen, aber sie riss ihn sofort an sich, außerhalb seiner Reichweite.

»Wahrscheinlich Wodka«, sagte sie lachend und checkte mit ein paar verstohlenen Blicken, ob irgendwelche Lehrer in Hörweite waren. Bei der wummernden Musik hätten sie allerdings direkt neben ihr stehen müssen, um etwas mitzubekommen. »Du bist wirklich aus einer anderen Welt, Tristan. Das bringt dich nicht um – ist nur billiger Fusel, also vielleicht doch irgendwie giftig.«

Mit einem Schulterzucken nippte er an seinem Becher, verzog das Gesicht und kippte alles auf einmal hinunter. Dylan verabschiedete sich von ihren Geschmacksknospen und folgte seinem Beispiel.

»Tanz mit mir.« Grinsend nahm Tristan ihren Becher und stellte ihn zusammen mit seinem auf den Tisch zurück.

Tanzen? Sie konnte nicht tanzen, hatte auch nie viel Gelegenheit dazu gehabt. Oder wenn, gehörte sie zu den Mauerblümchen, die eisern an ihrem Platz blieben und die ganze Zeit nur zuschauten. Aber jetzt ließ sie sich von Tristan auf die Tanzfläche ziehen und klammerte sich an ihm fest, während er sie wild herumwirbelte.

»Woher kannst du das?«, brüllte sie, als er sie das nächste Mal an sich riss und mit ihr herumwirbelte. »Gibt's im Niemandsland auch Tanzpartys?«

»Wieso? Ich kann es doch gar nicht«, rief Tristan zurück. »Ich nutze nur die Gelegenheit …«, er schleuderte sie von sich weg und zog sie dann wieder her, »… mich in aller Öffentlichkeit an dir festzuhalten.«

Was sie ihm nicht verdenken konnte. Sie waren in der Schule immer so vorsichtig, beschränkten ihre Berührungen auf ein absolutes Minimum – hin und wieder ein bisschen harmloses Füßeln unter dem Tisch, ab und zu eine platonische Umarmung und wiederholtes Händchenhalten, wenn sie sich unbeobachtet fühlten. Dylan wurmte es gewaltig, immer wieder mit ansehen zu müssen, wie Cheryl und ihre Clique sich an Tristan heranmachten, ohne dass sie etwas dagegen sagen konnte. An diesem Abend machten sie ihm auch schon wieder schöne Augen, wie sie erbittert feststellen musste.

Aber falls diese dummen Kühe sich einbildeten, sie könnten mit Tristan tanzen – nur über ihre Leiche. Oder nicht einmal das, denn Tristan hatte ihr ja schon gehört, als sie noch mausetot gewesen war.

»Noch ein Drink?«, fragte Tristan in der kurzen Pause zwischen zwei Songs.

Dylan konnte ihren eigenen Herzschlag in ihren Ohren hören. Sie nickte begierig, doch als sie zu dem Tisch mit den Erfrischungen kamen, war der gespikte Punsch konfisziert worden, sodass sie sich mit Saft begnügen mussten.

»Ich schwitze«, verkündete Dylan und fächelte sich Luft zu. In der Aula herrschte eine Bruthitze, was kein Wunder war, wo sich so viele aufgeheizte Körper darin drängten, und Tristan hatte sie – Dylan schaute auf ihre Uhr – mehr als eine Stunde lang herumgewirbelt.

»Frische Luft?« Er zeigte auf den Notausgang, der geöffnet worden war, damit Luft hereinkam und der Saal ein bisschen abkühlte. Mit einem schelmischen Grinsen fügte er hinzu: »Ich hab dir ja versprochen, dass wir ein Plätzchen ganz für uns alleine finden würden.«

Ja, richtig.

Sie zögerte keine Sekunde. Warum hatte sie Joan nur erlaubt, Tristan als ihren Cousin auszugeben? Das war die dümmste Entscheidung ihres ganzen Lebens gewesen.

Doch kaum waren sie draußen, erstarrte Tristan. Sein Kopf schnellte zur Seite und er spähte angestrengt in die Dunkelheit. »Weißt du, was?« Er nahm ihre Hand und ging ein paar Schritte rückwärts zur Feuertür zurück. »Lass uns einfach noch ein bisschen tanzen.«

»Was ist denn, Tristan?«, flüsterte sie.

Nach dem Radau in der Aula war es hier draußen gespenstisch still. Ihre Ohren dröhnten noch von den wummernden Bässen, weshalb sie den üblichen City-Lärm kaum wahrnahm. Aber sie spürte, dass Tristan etwas gehört hatte.

Oder gespürt.

»Was ist los?«

Er sagte nichts, aber als er sich zu der Brandschutztür umdrehte, knallte sie plötzlich zu.

»Perfektes Timing«, murrte Dylan. »Das war garantiert Dove oder sonst ein Idiot, der nichts als Blödsinn im Kopf hat.«

»Hmmmm.« Tristan blickte sich nervös um. »Wie kommen wir am schnellsten wieder da rein?«

»Einfach gegen die Tür donnern und …«

»Nein«, zischte er. »Wir müssen hier weg, sofort.«

»Tristan?« Sie hastete neben ihm her, eine Hand fest in seiner. Es war dunkel und sie hinkte leicht nach der anstrengenden Tanzerei, also schaute sie die ganze Zeit nach unten, um nicht ins Stolpern zu geraten. Tristan ging schnell, aber sie wollte ihn nicht aufhalten. Etwas hatte ihn zu Tode erschreckt. »Werden wir wieder beobachtet?«

Tristan nickte kurz.

»Sie sind direkt hier.« Er fluchte leise. »Es war dumm von mir, dich hier rauszulotsen, weg von den anderen. Wie konnte ich nur so bescheuert …«

Dann verstummte er.

Blieb stehen.

Als sie zu ihm herumwirbelte, stand er da wie versteinert, den Blick geradeaus nach vorne gerichtet.

»Tristan?« Keine Antwort. »Tristan?« Sie drehte sich um, schaute in die Richtung, in die er so voller Entsetzen starrte.

Die Straße, die hinter der Schule entlanglief, war kaum noch zu erkennen, genauso wenig wie die Schule selbst. Da war nichts, nur ein undefinierbares Etwas, in gespenstisches Licht getaucht, kaum fünf Meter von ihnen entfernt.

Oder doch, jetzt sah sie etwas – ein stechendes, glühendes Augenpaar.

Oh nein … Wenn das hier der Stalker war, der Tristan die ganze Zeit verfolgt hatte, konnte es definitiv nicht Caeli sein. Das Einzige, was die beiden gemeinsam hatten, war das blendende Licht, in das sie gehüllt waren, sodass man ihre Gesichtszüge kaum erkennen konnte.

»Tristan?« Ihre Stimme bebte.

Bevor er antworten konnte, begann das Ding zu sprechen. Falls das der richtige Ausdruck dafür war. Seine Worte hallten in ihrem Kopf wider.

»Seelenfahrer.«

Eine Begrüßung, die nichts Gutes verhieß. Dylan schauderte am ganzen Körper, so mächtig, so einschüchternd war die Stimme.

»Du hast deine Pflichten vernachlässigt.«

Das Ding hielt inne, und Tristan nutzte diesen Moment, um seine Finger aus ihrer Hand zu lösen. Ohne sie anzusehen, die Augen starr auf die Kreatur vor ihnen gerichtet, zischte er ihr zu: »Geh, Dylan! Lauf weg, schnell!«

Weglaufen? Ihn im Stich lassen? Das meinte er doch nicht ernst! »Ich lass dich nicht allein.«

Das Wesen begann wieder zu sprechen, schnitt ihnen kurzerhand das Wort ab.

»Seelenfahrer, höre deine Vergehen. Du hast es versäumt, die Seele, die dir zugewiesen war, ins Jenseits zu bringen. Schlimmer noch, du hast der Seele gestattet, in ihren Körper und in die wirkliche Welt zurückzukehren, obwohl sie im Besitz des verbotenen Wissens war.«

Die Verachtung und Missbilligung, die das Wesen ausstrahlte, stach ihr wie mit Nadeln in die Haut. Er sprach von ihr. *Sie* war die Besitzerin dieses verbotenen Wissens darüber, was nach dem Tod kommen würde.

»Geh endlich!«, knurrte Tristan aus dem Mundwinkel. »Geh wieder rein. Los, mach schon!«

»Nicht ohne dich.« Sie schnappte seine Hand, die vor ihr herumfuchtelte. Zerrte daran. »Komm mit.« Wahrscheinlich war es eine naive Vorstellung, aber wenn sie im Affenzahn um die Gebäude herum in die Eingangshalle zurückrasten, trafen sie dort vielleicht auf die anderen, und dann konnte das Wesen sich nicht mehr offenbaren. »Komm, Tristan! Los, komm schon!«

»Ich kann nicht«, wiederholte er. »Kann mich nicht rühren. Bitte.« Wieder entriss er ihr seine Hand. »Lauf!«

»Du hast das Niemandsland verlassen«, donnerte die Kreatur,

die unbeirrt Tristans Vergehen auflistete. »Du hast deinen Posten verlassen und deine geheiligte Pflicht vernachlässigt. Du gibst dich als Mensch aus, etwas, das dir nicht zusteht. Du hast das Böse in diese Welt gelassen und dadurch den Tod von Seelen verursacht, deren Zeit noch nicht gekommen war. Du hast …«

»Wer oder was bist du?«, stieß Dylan hastig hervor, um es nicht zu einem abschließenden Urteil kommen zu lassen.

Das Wesen hielt inne. Sie spürte seinen Blick auf sich wie einen grellen Scheinwerfer, der sie von Kopf bis Fuß abtastete, bis hin zu ihren Knochen. Nein, tiefer noch – zu ihrer Seele.

»Ich bin ein Inquisitor.«

Was? Sie hatte nicht damit gerechnet, dass er ihr antworten würde. Ein Inquisitor? Was zum Teufel sollte das sein? Sie zerbrach sich den Kopf, was sie sonst noch fragen konnte, aber Tristan warf ihr einen warnenden Blick zu, um sie zum Schweigen zu bringen.

»Seele, was hast du mit dieser Angelegenheit zu schaffen? Du dürftest diesem Urteilsspruch von Rechts wegen gar nicht beiwohnen.« Die Stimme der Kreatur grollte durch ihre Brust, klang fast wie ein Fauchen. »Du hättest mich noch nicht einmal sehen dürfen.«

Hätte ich auch nicht, dachte Dylan, *wenn ich nicht das Niemandsland durchquert hätte und wieder zurückgekommen wäre, was mich auf Gedeih und Verderb mit meinem Seelenfahrer zusammengeschweißt hat.* Sie war nicht mehr die Dylan, die an jenem verhängnisvollen Tag in den Zug gestiegen war.

Der Inquisitor wandte sich wieder an Tristan, und sie musste ihre ganze Kraft aufbieten, um nicht in die Knie zu sacken vor Erleichterung, als er seinen tonnenschweren Blick von ihr nahm.

»Seelenfahrer!«, donnerte der Inquisitor. »Du hast deine Vergehen vernommen.«

Tristan verharrte reglos an Ort und Stelle, wie schon die ganze Zeit. Nur sein Hals und seine Arme waren nicht völlig bewegungslos. Als er die Worte des Inquisitors hörte, senkte er den Kopf. In dem gespenstischen Glühen, das von dem Wesen ausging, konnte Dylan gerade noch die Umrisse von Tristans fest zusammengepresstem Kiefer ausmachen.

»All diese Verstöße hast du dir zuschulden kommen lassen«, fuhr der Inquisitor fort, »und damit das Recht verwirkt, weiterhin die Seelen der Verstorbenen durch das Niemandsland zu führen.«

Obwohl Tristan den Kopf tief gesenkt hielt, brachte er ein kaum wahrnehmbares Nicken zustande.

»Du hast das Leben verwirkt, das du in dieser Welt gestohlen hast.«

Ein leichtes Zögern diesmal, aber er nickte wieder, die Augen fest zusammengekniffen. Dylan sog die Luft ein. Das Leben verwirkt, das er gestohlen hatte? *Dieses* Leben? Nein.

»Warte!«, schrie sie auf, aber der Inquisitor ignorierte sie.

»Du wirst ins Niemandsland zurückgebracht, zu jenen gottverlassenen Kreaturen …«

»Zu den Dämonen? Nein!«, würgte sie hervor und trat auf den Inquisitor zu. »Warte!«

Tristan ließ seine Hand vorschnellen und packte mit eisernem Griff ihren Oberarm, sodass sie abrupt zum Stehen kam.

»Ich nehme dein Urteil an«, sagte er fest. »Aber bitte – ich flehe dich an – bestrafe Dylan nicht.« Er hob herausfordernd sein Kinn, während sie sich aus seinem Griff loszureißen versuchte. »Sie ist unschuldig. Es war mein Fehler.«

Was? Dylan riss Tristans Hand weg und stieß ihn mit den Ellbogen von sich. »Nein, das ist nicht wahr. Es war meine Idee, ich schwöre es – und wenn du ihn bestrafst, dann …«

Tristan presste ihr seine Hand auf den Mund, bevor sie ihren Satz beenden konnte.

»Ich habe kein Interesse an der Seele«, verkündete der Inquisitor und warf ihr einen verächtlichen Blick zu. »Solange sie das verbotene Wissen, das sie besitzt, für sich behält, wird ihr nichts Böses geschehen.«

»Du kannst uns trennen?«, fragte Tristan und erstickte Dylans Aufschrei. »Wie soll das möglich sein? Jedes Mal, wenn wir uns voneinander entfernen, überwältigt uns ein entsetzlicher Schmerz. Je weiter wir gehen, desto schlimmer wird es. Als würden wir den Zug-Crash, der sie fast umgebracht hat, erneut durchleben. Alle beide!«

Der Inquisitor machte eine unmerkliche Bewegung.

»Nun, dann wird sie leiden. Die Seele geht mich nichts an. Ich bin gekommen, um dich deinem Schicksal zuzuführen.«

»Sie wird sterben«, beharrte Tristan. »Wenn du mich von ihr wegbringst, stirbt sie!«

»Dann stirbt sie eben.«

Das Gesicht des Inquisitors blieb so unbewegt, als hätte Tristan vom Wetter gesprochen. Aber es ging nicht ums Wetter, sondern um ihren bevorstehenden Tod, und das versetzte Dylan in Rage. Ungeduldig wand sie sich in Tristans Griff, bis er sie endlich losließ, dann wich sie vor ihm und dem Inquisitor zurück, in etwas erträglicherem Abstand von dem blendenden Licht.

»Das kannst du nicht machen!«, platzte sie heraus.

»Du hättest bereits sterben sollen«, wandte der Inquisitor ein. »Ich werde die Dinge lediglich wieder so zurechtrücken, wie sie von Rechts wegen sein sollen.«

»Es geht mir nicht um mich«, behauptete sie, was natürlich nicht ganz der Wahrheit entsprach, obwohl ihr Tristan in diesem Moment tatsächlich wichtiger war. Genauso wie dem Inquisitor.

»Du kannst mir nicht einfach Tristan wegnehmen. Wir haben uns gerade erst gefunden! Und es war mein Fehler, dass er mit mir hierhergekommen ist. Ich habe ihn dazu überredet.«

»Dylan!«, knurrte Tristan, aber sie stand außerhalb seiner Reichweite.

»Das kannst du nicht machen«, wiederholte sie, ohne ihn zu beachten.

»Ich kann es. Und muss es. Du darfst ihm Lebewohl sagen.«

»Dylan!«, sagte Tristan verzweifelt. »Ich liebe dich.«

Die Worte schnitten ihr mitten ins Herz. Brachen es auf und ließen es bluten. Sie spürte die Angst, die Übelkeit, die tödlichen Schmerzen, die sie jedes Mal überwältigten, wenn Tristan sich von ihrer Seite entfernte. Ihr Herz hämmerte in ihrer Brust, und sie wusste, dass sie um Haaresbreite vom Tod entfernt war. Wieder einmal. Sie hätte Tristan so gern gesagt, dass sie ihn auch liebte, wie viel er ihr bedeutete, aber sie durfte ihre letzten gemeinsamen Sekunden nicht darauf verschwenden. Nicht, solange ihr noch eine allerletzte Chance blieb, das Wesen zu überzeugen.

»Er kann nicht einfach verschwinden. Er hat hier Freunde gewonnen, er ist an der Schule eingeschrieben. Das wird viele Fragen aufwerfen.«

Der Inquisitor erwiderte ungerührt. »Mögen sie Fragen stellen – sie werden keine Antwort erhalten.«

Erneut wandte er sich an Tristan, und sie ahnte, dass sie verloren hatte. Der Inquisitor würde Tristan fortbringen. Er würde sie beide in einem Aufwasch töten und Tristan zu den …

»Was ist mit den Dämonen?«, stieß sie mit schriller Stimme hervor und der Inquisitor hielt zumindest inne. »Es werden noch mehr kommen – wenn wir das Tor nicht schließen, nimmt es kein Ende. Und wir können sie ausschalten. Das haben wir schon mal gemacht, im Tunnel.«

»Du lügst«, donnerte der Inquisitor. »Dämonen sind unzerstörbar.«

»Ich lüge nicht, wirklich.« Flehend starrte sie den Inquisitor an. Verzweifelt. »Tristan wurde dabei verletzt. Zeig ihm deine Wunde!«

Der Inquisitor wartete nicht, bis Tristan seine Schulter entblößte. Er trat näher, packte das Skelettkostüm an der Stelle, auf die sie zeigte, zerfetzte den Stoff und den Verband darunter. Dann sah er die tiefe Fleischwunde, die fast so langsam heilte wie bei einem Menschen.

»Du hast recht – man kann sie nicht töten«, sagte Tristan. »Sie sind viel haltbarer als diese Welt.« Er berührte seine Wunde. »So wie ich.«

Der blendende Glanz, der den Inquisitor einhüllte, trübte sich einen Augenblick. »Ich kann die Dämonen nicht kontrollieren«, gab er zu. »Und ich kann den Riss, den ihr in dem Schleier zwischen den beiden Welten hinterlassen habt, nicht schließen.« Er richtete seinen Blick auf Tristan. »Du siehst, welch schwerwiegende Folgen deine Handlungen haben!«

Tristan gab keine Antwort. Dylan öffnete den Mund, um zu protestieren, aber sein Blick stoppte sie. Es lag … Hoffnung darin.

Was ging hier vor?

Abrupt ließ der Inquisitor von Tristan ab. »Ich gebe dir eine Chance, auch wenn du es nicht verdient hast.«

Eine Chance? Ihr Herz machte einen Satz und vor lauter Erleichterung hörte sie die restlichen Worte nicht mehr. »Du wirst dieses … Portal schließen, egal was es kostet. Und du wirst jeden einzelnen Dämon zerstören, der bereits in diese Welt eingedrungen ist.«

»Und dann?«, fragte Tristan.

»Wenn dir das gelingt, erlaube ich dir, in der Welt der Lebenden zu bleiben. Um dieses Reich zu bewachen, andere am Durchkommen zu hindern und jeden Dämon zu töten, den du ausfindig machen kannst. Nimmst du das an?«

»Ja«, stieß Dylan hastig hervor. »Ja, das akzeptieren wir.«

Der Inquisitor ignorierte sie und sah nur Tristan an.

»Ich nehme es an«, sagte Tristan.

»Du hast drei Tage«, fuhr der Inquisitor fort. »Drei Tage und keine Sekunde länger. Beim zweiten Mal werde ich keine Gnade walten lassen.«

Und damit war er verschwunden.

KAPITEL 23

»Ich brauche Zeit zum Nachdenken«, sagte Tristan, als Dylan aufwachte und ihn schon halb in seiner Schuluniform vorfand. Ihre hatte er auf seiner – bereits gemachten – Seite des Betts bereitgelegt. »Wir können doch nicht so halb gar losgehen und …«

»Halb gar?«

»Ja, das bedeutet unvorbereitet … so als würde man einfach irgendwo reinplatzen …«

»Ich kann mir schon denken, was das heißt«, fauchte sie genervt. »Aber sag so ein Wort bloß nie vor den anderen in der Kaithshall, okay?«

»Was … halb?« Tristan warf ihr einen fragenden Blick zu.

»Nein! Der zweite Teil …« Sie brach ab und starrte ihn misstrauisch an. Er hielt seinen unschuldigen, verwunderten Blick aufrecht, aber seine Mundwinkel zuckten.

»Idiot«, schnaubte sie und stieß ihn gegen den Arm, bevor sie wieder zur Sache kam. »Wir müssen einen Plan ausarbeiten. Wir haben nur drei Tage – wir müssen was *tun*, Tristan, statt in die verdammte Schule zu gehen!«

»Ja, wir brauchen einen Plan«, stimmte er zu. »Und dazu muss ich nachdenken. Bis ich mir was überlegt habe, machen wir einfach so weiter wie bisher. Der ganz normale Alltag. Wenn du jetzt schon schwänzt …«, er hob die Stimme, als sie den Mund öffnete, um zu protestieren, »… heftet sich Joan an unsere Fersen, und das, nachdem sie uns gerade wieder etwas mehr vertraut. Dann sind wir geliefert.«

Folglich gingen sie in die Schule, obwohl Dylan im Computerkurs die ganze Zeit herumjammerte, wie dumm das doch sei. Sie hörte auch in der nächsten Stunde nicht damit auf, bis Tristan endlich nachgab.

Dylan konnte an nichts anderes mehr denken als an diese scheinbar unmögliche Aufgabe – alle Dämonen aufzustöbern, die vielleicht schon durch das Portal eingedrungen waren.

»Einen Mord hat es jedenfalls nicht mehr gegeben«, bemerkte sie.

»Nein, das stimmt«, gab Tristan zu. »Ehrlich gesagt glaube ich nicht, dass der neulich im Tunnel die vier Männer getötet hat. Der andere – der Killer-Dämon – muss noch irgendwo da draußen sein. Vielleicht hat er noch nicht wieder zugeschlagen, weil er satt ist. Menschen aus Fleisch und Blut sind ein Festmahl für Dämonen, viel nahrhafter als substanzlose Seelen. Und der hier hat gleich vier verschlungen.«

Dylan verzog angeekelt ihr Gesicht bei dieser grässlichen Vorstellung.

»Das heißt doch, er kann jeden Moment wieder hungrig werden«, sagte sie schaudernd. »Wir müssen noch mal dorthin und checken, ob es auch der richtige Ort ist.« Keine Antwort. »Tristan?«

»Verdammt …«

Sein unterdrückter Fluch ließ sie auf seinen Bildschirm schauen. Statt der Programmcodezeilen, an denen sie arbeiten sollten, ploppte dort eine wütende rote Schrift hoch:

KEIN ZUGANG

»Was hast du gesucht?«, fragte sie. Dove war im zweiten Jahr an der Kaithshall aus der Klasse geflogen, weil er versucht hatte, schmutzige Videos herunterzuladen, aber es gab auch andere Dinge, die eine solche Sperrung auslösten.

»Wie man Sprengstoff herstellt«, gab Tristan mit zerknirschtem Gesicht zu.

»Was!« Dylan schrie so laut, dass alle Köpfe in der Klasse zu ihnen herumschnellten – sogar Mrs James sah von ihrer Arbeit auf. Schnell duckte sie sich herunter und wartete ab, bis die anderen sich wieder umdrehten, dann funkelte sie Tristan an: »Das kannst du doch nicht googeln!«

»Ja, das seh ich«, brummte Tristan.

»Nicht nur wegen der Sperrung – das löst einen Alarm bei der Regierung aus oder so. Die denken, du bist ein Terrorist!«

»Also gut, gib mir dein Smartphone. Dann such ich darauf.«

»Was? Das wäre ja noch schlimmer!«, zischte Dylan unterdrückt. Manchmal vergaß sie ganz, wie wenig Tristan über das Funktionieren der wirklichen Welt wusste. »Wenn du das unbedingt wissen musst, gehen wir in ein Internet-Café.«

»Weißt du, was?« Tristan schaute plötzlich über ihre Schulter hinweg. »Ich habe eine bessere Idee.«

»Was?« Sie wirbelte herum, versuchte zu erkennen, was Tristan so faszinierte. Aber sie sah nur Dove und seine Kumpel, die an den Kabeln auf der Rückseite ihrer Computer herumfummelten. »Jetzt sag schon, Tristan!«

»Gleich, Dylan.« Ohne ein weiteres Wort stand er auf, ging zu Dove und seiner Gang hinüber, setzte sich neben sie und verwickelte Dove – ausgerechnet David MacMillan! – in ein Gespräch.

»Sagst du mir jetzt endlich, was du vorhast?«, fragte Dylan, als sie den Computerraum verließen. Sie hatte sich wahrhaftig lange genug geduldet, was ihr komplett gegen den Strich gegangen war –

einfach nur dasitzen und beobachten, wie Tristan mit diesen Idioten herumblödelte, als wären sie die besten Freunde. »Worüber habt ihr geredet, um Himmels willen?«

»Sprengstoff«, murmelte Tristan und hielt ihr die Tür auf.

»Und was hat das mit Dove zu tun?«

Tristan warf ihr einen verdutzten Blick zu. Offenbar ging er davon aus, dass sie kapiert hatte, worauf er hinauswollte. »Ich will den Tunnel in die Luft jagen. Na ja …«, fügte er schulterzuckend hinzu, »ich meine, ich versuche es …«

»Und warum redest du mit Dove darüber?«, fragte Dylan verständnislos.

»Na, wegen des Vorfalls neulich im Chemielabor, schon vergessen? Der Idiot hat fast das ganze Gebäude in die Luft gejagt. Ich hab ihn gefragt, mit welchen Chemikalien er experimentiert hat.«

»Als ob der das noch wüsste.«

»Oh, er wusste es«, widersprach Tristan. »Und zwar ganz genau.« Er hielt einen Moment lang inne und funkelte drei kleine Erstklässler an, die ihnen zu nahe gekommen waren. Erschrocken huschten sie davon. »Er sagt, er hat es zu Hause versucht, einfach mit dem gängigen Haushaltszeug. Reinigungsmittel hauptsächlich. Er hat seiner Mum beinahe das Dach über dem Kopf weggepustet.«

Sie zuckte zusammen. Das meinte er doch nicht ernst? »Tristan, das geht nicht! Wir würden einen Riesenärger kriegen, und wenn uns die Polizei auf die Schliche kommt, verhaften sie uns. Du hast ja nicht mal Papiere, Mann. Vergiss es, ehrlich.«

»Schon möglich, dass wir Ärger kriegen, aber was glaubst du, was der Inquisitor mit uns macht, wenn wir nicht liefern?« Tristan wartete, bis die Botschaft bei ihr angekommen war. »Dylan, er bringt mich ins Niemandsland zurück und wirft mich den

Dämonen vor. Willst du, dass ich eine von diesen gierigen, sabbernden, hirnlosen Kreaturen werde? Und du, Dylan … du stirbst!«

»Ja, aber …« Sie schüttelte den Kopf. »Selbst wenn du es schaffst, den Tunnel zu sprengen – das ist eine der Hauptstrecken nach Aberdeen. Sie würden ihn in null Komma nichts wieder öffnen und damit das Portal freilegen. Denk mal drüber nach, Tristan.«

»Das hab ich schon«, sagte er todernst. »Ich denke schon darüber nach, seit wir von den vier ermordeten Männern erfahren haben. Und ich habe die Lösung: Ich jage den Tunnel nicht hier in die Luft, sondern im Niemandsland.«

Sie starrte ihn entgeistert an.

Es war erschreckend einfach, die Zutaten für eine Bombe zu beschaffen. Sie gingen zu Homebase, einem Heimwerkergeschäft, und Tristan lud einen Einkaufswagen mit Chemikalien und Klebeband, einer kleinen Kupferdrahtrolle und anderem Krimskrams voll. Außerdem kaufte er einen Kanister. Das alles sah ziemlich verdächtig aus, aber die Frau an der Theke verzog keine Miene, als sie die Einkäufe in eine Tragetüte stopfte. Dylan zuckte zusammen, als sie den Betrag sah, den die Kasse ausspuckte.

Auf der ganzen Einkaufstour durch Homebase und auf dem langen Weg nach Hause fiel kaum ein Wort zwischen ihnen. Später saßen sie mit Joan beim Abendessen – Schweinesteaks mit Kartoffelbrei –, dann quälten sie sich durch eine Kochsendung, die Dylan normalerweise richtig gut fand. Sie machte sich bettfertig wie ein Roboter und starrte an die Decke, während sie darauf wartete, dass Joan endlich schlafen ging.

Leer. Ausdruckslos.

Etwas anderes konnte sie sich momentan nicht leisten. Sie durfte keine Gefühle zulassen, sonst würde sie zu schreien anfangen.

Endlich schlüpfte Tristan zu ihr ins Bett. Sie ließ ihm kaum Zeit, es sich bequem zu machen, bevor sie sich auf ihn stürzte. »Du verlässt mich«, sagte sie anklagend.

»Was?« Er schlang seine Arme um sie und zog sie enger an sich. »Ich bin doch da.«

»Ja, aber du verlässt mich«, wiederholte sie. »Dieser Plan, den du dir ausgedacht hast – dass du ins Niemandsland zurückgehst. Wenn du das machst, kommst du nicht wieder zurück, das weißt du genau.«

Schweigen. Sie hielt ein paar Sekunden still, dann versuchte sie sich aus seinen Armen herauszuwinden, aber er ließ sie nicht.

»Stopp«, flehte er. »Hör mir zu.«

»Zuhören? Willst du mir wieder irgendwelche Storys auftischen, so wie beim letzten Mal, als du mich dazu verleitet hast, allein auf die andere Seite zu gehen?« Ihre Stimme war rau, unbeherrscht. »Bitte, Tristan. Du kannst nicht einfach hin- und herspazieren, wie es dir passt.«

»Ich geh doch nicht weg, Dylan«, versicherte er. »Ich habe eine Idee.« Er hielt inne, dann ließ er die Katze aus dem Sack. »Wenn ich mich in der wirklichen Welt festbinde, müsste ich es schaffen, auf die andere Seite zu gehen und wieder zurückzukommen, ehe die Bombe explodiert.«

»Festbinden? Wie denn?«

»Na ja, mit so einer Art Rettungsseil. So wie Bergsteiger es machen.«

»Ach ja? Du willst dir ein Seil um die Hüften schlingen und dich daran zurückziehen, wenn du deine Bombe gelegt hast? Ist das der Plan?« Ihre Stimme triefte vor Hohn.

»Wir haben drei Tage«, erinnerte Tristan sie. »Jetzt nur noch zwei. Hast du eine bessere Idee?«

Nein. Aber zum Tunnel zurückgehen, mit ansehen, wie Tristan in der Dunkelheit verschwand, und allein im Dunkeln bleiben und auf ihn warten …

»Ich komme mit«, stieß sie hervor. »Wir lassen die Bombe gemeinsam hochgehen.«

Tristan packte ihre Hand und sie spürte die Anspannung in jeder Faser seines Körpers. »Nein.«

»Tristan!«

»Nein.« Er drückte noch fester zu, um seinen Standpunkt zu unterstreichen.

Entrüstet zog sie die Augenbrauen zusammen. Warum sollte sie nicht mitkommen? Wofür hielt er sich? Traute er ihr nicht zu, dass sie das schaffte? Sie hatte ganz allein im Niemandsland überlebt – zwei Mal sogar.

»Warum nicht?«, fragte sie in eisigem Ton.

»Weil ich dich auf der anderen Seite brauche«, erwiderte Tristan. »*Du* bist meine Rettungsleine.«

»Oh.«

Okay, das ergab irgendwie Sinn. Trotzdem sträubte sich alles in ihr dagegen, ihn allein auf die andere Seite gehen zu lassen. Und sie hätte auch nicht nachgegeben, wenn sie, wie Tristan ihr zu Recht vorhielt, eine bessere Idee gehabt hätte.

»Wenn du nicht zurückkommst«, sagte sie, »komme ich dich holen. Verlass dich drauf.«

Wieder drückte er ihren Arm, aber diesmal sanfter. »Gut«, flüsterte er ihr ins Ohr.

Er bekräftigte seine Worte mit einem Kuss auf ihr Ohrläppchen. Dann auf ihre Wange, ihren Hals und schließlich auf ihren Mund. Einen Herzschlag lang blieb sie noch hart und unnahbar –

sie konnte ihren Groll nicht so schnell loslassen –, aber als er sie dann leidenschaftlicher küsste, schmolz sie in seinen Armen dahin.

Sie hatte das Niemandsland schon einmal für ihn durchquert und sie würde es jederzeit wieder tun.

KAPITEL 24

»Jack?« Susanna huschte in Jacks Schlafzimmer. Er stand mit dem Rücken zu ihr und starrte auf die Stadtlandschaft unten ihnen. Sein Körper war starr, jede einzelne Linie verriet seine Wut und Anspannung. »Jack, ich glaube, ich habe eine Idee.«

»Was?« Er wirbelte herum und durchbohrte sie förmlich mit seinem Blick.

»Wie wir die Verbindung zwischen uns auflösen können.«

»Und wie?«

»Ich glaube, es gibt jemanden, der uns helfen kann.«

Schweigen. Nur das Geräusch des Staubsaugers, mit dem Jacks Mum im Wohnzimmer herumwirbelte – obwohl sie an diesem Morgen schon zwei Mal gesaugt hatte –, unterbrach die Stille.

»Ich dachte, du kennst hier keinen außer mir«, sagte Jack schließlich.

Die Aggressivität in seiner Stimme war mit Händen zu greifen.

»Er ist nicht von hier. Jedenfalls nicht ursprünglich. Er ist einer wie ich. Ein Seelenfahrer.«

»Hm.«

Jack sagte nichts weiter und sie zwang sich abzuwarten. Er *musste* einfach einverstanden sein – wie sollte sie sonst zu Tristan kommen? –, und Jack machte nichts, was er nicht selber wollte.

Bitte, dachte sie. *Jetzt sag schon Ja.*

Zu ihrer Überraschung löste er seinen Blick von ihr und starrte auf etwas im Flur draußen, statt sie mit inquisitorischen Fragen zu bombardieren.

»Ja, ja – pass nur auf, dass auch ja kein Staubkörnchen irgendwo rumliegt, wenn *er* nach Hause kommt.« Er kräuselte verächtlich die Lippen.

»Was?« Susanna blinzelte verdutzt. Das Brummen des Saubsaugers wurde wieder lauter und Jacks Mutter saugte weiter. Oh. »Dein Stiefvater kommt zurück?«

»Ja, kann's kaum erwarten.« Seine Stimme triefte vor Sarkasmus, aber Susanna fing auch einen Anflug von Angst darin auf.

»Und wo war er die ganze Zeit?«, fragte sie, obwohl sie wusste, dass sie sich auf dünnem Eis bewegte. Jack hasste persönliche Fragen, und er hasste seinen Stiefvater, so viel stand fest.

»Arbeiten«, stieß Jack hervor. »Er ist Fernfahrer und kommt manchmal tagelang nicht nach Hause. Nur schade, dass er nicht ganz wegbleibt.« Sein Blick schnellte wieder zu ihr, die dunklen Augen waren voller Fragen. »Dieser Seelenfahrer«, fing er an.

»Tristan«, sagte sie. Allein schon seinen Namen auszusprechen, ließ das Blut schneller durch ihre Adern rauschen.

»Tristan?« Verächtlich zog er seine Brauen hoch und verdrehte die Augen. »Und weißt du, wo er ist?«

Ah. Das war ja der Knackpunkt.

»Also, irgendwie schon«, sagte sie zögernd.

»Was soll das heißen, irgendwie schon?« Jack kam halb durchs Zimmer. »Weißt du's – ja oder nein?«

»Ja«, beteuerte sie und wand sich innerlich bei dieser Notlüge. »Ich meine, ich kenne so ungefähr die Richtung.«

»Was?«

»Süden.«

»Süden?«, wiederholte Jack und zog die Augenbrauen hoch. Sie nickte. »Nur Süden? Und das war's?«

»Na ja … Südwesten …«

»Willst du mich verarschen?« Jack kam noch einen Schritt näher, sodass sie jetzt in Reichweite war. Das Zimmer war nicht groß. »Wie zum Teufel sollen wir ihn finden, wenn das alles ist, was du weißt? Süden, dass ich nicht lache!«

»Ich kann ihn spüren«, sagte sie schnell. »Er ist ganz in der Nähe. Im selben Land wie wir. Wir können einander spüren. Und dieses Gefühl wird stärker, je näher ich ihm komme. Wenn du mich einfach in diese Richtung führst, finde ich ihn. Das verspreche ich dir, Jack.«

Susanna war ziemlich sicher, dass sie ihr Versprechen halten konnte. Und wenn nicht … dieses Risiko nahm sie auf sich. Sie musste Tristan finden. Sie war schon so weit gekommen, hatte alles auf eine Karte gesetzt, also konnte sie jetzt nicht einfach aufgeben, nur um ihr restliches sterbliches Leben lang an Jack gekettet zu sein.

Jack öffnete den Mund, um etwas zu sagen, aber im selben Moment verstummte der Staubsauger. Die plötzliche Stille jagte Susanna einen Schauer über den Rücken. Und ebenso die Art, wie Jack plötzlich seine Meinung änderte. Er griff neben ihr an die Wand, riss seine Jacke vom Haken und warf ihr eine der dicken Strickwesten seiner Mum zu.

»Also los.« Er stürmte zur Tür, sodass sie gerade noch ausweichen konnte, bevor er sie einfach umrannte. Ihr wurden die Knie weich vor Erleichterung, hastig stürzte sie hinter ihm her. Endlich würden sie Tristan suchen. Sie konnte ihr Glück kaum fassen.

»Komm«, drängte Jack, und sie beeilte sich, so gut sie konnte, obwohl sie nicht wirklich verstand, warum es auf einmal so dringend war.

Erst als sie die Wohnungstür erreichten, ging ihr ein Licht auf.

Mit einem erschreckend lauten Geräusch wurde der Schlüssel im Schloss umgedreht und Jack erstarrte. Seine Mum stürzte zur Couch, klopfte noch einmal die Kissen auf.

Susanna starrte auf die Tür, halb darauf gefasst, dass der leibhaftige Teufel hereinstolzierte, obwohl sie den Mann bereits aus Jacks Erinnerungen kannte. Er sah eigentlich ganz normal aus – schlank, drahtig, mittelgroß. Braunes, schon etwas schütteres Haar über einem schmalen Gesicht mit scharfen Zügen. Er war nicht blutsverwandt mit Jack, aber irgendwie hatte er die gleichen eiskalten Augen. Augen, die den Raum scannten, während er hereinkam, und nur eine Millisekunde lang an Susanna hängen blieben, bevor er weiterging. Sein Blick wanderte an Jack herunter, der mit geballten Fäusten dastand, reglos wie eine Statue, dann fasste er das makellos saubere Wohnzimmer ins Auge, um schließlich Jacks Mum anzusehen. Sie schenkte ihm ein schüchternes Lächeln.

»Du bist wieder da«, begrüßte sie ihn.

»Ja, bin ich.«

Er machte noch drei Schritte ins Zimmer, ließ seine Taschen und seine Jacke auf die Couch fallen und umarmte Jacks Mum. Zuckte sie tatsächlich vor seiner Berührung zurück oder täuschte sich Susanna? Sie konnte es nicht mit Sicherheit sagen. Und war definitiv nicht darauf gefasst, wie Jack sofort in den Kampfmodus umschaltete, als sein Stiefvater sich von seiner Mum löste und seine Aufmerksamkeit auf ihn richtete.

»Jack«, knurrte er. Seine Augen schnellten wieder zu Susanna und sie spürte die Kälte über den ganzen Raum hinweg. »Wer ist das?«

»Jacks Freundin. Sie war ein paar Tage auf Besuch hier.« Jacks Mum riskierte ein hoffnungsvolles Lächeln.

»Ach ja?« Ihr Mann leckte sich die Lippen. »Sind wir neuerdings ein B&B?«, sagte er in messerscharfem Ton.

»Wir müssen dann los«, murmelte Jack an seine Mum gewandt, damit sie die Frage nicht beantworten musste, und schob sich vorsichtshalber zwischen die beiden.

»Das ist eine gute Idee«, sagte sein Stiefvater zuckersüß.

Jack sah aus, als wollte er ihm die passende Antwort erteilen – oder seine rechte Faust, die sich rhythmisch an seiner Seite ballte, zum Einsatz bringen. Aber die Aussicht, aus der Wohnung zu kommen, war einfach zu verlockend. Wortlos stolzierte er hinaus, dicht gefolgt von Susanna.

»Jack!«, rief sie und stürzte hinter ihm die Treppe hinunter. Die Brandschutztür krachte auf, als er sich mit beiden Fäusten dagegenstemmte. »Jack, warte doch.«

Er gab keine Antwort, sondern ging so schnell, dass sie das Band zwischen ihnen spürte – ein scharfes Zucken in ihrer Seite. Sie musste rennen, keuchend, die Hand an ihre Seite gepresst, dort, wo die Phantom-Stichwunde war.

Jack wurde erst langsamer, als er aus dem Gebäude in den offenen Vorhof hinauskam. Einen Augenblick stand er da, keuchend und schnaubend wie ein wütender Stier. Mit einem unterdrückten Schrei wirbelte er herum und knallte seine Faust in die ohnehin schon verbeulte Seite eines weißen Vans.

»Bist du okay?«, fragte Susanna.

»Klar doch«, grunzte Jack, aber das irre Funkeln in seinen Augen zeugte vom Gegenteil.

»Dein Dad scheint …«

»Er ist nicht mein Dad.«

»Also gut, dein Stiefvater, er …«

Jack ließ seine Hand durch die Luft sausen und schnitt ihr erneut das Wort ab. »Ich will nicht über ihn reden. Los, komm.«

Er stolzierte durch die Straßen, bis die Wohnblocks spärlicher wurden und immer mehr Läden auftauchten, die schließlich in ein Geschäfts- und Gewerbegebiet übergingen. Hier war es viel stiller, obwohl der Arbeitstag bereits begonnen hatte. An vielen Gebäuden hingen Schilder mit der Aufschrift ZU VERKAUFEN oder ZU VERMIETEN. Und selbst die Häuser, die noch bewohnt waren, sahen ziemlich renovierungsbedürftig aus. Susanna schauderte. Nicht, weil es kalt war, aber der Ort hier strahlte etwas unendlich Trostloses aus.

Jacks Zorn hatte sich einigermaßen abgekühlt, seit sie weit genug von seinem Zuhause entfernt waren, sodass sie es wagen konnte, das Wort an ihn zu richten. Obwohl das bei ihm zu jeder Zeit ein Risiko darstellte.

»Was machen wir hier?«

»Du willst doch deinen Seelenfahrer finden, oder?«

Sie nickte stumm.

»Na also – und irgendwie müssen wir ja hinkommen.«

Okay … Susanna schaute sich erneut um, immer noch verwirrt. Keine Bushaltestelle in Sicht, erst recht kein Bahnhof. Taxis auch nicht. Das einzige Gefährt hier war ein alter Transit-Van, der Richtung Stadtzentrum davontuckerte.

Jack las die Verwirrung in ihren Augen.

»Wir brauchen ein Fortbewegungsmittel.«

»Ein Fortbewegungsmittel?«, wiederholte sie verständnislos. »Du hast doch kein Auto.« Und mit ziemlicher Sicherheit auch keinen Führerschein, fügte sie in Gedanken hinzu.

»Das krieg ich schon hin«, prahlte Jack und sah auf einmal viel fröhlicher aus. »Ich bin der Champion im Kurzschließen.«

Sie wusste nicht genau, was das heißen sollte, aber ihre dunklen Vorahnungen verstärkten sich noch, als sie hinter Jack hertrottete, der bereits nach »was Anständigem« Ausschau hielt.

Schließlich steuerte er auf einen kleinen, glänzend blauen Kombi zu. Der Wagen stand auf einem versteckten Schattenfleck zwischen zwei hoch aufragenden Gebäuden, sah sauber und gut gepflegt aus, und nur ein paar kleine Rostflecken, die von den Radkappen aus nach oben krochen, verrieten sein Alter.

Jack ging zur Fahrertür, etwas Schmales blitzte in seiner Hand auf. Schweigend schaute sie zu, wie er das silbrige Ding mit einer einzigen geschickten Bewegung in den Spalt zwischen Tür und Fenster klemmte. Ein leises Klicken, und im nächsten Moment zog er die Tür auf. »Ladies first«, sagte er und hielt ihr grinsend die Tür auf, damit sie auf den Beifahrersitz hinüberrutschen konnte.

Susanna zögerte. Vielleicht hatte sie es nicht wahrhaben wollen, aber bis zu diesem Augenblick war ihr nicht wirklich klar gewesen, dass Jack ein Auto stehlen wollte. Ein Auto! Das war kein kleiner Ladendiebstahl oder Sachbeschädigung wie Wändebesprühen, Dinge, die für Jack ganz normal waren. Nein, das hier war eine richtige Straftat. Wenn sie erwischt wurden …

Andererseits, was hatte sie schon für eine Wahl? Wenn sie sich sträubte, riskierte sie eine hässliche Szene und am Ende würden sie trotzdem in dem gestohlenen Wagen sitzen. Außerdem war ein Auto das beste Transportmittel, nachdem sie ja nur vage Vorstellungen von Tristans Aufenthaltsort hatte. Sie verzog das Gesicht, duckte sich in den Wagen und kroch auf den Beifahrersitz. Wenn sie Tristan nur auf diese Weise finden konnte, nahm sie das Risiko in Kauf. Das war es ihr wert.

»Und jetzt?«, fragte sie. Sie wusste zwar nicht viel darüber, wie diese Welt funktionierte, aber zumindest war ihr klar, dass man normalerweise einen Zündschlüssel brauchte, um ein Auto zu starten.

»Wirst du gleich sehen.« Jack warf ihr einen Seitenblick zu und sie sah die kleinen Lachfältchen um seine Augen herum. Er behielt das Lächeln bei, während seine Finger an etwas unter dem Lenkrad herumfummelten. Dann flammte ein winziger Blitz im Halbdunkel auf und das Auto erwachte stotternd zum Leben. »Jaaaaa!«

Jack war in seinem Element. Er legte den Gang ein und schoss mit quietschenden Reifen davon.

Obwohl er noch keinen Führerschein haben konnte – dazu war er zu jung –, konnte sie sehen, dass er nicht zum ersten Mal am Steuer saß. Mit geschickten Lenkradmanövern und schnellem, geschmeidigem Schalten steuerte er den Wagen um die engen Häuserecken des Gewerbegebiets herum, und als er endlich die zweispurige Durchgangsstraße erreichte, drückte er voll aufs Gaspedal. Der Wagen schoss so blitzartig vorwärts, dass sie auf ihrem Sitz nach hinten geschleudert wurde.

»Also«, sagte er und drehte an den Radioknöpfen, bis ein wummernder Bass aus den Lautsprechern dröhnte, sodass er schreien musste, um sich verständlich zu machen: »Südwesten?«

KAPITEL 25

Sie nahmen dieselbe Route zum Tunnel wie beim letzten Mal, das schwere Bombenbau-Set in ihren beiden Schultaschen verteilt. Im Gepäckfach hatte nicht alles Platz, aber Tristan wollte die Taschen sowieso nicht aus den Augen lassen. Er stellte sie jedes Mal sorgfältig zwischen ihren Füßen ab, wenn sie in einen Bus stiegen, und ermahnte Dylan, ja nicht dagegenzustoßen.

»Wieso? Können die explodieren?«, flüsterte sie ihm erschrocken zu.

»Nein«, sagte Tristan, obwohl es nicht sehr überzeugt klang. »Aber da sind Chemikalien drin, die sich nicht vermischen dürfen. Jedenfalls jetzt noch nicht.«

Der Gang zu den Bahngleisen war diesmal viel einfacher, weil Dylans Bein gut genug verheilt war, dass ihr das holprige Gelände nichts ausmachte. Trotzdem ging sie langsam, zuckelte im Schneckentempo hinter Tristan her, der beide Rucksäcke schleppte. Aber das Trödeln half nichts – irgendwie dauerte es kaum länger, bis sie den Tunnel erreichten und der Eingang vor ihnen aufragte.

Sie hatte befürchtet, dass vielleicht Arbeiter im Tunnel sein würden, weil die Bahngesellschaft mit Sicherheit darauf drängte, die Strecke so bald wie möglich wieder befahrbar zu machen. Aber Tristan hatte abgewinkt – er wusste aus den Nachrichten, dass die Arbeiten am Tunnel warten mussten, bis die Polizei den Mord an den vier Männern vollständig aufgeklärt hatte. Und da die Opfer von einem Dämon aus dem Nachleben getötet worden waren, konnten die Ermittler noch keine großen Fortschritte erzielt haben. Als sie sich dem Eingang näherten, zeigte sich, dass Tristan recht hatte – und auch wieder nicht.

Keine Reparaturwagen oder sonstige Hinweise auf irgendwelche Bauarbeiten. Kein Bohren, Sägen, Hämmern. Und dennoch musste seit ihrem letzten Besuch definitiv jemand hier gewesen sein, denn inzwischen war der Tunneleingang mit einer Holzschranke versperrt.

BETRETEN VERBOTEN war über das Sperrholz gesprayt, das zusätzlich noch mit Absperrband gesichert war.

Sie blieb stehen, aber Tristan ging weiter, um sich die provisorische Absperrung genauer anzusehen. Seufzend sagte er: »Wir müssen es einreißen, anders geht es nicht.« Frustriert trat er dagegen, sodass die ganze Konstruktion ins Wackeln geriet. »Kommt mir nicht besonders stabil vor.«

Was es auch nicht war. Mit einem Ruck riss er das ganze Ding aus der Tunnelöffnung.

»Warte!«, zischte Dylan eine Zehntelsekunde zu spät, als er bereits die dünnen, rohen Holzbretter beiseiteschob. »Was ist mit den Dämonen?«

»Es ist Tag.« Tristan schaute zum Himmel auf, der voll dunkler Regenwolken war. »Also zu hell, als dass sie sich herauswagen könnten.« Er schnitt eine Grimasse. »*Noch* jedenfalls.«

Dann kauerte er sich im Schutz der Tunnelöffnung nieder, zog eine der beiden Taschen auf und nahm zwei schwere Arbeitsleuchten heraus.

»Hier«, sagte er und reichte ihr eine davon. »Damit können wir sie hoffentlich besser in Schach halten als mit deiner Smartphone-App. Du bleibst hier. Ich geh los und checke, ob vielleicht doch ein paar von ihnen tiefer im Tunnel drinnen lauern.«

Er leuchtete kurz mit seiner Taschenlampe in den Tunnel hinein, bis zu dem Punkt, an dem der Lichtstrahl von der Dunkelheit verschluckt wurde.

»Tristan ...«

»Keine Angst, ich pass schon auf ...«

Er ließ ihr keine Zeit für weitere Einwände, schulterte einen der Rucksäcke und verschwand im Tunnel. Der Lichtkegel tanzte und schwankte um jede Biegung des Deckengewölbes, um jede Ecke in Bodennähe. Auch Dylan behielt an ihrem Wachposten die Augen offen, hielt nach blitzartig herumschießenden Silhouetten Ausschau, aber je tiefer Tristan in den Tunnel eindrang, desto weniger nützte ihm die Taschenlampe, die nur noch mehr Schatten an den Wänden hervorrief. Es war unmöglich, etwas zu erkennen.

Also drehte Dylan sich um, die Arme um ihre Schultern geschlungen, und starrte auf die trostlose Landschaft hinaus. Die Bahngleise durchschnitten die Heide in einer geraden Linie bis zum Horizont und zu beiden Seiten ragten niedrige Hügel auf. Anders als im Niemandsland duckte sich hier und da ein Bauernhof oder ein Cottage in die Landschaft und weiter in der Ferne tauchten verschwommen die Lichter einer Kleinstadt auf. Nicht gerade einladend, die Szenerie, aber auch nicht leer und verlassen.

Plötzlich begann es zu regnen und dicke Tropfen klatschten in ihr Haar. Ihre Jacke – neu, aber immer noch eine vom No-Name-Stapel – war laut Etikett nicht wasserdicht und sie spürte die feuchte Kälte bereits an den Schultern. Sie hätte sich natürlich wieder in den Tunneleingang stellen können, zog es aber vor, einfach nur nass zu werden. Sie hatte nicht die Absicht, länger als unbedingt nötig dort drinnen auszuharren, wenn der Zeitpunkt gekommen war.

Ein tiefer Seufzer entwich ihren Lippen. Ihr war schlecht und sie war nervös – und nicht nur, weil Tristan sich immer weiter von ihr entfernte. Nein, es lag an diesem Ort hier, der ihr kalte Schauer über den Rücken jagte. Wenn Tristan es tatsächlich schaffte, den Tunnel in die Luft zu jagen, würde sie nie wieder herkommen.

In ihrem ganzen restlichen Leben nicht.

»Dylan!« Ein Schrei, aber es klang nicht erschrocken oder besorgt.

Sie wirbelte herum, richtete die Taschenlampe auf die Tunnelöffnung.

»Ja?«

»Die Luft ist rein. Kannst du die andere Tasche mitbringen?«

Mist. Irgendwie hatte sie gehofft, er würde zurückkommen und sie abholen, was natürlich idiotisch war. Und unnötig. Er hatte den Tunnel gründlich gecheckt. Da waren keine Dämonen – keine Gefahr.

»Reiß dich zusammen«, brummte sie vor sich hin.

Sie nahm den zweiten Rucksack über die Schultern und ging in den Tunnel hinein.

Es dauerte nicht lange – höchstens zehn Schritte oder so –, bis alle Geräusche draußen erloschen. Das sanfte Wispern des Windes, hin und wieder ein Vogelzwitschern und das ferne Summen des Straßenverkehrs. Das alles wurde in dem engen, dunklen Gewölbe sofort erstickt. Jetzt hörte sie nur noch ihren eigenen Atem, schnell und nervös, das Rascheln ihrer Jacke und das Knirschen der Steine, die unter ihren Füßen wegrollten. Außerdem jede Menge Huschen und Scharren von irgendwelchen Kleintieren – Ratten, Mäusen, Fledermäusen –, die vor ihr flohen.

Es kam ihr wie eine Ewigkeit vor und zugleich nur wie ein Wimpernschlag, bis sie Tristan erreichte. Er kauerte auf dem Boden, die Taschenlampe auf einer Bahnschwelle aufgestützt, und wühlte in seiner Tasche.

»Hier?«, fragte sie verwirrt.

Es war nicht die Unfallstelle. Die musste noch mindestens dreißig bis fünfzig Meter entfernt sein.

»Näher will ich mich nicht hinwagen«, erklärte Tristan. »Letztes Mal hast du dort so ein seltsames Ziehen gespürt, schon vergessen? Als würde dich etwas ins Niemandsland zurückzerren. Spürst du das jetzt auch?«

Sie überlegte einen Augenblick, konzentrierte sich auf ihre Brust, ihr Herz. Es schlug schneller als sonst, und sie spürte den starken Drang, weiterzugehen, aber nicht dieses unheimliche Ziehen.

»Nein«, sagte sie. »Hier ist es okay.«

»Gut.« Er stand auf, eine Seilschlinge in der Hand. »Ich befestige jetzt das eine Ende an der Linie hier. Wenn es sich plötzlich strafft oder wenn ich dran zerre, musst du ziehen. So fest du kannst. Aber …«, er trat vor und beugte sich herunter, um ihr tief in die Augen zu sehen, »… du gehst auf keinen Fall über diese Linie. Verstanden?«

Sie nickte brav. Auch wenn sie natürlich, falls es hart auf hart käme, dem Seil durch das Portal folgen würde, bis sie Tristan am anderen Ende finden würde. Aber das brauchte er ja nicht zu wissen.

Er schlang das eine Ende des Seils um seine Hüften, dann bückte er sich und fixierte das andere Ende mit einem Doppelknoten an einer Metallmuffe. Dann zog er ein, zwei Mal ruckartig mit aller Kraft daran, um zu testen, ob es auch hielt. Sobald er losließ und aufstand, fasste Dylan nach dem Seil, um es festzuhalten.

»Das musst du nicht«, wehrte er ab. »Warte, bis du merkst, dass ich dran zerre.«

»Nein, ich halte es lieber«, beharrte sie. »Ich möchte spüren können, wie du dich bewegst. Das beruhigt mich.«

»Na gut.« Tristan nahm beide Rucksäcke über eine Schulter, damit er die Hand mit der Taschenlampe frei hatte. Er ging ein paar Schritte vorwärts, machte plötzlich kehrt und kam zu ihr zurück, um ihr einen flüchtigen Kuss auf die Lippen zu drücken. »Ich bin bald wieder zurück – schneller, als du Piep sagen kannst.«

KAPITEL 26

Alles wird gut, redete Tristan sich ein. *Ganz bestimmt.*

Aber es fiel ihm ungeheuer schwer, sich von Dylan zu entfernen. Er konnte sie auf keinen Fall ins Niemandsland mitnehmen – nichts und niemand würde ihn dazu bringen, weder in diesem noch im nächsten Leben –, und trotzdem ging es ihm komplett gegen den Strich, sie aus den Augen zu lassen – hier, in diesem Tunnel, in dem überall Dämonen lauern konnten.

Er wusste nicht, wie es sich auf ihre seltsame Verbindung auswirken würde, aber er hatte sich für diesen Plan entschieden und musste ihn jetzt auch durchziehen. Eine andere Möglichkeit gab es nicht, jedenfalls nicht wenn er den Inquisitor besänftigen wollte, damit er sie beide am Leben ließ.

Das änderte jedoch nichts daran, dass er wütend war. Wütend auf sich selbst. Wenn er einfach seine Pflicht erfüllt und Dylan so kalt und teilnahmslos wie alle anderen Seelen durch das Niemandsland und über die Linie gebracht hätte, dann wäre sie jetzt in Sicherheit. Tot, aber gerettet. Auch wenn er nie ihr wunderschönes Lächeln, ihre sanfte Berührung und die Küsse erfahren hätte, in denen er manchmal fast zu ertrinken glaubte, aber das war nicht so wichtig. Er liebte sie, also hätte er sie in Sicherheit bringen müssen, statt mehr zu nehmen, als ihm zustand: ein Leben, eine Seele, die er lieben konnte.

Egal, es war zu spät, die Uhr ließ sich nicht zurückdrehen. Jetzt blieb ihm nur noch, den Schaden wiedergutzumachen, den er angerichtet hatte, in der Hoffnung, dass sie beide heil und lebendig auf der anderen Seite ankommen würden.

Auf der Schwelle zum Niemandsland verließ ihn kurz der Mut. Was, wenn er von ihr fortgerissen wurde, sobald er hinüberging? Wenn er vielleicht mit einer anderen Seele verbunden, an einen anderen Rand des Niemandslands verschleppt wurde, wo er den Tunnel niemals wiederfinden würde? Was wäre dann mit Dylan?

Vielleicht durchtrennte er mit der Rückkehr ins Niemandsland das Band zwischen ihnen und tötete sie beide?

Das alles konnte er nicht wissen. Er atmete tief ein, richtete seinen Geist auf die dunklere, kältere Atmosphäre des Niemandslands – und überschritt die Schwelle.

Nichts. Gar nichts passierte.

Eine Erkenntnis, die ihm alle Luft aus der Lunge presste vor Erleichterung. Er war am Leben, war noch in Dylans Niemandsland, nicht in einem anderen, und das bedeutete wohl, dass ihr auch nichts passiert sein konnte. Er fasste sich an die Hüfte und erspürte das Seil. Wahrscheinlich war es dumm von ihm, aber er hatte das Gefühl, dass durch diese Rettungsleine – die physische Verbindung zwischen ihm und Dylan – die Qualen der Trennung verhindert wurden. Nachdem er sich noch eine kurze Verschnaufpause gegönnt hatte, ging er an die Arbeit.

Ein paar Schritte von der Schwelle entfernt kauerte er sich nieder, warf die Taschenlampe auf den Boden und zog beide Rucksäcke auf. Schnell und behutsam ordnete er die verschiedenen Flaschen und Drähte im Lichtschein der Taschenlampe um sich herum an. Er wusste nur das Nötigste über das, was er vorhatte, hoffte aber, dass Doves Anweisungen ausreichten. Der Knackpunkt war das Auslösen der chemischen Reaktion, ungefähr so, als würde man ein Kaubonbon in eine volle Colaflasche werfen.

Mit geschickten, wenn auch etwas flattrigen Händen balancierte er den kleinen Becher mit den Kristallen über dem Flüssigkeitsbehälter. Dann bastelte er eine Vorrichtung zusammen, die Ähnlichkeit mit einer Mausefalle hatte – sobald der Timer herunterzählte, würde sie aufspringen und die Kristalle hineinschleudern. Und dann … womm!

Als alles fertig war, wich er ganz, ganz vorsichtig zurück und packte den Benzinkanister. Sorgfältig darauf achtend, dass er nichts davon abbekam, besprengte er den Bereich um sein kleines wissenschaftliches Experiment – die Wände des Tunnels, die Schwellen und alles dazwischen – mit Benzin. Dann schickte er ein Stoßgebet zum Himmel und drückte auf den Zeitschalter.

Dreißig Sekunden. Neunundzwanzig. Achtundzwanzig.

Er checkte kurz, ob die Uhr funktionierte, drehte sich um und lief auf das Portal zu, ein triumphierendes Grinsen im Gesicht. Er konnte es kaum fassen, wie einfach das alles gewesen war … und genau in diesem Moment spürte er die Krallen, die sich in seine Schultern bohrten, seine Jacke zerfetzten und seine Haut aufschlitzten.

Ein Dämon.

Seine erste Reaktion war blanker Horror – eine lähmende Panik, die ihm durch die Adern schoss und jeden Gedanken auslöschte.

Es war zu spät, die Bombe zu stoppen, die alles andere als eine perfekte Profi-Arbeit war – ein mit Klebeband fixiertes Provisorium. Wenn der Timer erst ausgelöst war, gab es kein Zurück mehr. Tristan musste diesen Dämon unbedingt loswerden.

Er wirbelte herum, um die Kreatur zu packen, aber ihre Klauen hatten sich in seine Kleider verkrallt, in sein Fleisch, und das

Ding drehte sich mit ihm und brachte ihn aus dem Gleichgewicht. Fauchend vor Wut und Verzweiflung versuchte er, die Krallen des Dämons zu packen, um ihn herunterzureißen und auf diese Weise leichter an seine verwundbarsten Stellen zu kommen – die Augen, den Hals. Aber er bekam sie nicht zu fassen, seine Hände glitten einfach durch, als wäre er ein Mensch. Eine Seele im Niemandsland und kein Seelenfahrer.

Wieder überrollte ihn die Panik, diesmal noch heftiger. Eine gewöhnliche Seele hatte nicht die geringste Chance, mit einem Dämon fertigzuwerden. Ohne die Unterstützung ihres Seelenfahrers wurde sie unweigerlich unter die Erde gezerrt, ihre Substanz, ihr innerstes Wesen aufgezehrt, bis sie selbst als eine dieser widerwärtigen Kreaturen endete. Seine einzige Überlebenschance war folglich die Flucht.

Mit dem Verstand wusste er das natürlich, aber die Angst raubte ihm jede Reaktionsfähigkeit, sodass sein Körper ihm nicht mehr gehorchte. Er warf sich wild herum, zappelnd und um sich schlagend, und versuchte mit aller Kraft, seine Füße so zu halten, dass der Dämon ihn nicht hinunterziehen konnte. Wie viele Sekunden blieben ihm noch? Zwanzig? Fünfzehn?

Zehn?

Er konnte nichts machen, konnte den Dämon ja nicht einmal berühren. Würde sich vergeblich wehren, bis die Welt – oder vielmehr der Tunnel – in die Luft flog.

Und dann … ein gewaltiger Ruck in seiner Mitte zerrte ihn auf die Knie hoch. Er flog der Länge nach über den Schotter und stieß mit dem Ellbogen gegen eine Schwelle, so heftig, dass ihm der Schmerz durch den ganzen Körper zuckte. Über ihm gackerte der Dämon triumphierend und schoss herunter, fegte ihm mitten durch den Bauch. Es war ein grässliches Gefühl, jeder einzelne Muskel in seinen Eingeweiden verkrampfte sich und die Luft wurde ihm aus den Lungen gepresst. Keuchend und würgend versuchte er, auf Hände und Knie hochzukommen, wobei ihm die scharfen Steine in die Handflächen schnitten, aber der Dämon krallte sich erneut an ihm fest und zog, zog, zog. Der Boden unter ihm löste sich auf, zerfloss wie Sirup. Er konnte nichts anderes tun, als eine Hand zu heben, ein Knie nach vorne zu verlagern …

Und dennoch sank er ein.

Der Tod war unausweichlich.

Dann ein zweiter Ruck und er wurde vorwärtsgezerrt und hochgehievt. Einen euphorischen Moment lang glaubte er freizukommen, bis der Dämon wieder über ihm war und ihm seine Zähne ins Fleisch hieb, ihn zurückzerrte – und mit sich hinunterriss.

Noch ein Ruck. Und noch einer. Ein Gefühl, als würde er mittendurch gerissen. Dann schnellte er mit voller Wucht nach vorne und spürte eine Veränderung in der Luft, als er durch das Portal schoss, das sie zwischen den beiden Welten hinterlassen hatten.

Eine Sekunde lang lag er benommen da, bis das wütende, irre Kreischen hinter ihm in seinen Kopf vordrang. Der Dämon hing an seinem Rücken, bohrte ihm seine Krallen in die Seite. Tristan war nicht mehr im Niemandsland – jetzt konnte er ihn packen. Irgendwie brachte er seine Arme unter die Kreatur und riss sie hoch … dann ein ohrenbetäubender Knall und er landete wieder auf dem Boden.

Die Bombe.

Ein Lichtschwall blendete seine Augen, Flammen züngelten aus dem Portal heraus und versengten die Haare auf seinem Kopf, dann herrschte tiefe Dunkelheit. Absolute Stille. Stocksteif lag er da, wagte sich nicht zu rühren.

»Tristan!« Sein Name hallte durch den ganzen Tunnel. »Oh mein Gott, Tristan, bist du okay?«

Er riss den Kopf hoch, starrte sprachlos auf das Mädchen, dessen Silhouette sich verschwommen in der Tunnelöffnung vor ihm abzeichnete.

Und trotzdem erkannte er sie sofort.

»Susanna«, krächzte er. »Was machst du denn hier?«

KAPITEL 27

Dylan stand reglos in der Dunkelheit des Eisenbahntunnels. Neben ihr scharrte ein Junge, etwa so alt wie Tristan, unruhig mit den Füßen, aber sie beachtete ihn nicht. Ihr Blick war nach vorne gerichtet, wo Tristan, *ihr* Tristan, mit offenem Mund ein hübsches dunkelhaariges Mädchen anstarrte.

Das Seil, das sie mit ihm verband, hing schlaff in ihren Händen, aber nicht *sie* hatte Tristan aus dem Niemandsland zurückgerissen und in Sicherheit gebracht. Obwohl sie es natürlich versucht hatte – und wie! –, aber sie hatte sich nur die Hände dabei aufgeschürft. Fast hätte sie das Seil losgelassen, als sie plötzlich grob weggestoßen wurde und dieses Mädchen – Susanna – viel fester zupackte, sodass Tristan im Nu zurückgeschossen kam.

Sie hatte Glück gehabt. Eine Sekunde später, und sie hätte ihn verloren. Dann hätte ihn die Explosion getötet. Aber so, wie er diese Susanna jetzt anstarrte – und sie ihn … nein, glücklich war sie weiß Gott nicht darüber.

»Tristan?«, rief sie zögernd.

Sie wollte eine Erklärung, wollte sich zwischen ihn und das Mädchen drängen.

»Stopp!«, rief Tristan. »Da ist ein Dämon.«

Dylan stemmte ihre Füße in den Boden und ließ ihre Taschenlampe im Tunnel herumschnellen. »Wo?«

Sie hatte nichts Verdächtiges an sich vorbeischwirren sehen, aber sie war ja auch … abgelenkt gewesen.

»Da ist er.« Der attraktive Grund für ihre Unaufmerksamkeit machte einen Schritt nach links und trat gegen etwas auf der Erde und im Schotterbett. Ihre Stimme war leise und akzentfrei und irgendwie seltsam bezwingend. »Er ist tot.«

Tristan seufzte, er war an der Tunnelwand heruntergesackt und lehnte sich jetzt dagegen. »Wahrscheinlich hat ihn die Explosion getötet. Hier …« Er deutete auf ein dickes Metallstück zu Dylans Füßen. »Gib mir das mal.«

Sie reichte es ihm wortlos, und nachdem Tristan sich steif auf die Füße gezogen hatte, riss er den Metallstab hoch und ließ ihn mit aller Kraft auf den Dämon hinuntersausen. Blut kam nicht, nur dünne Schlieren schwebten über den beiden leblosen Klumpen. Tristan und alle anderen wichen zurück und sahen mit an, wie der Dämon sich in eine Wolke aus schwarzem Gift auflöste.

Millionen Fragen schwirrten Dylan durch den Kopf, während sie Tristan und das Mädchen anstarrte, die Seite an Seite über dem Dämon standen, aber zuerst musste sie noch checken, ob … »Hat es funktioniert, Tristan?«, fragte sie.

»Weiß nicht.« Er drehte sich um, inspizierte die Stelle, wo das Loch war, und ihr fiel auf, dass er Susannas Blick auswich. »Es gibt nur eine Möglichkeit, das herauszufinden.«

Er hielt beide Hände hoch, tastete nach einer Veränderung in der Luft, dem kaum wahrnehmbaren Unterschied, der den Übergang ins Niemandsland markierte. Zwei, drei vorsichtige Schritte lang spürte er nichts. Null.

Das Portal zum Niemandsland hatte sich geschlossen.

»Ich glaube, wir haben es geschafft.« Tristan stocherte noch ein paarmal an der undurchdringlichen Schwelle herum.

»Wirklich?« Ungeduldig trat sie vor, aber Tristan streckte eine

Hand aus, um sie zu stoppen. »Es ist okay – ich spüre es nicht mehr so wie vorher. Kein Ziehen.« Sie ging zu ihm, bis sie Schulter an Schulter mit ihm stand, und tastete selber nach dem Riss. Als sie nichts fand, ließ sie ihre Hand sinken und schlang betont besitzergreifend ihre Finger in seine.

Sie wartete eine Sekunde, ehe sie den Kopf drehte und Susannas Reaktion checkte. Der Tunnel war zu dunkel, um wirklich etwas sehen zu können, aber sie glaubte einen Anflug von Bestürzung in ihrem Blick aufzufangen. Von Eifersucht.

Jacks Gesicht blieb dagegen völlig ausdruckslos und gleichgültig. Er stand zwar neben Susanna, war aber dennoch irgendwie weit weg. Dylan drehte sich wieder zu Tristan um.

»Wir haben es geschafft«, flüsterte sie.

Er ließ ihre Hand los und griff nach dem Seil an seiner Hüfte, um den engen Knoten zu lösen. Seine Finger zitterten leicht, als er an der verfilzten Masse herumfummelte. Das Seil hatte ihm das Leben gerettet. Wenn er es nicht umgehabt hätte, dann …

Offenbar ging Tristan derselbe Gedanke durch den Kopf, denn er ließ das Seil los und zog sie in eine enge Umarmung.

»Tristan?«, fing sie zögernd an, während sie mit einer Hand seine Nackenhärchen streichelte. »Wer ist …«

»Du hast mich gerettet«, murmelte er, das Gesicht in ihrer Halsmulde vergraben. »Wenn du nicht am Seil gezogen hättest, hätte der Dämon mich erwischt. Ich war machtlos gegen ihn.«

»Nein, das warst du nicht«, versuchte sie ihn zu trösten, aber in ihrem Hals entstand ein dicker Kloß. Er wusste es nicht. Tristan wusste nicht, dass Susanna ihn gerettet hatte und nicht sie. Sie spürte Susannas Blick auf sich – zusammen mit diesem unerklärlichen Schweigen zwischen ihr und Tristan, obwohl sie einander definitiv kannten.

»Nein«, widersprach Tristan. »Du hast mich falsch verstanden.

Ich war machtlos, weil ich den Dämon nicht packen konnte. Und mir blieben nur noch Sekunden, bis die Bombe hochgehen würde. Wenn du mich nicht zurückgeholt hättest, Dylan, wenn du …«

»Das war ich nicht.« Gegen ihren Willen platzte die Wahrheit aus ihr heraus. »Ich hab dich nicht gerettet.«

Tristan erstarrte kurz in ihren Armen, bevor er sich von ihr löste. »Was?«

»Ich hab dich nicht gerettet«, wiederholte Dylan. »Das war sie.« Die Worte schmeckten wie Asche in ihrem Mund. »Susanna hat dich aus dem Niemandsland zurückgezogen.«

Tristan taumelte zurück und drehte sich zu Susanna um. Seiner wahren Retterin. Dann wiederholte er ihren Namen, so wie zuvor schon, und in seiner Stimme lag erneut dieses ungläubige Staunen.

»Susanna. Du hier.«

Staunen, dachte Dylan, *aber nicht nur.*

»Wir müssen aus dem Tunnel raus«, sagte Tristan. »Das ist jetzt das Wichtigste. Dann reden wir.«

KAPITEL 28

Das Menschenmädchen blieb dicht bei Tristan, als er sie aus dem Tunnel führte. Susanna beobachtete sie, sah den festen Griff, mit dem sie seine Hand umfasste, die schnellen, verstohlenen Blicke, die sie immer wieder zu ihr zurückwarf. Hinter ihr stolperte Jack durch den Tunnel. Für seine Verhältnisse war er ungewöhnlich still, und dass er anderen die Führung überließ, passte erst recht nicht zu ihm. Es würde auch sicher nicht lange vorhalten.

Der peitschende Regen hatte aufgehört, der Himmel hing tief und zornig herab. Susanna schaute hoch, als sie aus dem Tunnelgewölbe ins Freie traten – und stieß prompt gegen Tristans breiten Rücken.

»Ups! ’tschuldigung«, murmelte sie und stolperte hastig zurück, direkt vor Jack, der sie nicht auffing, sondern geschmeidig auswich. Stattdessen schnellte Tristans Arm vor, um sie vor dem Sturz zu bewahren. Sein Griff war stark, die Wärme seiner Hand drang durch die feuchte Wolle der Strickjacke, die sie trug.

Zum ersten Mal berührten sie einander.

Ja, wirklich – sie kannten einander seit so vielen Jahrhunderten und dennoch hatte er sie nie berührt. Kein einziges Mal.

Falls Tristan in diesem Moment dasselbe dachte, ließ er es sich nicht anmerken. Weder in seinen Augen noch in seinem Gesicht war etwas zu lesen. Was immer er dachte oder fühlte, was immer in ihm vorging, seit er sie hier in der wirklichen Welt entdeckt hatte, blieb ganz hinter seiner ausdruckslosen Maske verborgen.

Als er sah, dass sie sich wieder gefangen hatte, ließ er sie los.

»Alles in Ordnung?«, fragte er.

Sie nickte stumm. Öffnete den Mund, dann schloss sie ihn wieder. Was sollte sie schon sagen? Jeder einzelne Moment zwischen ihnen, jede ihrer nächtlichen Begegnungen, wenn sie auf das Niemandsland gestarrt oder zu den Sternen aufgeschaut hatten, wenn sie mitverfolgten, wie die Dämonen sich sammelten, war in völligem Schweigen verlaufen. Worte waren nicht nötig gewesen.

Jetzt allerdings schon. »Ja, danke.«

»Tristan.« Das Mädchen, das neben ihm stand, klammerte sich noch immer an ihn wie eine Napfschnecke. Susanna konnte sehen, dass etwas zwischen ihnen vorging, denn Tristan schaute wieder zu ihr zurück.

»Das ist Dylan«, sagte er zu ihr. »Sie ist …«

»Die Seele, die du benutzt hast, um hinüberzukommen«, beendete Susanna seinen Satz. »Ich weiß, ich habe euch gesehen.«

»Ich habe sie nicht benutzt.« Tristan runzelte die Stirn. »Wir haben das zusammen gemacht.«

»Dann bist du also auch ein Seelenfahrer – so wie er?«, warf das Mädchen ein.

»Dylan«, sagte Tristan. »Das ist Susanna. Ja, sie ist eine Seelenfahrerin.« Sein Blick wanderte zu Jack, dann wieder zu ihr. Fragend zog er eine Augenbraue hoch.

»Das ist Jack«, sagte Susanna.

»Hi.« Dylan lächelte vorsichtig und Jack begnügte sich mit einer knappen Kinnbewegung. Seine Augen waren wachsam, misstrauisch und die meiste Zeit auf Tristan gerichtet.

Tristan zuckte leicht mit der Schulter, bevor er sich von Jack abwandte und Susanna anfunkelte: »Was machst du hier?«

Erschrocken zuckte sie zusammen, obwohl sie auf diese Frage hätte gefasst sein müssen.

Ich bin gekommen, um bei dir zu sein.

Die Worte lagen ihr auf der Zunge, aber sie brachte sie nicht heraus. Das alles lief gar nicht so, wie sie es geplant hatte. Sie hatte sich ausgemalt, wie Tristan sie freudestrahlend umarmen und unter seine Fittiche nehmen würde. Wie er mit ihr zusammen diese neue Welt erkundete, in der sie endlich zusammen sein und ein richtiges Leben führen konnten.

Stattdessen spürte sie deutlich das Missfallen – oder war es Enttäuschung? –, das in Wellen von ihm abstrahlte. Und die Feindseligkeit des Mädchens – seiner Seele – war mit Händen zu greifen. Susanna biss sich auf die Lippe.

Bevor sie etwas sagen konnte, antwortete Jack für sie.

»Wir sitzen irgendwie zusammen fest«, sagte er schnell. »Seit wir hergekommen sind, können wir uns keine zehn Meter mehr voneinander entfernen. Susanna meint, du weißt vielleicht, was wir dagegen tun können.« Er starrte Tristan an. »Stimmt das?«

»Nein.« Tristan schüttelte den Kopf. »Uns geht es genauso. Sobald wir uns trennen, ist es, als ob Dylan zum zweiten Mal sterben müsste. Nur mit dem Unterschied, dass ich das jetzt auch spüre.«

»Was? Dann weißt du also nicht, wie man das rückgängig machen kann?«, bellte Jack, der sich nicht die geringste Mühe gab, seine Wut zu verbergen.

»Nein«, wiederholte Tristan. Er fixierte Jack mit schmalen Augen. »Weiß ich nicht.«

In Susannas Kopf schrillten sämtliche Alarmglocken, so drohend und machtvoll war Tristans Tonfall. Was Jack natürlich nicht merkte, wie üblich, oder er ignorierte es einfach. Gereizt drehte er sich zu ihr um.

»Aber du hast es versprochen!«, zischte er. »Du hast gesagt, er kann uns helfen! War das auch wieder gelogen, so wie alles andere? Du hast keine Ahnung, oder? Gib's zu!« Jack redete sich immer mehr in Rage, aber diesmal hatte sie keine Angst vor ihm. Aus dem Augenwinkel sah sie, wie Tristan das Mädchen losließ und unmerklich sein Gewicht verlagerte. Jack tobte unbeirrt weiter: »Aber weißt du was? *Ich* gehöre hierher und nicht du, verstehst du? Ich muss dich einfach nur loswerden, dann ...«

Weiter kam er nicht mehr, denn Tristan packte ihn am Jackenkragen und schleuderte ihn so heftig zurück, dass er mit den Schultern gegen den Felshang neben der Tunnelmündung krachte.

»Sei still!«, herrschte er ihn an. »Kein Wort mehr, okay?«

»Lass mich los!«, brüllte Jack, rot vor Wut. Er wollte Tristans Hand von seiner Jacke herunterreißen, was ihm aber nicht gelang. »Nimm deine dreckigen Pfoten weg!«

»Von Rechts wegen wärst du tot!«, zischte Tristan. »Verstehst du? Du wärst tot, und wenn du mehr Glück als Verstand hättest, läge das Niemandsland jetzt hinter dir. Wenn nicht, hätten dich die Dämonen verschlungen und zu einem der ihren gemacht. Hast du sie nicht gesehen, als du dort warst? Weißt du, wer sie sind? Seelen, die zu dumm waren, ihre Klappe zu halten und zu tun, was man ihnen sagt.« Tristan trat zurück und ließ Jacks Kragen los.

Zu Susannas Überraschung machte Jack keinen Mucks. Und was noch unglaublicher war – er hielt den Mund.

»Wahrscheinlich wärst du jetzt schon ein Dämon, so wie du aussiehst«, legte Tristan nach. »Hältst dich wohl für den Größten, was? Bildest dir ein, dass du alles besser weißt, aber soll ich dir was sagen?« Er wartete, bis Jack unmerklich mit dem Kopf nickte. »Du kannst verdammt froh sein, dass sie dich nicht erwischt haben. Verstanden?«

Ohne auf eine Antwort zu warten, kehrte er Jack den Rücken zu. Als der nicht reagierte und keine Miene verzog, stieß Susanna erleichtert die Luft aus, die sie die ganze Zeit angehalten hatte. Sie schaute Tristan nach, der zu seiner Seele zurückging und sie in den Arm nahm.

»Wir wissen nicht, wie dieses Seelenband durchtrennt werden kann, Susanna«, sagte er. »Aber vielleicht weiß es der Inquisitor.«

»Der Inquisitor?«, fragte sie verblüfft. »Wer zum Teufel ist das denn?«

»Er ist der Grund, warum wir hier sind«, erklärte Tristan. »Er kommt aus dem Niemandsland. Vor zwei Tagen hat er uns aufgelauert und mir angedroht, mich wegen meiner Verbrechen zu verurteilen. Er ist sehr mächtig, hat starke Kräfte. Ich bin unter seinem Blick praktisch zur Salzsäule erstarrt. Ich konnte mich nicht rühren, ja nicht mal sprechen, bis er den Bann gelöst hat.« Eine kalte Angst breitete sich bei diesen Worten in Susannas Brust aus. Wenn dieses Wesen Tristan so sehr in Panik versetzte, musste es ein wahrer Albtraum sein. »Er hat einen Deal mit uns gemacht. Wenn wir hierbleiben wollen, müssen wir den Schaden wiedergutmachen, den wir durch unseren Übertritt verursacht haben. Das heißt, wir müssen das Portal schließen und den Dämon töten, der dummerweise durchgeschlüpft ist.« Tristan hielt inne. »So bist du auch reingekommen, oder? Du hast mich durchgehen sehen – und bist mir gefolgt?«

Nein, lautete die ehrliche Antwort. Nein, sie hatte eine willige Seele gefunden, die bereit war, in ihren toten Körper zurückzukehren. Und wenn Tristan recht mit seiner Behauptung hatte, hatte sie auf diese Weise ihr eigenes Loch in den Schleier zwischen den beiden Welten gerissen.

Folglich würde auch sie von einem dieser schrecklichen Inquisitoren – wer immer das auch sein mochte – verfolgt werden.

Sie musste es Tristan sagen. Ihm alles beichten und ihn um Hilfe bitten. Er hatte es geschafft, das Loch zu schließen, das er mit seiner Seele hinterlassen hatte, also warum nicht auch ihres? Oder zumindest konnte er ihr sagen, was sie dafür tun musste. Sie öffnete den Mund, um ihm die Wahrheit zu sagen, brachte es aber nicht fertig. Die Worte wollten einfach nicht über ihre Lippen kommen.

Es war nicht okay, Tristan diese Bürde aufzuhalsen. Und sie wollte auch nicht gern zugeben, wie sie die Seele manipuliert und belogen hatte, um sich an ihre Fersen zu heften und mit ihr in die Welt der Lebenden hinüberzukommen. Wenn Tristan glaubte, dass sie ihm einfach durch das Portal gefolgt war, zusammen mit der Seele, die sie gerade begleitete …

… war das gar nicht so schlecht.

Und auch kein richtiger Betrug, oder?

Sie warf einen Blick über die Schulter und sah, dass Jack sie ignorierte und finster auf die Landschaft starrte. Er wusste offenbar nicht, wohin mit seinem verletzten Stolz. Sie drehte sich wieder um, schenkte Tristan ihr gewinnendstes Lächeln – ein Lächeln, das sie sich im Niemandsland nur für die schwierigsten Seelen aufgespart hatte.

»Ja«, log sie. »Ich hab dich gesehen und bin dir gefolgt.« Sie atmete tief ein. »Ich wollte auch endlich die Chance auf ein richtiges Leben – genauso wie Jack natürlich. Er war zu jung, um auf die andere Seite zu gehen.«

Tristan nickte – sein Gesicht blieb wieder völlig unleserlich.

»Du sagst, du hast den Dämon getötet«, fuhr sie fort. »Den hier?« Sie zeigte in den Tunnel hinein.

»Nein.« Diesmal antwortete Dylan an seiner Stelle. »Wir befürchten, dass noch mehr durchgekommen sind, weil das Portal schon eine ganze Weile offen stand. Einer von ihnen hat vor ein paar Tagen vier Männer im Eisenbahntunnel ermordet. Wir haben es in den Nachrichten gesehen.«

»Aber …«, Susanna schüttelte den Kopf, »… dann können sie jetzt überall sein. Wie, in aller Welt, wollt ihr sie finden?«

»Das schaffen wir schon«, sagte Tristan und drückte Dylan an sich, die ziemlich blass geworden war. »Wir finden sie, weil wir müssen. Ich kann sie spüren, wenn wir in ihre Nähe kommen. Wir müssen also nur herausfinden, wo wir suchen müssen.«

»Warum?« Jack wagte sich einen Schritt auf die anderen zu, hielt sich aber vorsichtshalber von Tristan fern. »Was passiert denn, wenn ihr sie nicht findet?«

Mit leiser, zittriger Stimme antwortete Dylan: »Der Inquisitor wird uns beide töten.«

Ihre Worte trafen Susanna wie ein Keulenschlag. Was hatte sie nur gemacht? Wie konnte sie so etwas tun – Tristan auf die andere Seite folgen, nur um das gleiche schreckliche Schicksal zu erleiden und im selben Moment Jacks Leben zu zerstören? Und jetzt war es zu spät – sie konnte ihnen nicht mehr die Wahrheit sagen. Aber vielleicht konnte sie von Tristan lernen. Und zugleich sein Leben retten.

»Wir helfen euch«, stammelte sie. »Kommt einfach mit, wir haben ein Auto. Wir finden die Dämonen und töten sie.«

KAPITEL 29

Als Susanna und Jack sie zum Auto führten, zerrte Dylan an Tristans Arm, um ihn aufzuhalten. Sie konnte sehen, dass er nicht reden wollte, aber sie musste es einfach wissen.

»Tristan …«

»Ja?«, murmelte er bedrückt.

»Wer ist sie?«

»Das hab ich dir doch gesagt.« Er zuckte leicht mit den Schultern. »Eine Seelenfahrerin.«

»Du weißt genau, was ich meine, Tristan. Was ist sie … für dich?«

»Wir haben zusammengearbeitet«, sagte er, aber sie schüttelte den Kopf.

»Du hast allein gearbeitet«, widersprach sie. »Das hast du mir jedenfalls erzählt. Du hast deine Seelen abgeholt und durch das Niemandsland geschleust.« Sie schluckte die scharfkantigen Glasscherben hinunter, die sich in ihrer Kehle eingenistet hatten. »Also, woher kennst du sie? Ist sie – seid ihr …«

»*Wir?*« Tristan beugte sich stirnrunzelnd vor. »Es gibt kein Wir, was Susanna und mich betrifft. Weder jetzt noch in der Vergangenheit. Jeder Seelenfahrer arbeitet allein, aber wir haben vorgegebene Routen, und ihre verlief parallel zu meiner, sodass wir uns nicht so ganz allein in der Welt gefühlt haben. Das ist alles.«

Er warf ihr ein mitfühlendes Lächeln zu und wollte nach ihrer Hand greifen.

»Nicht.« Sie wich ein Stück vor ihm zurück und hielt abwehrend die Hände hoch. »Du brauchst mich nicht als eifersüchtiges kleines Mädchen hinzustellen.« Okay, sie *war* eifersüchtig. Aber nicht nur. Mit gesenkter Stimme fügte sie hinzu: »Warum hast du mir nichts von ihr erzählt?«

Tristan seufzte. »Du hast recht – tut mir leid.«

Ach ja? Und was genau? Sie wartete, aber er sagte nichts weiter. »Du hast gewusst, dass sie hier ist, oder? Du warst jedenfalls nicht besonders überrascht, als sie hier aufgetaucht ist.«

Dylan hatte sich vorgenommen, ruhig und vernünftig zu bleiben, was ihr aber so gut wie nie gelang, wenn es um Tristan ging. Nicht einmal ganz am Anfang – als er sie mit seiner Unfreundlichkeit fast in den Wahnsinn trieb –, und auch jetzt konnte sie den Groll in ihrer Stimme einfach nicht unterdrücken. Das Vorwurfsvolle.

Sie behielt ihn scharf im Auge, wartete auf seine Reaktion. Sah, wie seine Gesichtsmuskeln arbeiteten. Was immer er ihr vorspielen wollte, es funktionierte nicht. Er wirkte einfach nur schuldbewusst.

»Ja, ich wusste es«, gab er schließlich zu. »Ich habe sie sofort gespürt, als sie durchgekommen ist. Vor ein paar Tagen.«

»Vor ein paar Tagen?«

»Verstehst du nicht, Dylan? Ich wusste doch, dass es ein Seelenfahrer ist, von dem keine Gefahr ausgeht, nicht so wie der Inquisitor. Es war nichts Böses, deshalb wollte ich dich nicht damit belasten. Mehr wie ein Echo. Eine Harmonie.«

Echo? Harmonie? Das gefiel ihr gar nicht. »Und du hast sofort gemerkt, dass es Susanna war? Noch bevor du sie gesehen hast, meine ich?«

»Ja«, sagte Tristan. »Ich habe sie an ihrer geraden Art erkannt. Ich wusste nicht, warum sie hier ist, aber ich wusste, *dass* sie es ist.«

Er konnte reden, soviel er wollte, für Dylan lief es immer auf dasselbe hinaus: Er hatte sie belogen. Verschweigen war nicht besser als Lügen. In ihrer Vorstellung war es Verrat. Als ob er ihr nicht vertraute. Und das tat weh.

»Ach ja? Und deshalb hast du es vorgezogen, mir nichts zu sagen?« Genau das war ja der Knackpunkt. Wenn Susanna ihm nichts bedeutete, warum erzählte er es ihr dann nicht? Warum verschwieg er ihr, dass ein anderer Seelenfahrer den Weg in die Welt der Lebenden gefunden hatte? Das musste sie doch schließlich wissen!

»Ich weiß nicht.« Tristan richtete seinen Blick nach vorne, zu Susanna und Jack, die gerade auf das Auto zusteuerten.

»Du weißt es nicht«, wiederholte Dylan. Sie starrte ihn lange an, wartete auf mehr als diese Nicht-Antwort.

»Ich … also …« Tristan zuckte erneut mit der Schulter, eine Geste, die sie auf die Palme brachte, sodass sie ihn am liebsten erwürgt hätte. »Ich meine, nach allem, was passiert ist … dein Unfall, die Morde, der Dämon im Tunnel, dein Dad … ich wollte dir einfach nicht noch mehr Probleme aufhalsen …«

Das war eine gute Antwort. Vernünftig, rational. Aber …

»Du hättest es mir sagen müssen«, beharrte sie leise. »Du hast mir schon die Dämonen verschwiegen, und du wolltest mir auch nichts davon erzählen, dass du dich beobachtet fühlst … Und jetzt noch das. Wie kannst du mir so was antun? Ich versteh dich nicht …« Ihre Stimme wurde mit jedem Wort schriller, bis Susanna, die mit Jack am Auto wartete, sich nach ihnen umdrehte.

Tristan atmete durch die Nase aus, dann nickte er heftig, um ihr seine Zerknirschung zu signalisieren. »Es tut mir leid«, flüsterte er. »Ich weiß, das hörst du nicht zum ersten Mal, und ich habe versprochen, dir nichts mehr zu verheimlichen.« Er schloss die Augen und schüttelte leicht den Kopf, eine winzige Geste. »Es war dumm von mir.« Noch eine winzige Geste, aber diesmal huschte ein Grinsen über sein Gesicht. »Ich bin es einfach gewohnt, auf eigene Faust zu handeln. Entscheidungen allein zu treffen. Und es fällt mir schwer, mich anderen zu öffnen. Das alles ist noch so neu für mich – und auch bis jetzt nicht meine Stärke. Aber ich werde mich ändern, Dylan, wirklich.«

Sie glaubte ihm; seine Aufrichtigkeit, das Bedauern in seinen Augen waren über jeden Zweifel erhaben. Trotzdem, er hatte sie schon wieder hintergangen, etwas, das sich nicht so einfach vom Tisch wischen ließ. Das tat weh. Und zu allem Übel mussten sie jetzt zu dieser Susanna ins Auto steigen, mit der er sein ganzes Leben geteilt hatte, die wusste, wie es sich anfühlte, ein …

Die einzige Seelenfahrerin in der Welt der Lebenden neben ihm.

KAPITEL 30

Es dauerte nicht lange, bis Dylan merkte, dass »Jacks Auto« nicht wirklich ihm gehörte. Sie brauchte nur zuzusehen, wie er unter dem Lenkrad herumfummelte und den Wagen kurzschloss.

Aber die Fahrt in dem geklauten Auto war noch ihre geringste Sorge. Sie konnte kaum atmen, mit diesem kalten, harten Klumpen in ihrer Brust. Immer wenn Susanna mit Tristan redete, jeder warme Blick, den sie in seine Richtung warf, brachte diesen Klumpen schmerzhaft zum Pochen.

Es brach ihr fast das Herz, aber was sollte sie machen? Die Drohung des Inquisitors hing wie ein Damoklesschwert über ihnen, und die Dämonen lauerten immer noch irgendwo da draußen, wurden mit jeder Minute hungriger. Ihr blieb also nichts anderes übrig, als ihre Schmerzen hinunterzuschlucken.

Später, nahm sie sich vor. Wenn alles vorbei war, konnte sie zusammenbrechen und sich die Augen ausweinen. Aber zuerst mussten sie die Dämonen besiegen.

Endlich fuhren sie los, sie selbst auf dem Beifahrersitz, Jack am Steuer. Tristan und Susanna saßen hinten, hielten die Augen geschlossen und konzentrierten sich. Abgesehen von einer kleinen Falte zwischen Susannas Augenbrauen waren ihre Gesichter völlig ausdruckslos, was ein Glück war – *denn sie hielten sich an den Händen.*

Beide Seelenfahrer konnten ganz schwach die Anwesenheit des Dämons fühlen, die Gegenwart des Bösen, und sie hatten entdeckt, dass ihre Sinne sich schärften, wenn sie einander berührten. Die Diskussion darüber, wie die Dämonen am besten gefunden werden konnten, war für alle ziemlich unangenehm gewesen, aber Dylan glaubte zu spüren, dass Susanna von dieser speziellen Entdeckung geradezu entzückt war. Besonders, wenn es bedeutete, dass sie auf dem Rücksitz neben Tristan sitzen durfte, ihre Finger in seine geschlungen, während Dylan und Jack ihre vagen und ziemlich unbrauchbaren Richtungsangaben wie »nach Norden«, »da entlang« oder »da drüben« befolgen mussten. Dylan zwang sich, ihren Blick nach vorne auf die Straße zu richten, schaute aber trotzdem alle zehn Sekunden über die Schulter, um zu checken, ob die beiden vielleicht noch enger zusammengerückt waren und diese Nähe auch noch genossen…

Endlich fuhr Jack in ein Dorf namens Bridge of Allan und Tristan öffnete die Augen. Sein Blick fiel als Erstes auf Dylan und er nahm schnell seine Hand aus Susannas. Gut. Dylan schaute zu, wie er sich umblickte und die Umgebung in sich aufnahm.

»Das ist es«, sagte er. »Ich spüre den Dämon ganz in der Nähe, auch ohne die Verstärkung.«

»Ich spüre ihn auch«, stimmte Susanna zu.

Streberin!

Jack parkte vor einem Café. Die Stühle draußen waren verlassen, die Tische mit Regenpfützen bedeckt. Durch die beschlagenen Fensterscheiben konnte Dylan kleine Gästegrüppchen im Inneren sehen, vermutlich Studenten der University of Stirling, die in ihre Laptops starrten, ohne sich um die vier Neuankömmlinge im geklauten Auto und ihre tödliche Aufgabe zu kümmern.

»Weißt du genau, wo er ist?«, fragte sie Tristan und beugte sich in ihrem Sitz vor, um ihre Jacke auszuziehen.

»Nein.« Er schüttelte den Kopf. »Wir suchen weiter. Tagsüber kann er natürlich nicht herauskommen, er wird sich also ein Versteck gesucht haben, wo er so lange unterschlüpfen kann.«

»Irgendwo in einem dunklen, gruseligen Loch, meinst du?«

»Genau. Je näher wir kommen, desto leichter wird es für uns, ihn aufzuspüren.« Tristan drehte sich zu Susanna um. »So wie neulich, als du mich gesucht hast.«

»Brillant.« Diesmal gab sich Dylan keine Mühe, ihren Sarkasmus zu verbergen. »Und? Wo sollen wir deiner Meinung nach anfangen?«

»In dem Wäldchen dort.« Tristan deutete mit einer Kopfbewegung zu einem Kieferngehölz, das düster von dem Hügel aufragte, der den Campus der University of Stirling verdeckte. »Ich spüre, dass die Dunkelheit von dort kommt.«

»Schmerz und Tod«, stimmte Susanna zu. »Und Hunger. Wir müssen schnell sein.«

»Ja, das wissen wir schon.« Dylan holte tief Luft. »Also geh voran, Macduff.«

Tristan warf ihr einen verwirrten Blick zu, weil er diese Anspielung auf die berühmte Shakespeare-Figur natürlich nicht verstand, aber er marschierte los und Dylan und Susanna trotteten im Regen hinter ihm her. Jack bildete das Schlusslicht.

Sie brauchten keine zehn Minuten, um das Wäldchen zu umrunden. Tristan und Susanna kletterten sofort über den hüfthohen Maschendrahtzaun, aber Dylan zögerte. Sie wollte auf keinen Fall da rein. Ins Dunkle, wo sich Schatten ausdehnten wie Krallenfinger und Wurzeln aus dem Boden emporragten, die sie zu Fall bringen würden. Ach ja, und wo vermutlich ein Dämon lauerte, der Jagd auf Menschen machte, um sie zu verschlingen.

Hätte sie nicht gesehen, wie Tristan und Susanna sich von ihr entfernten, Schulter an Schulter wie ein Liebespaar, wäre sie wahrscheinlich dageblieben. Als Susanna dann auch noch den Kopf zu Tristan umdrehte, um ihm etwas zu sagen, und er ihr zulächelte, war die Sache klar.

»Ja, genau«, murmelte Dylan und kletterte hastig über den Zaun. Jack folgte ihr. Sie rannte ein Stück, bis sie ihn überholt hatte und nur noch einen Schritt hinter Susanna und Tristan war.

»Erinnerst du dich, wie ich dir im Niemandsland gesagt habe, dass ich Klettern hasse?«, keuchte sie, denn sie war nach kaum einer Minute schon völlig außer Atem, als sie den beiden Seelenfahrern den Hang hinauffolgte. »Und Berge?«

Tristan grunzte, drehte sich um und warf ihr ein kurzes, mitfühlendes Lächeln zu.

»Also, daran hat sich nichts geändert. Und weißt du, was ich noch viel mehr hasse?« Sie schlug nach einer tief hängenden Douglaskiefer. »Bäume! Und Schlamm! Und Regen. Natur ganz allgemein!«, beendete sie ihren Satz, während ihre Sneaker hörbar durch den Schlamm schmatzten.

»Das tut mir leid«, sagte Tristan. Er drehte sich um und ging rückwärts, mit aufreizend sicheren Schritten in diesem unwegsamen Gelände. »Wenn ich könnte, würde ich dich im Ort unten lassen. Da könntest du gemütlich im warmen Café sitzen und Kuchen essen.«

Eine Vorstellung, die in diesem Moment mehr als verlockend war. Aber abgesehen davon, dass sie ja buchstäblich an ihn gefesselt war, hätte sie sich niemals im Café parken lassen, während er mit dieser Susanna unterwegs war.

»Nachher«, sagte sie. »Du kannst mir später einen Kuchen spendieren. Ein großes Stück.«

Okay, Tristan hatte kein eigenes Geld – woher denn auch? –, also würde sie selbst mit ihren rasch dahinschwindenden Ersparnissen bezahlen müssen. Aber egal, der gute Wille zählte.

»Versprochen«, sagte Tristan. »Und jetzt … psst! Wir werden viel leichter mit diesem Dämon fertig, wenn wir ihn überrumpeln können.«

Sie gehorchte und hielt den Mund, obwohl es sie wurmte, dass er sie vor Susanna zurechtwies. Zehn, fünfzehn Minuten lang trotteten sie schweigend durch das Wäldchen.

Wegen der schweren Wolkendecke am Himmel und dem dichten Baumgeflecht über ihnen verblasste das Tageslicht ziemlich schnell. Das war nicht gut. Falls hier Dämonen lauerten, würden sie jetzt bald aufwachen.

»Tristan«, jammerte sie. »Es wird dunkel. Lass uns lieber morgen noch mal herkommen.«

Auch wenn das gewaltigen Ärger wegen Schuleschwänzen bedeutete und Joan sie vermutlich für den Rest ihres Lebens im Haus einsperren würde. Der Inquisitor konnte sich ja dann mit ihrer Mutter herumstreiten, wer von ihnen das größere Recht hatte, ihre unsterblichen Seelen ins Fegefeuer zu schicken.

Dylan setzte auf Joan.

»Tristan.« Sie stolperte über eine dicke Baumwurzel.

»Psssst!« Er legte eine Vollbremsung hin und hielt warnend eine Hand hoch. Sie holte ihn im Laufschritt ein, stoppte direkt hinter ihm, stellte sich neben Susanna und spähte ihm über die Schulter.

Ein laubbedeckter Erdwall, dessen Vorderseite seltsamerweise aus Backstein bestand, mit einer Tür darin und nicht mehr als einen Meter hoch. Die Tür war aufgebrochen, das morsche Holz hing schief in den Angeln. Das Ganze sah aus wie eine Vogelwarte oder vielleicht ein alter Bunker aus dem letzten Krieg.

»Meinst du, er ist da drin?«, hauchte Dylan.

»Ja«, flüsterte Susanna. »Er pulsiert ja geradezu.« Sie schauderte leicht.

»Und was machen wir jetzt?«

»Du wartest mit Jack da drüben.« Tristan nickte zu einer Eiche direkt links vom Bunker. »Ich geh rein und checke, ob der Dämon da ist. Susanna, du bleibst hier draußen, und wenn er an mir vorbeifegt, packst du ihn!«

»Warte! Was?« Dylan drängte sich vor Susanna. »Das mache ich.«

»Nein.« Tristan schüttelte den Kopf und gab ihr einen sanften Schubs gegen die Schulter, um sie aufzuhalten. »Susanna weiß, wie man mit Dämonen umgeht. Das macht sie.«

»Tristan!«

»Vergiss es, Dylan. Geh und warte mit Jack da drüben, wie ich es dir gesagt habe.«

»Aber …«

»Psst!«, zischte Susanna und brachte sie damit abrupt zum Schweigen. Empört drehte sie sich zu ihr um, wollte ihr sagen, dass sie sich gefälligst um ihren eigenen Kram kümmern sollte, aber dann hörte sie es. Ein dünnes, hohes Heulen. Der Dämon war erwacht.

Und er wusste, dass sie da waren.

»Susanna, bist du bereit?«, fragte Tristan.

»Ja, bin ich.« Die Seelenfahrerin nickte knapp, ihr Gesicht war ruhig und gefasst.

»Tristan, lass mich helfen, bitte!« Dylan versuchte es noch einmal und packte ihn am Arm.

»Nein, das geht nicht«, gab er zurück. »Ich kann mich nicht konzentrieren, wenn ich weiß, dass du in Gefahr bist. Bitte, Dylan, mach, was ich dir sage.« Er nahm ihre Hand von seinem Arm und drückte sie kurz.

Diesmal gab sie klein bei und trottete zu dem Baum hinüber. Aus sicherer Distanz beobachtete sie zähneknirschend, wie Tristan auf die Öffnung zuschlich und hineinschlüpfte, ohne auch nur eine Sekunde zu zögern.

Susanna hielt Wache. Und Dylan musste widerwillig zugeben, dass sie den Eindruck machte, als verstünde sie etwas von ihrem Job, so wie sie vor dem Eingang kauerte, die Hände einsatzbereit erhoben. Sie würde sicher mit allem fertigwerden, was aus diesem Erdloch herausgeschossen kam.

Denn natürlich war sie nicht nur hübsch, sondern auch noch mutig …

Als Tristan außer Sicht war, hielt Dylan nach einer Waffe Ausschau. Schließlich bückte sie sich und packte einen dicken Ast, etwa so groß wie ein Baseballschläger. Er fühlte sich gut in ihrer Hand an. Zufrieden stürzte sie zum Eingang, ihre provisorische Waffe in der Faust, und stellte sich direkt hinter Susanna.

Nur für alle Fälle. Sie warf einen verstohlenen Blick zu Jack, der sich möglichst weit vom Eingang entfernt hatte. Dort stand er völlig unbeteiligt, als ginge ihn das alles nichts an.

Dann wirbelte sie abrupt herum, denn im Inneren des Bunkers brach die Hölle los – lautes Krachen und Kratzen, das in der Stille des Waldes widerhallte. Sie biss die Zähne zusammen und unterdrückte den Impuls, nach Tristan zu rufen – sie durfte ihn auf keinen Fall erschrecken, das konnte er jetzt wirklich nicht gebrauchen. Stattdessen packte sie ihren Stock noch fester und wippte kampflustig auf den Fußballen.

Plötzlich drang ein Fauchen aus der halb offenen Tür, wie von einer wütenden Katze, nur lauter und wilder. Dann ein dumpfer Aufprall und ein Klappern, als ob etwas umgestürzt wäre. Sie musste sich beherrschen, um nicht durch die Tür hineinzustürzen und nachzusehen, was dort drinnen vorging. Aber sie wagte es nicht, ihre Waffe aus der Hand zu geben, um die Tür weit genug aufreißen zu können.

Sekunden später flog die Tür von allein auf – nur gut, dass sie ihrem Impuls nicht nachgegeben hatte! – oder wurde vielmehr von dem Dämon aufgestoßen, der in wildem Zickzackflug herausgeschossen kam. Susanna erschrak, obwohl sie darauf gefasst gewesen war, sie zuckte leicht zurück und der Dämon fegte an ihr vorbei. Hastig wirbelte sie herum und versuchte, ihn zu packen, aber er glitt ihr einfach durch die Finger.

Dylans Warnruf war eine Sekunde zu spät gekommen. Als ihr dann jedoch klar wurde, dass sie das nächste Hindernis auf dem Fluchtweg des Dämons war, riss sie sich zusammen und holte mit ihrer Waffe aus.

Päng.

Der Prügel traf den Dämon mit voller Wucht, sodass er ein paar Meter weiter auf den Boden krachte, wo er allerdings nicht liegen blieb. Blitzschnell fing er sich wieder und schoss in die Luft, die Krallen weit ausgestreckt. Sie fasste ihre Waffe fester, holte zum zweiten Mal aus – aber diesmal verfehlte sie ihr Ziel.

Der Dämon zischte unter ihren erhobenen Armen hindurch und rammte seine Krallen in ihre feuchte Jacke. Sie hörte, wie der Stoff riss, aber die Krallen drangen nicht durch alle Schichten, so lang und scharf sie auch sein mochten. Trotzdem spürte sie die messerscharfen Spitzen an ihrer verwundbaren Bauchregion.

Sie nahm eine Hand von ihrer Waffe, griff nach unten und packte den Dämon. Die Berührung ließ sie erschauern. Das Ding hatte eine flauschige Hülle, wie zerfledderter schwarzer Stoff, aber die Haut darunter fühlte sich nach kaltem, rohem, feuchtem Fleisch an. Würgend vor Ekel verstärkte sie ihren Griff, bohrte ihre Nägel hinein und versuchte, den Dämon von sich wegzuzerren, aber er hatte sich zu fest in ihr verhakt. Unter wildem Kreischen peitschte er an ihrem Körper herum und ließ seinen Kopf hin und her schnellen. Sein aufgerissenes Maul mit den spitzen, gezackten Zähnen schnappte geifernd nach ihr, und fast hätte er sie erwischt und seine Fänge in ihre Handgelenke gerammt, wenn Tristan nicht in letzter Sekunde an ihrer Seite erschienen wäre. Er packte den Dämon am Hals und zerrte ihn auf den Boden. Dort hielt er ihn mit einer Hand fest und zog seinen Körper auf die Seite.

»Jetzt!«, schrie er. »Hau drauf, Dylan!«

Tief Luft holend, riss sie den Ast über ihren Kopf und brachte ihn mit aller Kraft herunter. Einmal, zweimal, dreimal. Tristan zog seine Hand weg, aber sie hämmerte weiter auf das Ding ein, als könnte sie nie mehr damit aufhören. Erst als Tristan ihr Handgelenk festhielt, kam sie wieder zu sich.

»Das reicht«, sagte er leise. »Er ist tot.«

Und das war er auch. Tot, tot, tot. Keuchend starrte sie auf die schleimige Masse hinunter, die von der Kreatur noch übrig war und sich vor ihren Augen in Dunst auflöste. Sie hatte den Dämon getötet.

Langsam ließ sie ihren Ast fallen und schlug sich die Hand vor den Mund. Ein Schluchzen entwich ihren Lippen.

»Ist ja gut, Dylan.« Tristan legte den Arm um sie und führte sie ein paar Schritte von den rauchenden Überresten des Dämons weg. »Alles ist gut.«

»Tut mir leid«, sagte Susanna, die hinter sie getreten war. »Ich wollte ihn packen, er hätte mir nicht entwischen dürfen, aber …«

»Das macht nichts.« Tristan drückte Dylan an sich. »Dylan hat ihn ja erwischt.«

Mehr als alles andere gaben ihr diese warmen, tröstlichen Worte die Kraft, sich wieder zu fangen. Ihre Tränen versiegten, aber sie blieb in seiner Umarmung, ließ sich von ihm halten und wärmen. Susanna sollte ruhig sehen, dass Tristan ihr gehörte.

»Obwohl …«, murmelte er ihr einen Atemzug später ins Ohr,

sodass nur sie es hören konnte, »… obwohl ich dir gesagt habe, du sollst unter der Eiche warten.«

»Ach ja? Und wenn ich auf dich gehört hätte, was dann?«, flüsterte sie genauso leise zurück.

»Dann wäre der Dämon entkommen und wir säßen ganz schön in der Tinte«, gab Tristan mit einem reumütigen Grinsen zu. »Ich bin froh, dass du meine Befehle ignorierst.«

Dylan ließ ihn noch ein paar Sekunden zappeln, dann lächelte sie zurück.

Sie hatten es geschafft, hatten das Portal geschlossen und den Dämon getötet. Der Inquisitor hatte jetzt keinen Grund mehr, sie zu bestrafen – sie zurückzuschicken. Dylan atmete tief aus und löste sich von Tristan. Es war, als hätte sie seit einer Ewigkeit die Luft angehalten – seit der verhängnisvollen Halloween-Party.

KAPITEL 31

Susanna schaute zu, wie Tristan und Dylan fröhlich lachend und scherzend ihren Sieg über die Dämonen feierten. Sie waren jetzt frei, während ihre Aufgabe gerade erst begonnen hatte. Bald würde der Inquisitor auftauchen und ihr dasselbe Urteil verkünden wie Tristan. Und es würde auch nicht mehr lange dauern, bis unschuldige Menschen den Dämonen zum Opfer fielen, die den von ihr verursachten Riss im Schleier zwischen den beiden Welten entdeckt hatten.

Wie konnte sie nur so dumm sein, Tristan zu belügen? Warum hatte sie das getan? Die Antwort war klar: weil sie nicht zugeben wollte, dass sie sich ohne Zögern an eine Seele wie Jack gebunden hatte, nur um bei ihm zu sein – Tristan. Was musste er jetzt von ihr denken? Aber wenn sie ihm die Wahrheit erzählt hätte, wäre es noch schlimmer gewesen. Dann hätte er sie noch mehr gehasst.

Es war eine solche Erleichterung gewesen, als sie ihn im Tunnel gefunden und dann mit ihm zusammen den Dämon aufgespürt hatte – Hand in Hand, als wären sie eins, auf immer miteinander verbunden. Alles, was sie jemals im Niemandsland miteinander geteilt hatten, war nichts dagegen. Nichts gegen dieses Gefühl, ihm so nahe zu sein, dass sie seine Wärme spüren konnte.

Aber dann hatte er sie losgelassen – und Dylan hatte ihm geholfen, den Dämon zu vernichten, nicht sie. Dylan war auch die

Glückliche, die sich in seine Arme schmiegte und ihn triumphierend festhielt. Jetzt konnten sie zusammen in das Leben zurückkehren, das sie sich gerade aufbauten. Und ihr blieb nichts anderes übrig, als ihr Problem allein zu lösen. Abgesehen von Jack natürlich, was aber fast noch schlimmer war, als wenn sie allein gegen die Dämonen hätte kämpfen müssen.

Dieser Tag hatte nicht so geendet, wie sie es sich erhofft hatte.

Sie wateten durch die sumpfige Wiese nach Bridge of Allan zurück, Susanna tief in Gedanken, wie sie das Portal, das Jack und sie hinterlassen hatten, wieder schließen sollte, bis Tristan schließlich das Schweigen brach.

»Warte mal.« Er hielt abrupt inne, sodass Dylan beinahe ins Stolpern geriet. »Bevor wir groß feiern, sollten wir erst noch checken, ob wir andere Dämonen in der Gegend hier spüren können. Ich will kein Risiko eingehen.«

Susanna sackte das Herz in die Hose. Sie wusste, dass sie ohne Tristans Hilfe keine Chance hatte – nur mit vereinten Kräften konnten sie die Dämonen spüren, und das bedeutete …

»Susanna?« Er hielt ihr seine Hand hin, und sie sah, wie Dylan die Eifersuchtsröte ins Gesicht schoss.

Sie zögerte, ließ ihre Hände verlegen an der Seite herunterbaumeln. Es war die einzige Möglichkeit, das wusste sie, aber leichter wurde es dadurch nicht. Sie musste reinen Tisch machen. Tristan beichten, was sie getan – und dass sie ihn angelogen hatte.

Er streckte noch immer seine Hand aus, die Augenbrauen ungeduldig hochgezogen, und sie wusste, was passieren würde, wenn sie sich berührten. Er würde sie nie wieder auf dieselbe Weise ansehen, und die Frage war nur, welches ihrer Geständnisse ihn am meisten enttäuschen würde.

Tränen brannten ihr in den Augen, während sie verzweifelt gegen ihre feige, egoistische Seite ankämpfte, die sich noch immer aus der Affäre zu ziehen versuchte, ohne Tristans Respekt zu verlieren, seine Achtung oder vielleicht sogar – falls davon überhaupt je die Rede sein konnte – seine Liebe.

Aber es half nichts.

»Tristan, ich muss dir was sagen …«

»Ja, was?« Der Blick, den er ihr zuwarf, ließ sie beinahe einen Rückzieher machen, aber sie wusste, dass das nicht infrage kam. Sie musste endlich die Verantwortung für ihre Taten übernehmen.

»Ich habe dich angelogen.« Sie hielt inne, um ihre Beichte noch eine winzige Sekunde lang aufzuschieben.

Tristan brach das Schweigen nicht. Dylan, die an seiner Schulter stand, trat einen Schritt vor und schaute sie misstrauisch an.

»Wir sind nicht durch das Loch hereingekommen, das ihr gemacht habt. Wir haben einen eigenen Riss im Schleier hinterlassen.«

Dylan sog die Luft ein, ihr Gesicht wurde kalkweiß vor Entsetzen. Aber Susanna achtete nur auf Tristan, wartete seine Reaktion ab. Sein Gesicht blieb ausdruckslos. Unlesbar.

»Deshalb bist du also an Jack gebunden«, sagte er langsam. »Weil du seinen Körper benutzt hast, um hinüberzukommen. Wenn du uns einfach nur gefolgt wärst …« Er ließ den Gedanken unausgesprochen in der Luft hängen, und es kostete sie ihre ganze Kraft, um nicht zusammenzubrechen, als ihr klar wurde, wie einfach es gewesen wäre.

Jetzt war es zu spät. Viel zu spät.

»Tut mir leid, Tristan«, sagte sie. »Ich hätte dich nicht anlügen dürfen. Aber ich … ich hatte solche Angst. Es war dumm von mir. Das weiß ich jetzt. Und es tut mir so unsagbar leid.«

»Noch ein Portal.« Tristans Gesicht bleib weiterhin undurchdringlich.

»Es tut mir so leid.«

»Wir müssen auch das noch schließen. Wir haben es dem Inquisitor versprochen.« Er hielt inne. »Aber du kannst nicht in dieser Welt bleiben, Susanna. Ich weiß nicht, wo du sonst hinkannst, aber du wirst dir etwas einfallen lassen müssen.«

»Was?«

»Wir mussten dem Inquisitor versprechen, dass nichts mehr durch den Riss im Schleier hereinkommt. Dass wir nicht nur die Dämonen vernichten, sondern auch keine anderen Wesen hereinlassen.«

»Ich erkläre es dem Inquisitor«, flehte Susanna. Tristans Kälte trieb ihr die Tränen in die Augen. Er war enttäuscht und wütend und wollte sie loswerden. »Ich sage dem Inquisitor, dass das zweite Portal von mir stammt, dass es nichts mit euch zu tun hat, und dann schaffen wir die Dämonen ein für alle Mal aus der Welt.«

»Das wird den Inquisitor nicht interessieren«, gab Tristan zurück. »Wir haben den Deal mit ihm gemacht, und er erwartet von uns, dass wir ihn auch erfüllen.«

»Und wenn ich ihm alles erkläre, wenn ich die volle Verantwortung dafür übernehme …«

»Du kennst ihn nicht«, warf Dylan schaudernd ein. »Du weißt nicht, wie er ist.«

»Außerdem«, fügte Tristan hinzu, »ist ihm natürlich klar, dass das nicht stimmt. Du kannst nicht die volle Verantwortung übernehmen. Dass du hier bist, ist definitiv meine Schuld.« Sein Blick wurde weicher, abwartend. Als läge ihm eine Frage auf der Zunge. Oder war es einfach nur Mitleid?

Sie wusste nicht, was sie sagen sollte. Offenbar gab es keine Möglichkeit, ihren Fehler auszubügeln, den Schaden wiedergutzumachen, den sie angerichtet hatte.

»Also«, fing Tristan wieder an, »als Erstes müssen wir wissen, womit wir es überhaupt zu tun haben. Wo bist du durchgekommen?«

»Dort, wo ich gestorben bin«, warf Jack ein.

»Und wo war das?« Tristans schneidender Ton ließ Susanna zusammenzucken.

»Eine dunkle Gasse in einer kleinen Stadt auf dem Weg nach Glasgow«, sagte sie schnell, um Jack daran zu hindern, dass er etwas Dummes ausposaunte.

»Denny«, brummte Jack.

»Gut. Ist nicht sehr weit. Mal sehen, ob wir Dämonen spüren können.« Wieder hielt er ihr seine Hände hin – und wieder starrte Susanna ihn nur an.

Obwohl sie im Prinzip nichts lieber getan hätte als das – ihre Hände in Tristans zu legen, spüren, wie ihre Finger ineinanderglitten –, aber nicht so. Nicht, solange sein Zorn und seine Verachtung zum Schneiden dick in der Luft hingen und ihr das Atmen schwer machten.

Sie schloss die Augen, spürte das Prickeln in ihren Nervenenden, als ihre Fähigkeiten von Tristans Kräften verstärkt wurden. Mit mulmigen Gefühlen – wer konnte schon wissen, was sie finden würden? – fuhr sie ihre Antennen aus und ... Entsetzt wich sie vor der dicken, öligen, pulsierenden Dunkelheit zurück, die ihr an den Rändern ihres Geistes entgegenschlug.

Sie öffnete die Augen, und im selben Moment entriss ihr Tristan seine Hand, das Gesicht aschfahl vor Grauen.

»Was ist los? Sag schon!« Dylan packte Tristan am Ellbogen und er senkte sofort den Kopf und schaute sie an.

»Dort sind definitiv Dämonen durchgekommen«, krächzte er.

»Dämonen?« Dylan schnappte nach Luft. »Im Plural?«

»Ein Schwarm«, flüsterte Susanna.

»Du hast gesagt, in einer Gasse.« Tristan schaute sie fragend an und sie erriet seine Gedanken.

»Es war mitten in der Stadt«, sagte sie. Ihre Hand flog an ihren Mund. »Wenn dort ein Schwarm durchkommt …« Ihr war plötzlich so schlecht, als müsste sie sich jeden Moment übergeben. Bilder von dem Blutbad, das ein ganzer Schwarm in einem dicht bevölkerten Viertel anrichten konnte, blitzten ihr durch den Kopf. »Was hab ich nur getan?«

Jack grunzte nur, als er das hörte. War ihm klar – oder interessierte es ihn überhaupt? –, dass dieser ganze Horror auf sein Konto ging?

»Warum hast du das gemacht?«, fragte Dylan und Susanna wandte sich von ihrem Schützling ab. »Warum bist du uns hierher gefolgt?«

»Ich …« Susanna starrte auf Dylans Hand, die Tristans Ellbogen umfasste, während er ihr unbewusst seinen Oberkörper zuneigte. Sie blieb stumm, brachte es einfach nicht fertig, ihre heimlichen Träume, die sie im Niemandsland genährt hatte, in Worte zu fassen. Nicht in diesem Moment, wo alles um sie herum zusammenzubrechen drohte. »Ich habe einen Fehler gemacht.«

»Ja, aber …«

»Dylan.« Tristan strich ihr über die Wange, um sie zum Schweigen zu bringen. »Das ist doch egal – es ist nun mal passiert.«

Er warf Susanna einen finsteren, nachdenklichen Blick zu, als hätte er ihre Gedanken erraten. Beschämt senkte sie den Kopf, konnte ihm nicht länger in die Augen sehen.

»Tristan, was machen wir jetzt?«, fragte Dylan leise. »Der Inquisitor kommt morgen.«

»Wir müssen das heute Nacht in Ordnung bringen«, sagte er.

Susanna nickte leicht, um ihm zu signalisieren, dass er auf sie zählen konnte. Er schenkte ihr ein winziges Lächeln, aber sie wusste, dass es nichts an der Lage der Dinge änderte. Dass ihr damit noch lange nicht verziehen war.

»Es ist einfacher, wenn wir im Dunkeln zuschlagen«, sagte Tristan. »Besonders an einem öffentlichen Ort.«

»Aber die Dämonen«, wandte Dylan ein. »Sind sie nachts nicht gefährlicher?«

»Wir müssen bis zum Morgengrauen warten, wenn wir sie vernichten wollen«, stimmte er zu.

»Heute ist der dritte Tag, Tristan.« Dylan runzelte die Stirn.

»Ich weiß«, murmelte er bedrückt und zog sie an sich. »Aber wir schaffen das, versprochen. Ich kümmere mich darum.«

Susanna stand daneben und wünschte sich, er würde *ihr* Gesicht auf diese Weise halten – *ihr* Trost zusprechen statt diesem Mädchen.

Warum sagte er ihr nicht, dass es in Ordnung war? Warum konnte er ihr nicht verzeihen, dass sie Jack für ihre Zwecke benutzt hatte? Und dass sie zu feige gewesen war, um ihm, Tristan, die Wahrheit zu sagen?

Aber das verdiente sie wohl nicht.

KAPITEL 32

Sie standen in einer langen Straße voller Apartmentblocks und Reihenhäuser. Der Zustand der ungepflegten Gehwege und die klapprigen Autos am Straßenrand verrieten auf Anhieb, dass es sich hier nicht um ein wohlhabendes Viertel handelte. Dylans Blick fiel auf eine Gruppe junger Männer, die vor einem Zeitungskiosk herumlungerten. Sie sahen im Grunde genommen nicht viel anders aus als die Idioten an ihrer Schule – nur wirkten sie viel bedrohlicher.

»Mir gefällt diese Gegend nicht«, flüsterte sie Tristan zu.

»Mir auch nicht.« Er nahm beruhigend ihre Hand, obwohl sie nicht wirklich in Panik geriet, solange Tristan keine Angst zeigte. Die Gang am Kiosk konnte ihn offenbar nicht einschüchtern. Er wandte sich unbeirrt von ihnen ab und sagte zu Susanna: »Bring uns zu der Stelle.«

Der Weg dorthin dauerte nur vier Minuten und sie hätten das Loch auch ohne Susannas oder Jacks Hilfe gefunden. Der Tatort war noch weiträumig mit Polizeiband abgesperrt – praktisch der ganze Pflasterbereich um den Durchgang herum und ein Stück der Gasse selbst.

»Das ist es«, knurrte Jack und schnitt eine Grimasse. Er ging einen Schritt näher, und in seinen Augen flammte Wut auf, verwandelte sich aber schnell in Angst.

Susanna unterdrückte einen Aufschrei, als er ein paar Schritte zurücktaumelte, die Hände an seine Brust gedrückt.

»Geh nicht zu nahe hin«, flüsterte Tristan ihm zu, klang aber nicht sonderlich besorgt.

Vielleicht, weil es den Forderungen des Inquisitors entgegenkäme, wenn Jacks Seele ins Niemandsland zurückgezogen wurde.

»Spürst du was?« Tristan drückte Dylans Hand. Er wurde sofort nervös, wenn sie sich zu nahe an diese Öffnungen zur Welt der Toten heranwagte.

Sie wartete einen Augenblick, dann schüttelte sie den Kopf. »Nein, nichts.«

»Wirklich?« Tristan klang überrascht. »Na ja, vielleicht weil es nicht dein Niemandsland ist.« Sein Gesicht hellte sich auf. »Das ist gut.« Er nahm den Rucksack herunter – den er in aller Eile neu bestückt hatte, weil das nächstgelegene Homebase bereits zumachte – und schaute zu Susanna auf. »Dylan und ich übernehmen das hier, Susanna. Du kannst so lange mit Jack nach Dämonen Ausschau halten und die Stelle absuchen, ob du irgendwo in der Nähe vielleicht noch was spürst.«

»Ich kann dir doch helfen«, protestierte Susanna schwach. Sie warf einen Blick auf Jack, dann flehte sie Tristan an: »So wie letztes Mal auch.«

»Dylan hilft mir«, gab Tristan zurück. »Sie weiß, was zu tun ist.«

»Aber letztes Mal …«, fing Susanna wieder an und Dylan zuckte zusammen. Letztes Mal war sie zu schwach gewesen, um Tristan durch das Portal zurückzuziehen.

Wenn Susanna nicht in letzter Sekunde aufgetaucht wäre, hätte sie ihn verloren.

»Vielleicht wäre es doch besser, wenn Susanna …«

»Nein.« Tristan drehte sich zu ihr um, einen entschlossenen Ausdruck im Gesicht. »Ich brauche dich.«

Hatte er das wirklich gerade gesagt? Sie verschluckte sich fast vor Freude – obwohl es doch eigentlich darum ging, das Portal zu schließen. Susannas Gesicht verdüsterte sich, als wäre auch ihr der tiefere Sinn von Tristans Worten nicht entgangen. Gut.

»Komm schon, Susanna!«, rief Jack, womit er das unbehagliche Schweigen brach. »Lass uns nach diesen verdammten Dämonen suchen.«

Mit einem vorwurfsvollen Blick zu Tristan lief Susanna hinter Jack her.

»Wow«, murmelte Dylan, sobald sie außer Hörweite waren. »Die beiden sind wirklich kein Match.«

»Stimmt«, gab Tristan zu. »Jack ist nicht die richtige Seele für sie – er hätte ihr niemals zugewiesen werden dürfen.«

»Und warum hat sie ihn dann bekommen?«, fragte Dylan.

»Na ja«, Tristan ließ seinen Rucksack auf den Boden fallen und kramte viel länger darin herum, als nötig war, »vielleicht, weil der Seelenfahrer, der ursprünglich sein Begleiter sein sollte, nicht da war.«

Sie schnappte nach Luft. »Du meinst …«

»Ja«, sagte Tristan. »Er wäre meiner gewesen, da bin ich mir sicher.« Mit einem Schnauben zog er das Seil hervor, das ihnen als Rettungsleine dienen sollte. »Ein weiterer Grund, warum wir ihnen helfen müssen.«

»Okay.« Sie hielt inne, in Gedanken noch immer bei Susanna. »Ich versteh's trotzdem nicht … warum hat sie uns das nicht früher gesagt? Sie hat doch gesehen, was wir gemacht haben, und sie ist mitgekommen, um den Dämon zu fangen. Warum hat sie denn nichts gesagt, um Himmels willen?«

»Ich weiß nicht.« Tristan schüttelte den Kopf, ohne das Seil aus den Augen zu lassen. Er presste die Kiefer zusammen, knirschte förmlich mit den Zähnen. »Ich weiß nicht, warum sie mich angelogen hat. Wir kennen uns schon so lange, ich hätte wirklich gedacht … Ich meine, als sie sagte, sie hätte uns hinübergehen sehen, dachte ich, dass sie uns einfach gefolgt ist.« Wieder schüttelte er den Kopf. »Ich wäre nie auf die Idee gekommen, dass sie herausgefunden hat, wie wir es gemacht haben. Ich weiß doch selber nicht genau, wie es funktioniert hat. Aber ich hätte es checken müssen. Ihr mehr Fragen stellen. Das war dumm von mir. Einfach bescheuert!«

Stirnrunzelnd schaute Dylan zu, wie er das Seil um seine Mitte schlang. Irgendwie fand sie seine Wut auf Susanna beruhigend, obwohl sie den Motiven der Seelenfahrerin immer noch nicht so richtig traute.

Sie richtete sich auf und blickte sich um. Die Straße war nicht sehr belebt, trotzdem fuhren in regelmäßigen Abständen Autos vorbei, und sie sah ein paar Leute herumlaufen – zwar nicht allzu nahe, aber wenn *sie* die Leute sehen konnte, galt das natürlich auch umgekehrt. Und Tristan sahen sie natürlich auch.

Zwei Jugendliche in einer dunklen Hintergasse, wo sie eigentlich nichts verloren hatten – das erweckte bestimmt Verdacht.

»Willst du es jetzt gleich machen?«, fragte sie unsicher. »Ich meine, jeder kann dich sehen.«

»Wir haben nur noch eine Nacht – der Inquisitor kommt morgen und wir wissen nicht, wann.«

Dylan klappte den Mund wieder zu.

»Ich weiß, was ich mache«, versicherte Tristan. »Es dauert nicht lange.«

»Tristan.« Sie schaute sich erneut in der Gasse um. »Bist du sicher, dass das funktioniert? Diesmal ist kein Tunneldach da, das du zum Einsturz bringen kannst.«

»Ich weiß«, räumte er ein. »Aber die Wände sind enger zusammen. Ich hoffe, sie stürzen ein.«

»Und wenn nicht?«

»Keine Ahnung«, gab er zu. »Lass uns einfach hoffen, dass es klappt. Über alles Weitere können wir uns später den Kopf zerbrechen.«

Er duckte sich unter der Absperrung durch, um das andere Ende des Seils an einem Laternenpfosten festzubinden, und dann, nachdem er durch die Absperrung zurückgeschlüpft war, schulterte er seinen Rucksack.

»Warte!«, schrie sie, und Tristan erstarrte, ehe er auch nur den ersten Schritt machen konnte. Sie stürzte zu ihm und schlang verzweifelt ihre Arme um ihn, obwohl sie kaum um den ausgebeulten Rucksack herumreichten.

»Alles wird gut, Dylan.« Tristan deutete lächelnd hinter sich. »Die Dämonen kommen normalerweise sowieso nicht so nahe an den Schleier heran, schon vergessen?«

Nach dem Fiasko beim letzten Mal war sie nur halb beruhigt, ließ ihn aber trotzdem los. Er schenkte ihr ein schiefes Grinsen und strich ihr kurz über die Wange. Dann trat er in die Gasse … und verschwand.

Sie starrte auf die Stelle, an der er verschwunden war, auf das Seil, das sich offenbar ins Nichts erstreckte. Wenn das jemand sah …

Sie kehrte der Gasse wieder den Rücken und scannte die Straße. Das war so verdächtig, dass es fast an ein Wunder grenzte, wenn sie nicht erwischt wurden. Nur wenige Meter entfernt strömte der Verkehr vorbei. Die Bande, die am Kiosk herumgestanden hatte, war immer noch da. Auf der anderen Straßenseite streckte eine Rentnerin den Kopf aus dem Fenster und starrte ihr direkt ins Gesicht. Verwirrt lächelte sie ihr zu, aber die alte Frau runzelte noch missbilligender die Stirn und ließ ihre Jalousie herunterknallen. Dylan biss sich nervös auf die Lippe. Hoffentlich rief die Frau nicht die Polizei und zeigte sie an, weil sie widerrechtlich einen Tatort betreten und die Absperrung missachtet hatten.

Wie in aller Welt sollten sie das erklären?

Beeil dich, Tristan, okay?

Aber so schnell würde er nicht wieder auftauchen, das wusste sie. Er konnte gerade erst auf der anderen Seite gelandet sein, und was er vorhatte, war ziemlich kompliziert.

Beunruhigt schaute sie auf ihre Uhr. Kurz vor 22 Uhr. Zu dumm, dass sie die Zeit nicht gecheckt hatte, als Tristan durch das Portal gegangen war – jetzt war es zu spät dafür. Er war höchstens fünf Minuten fort. Oder vielleicht sogar noch weniger?

Wie lange brauchte er für die Sprengung? Sie hatte keine Ahnung. Das letzte Mal war es ihr wie eine Ewigkeit vorgekommen … und dann plötzlich das Zerren und Ruckeln des Seils, und sie konnte nur noch an eines denken: Tristan so schnell wie möglich in die wirkliche Welt zurückzuholen.

Im Augenblick lag das Seil schlaff und entspannt auf dem Boden – so weit, so gut. Sie stieß die Luft aus und richtete ihren Blick wieder auf die Straße. Die Typen beim Kiosk hatten sich inzwischen aufgeteilt und drei von ihnen kamen in ihre Richtung.

Na toll.

Breitbeinig, strotzend vor Selbstbewusstsein stolzierten sie den Gehweg entlang. Cheryl wäre ausgeflippt vor Begeisterung, wenn sie an ihrer Stelle gewesen wäre. Das war genau die Sorte Vollidioten, auf die sie abfuhr. Typen, um die Dylan einen großen Bogen machte. Besonders in einem Moment, in dem es buchstäblich um Leben und Tod ging, so wie jetzt.

Die drei hatten sie jetzt definitiv voll auf dem Bildschirm. Ein junges Mädchen spätabends ganz allein in dieser Gegend, und eindeutig nicht von hier. Und wahrscheinlich – sie schauderte bei dem Gedanken – sah man ihr von Weitem an, wie viel Angst sie hatte.

Mit anderen Worten, das ideale Zielobjekt.

Weglaufen kam nicht infrage. Oder die Typen von Tristan weglocken. Sie musste hierbleiben, genau an dieser Stelle, falls sie ihn durch das Loch zurückholen musste.

Verdammter Mist.

»Los, beeil dich, Tristan«, murmelte sie wieder vor sich hin und wippte nervös auf den Fersen, während sie ihn in Gedanken mit aller Kraft zurückbeschwor. »Komm schon.«

Immer noch nichts, das Seil blieb schlaff – aber ein bellendes Gelächter ließ sie herumwirbeln. Oh nein, die drei waren schon verdammt nahe. Auf dieser Seite konnten sie nicht länger der Straße folgen, weil der Gehweg abgesperrt war. Und weil sie das wussten, steuerten sie direkt auf sie zu.

Zum zweiten Mal an diesem Tag hielt sie instinktiv nach einer Waffe Ausschau. Aber hier war weit und breit nichts zu sehen, falls sie nicht vorhatte, die Typen mit Absperrband zu erdrosseln. Blieb nur eins: Sie musste mit ihnen reden, sie irgendwie in Schach halten, bis Tristan aus dem Nichts auftauchte …

»Verdammt noch mal«, stieß sie leise hervor und vermied sorgfältig jeden Blickkontakt. Noch fünfzehn Meter. Noch zehn.

Oh Gott. Oh Gott. Oh Gott.

»Hey, Süße!« Einer der drei – ein dünner, bleicher Junge, höchstens siebzehn, mit einem Piercing im rechten Ohr – grinste sie an. Aber nicht freundlich. Schon eher wie eine Katze, die genüsslich mit einer Maus spielt, bevor sie sie endlich auffrisst. »Biste ganz allein?«

Sie öffnete den Mund, wollte widersprechen – obwohl es im Moment streng genommen die Wahrheit war –, brachte aber keinen Ton heraus. Was auch schon egal war, denn im selben Moment legte sich eine Hand schwer auf ihre Schulter.

»Alles okay, Dyl.«

Dyl? Seit wann zum Teufel nannte er sie Dyl? Aber sie protestierte nicht, denn das Trio vor ihr sah plötzlich längst nicht mehr so siegessicher aus – sie schrumpften regelrecht zusammen.

»Alles gut«, sagte sie, sobald sie sich einigermaßen gefangen hatte, und spürte gleichzeitig, wie Tristan hinter ihr an seiner Rettungsleine herumhantierte. Er zerrte unsanft an dem Knoten, versuchte, ihn zu lösen, bevor …

Oh.

Ein ohrenbetäubender Knall hinter ihr. Dann eine Hitzewelle, die ihr das Ohr versengte. Tristan schnellte vorwärts, auf ihre Angreifer zu, und hielt sie dabei fest im Arm.

Die drei Jungs taumelten benommen nach hinten, denselben fassungslosen Ausdruck im Gesicht.

»Shit! Habt ihr das gesehen?«

»Die Gasse ist gerade explodiert!«

Sobald sie sich von ihrem ersten Schreck erholt hatten, schossen sie an Tristan und Dylan vorbei, um nachzusehen, wo die Explosion hergekommen war.

Tristan verlor keine Zeit. Er zerrte sie in die andere Richtung, weg von der Gasse.

»Warte!«, zischte sie. »Der Rucksack!«

»Da ist nichts Wichtiges drin. Lass ihn.«

»Aber die Polizei …«

»Sie werden nichts finden, was uns damit in Verbindung bringen könnte«, versicherte Tristan. »Komm jetzt, wir müssen hier weg.«

Sobald sie außer Sichtweite aller eventuellen Zeugen waren, rannte Tristan in vollem Tempo los und zog sie mit sich. Sie keuchte neben ihm her, solange sie konnte, bis ihr endgültig die Puste ausging.

»Ich muss mal verschnaufen«, stieß sie hervor. »Ich bin so was von unfit, Mann.«

»Los, Dylan, weiter. Dann *geh* wenigstens!«

Schnaufend und hinkend stolperte sie weiter, zwang sich zu einem langsamen Laufschritt und die kalte Luft stach ihr wie mit Messern in die Lunge.

»Und jetzt?«, fragte sie.

»Jetzt«, sagte Tristan und schloss die Augen, um sich zu konzentrieren, »jetzt suchen wir Susanna – und die Dämonen.«

KAPITEL 33

»Wie fühlt sich das an?«, fragte Jack. Es war das erste Mal, dass er auch nur einen Funken Interesse an ihr zeigte, seit Susanna ihn aufgesammelt hatte. Seltsamerweise entlockte ihr dieser Gedanke ein Lächeln, ebenso wie das untrügliche Gefühl, dass Tristan näher kam, denn das bedeutete, dass er es geschafft hatte.

»Na ja, irgendwie klebrig, ölig, so als würde man darin ersticken. Je mehr wir uns nähern, desto stärker wird es. Wir sind jetzt so nahe, dass ich sie alleine spüren kann.« Es waren höchstens zehn Minuten vergangen, seit sie sich von Tristan und Dylan getrennt hatten.

»Sie?«

»Ja, ich glaube, es ist nicht nur einer.«

»Und die hängen einfach so in Denny rum?«

»Ja, das liegt nahe.« Sie verzog das Gesicht, als sie sich in der Straße umblickte. »Sie haben sich nicht sehr weit von dem Portal entfernt. Warum auch, wenn es hier so viel Frischfleisch gibt?«

Jack zuckte zusammen – er war sichtlich schockiert, dass sie von Menschen als »Frischfleisch« sprach. Aber genau das waren sie für die Dämonen, die letztendlich nichts anderes als kannibalistische Seelen waren. Normalerweise verdrängte Susanna solche Gedanken, noch dazu in unmittelbarer Nähe dieser Kreaturen. Sie zitterte vor dem Kampf, der ihnen bevorstand, obwohl sie zu viert waren – und zwei davon Seelenfahrer. Vor allem hatte sie keine Ahnung, wie sie die Dämonen erledigen sollten, ohne dass Zeugen dabei waren, die alles mit ansahen. Dinge, die wahrhaftig nicht für ihre Augen bestimmt waren.

Hoffentlich fiel Tristan etwas ein.

Das alles lief gar nicht, wie sie es sich vorgestellt hatte, dachte sie zum x-ten Mal an diesem Tag.

Wenn es nach ihr gegangen wäre, hätte sie jetzt mit Tristan diese neue Welt erkundet. Nur sie beide. Endlich wären sie von ihrem alten Leben erlöst gewesen, ihren alten Pflichten. Frei von allem, um einfach nur zu *leben*.

Stattdessen saß sie mit Jack fest, und Tristan half ihr nur, weil er musste, nicht ihr zuliebe. Und um Dylan in Sicherheit zu bringen, die Seele, mit der er sich verbunden hatte, mit der er zusammen sein *wollte*. Er war durch den Riss im Schleier in die wirkliche Welt gekommen, damit sie ihr Leben zurückbekam und er es mit ihr verbringen konnte. Susanna war so dumm gewesen!

Gab es überhaupt einen Platz für sie in dieser Welt? Und sei es auch nur als eine Freundin von Tristan? Sie konnte nicht ins Niemandsland zurück, um weiter unwürdige Seelen hinüberzubegleiten. Der Gedanke war einfach zu schrecklich.

»Also gut«, sagte Jack und riss sie aus ihrer Anwandlung von Selbstmitleid heraus. »Was machen wir jetzt?«

»Wir sind fast da, das spüre ich – und wenn Tristan und Dylan zu uns stoßen, überlegen wir uns, wie wir angreifen.« Sie wischte sich mit der Hand über ihr Gesicht und stellte erleichtert fest, dass es trocken war. »Du musst nur vorsichtig sein, jetzt, im Dunkeln. Hüte dich vor geschützten, unheimlichen Orten.«

»So wie der Bunker?«

»Ja, so ungefähr.« Sie nickte. »Nur ein bisschen größer. Ach ja, und du darfst dich nicht zu weit von den Straßenlaternen entfernen, dann bist du viel verwundbarer. Licht mögen sie nicht.«

Sie checkten die Garagen auf der Rückseite der Wohnsiedlung, dann hoben sie vorsichtig die Deckel von allen Mülltonnen hoch. Susanna schlich sich sogar in eine verlassene Erdgeschosswohnung, wo sie einen Obdachlosen und eine Katzenfamilie aufscheuchte.

Nichts. Ohne Tristan war sie orientierungslos. Sie spürte, dass die Gegenwart der Dämonen stärker wurde, konnte sie aber auf eigene Faust nicht so leicht orten. Ihre Sinne waren weniger empfänglich, weniger stark, wenn Tristan nicht dabei war.

Panik stieg in ihr auf – was sollte sie jetzt tun? –, als plötzlich ein Schrei an ihr Ohr drang. Jack.

»Susanna!« Noch ein Schrei. »Da drüben!«

Er stand vor ein paar Tüten mit Gartenabfällen, hinter denen sich sein Fund verbarg, was immer es auch sein mochte. Durch die hohen Lattenzäune auf beiden Seiten wirkte der Zwischenraum noch enger und dunkler als die Gasse, in der Jack gestorben war.

»Was ist?«, fragte sie, als sie ihn fast eingeholt hatte.

Ein Fuß. Das war das Erste, was ihr ins Auge fiel. In einem schweren Arbeitsstiefel, vom Saum einer Jeans halb verdeckt. Beim nächsten Schritt kam auch der restliche Körper in Sicht. Die ganze untere Hälfte des T-Shirts, das der Mann unter einer Lederjacke trug, war blutbefleckt. Ihre Kehle schnürte sich zu vor Entsetzen, und obwohl sie am liebsten die Flucht ergriffen hätte, ging sie noch näher. Sie musste das Gesicht des Toten sehen. Noch ein Schritt und …

Schaudernd starrte sie auf ihn hinunter. Seine Züge waren völlig entstellt, als wäre er unter grässlichen Qualen gestorben –

und alles nur ihretwegen. Ihr Magen zog sich zusammen, und ihr wurde schlecht, als müsste sie sich jeden Moment übergeben.

»Hier, schau mal.« Jack kauerte sich über den Toten. »Das sieht aus, als hätte ihm jemand ein Loch in den Bauch geboxt. Mit einer riesigen Faust.«

»Das machen Dämonen immer so«, stieß sie hervor. »Nur können sie die Seelen im Niemandsland nicht so schrecklich verstümmeln … Aber hier …«

»Shit.« Jack pfiff leise vor sich hin. Er hob den Kopf zu ihr hoch und diesmal konnte er seine Fassade nicht länger aufrechterhalten. Sein großspuriges Macho-Gehabe war verschwunden, ganz blass und kleinlaut kauerte er vor ihr und auf seiner Oberlippe glänzte ein feiner Schweißfilm.

»Da ist wahrscheinlich noch mehr«, warnte sie ihn. »Das hier reicht nur für einen Dämon als Mahlzeit.«

Jack wurde noch blasser, falls das überhaupt möglich war.

»Komm«, sagte sie, denn seltsamerweise fühlte sie sich gestärkt, als hätte sie die Dinge wieder im Griff. »Wir können nichts für ihn tun.« Sie huschte auf den Hauptweg zurück und spähte um den Zaun herum in das Haus nebenan. Keine Gesichter, die zu ihr zurückstarrten.

Stattdessen entdeckte sie etwas, das sie zusammenzucken ließ.

Blutspritzer. Der Raum war nur schwach beleuchtet und die roten Spritzer und Kleckse an der beigefarbenen Wand waren gerade noch zu erkennen. Auf leisen Sohlen schlich sie die Haustreppe hinauf und stieß die Tür, die nur angelehnt war, vollends auf. Totenstille empfing sie.

Im Flur entdeckte sie noch mehr Blutspritzer und eine weitere Leiche. Seinem Ausdruck nach musste der Mann denselben grauenhaften Tod erlitten haben wie der bei den Müllbeuteln draußen. Nur dass die Verletzungen hier viel deutlicher zu sehen waren.

Die Tat musste noch ganz frisch sein, denn sonst wäre der Mann inzwischen gefunden worden.

Jack kam hinter ihr ins Haus, seine Schritte hallten überlaut auf den nackten Dielen wider. Er ging an ihr vorbei, ohne sie eines Blickes zu würdigen – sie stand da wie versteinert –, und drang weiter ins Haus vor.

»Da sind noch mehr!«, rief er zu ihr zurück. »Drei, vielleicht vier Leichen, soweit ich sehen kann.«

Sie schloss kurz die Augen, vom Entsetzen überwältigt. So viele Tode und alles nur ihretwegen. Weil sie etwas gewollt hatte, das ihr so einfach erschienen war, so bescheiden. Nur eine Chance auf ein Leben.

»Susanna, schnell, das musst du dir ansehen.« Jacks Stimme kam irgendwo aus den Tiefen des Hauses. Er redete leise, ohne zu stocken, aber ein Anflug von Panik lag darin.

Er hatte etwas gefunden.

Sie wollte das nicht sehen. Wirklich nicht. Trotzdem setzte sie sich in Bewegung, Schritt für Schritt. Aus dem Augenwinkel erhaschte sie einen Blick in den Raum, der ihr als Erstes aufgefallen war – das schwach beleuchtete Wohnzimmer. Sie schaute nicht hin – nicht bewusst –, drehte ihren Kopf kein bisschen in diese Richtung und trotzdem nahm sie das Schlachtfeld darin wahr.

»Susanna?« Jacks Stimme klang jetzt näher und sie folgte ihr zu einem Hinterzimmer. Dort kniete er neben einem umgekippten Stuhl und fuhr mit der Hand langsam eine kaum sichtbare Rille in den Dielenbrettern nach.

In ihrem Kopf schrillte der Dämonenalarm los wie eine Sirene, was allerdings nicht nötig gewesen wäre. Sie sah Jack an, der sein Ohr an die Dielenbretter hielt.

»Ich weiß, wo die Dämonen sind. Da! Hör mal!«

KAPITEL 34

»Nest?«, flüsterte Dylan. »Was soll das heißen, ein Nest?«

Die Dämonen, vermutlich satt und träge von ihrem Festmahl, hatten sich im Keller verschanzt. Als sie mit Tristan eintraf, hatten Susanna und Jack bereits drei Eingänge in diesen Untergrundbereich entdeckt: die Falltür im Esszimmer, ein schmales Fenster auf der Rückseite des Gebäudes und eine Tür an der Seite. Die Falltür ging nicht auf, das enge Fenster war zersprungen und das Loch mit einem Lumpen provisorisch zugestopft.

Blieb nur die Tür.

Sie war ebenfalls verschlossen, aber Tür wie Rahmen, beides aus Holz, waren halb verfault und aufgequollen von der Feuchtigkeit, und wenn Tristan recht behielt, würde sie sich mühelos aufbrechen lassen.

Es war noch nicht Morgen, aber hell genug, dass sie in den dunklen Garten sehen konnten, und Tristan wollte nicht länger warten.

»Also, was machen wir jetzt?« Jack sah ihn fragend an und Dylan musste Tristan insgeheim recht geben: *Er* hätte Jacks Seelenfahrer sein sollen und nicht Susanna. Was er ja auch gewesen wäre, wenn sie ihn nicht in diese Welt gebracht hätte.

»Tristan«, fing Susanna an. Auch sie lud alle Verantwortung auf seinen Schultern ab.

Ohne sie zu beachten, trat er gegen die Holztür. Ein vielstimmiges Fauchen drang durch den engen Spalt zwischen Tür und Rahmen. Das klang so, als wären jede Menge Dämonen dort unten versammelt, auch wenn Dylan nicht genug Erfahrung hatte, um es wirklich beurteilen zu können. »Feuer«, murmelte Tristan schließlich. »Wir setzen ein Feuer in Gang. Verbrennen sie in ihrem Nest.«

»Ein Feuer?«, wiederholte sie und biss sich auf die Lippen. Ihre Augen wanderten zum Haus hinauf, zu den Toten darin. Tristan war hineingegangen, um sich mit eigenen Augen von dem Massaker zu überzeugen. Er war schnell wieder zurückgekommen, das Gesicht kreideweiß vor Horror, und da wusste sie, dass sie sich den Anblick ersparen konnte.

Trotzdem fand sie es schrecklich, ein Feuer unter den Toten anzuzünden, noch bevor sie überhaupt entdeckt worden waren – sie hatten doch sicher Angehörige und Freunde. Wenn alles zu Asche verbrannte, konnten die Leichen vielleicht gar nicht mehr identifiziert werden?

»Tristan …«

»Ich weiß«, sagte er leise. »Aber sie sind jetzt fort, Flammen können ihnen nichts mehr anhaben. Und außerdem – du glaubst doch nicht, dass die Polizei diese Morde jemals aufklären wird?«

Dagegen ließ sich nicht viel einwenden. Die Polizei konnte bis in alle Ewigkeit ermitteln und Fragen stellen, ohne der Wahrheit auch nur einen Schritt näher zu kommen.

»Bist du sicher, dass das funktioniert?«, fragte sie.

»Alle verbrennen?«

»Im Niemandsland nicht. Aber hier sind sie wie Susanna und ich. Sie haben mehr Substanz. Du wirst sehen, es geht. Im Moment sind sie satt und träge von ihrem Mahl – wir müssen sie einfach so lange wie möglich da unten halten. Wenn sie dann doch entkommen, werden sie hoffentlich geschwächt genug sein, dass wir sie vollends erledigen können.«

»In Ordnung.«

»Also dann, bringen wir's hinter uns«, sagte Jack. Ihm machte es offenbar nicht das Geringste aus, dieses Haus abzufackeln. Vielleicht, weil es nicht seine erste Brandstiftung war, schoss es Dylan durch den Kopf.

Auf der vermüllten Straße und in den umliegenden Gärten sammelten Jack und Tristan alles ein, was auch nur annähernd brennbar war – einschließlich einer Flasche Feuerzeugbenzin. Sie gingen kurz ins Haus zurück – durch die Hintertür, damit sie von der Straße aus nicht gesehen werden konnten –, um das Benzin durch die Falltür hinunterzuschütten. Es war ganz einfach: Sie zwängten ein Messer unter den Rand der Klappe und stemmten sie weit genug auf, dass die Tülle des kleinen Kanisters hineinpasste.

»War nicht mehr viel drin«, stellte Tristan fest, als sie wieder herauskamen. »Aber ich denke, es reicht, um das Feuer richtig in Gang zu bringen.«

»Und jetzt wir?«, fragte Dylan, als er sich aufrichtete. Tristan nickte. »Also gut.«

Sie gingen in den Hof zurück, um nach brauchbaren Waffen zu suchen. Der Garten war alles andere als eine grüne Oase, aber zumindest stellten die Leute dort offenbar ihren Sperrmüll ab.

»Hier.« Tristan hatte endlich einen Spaten und eine rostige Brechstange aufgetrieben. Den Spaten wollte er ihr geben. »Du stellst dich ans Fenster, Dylan. Ich glaube zwar nicht, dass sie auf diesem Weg herauszukommen versuchen, aber falls doch, haust du ihnen das Ding über den Kopf.«

Dylan behielt ihre Hände an der Seite. »Ich will lieber die Brechstange.«

»Mit dem Spaten kannst du besser zuschlagen«, wandte Tristan ein.

»Der sieht so schwer aus.«

Tristan packte den Spaten fester und ließ ihn ein paarmal auf und ab hüpfen. Dann reichte er ihr doch die Brechstange. »Und pass auf, dass du nicht danebentriffst.«

Jack hatte einen splitterigen Ast gefunden, den er wie einen Baseballschläger hochriss, und Susanna hielt in jeder Hand eine zertrümmerte Glasflasche.

Bevor Dylan auch nur ihre Beine in den Boden stemmen konnte, hatte Tristan bereits einen alten Lappen angezündet. Er wartete ein paar kostbare Sekunden lang ab, bis Flammen hochschlugen, dann zerrte er mit aller Kraft an der Tür. Wie vermutet, gab sie sofort nach und die Bolzenschraube löste sich von dem schwammig weichen Holz. Aus dem Keller unten drang eine wilde Kakofonie aus Zischen und Knurren herauf, aber sonst passierte nichts.

Dylan schleuderte den Lappen mit aller Kraft hinunter, sah aber im selben Moment, wie Tristan innehielt und angestrengt durch den winzigen Spalt spähte, wahrscheinlich um sicherzugehen, dass der brennende Lappen das Benzin in Brand gesteckt hatte. Was offenbar der Fall war, denn er knallte die Tür wieder zu, einen zufriedenen Ausdruck im Gesicht.

Dylan konzentrierte sich auf das Fenster. Es war mit einem Tuch verstopft, aber das Glas war zersprungen und die Dämonen mussten ja irgendwie hinein- und wieder herausgekommen sein. Durch die Falltür jedenfalls nicht. Zuerst blieb alles ruhig. Dann wurden die Dämonen lauter.

Sie zischten. Jaulten. Gefolgt von Wummern, Knallen und Heulen. Dylan warf einen Blick auf die Häuser, die zum Garten hin lagen, um zu checken, ob irgendwelche neugierigen Gesichter in den Fenstern auftauchten. Aber nichts. *Noch* nicht. Sie überkreuzte kurz die Finger und betete, dass die Nachbarn ringsum schliefen.

Als sie sich wieder dem Fenster zuwandte, quollen Rauchschlieren durch das Loch in der Scheibe. Sie schlängelten sich heraus und verschwanden, sobald sie auf die frische Luft draußen trafen. Aber andere folgten nach, und zwar in Scharen. Innerhalb von Sekunden wurde der Rauch dicker, dunkler. Der Keller brannte lichterloh. Hoffentlich auch die Dämonen.

Und dann schrien sie. Es waren keine menschlichen Schreie, sie waren jedoch laut genug, um aus dem Keller zu dringen. Laut genug, um vielleicht die Nachbarn zu wecken.

»Tristan!«, rief sie. Das konnte nicht gut gehen. Es würde sicher jemand kommen und nachsehen, was hier vor sich ging, bevor sie ihre Aufgabe zu Ende bringen konnten. Dann wurden sie verhaftet – ein Haus anzünden war keine Lappalie. Das war Brandstiftung, und wie sollten sie erklären, was sie hier gemacht hatten? Ganz zu schweigen von den Toten …

»Tristan!«

Aber ihm war offenbar derselbe Gedanke durch den Kopf geschossen wie ihr. Er gab den Plan auf, die Dämonen lebendig zu verbrennen, und riss die kaputte Tür auf. Durch die Luftzufuhr wurde das Feuer noch mehr angefacht, das wusste sie. Aber gleichzeitig eröffnete es den Dämonen einen Fluchtweg.

Den sie sofort ergriffen.

Es verging keine Sekunde, bis einer von ihnen aus der Öffnung schoss, direkt auf Tristan zu. Sie sah, wie er den Spaten schwang und mit einem dumpfen »Womm« sein Ziel traf. Der Dämon wirbelte herum und landete ein paar Schritte entfernt auf dem Boden. Tristan war bereits wieder herumgeschnellt, um die nächste Kreatur, die etwas vorsichtiger herauskam, in Empfang zu nehmen. Doch plötzlich sah Dylan, dass der Dämon auf dem Boden sich zuckend und zappelnd herumwarf. Er war nicht tot.

Bevor sie schreien konnte, war Jack da. Mit einem einzigen brutalen Hieb zerhackte er den Dämon in zwei Teile.

»Dylan?« Tristans Schrei ließ sie hochfahren, aber er schaute nicht sie an, sondern zum Fenster. Als sie seinem Blick folgte, sah sie gerade noch, wie ein Dämon sich durch die zugestopfte Scheibe wand. Unter wildem Zischen und Herumpeitschen kam er frei.

»Ich hab ihn!«

Mit drei Schritten war sie dort. Ihr erster Schlag ging daneben – die Brechstange landete auf der Backsteinwand unter dem Fensterrahmen und jagte Schockwellen durch ihren Arm, aber beim zweiten Mal traf sie ihr Ziel. Sie legte ihre ganze Kraft in den Schlag, doch der Dämon wollte immer noch nicht sterben. Sie musste ein zweites Mal zuschlagen, dann noch einmal. Beim letzten Mal traf sie nicht nur den Dämon, sondern mit ihm auch die Fensterkante – hart genug, um das Monster endgültig zu erledigen, aber die Scheibe ging dabei ebenfalls in die Brüche. Der Lappen fiel herunter und schwarzer Rauch quoll heraus …

… zusammen mit einem Dämon. Nein, zwei Dämonen. Drei.

In die Rauchschwaden unter dem Dämmerungshimmel gehüllt, schossen sie auf Dylan zu. Blitzschnell wirbelte sie zu dem ersten Dämon herum, der nahe genug war, dass sie die messerscharfen Krallen und die pechschwarzen Augenlöcher sehen konnte. Zum Schreien blieb keine Zeit, also riss sie die Brechstange herunter, so fest sie konnte, wobei sie sich fast ein Auge ausstach. Aber sie schaffte es, den Dämon weit genug zurückzuschlagen, dass sie die Metallstange wieder herumreißen konnte. Sie schlug mit aller Kraft zu und wusste, dass er tot war, noch bevor er auf dem Boden aufschlug.

Dann das Splittern von Glas neben ihrem linken Ohr und sie duckte sich schreiend herunter.

»Ist schon gut«, keuchte Susanna, die mit ihren spitzen Flaschenscherben einen weiteren Dämon zerhackte. »Ich habe ihn.«

»Wo ist der andere?«, fragte Dylan.

»Tristan hat ihn getötet«, sagte Susanna.

Dylan war völlig außer Atem, ihr Herz hämmerte wild, und ein gewaltiger Adrenalinschwall rauschte durch ihre Adern, halb Angst, halb Euphorie. Sie wischte sich den Schweiß von der Stirn und schaute sich um. Das Feuer war jetzt nicht mehr zu übersehen. Rauch quoll aus den Fenstern im Erdgeschoss und aus der kleinen Kellerluke vor ihr. Durch die Tür, vor der Tristan stand, züngelten Flammen. Sie hatten völlig die Zeit aus den Augen verloren. Wenn sie noch länger hierblieben, würde sie jemand entdecken.

Tristan sah das offenbar genauso. Er warf seinen Spaten weg und drehte sich zu den anderen um. »Das waren alle, denke ich.« Er schaute Susanna an, die zustimmend nickte. »Wir müssen sofort hier weg.«

Die Dämonen, die sie vernichtet hatten, lösten sich in Rauch auf, der in die Luft stieg und sich mit dem noch dickeren, beißenderen Qualm vermischte, der aus jeder Ritze des Gebäudes drang. Tristan verrammelte die Kellertür, so gut er konnte, und eilte an Dylans Seite.

»Also los.«

Er führte sie nicht um das Gebäude herum, sondern nahm eine Abkürzung – und so sprangen sie über den Zaun der Nachbarn, huschten durch den Garten und landeten auf allen vieren auf der Straße, ein Haus von dem prasselnden Feuer und zwei Häuser von den beiden Leichen in dem engen Fußweg entfernt. Tristan schlug sofort die entgegengesetzte Richtung ein, den Kopf tief gesenkt und in zügigem Tempo, mit Jack dicht auf den Fersen, aber Dylan konnte der Versuchung nicht widerstehen, einen kurzen Blick über die Schulter zu werfen. Auch Susanna hielt neben ihr an.

Auf der Straße liefen die Leute zusammen. Einige von ihnen, zum Teil im Pyjama, gingen näher zum Haus und zeigten auf den Qualm, der dort herausquoll. Dylans Augen weiteten sich, und während sie noch hinstarrte, drehte sich einer in der Menge um und fing ihren Blick auf. Abrupt wandte sie sich ab, damit er sich nicht an ihr Gesicht erinnerte.

»Müssen wir nicht rennen?«, fragte sie und lief ein paar Schritte, bis sie Tristan und Jack eingeholt hatte. Für ihren Geschmack waren sie immer noch viel zu nahe am Ort des Verbrechens – mehrerer Verbrechen, von denen eines auf ihr Konto ging, nämlich die Brandstiftung.

»Nein.« Tristan fasste nach ihrer Hand, um sie aufzuhalten.

»Wir machen uns nur verdächtig«, stimmte Jack zu.

Und der musste es schließlich wissen.

Bitte, dachte sie, während sie durch die Straßen gingen, *bitte mach, dass es jetzt gut ist.* Sie hatte das alles so satt – die unerlösten Seelen und verliebten Seelenfahrerinnen, die Dämonen und Inquisitoren und vor allem die Risse im Schleier zwischen den Welten.

Keine Aufregung mehr, keine Katastrophen. Sie wollte nur noch ein normales, schönes Leben mit diesem Wesen aus der anderen Welt, das sie auf ihre Seite hinübergezogen hatte, nachdem sie bei einem Zugunglück gestorben war. War das wirklich zu viel verlangt?

KAPITEL 35

Vierzehn Stufen. Siebenundzwanzig Sekunden.

So lange konnte Susanna noch hoffen, dass jetzt alles wieder in Ordnung war.

Und keinen Augenblick länger.

Jack und Dylan schienen nicht zu merken, dass etwas nicht stimmte, aber Tristan neben ihr erstarrte. Zuerst dachte sie, er hätte es auch gespürt – diese seltsamen, bedrohlichen Schwingungen. Das Gefühl, von unglücklichen Augen beobachtet zu werden. Aber dann, einen Moment später, wurde ihr klar, dass sie gelähmt war – zur Salzsäule erstarrt –, ohne ihre Füße rühren zu können. Ihre Arme konnte sie zumindest noch ein wenig bewegen. Mühsam streckte sie die Hand aus und fasste Tristan am Arm.

»Was geht da vor?«, keuchte sie.

»Er ist da.«

»Wer?« Dann dämmerte es ihr. »Der Inquisitor?«

Tristan brachte ein Nicken zustande.

Der ferne Schein des Feuers wurde von kaltem weißem Licht überstrahlt.

Dylan war sofort an Tristans Seite, schmiegte sich in ganzer Länge an ihn. Sie suchte die Straße nach dem Inquisitor ab, und als Susanna ihre angespannte Haltung sah, ihren zusammengepressten Kiefer, wusste sie, dass sie sich dafür stählte, Tristan zu verteidigen.

Statt sich hinter ihm zu verstecken, Schutz bei ihm zu suchen, wollte sie ihren Seelenfahrer beschützen.

Verwundert schaute Susanna zu Jack. Er drehte den Kopf hin und her, die Fäuste kampfbereit geballt. Ganz vorsichtig, Schritt für Schritt, wich er von den anderen zurück, und ihr schoss kurz die deprimierende Erkenntnis durch den Kopf, dass er sie jederzeit im Stich lassen würde, wenn er die Chance dazu bekäme.

Einen Moment später zuckte ihr ein stechender Schmerz durch den Körper, und sie sah, wie Jack beide Hände auf seinen Bauch presste. Dicke Blutstropfen sickerten zwischen seinen Fingern hervor.

»Jack«, zischte sie zwischen zwei Schmerzwellen. »Komm zurück.«

Er wollte nicht, das konnte sie sehen, aber der Schmerz war einfach zu groß. Mit jedem Schritt, den er zurückging, wurde es besser, und bald rannte er im Laufschritt auf sie zu. Erst als er neben ihr stand, konnte sie wieder richtig durchatmen.

»Was zum Teufel war das?«, fauchte er.

Ihr blieb keine Zeit zu antworten, denn plötzlich erschien der Inquisitor vor ihnen. In einem Wimpernschlag füllte er Susannas gesamtes Blickfeld aus.

»Seelenfahrer«, donnerte das Wesen und durchbohrte sie mit seinen Blicken. Es war keine Frage, an wen er sich wandte. »Du weißt, wer ich bin?«

Sie brachte ein Nicken zustande, halb wahnsinnig vor Angst. Tristan hatte sie gewarnt, dass der Inquisitor über große Kräfte verfügte, dass er ihre Muskeln lähmen, ihr den eigenen Willen stehlen konnte – aber die Wirklichkeit war noch zehnmal schlimmer, als sie es sich je hätte vorstellen können.

Das Wesen drehte sich kurz zu Tristan um, sodass Susanna eine Sekunde lang aufatmen konnte, ehe das blendende Licht sich wieder auf sie richtete.

»Seelenfahrer, du hast deine Pflichten vernachlässigt.«

Sie öffnete den Mund, aber kein Ton kam heraus.

»Du hast deine dir anvertraute Seele nicht ins Jenseits geführt, wie es deine Aufgabe war, ja schlimmer noch, du hast sie dazu verleitet, in ihren Körper und in die wirkliche Welt zurückzukehren.«

Die Worte kamen völlig teilnahmslos heraus, als läse der Inquisitor eine Anklageschrift vor oder zitierte Paragrafen aus einem Gesetzbuch.

»Du bist aus dem Niemandsland geflohen, hast deinen Posten im Stich gelassen, deine geheiligten Pflichten missachtet. Du wolltest dich als Mensch ausgeben, eine Selbstermächtigung, die dir absolut nicht zusteht. Du hast zugelassen, dass das Böse in diese Welt einsickert und den Tod von Seelen verursacht, deren Zeit noch nicht gekommen war.« An dieser Stelle hielt der Inquisitor inne, und sie spürte die Hitze seines Blicks, die sich schmerzhaft in ihren Geist bohrte. »Du hast den Tod unschuldiger Seelen zu verantworten. Das Blut, das vergossen wurde, haftet an deinen Händen.«

Obwohl sie wusste, dass der Inquisitor das nicht wörtlich meinte, starrte sie auf ihre Hände hinunter, als wären sie tatsächlich mit Blut befleckt.

Aber da war nur blasse, makellose Haut, bis Jacks raue Finger mit den ausgefransten Nägeln ihr schmales Handgelenk packten und daran zerrten. Mit eisernem Griff zog er sie zu sich her.

»Ich weiß nicht, was zum Teufel hier vorgeht«, zischte er ihr ins Ohr, »aber lass uns jetzt endlich gehen.«

Zum ersten Mal in ihrer kurzen Bekanntschaft stimmte sie

ihm uneingeschränkt zu. Das Problem war nur – sie konnte nicht. Wie sollte sie gehen, wenn ihre Füße am Boden festklebten und ihre Muskeln nicht reagierten? Ein Schrei entwich ihren Lippen, als Jack so grob an ihr zerrte, dass er ihr fast den Arm auskugelte.

»Ich hau ab«, zischte er wütend. »Ich lass dich allein zurück, und das ist mein voller Ernst!«

Susanna schaute den Inquisitor an, der die Szene mit unbewegter Miene mitverfolgt hatte. Ohne jede Gefühlsregung.

»Das kannst du nicht«, sagte sie zu Jack, während sie zu ihm herumwirbelte. »Sonst stirbst du. Wir sterben beide.«

Das nahm ihm ein wenig den Wind aus den Segeln. Sie wand ihr Handgelenk aus seinem Griff und drehte sich zum Inquisitor um.

»Seelenfahrer«, fuhr dieser fort, als wären Jacks Drohungen, sich von ihr zu trennen, vollkommen irrelevant. »Du hast deine Verbrechen vernommen. Hast du noch etwas zu sagen, bevor das Urteil verkündet wird?«

Urteil? Sie überlegte fieberhaft, suchte nach einer überzeugenden Verteidigung. Aber ihr fiel nichts sein. Das Einzige, was sie vorbringen konnte, war die ungeschönte Wahrheit.

»Ich wollte nur leben«, sagte sie flehend. »Es tut mir leid. Ich …« Sie schluckte, schaute zu Tristan hinüber, obwohl es unfair war, ihn mit hineinzuziehen, wenn er vielleicht noch eine Chance hatte. Er und seine Seele. »Ich wollte doch nur leben.«

Der Inquisitor starrte sie mit seinen glühenden Augen an, die nie zu blinzeln schienen. Die Zeit dehnte sich qualvoll in die Länge, die Geräusche der Welt um sie herum verebbten, und sie nahm kaum wahr, dass Jack ihr mehrmals »Susanna!« ins Ohr zischte.

»Du bist schuldig.«

Eine Sekunde lang war sie erleichtert, dass der Bann endlich gebrochen war, aber dann überrollte sie das Entsetzen in endlosen Wellen, während sie darauf wartete, was als Nächstes kommen würde.

»Du hast das Leben verwirkt, das du in dieser Welt gestohlen hast. Die Welt der Lebenden darf nicht den Launen derer zum Opfer fallen, die nicht sterblich sind. Du wirst ins Niemandsland zurückkehren und deine Strafe antreten.« *Strafe?*

»Zur Hölle damit!«, fluchte Jack und wirbelte herum. »Ich haue ab.«

»Jack! Nein! Du weißt doch, dass das nicht geht!« Hilflos schaute sie zu, wie Jack davonstürmte. Er schaffte es fünf Meter, dann zehn. Noch zwei und er geriet ins Stolpern. Hielt sich die Seite. Gleichzeitig spürte Susanna die Wunde des Messers, das in Jacks Bauch gerammt worden war. »Jack, hör auf!«

Dunkel nahm sie wahr, wie Dylan aufschrie, wie sie versuchte, Jack zurückzurufen. Aber er ignorierte sie genauso wie Susanna. Tristan, der Einzige, auf den er vielleicht gehört hätte, blieb stumm. Mit Tränen in den Augen und keuchend vor Schmerzen drehte sie sich zum Inquisitor um.

»Bitte!«, flehte sie ihn an. »Lass es aufhören!«

»Du hast deine Seele nicht gut gewählt«, erwiderte der Inquisitor streng. »Ich kann das Band zwischen euch sehen. Es ist schwarz, aus Gier und Eigensucht entstanden. Du hast Unschuldige sterben lassen, nur um dir deine egoistischen Wünsche zu erfüllen. Du verdienst weder mein Mitleid noch mein Erbarmen.«

»Bitte«, wiederholte sie und fiel auf die Knie.

»Nein.« Der Inquisitor schüttelte den Kopf. »Du wirst ins Niemandsland zurückkehren. An deinen Posten. Und du kannst dankbar sein, dass ich dir das gewähre, statt dich in ein hirnloses Monster zu verwandeln.«

»Und was ist mit Jack, meiner Seele?«

Der Inquisitor richtete seinen leidenschaftslosen Blick auf Jack, der immer noch wegzukriechen versuchte, wobei er eine Blutspur auf dem Boden hinterließ.

»Deine Seele hat den Tod gewählt«, sagte der Inquisitor. »Ich muss nichts tun.«

Kaum hatte er diese Worte ausgesprochen, brach Jack zusammen. Er machte noch einen letzten, verzweifelten Versuch, sich aufzurichten, bevor er rücklings auf den Asphalt stürzte. Seine Brust hob und senkte sich einmal, zweimal, dreimal. Dann lag er still.

Der Inquisitor schnellte wieder zu Susanna herum und hob die Hand.

»Warte!« Tristan zuckte, als wollte er vortreten, was ihm natürlich nicht gelang, weil er genauso gelähmt war wie sie. »Gib ihr noch eine Chance! Sie hat uns geholfen, hat versucht, das alles wieder ...«

»Zu dir komme ich noch«, donnerte der Inquisitor. »Und du tust gut daran, dir deine Bitten für dich selbst aufzusparen.«

Tristan öffnete den Mund, um zu protestieren, aber ein schneller Blick zu Dylan, die das Ganze mit großen Augen und offenem Mund mitverfolgte, ließ ihn verstummen. Er drehte seinen Kopf zu Susanna, warf ihr einen entschuldigenden Blick zu. Und sie verstand. Sie kannte Tristan seit einer Ewigkeit, aber nie hatte er sie so angesehen wie Dylan. Sie konnte ihm vielleicht eine gute Freundin sein – Dylan war seine Seelengefährtin.

Auf ihren Wangen glitzerten Tränen, als sie flüsterte: »Ich bin bereit.«

KAPITEL 36

Vor Dylans Augen löste Susanna sich in Luft auf.

Sie blinzelte, aber es war keine Illusion. Gerade noch hatte die dunkelhaarige Seelenfahrerin vor ihnen gestanden, vom Inquisitor an Ort und Stelle festgebannt, und jetzt war sie fort. Im Hintergrund lag Jack reglos auf dem Gehsteig, auf den er gestürzt war. Auch er war fort. Übrig blieb nur seine leere Hülle.

Tiefes Mitleid stieg in Dylan auf, aber sie durfte sich nicht davon überwältigen lassen, solange sie Angst um Tristan und sich selbst haben musste.

»Und nun du, Seelenfahrer.« Der Inquisitor wandte seine Aufmerksamkeit Tristan zu und Dylans Herz setzte einen Schlag lang aus.

»Ich habe gemacht, was du verlangt hast«, sagte Tristan schnell, um dem Inquisitor zuvorzukommen. »Die Dämonen sind tot und ich habe die Risse im Schleier zwischen den beiden Welten geschlossen.« Der Inquisitor gab keine Antwort. »Das war der Deal.«

Dylan suchte im Gesicht des Inquisitors nach irgendeiner Regung. Aber da war nichts. Gar nichts.

»Glaubst du etwa, du wärst in einer Position, so mit mir zu sprechen, Seelenfahrer?«

Zerknirscht senkte Tristan den Blick, was offenbar die richtige Reaktion war, denn der Inquisitor nickte unmerklich.

»Du kannst dich glücklich schätzen«, fuhr er fort und sein Missfallen war fast mit Händen zu greifen. »Ich könnte – und sollte – dich zum selben Schicksal verdammen.« Er hielt inne, ließ seinen Blick zwischen Tristan und Dylan hin- und herwandern.

»Das Band zwischen Susanna und Jack war böse, aus Gier geboren, während eures hell und strahlend ist. Es leuchtet, und ich werde nicht derjenige sein, der dieses Licht auslöscht.« Drohend trat er einen Schritt vor. »Aber sollte so etwas noch einmal vorkommen, sollten noch mehr Dämonen auf dieser Ebene erscheinen, so erwarte ich von dir, dass du dich darum kümmerst, Seelenfahrer.«

Dylan wimmerte leise neben Tristan – allein der Gedanke jagte ihr eisige Schauer über den Rücken –, aber er nickte, ohne zu zögern. Dazu hatten sie sich schließlich verpflichtet.

»Du und deine Seele, ihr dürft niemals das Wissen, das ihr besitzt, mit anderen teilen. Solltet ihr es dennoch tun, habt ihr euer Leben verwirkt, ebenso wie das Leben all jener, denen ihr euch anvertraut habt.«

Wieder nickte Tristan und sie folgte seinem Beispiel.

Die Drohungen des Inquisitors erübrigten sich; keiner von ihnen würde jemals ein Sterbenswörtchen darüber verlieren, gegenüber wem auch immer. Bis in alle Ewigkeit nicht.

Der Inquisitor neigte den Kopf. »Dann sind wir fertig.«

Erleichtert sank Dylan an Tristans Schulter. Sie schaute zu, wie der Inquisitor sich umdrehte, konnte es kaum fassen, dass der Albtraum tatsächlich vorbei war. Im nächsten Moment verschwand die Kreatur und das Dämmerlicht wirkte auf einmal sehr dunkel.

Tristan bewegte sich, und da wusste sie, dass er die Macht über seinen Körper wiedererlangt hatte. Ehe sie sichs versah, packte er sie mit beiden Händen und zog sie in eine stürmische Umarmung. Sie konnte kaum atmen, aber statt sich von ihm loszureißen, schlang sie ihrerseits die Arme um ihn und drückte ihn, bis auch ihm die Luft wegblieb.

»Wir sind frei, Dylan.«

»Bitte«, flüsterte sie und schmiegte ihr Gesicht in seinen dicken Wollpullover, der einen durchdringenden Rauchgeruch verströmte, »bitte, können wir jetzt nach Hause gehen?«

»Ja«, sagte er mit erstickter Stimme. »Ich glaube, das können wir.«

KAPITEL 37

Nach einer gefühlten Ewigkeit standen sie endlich vor Dylans Haus. *Unserem Haus*, dachte Tristan. Er wohnte jetzt hier.

Er hatte ein Zuhause.

Hoffentlich auch noch morgen.

Sie hatten Stunden gebraucht, um von Glasgow hierher zurückzukommen, schweigend, bedrückt und ohne Jacks Auto als Transportmittel. Und Tristan ahnte dunkel, dass das alles doch noch nicht zu Ende war. Ein Blick auf seine Uhr sagte ihm, dass es fast Mittag war – weit mehr als vierundzwanzig Stunden, seit sie am Tag zuvor aufgebrochen waren. Dylans Eltern mussten außer sich sein vor Angst und Sorge. Und natürlich sehr, sehr wütend.

»Komm«, murmelte Dylan neben ihm. Sie war so erledigt, dass sie auf ihren Füßen schwankte. »Bringen wir es hinter uns.«

Sie brauchte zwei Anläufe, um den Schlüssel ins Schloss zu stecken, schaffte es einfach nicht, ihre Bewegungen zu koordinieren. Nach dem zweiten missglückten Versuch schob er sie sanft beiseite und schloss für sie auf. Er musste sie praktisch die Treppe hinauftragen.

»Also, jedenfalls macht das unsere Story ein bisschen glaubwürdiger«, murmelte Dylan schläfrig, als sie endlich die Wohnungstür erreicht hatten. »Ich fühle mich wirklich so, als ob ich betrunken wäre.«

Sie hatten unterwegs an einer Ausrede gebastelt, warum sie die ganze Nacht weggeblieben waren. Eine Party? Ein Unfall? Eine Spritztour? Aber egal, was sie erzählen würden, Joan würde ihnen sowieso nicht glauben.

Und das nach allem, was sie durchgemacht hatten, was sie seit dem Auftauchen des Inquisitors hatten einstecken müssen. Etwas derart Banales wie eine Ausrede für Dylans Mutter erschien Tristan geradezu absurd, aber Dylan hatte natürlich allen Grund dazu, sich Sorgen zu machen. Es war Joans Wohnung, nicht ihre. Und Dylan war minderjährig, auch wenn sie ihm selbst noch so reif und erwachsen vorkam. Wenn Joan ihn hinauswarf, wenn sie sich an die Behörden wandte und dafür sorgte, dass er sie nicht mehr sehen durfte, war es aus. Und dazu war sie befugt, so viel wusste er.

Für ihn wäre es das Todesurteil.

Endlich betraten sie den Flur.

»Nein, warten Sie einen Moment, Officer«, hörte er Joan sagen. »Da kommt jemand.«

Im selben Moment streckte Dylans Dad seinen Kopf zur Wohnzimmertür heraus.

»Ja, das sind sie«, sagte er zu Joan. Dann kam er ihnen entgegen.

James war ein großer Mann. Größer als Tristan, und ziemlich fit für sein Alter. Und als er durch den Flur auf sie zustolzierte, fragte Tristan sich einen Augenblick, ob es vielleicht klüger wäre, vor ihm zurückzuweichen, als hätte er Angst vor ihm – was auch ein bisschen zutraf –, aber leider fehlte ihm der Platz dafür.

»Ihr habt vielleicht Nerven«, knurrte James. »Wo zum Teufel wart ihr?«

»Einfach weg«, murmelte Dylan schläfrig blinzelnd. Sie schien nicht zu merken, dass James sich nicht an sie gewandt hatte.

»Dylan?« Joans Stimme klang angespannt und gereizt, aber ohne den drohenden Unterton, der bei James mitschwang. »Alles in Ordnung mit dir?« Aufgeregt stürzte sie in den Flur heraus.

James nahm Dylan sanft, aber fest am Arm und führte sie ins Wohnzimmer. Tristan folgte ihnen und setzte sich neben Dylan, als ihr Vater sie auf die Couch drückte.

»Wo in aller Welt wart ihr?« Joan diesmal. Mit verschränkten Armen und schmalen Augen.

»Wir waren auf einem Trip«, murmelte Dylan.

»Auf einem Trip?« Joans Augenbrauen gingen in die Höhe, bis sie fast unter ihrem Haaransatz verschwanden. »Ihr wart die ganze Nacht weg. Seit wann machen fünfzehnjährige Mädchen die ganze Nacht durch, ohne etwas zu sagen?«

»Keine Ahnung«, pampte Dylan wie ein aufmüpfiger Teenager zurück. Tristan konnte nicht sagen, ob es gespielt oder echt war, aber auf jeden Fall klang es überzeugend. »Das war irgendwie ganz spontan. Tut mir leid.«

»Tut dir leid?«, wiederholte Joan. »Ach ja?« Sie schwenkte theatralisch einen Arm in der Luft. »Du warst fast zwei Tage weg, ohne irgendein Lebenszeichen zu geben. Ich dachte schon, du bist tot – wieder mal. Ich musste von der Arbeit wegbleiben, sodass ich das Geld für die heutige Schicht verloren habe, wir waren fast wahnsinnig vor Sorge und dir fällt nichts anderes ein als ›Tut mir leid‹?« Dylan öffnete den Mund, kam aber nicht dazu, etwas zu sagen. »Ich weiß nicht, was in letzter Zeit in dich gefahren ist, oder nein, ich weiß es nur zu gut, meine Liebe.«

Perspektivenwechsel. Endlich. Jetzt rückte er ins Rampenlicht.

»Du …« Joan zeigte auf ihn, ihr Finger durchbohrte förmlich die Luft. »Du. Du bist der Grund dafür.«

James baute sich drohend neben Joans Schulter auf. »Ich weiß nicht viel über dich, aber anscheinend hat Dylan sich völlig verändert, seit du auf der Bildfläche erschienen bist«, sagte er mit einem Anflug von Schärfe in der Stimme. »Du bist deutlich älter als sie und ich weiß nichts über deinen Background, aber mir scheint, du führst meine Tochter auf Abwege.«

»Tristan kann nichts dafür«, protestierte Dylan sofort. »Es war meine Idee – ich wollte diese Spritztour machen.«

»Na gut.« James trat zwischen sie, was weder Joan noch Dylan gut fanden. Unbeirrt wandte er sich an Tristan: »Wie ich sehe, bleibst du stumm. Was hast du zu deiner Verteidigung zu sagen?«

Tristan starrte ihn an. Je mehr sich Joan in ihre Wut hineinsteigerte, desto ruhiger und kühler wurde James.

»Es tut mir leid«, fing er leise an.

Joan schnaubte.

»James, Joan … ich liebe Ihre Tochter«, fuhr er fort. »Wirklich, ich schwöre es. Sie ist alles für mich.« Ein schneller Blick zu Joan, die steif und unnachgiebig aussah.

»Raus.« James' Stimme war leise, aber fest.

»Nein! Ihr versteht es nicht!« Dylan streckte ihre Hand nach Tristan aus, aber ihr Vater ließ seinen Arm durch die Luft sausen.

»Wir haben ihm genug Chancen gegeben, Dylan. Ich weiß nicht, was genau hier vorgeht, aber es ist nichts Gutes und er bringt dich in Gefahr. Du warst uns eine große Hilfe, Tristan, aber du hast zu viel Unruhe hereingebracht. Wir brauchen dich hier nicht länger, nachdem Dylan fast vollständig wiederhergestellt ist.«

»Bitte …«, fing Tristan an, aber James war bereits aus dem Wohnzimmer gegangen und öffnete ihm die Wohnungstür.

»Raus.«

»Sie verstehen nicht, ich kann nicht …«

»Du willst doch nicht, dass ich die Polizei rufe, Junge, oder? Geh einfach.« James kam zu ihm zurück, packte ihn an den

Schultern und machte Anstalten, ihn mit Gewalt in den Flur und zur Tür hinauszubefördern. Tristan widerstand dem Impuls, ihn abzuwehren – was ihn doppelt so viel Willenskraft kostete, als er hörte, wie Dylan ihre Mutter anschrie.

Das Engegefühl in seiner Brust setzte auf dem Treppenabsatz draußen vor der Wohnung ein. Als er auf die oberste Stufe trat, zuckte der Schmerz wie lauter spitze Nadeln durch seine Beine. Er wappnete sich, alles in ihm sträubte sich dagegen, weiterzugehen, denn er wusste, dass Dylan jetzt dieselben Qualen durchmachte – oder Schlimmeres.

»Tristan, ich warne dich.« James drängte ihn sanft auf die nächste Stufe. »Geh jetzt. Sofort.«

»Bitte hören Sie mir zu«, keuchte Tristan. »Sie verstehen nicht, was Sie Dylan antun. Das bringt sie um.«

»Ach, Unsinn, sie kommt schon drüber weg.« James drängte ihn noch weiter die Treppe hinunter.

Nein, dachte Tristan. *Tut sie nicht.* Aber er brachte die Worte nicht heraus, der Schmerz war einfach zu stark.

Dabei hatten sie sich oft viel weiter voneinander entfernt, aber nie in dem Wissen, dass es eine endgültige Trennung sein sollte.

»Dad!« Dylan schoss aus der Wohnungstür und stolperte auf ihren Vater zu. »Hör auf! Das kannst du nicht machen!«

Sie schaffte es nicht einmal bis zur obersten Treppenstufe, ihre Beine gaben bereits auf dem Flur draußen nach. Tränen strömten ihr über die Wangen und sie fasste sich an den Rücken.

»Dylan!«, krächzte Tristan.

»Da siehst du, was du angerichtet hast«, bellte James und rüttelte ihn grob an den Schultern. »Geh jetzt, damit sie sich wieder beruhigen kann.« Ohne Vorwarnung stürmte er mit ihm los, und Tristan musste sich wohl oder übel mitziehen lassen, wenn er nicht Hals über Kopf die ganze Treppe hinunterpurzeln wollte.

Noch drei Stufen und sie waren im Eingangsbereich unten. Dylans Schmerzensschreie zerrissen die Luft.

»Sie bringen sie um«, stieß Tristan zähneknirschend hervor.

»Sie fängt sich schon wieder.«

»Nein, tut sie nicht.«

Tristan konnte die Qual nicht länger ertragen – er fiel einfach um und landete der Länge nach auf dem untersten Treppenabsatz. James stieg wutschnaubend über ihn hinweg und versuchte, ihn an einem Arm hochzuzerren.

»Tristan!«

Als Tristan den Kopf drehte, sah er, dass Dylan sich bis zur obersten Stufe der Treppe geschleppt hatte. Die Hand, die sie nach ihm ausstreckte, war voller Blut.

»James«, flehte Tristan. »Sehen Sie denn nicht – Ihre Tochter!«

James zögerte kurz, hob den Kopf … und schnappte nach Luft. »Dylan! Bleib da oben, mein Schatz. Du hast dich verletzt.«

»Nein«, murmelte Tristan, der vor Schmerz halb bewusstlos war. »*Sie* haben sie verletzt.«

James schaute auf ihn hinunter und alle Farbe wich aus seinem Gesicht. Tristan konnte sich denken, warum – das Blut, das sein T-Shirt am Rücken durchtränkte, musste inzwischen über den ganzen Boden verschmiert sein …

»Was zum Teufel …«, flüsterte James.

»Ich habe es Ihnen doch gesagt«, keuchte Tristan. »Wir können es nicht erklären, aber Sie dürfen uns nicht trennen. Damit bringen Sie uns um.«

Ein paar Sekunden lang starrte James ihn nur an und er hörte Dylans leises Wimmern von der Treppe oben. Ihr Vater schien es auch zu hören, denn sein Ausdruck veränderte sich.

»In Ordnung«, knurrte er. »Schon gut, dann bring ich dich jetzt erst mal wieder die Treppe hinauf.«

Was gar nicht einfach war, denn Tristans Beine verweigerten ihm den Dienst, aber James schaffte es irgendwie, ihn auf den Treppenabsatz im zweiten Stock hinaufzuhieven, wo er ihn neben Dylan absetzte. Ohne James' aufgeregte Fragen zu beachten, zog Tristan Dylan an seine Brust. Sie zitterte am ganzen Körper, heftige Schauer durchrieselten sie und ihr Gesicht war aschfahl.

»Ich … das ist …« James schüttelte ratlos den Kopf. »Was geht hier nur vor?«

»Das Zugunglück, Dad«, brachte Dylan kaum hörbar heraus. »Seitdem bin ich nicht mehr die Alte. Und ich *brauche* Tristan.«

»Aber …«

»Mehr können wir nicht sagen«, schnitt Tristan ihm kurzerhand das Wort ab. Der Inquisitor ließ nicht mit sich handeln, das wusste er – und das wenige, was sie gerade preisgegeben hatten, war vielleicht schon zu viel.

James seufzte und fuhr sich mit den Fingern durch sein Haar. »Lasst uns einfach wieder reingehen, eure Verletzungen versorgen. Joan kann …«

»Nein!« Dylan schüttelte den Kopf. »Du darfst es ihr nicht erzählen. Das ist wichtig.«

»Dylan, du blutest!«

»Jetzt nicht mehr«, warf Tristan ein und zu Dylan gewandt fügte er hinzu: »Zeig es ihm.«

Vorsichtig drehte sie sich in seinen Armen um und hob ihr T-Shirt am Rücken hinten hoch. Tristan wusste, was James unter dem blutgetränkten Stoff zu sehen bekommen würde – glatte, unversehrte Haut, nur von einer schwachen weißen Narbenlinie durchzogen.

»Das ist unmöglich«, murmelte James.

»Siehst du, Dad?«, sagte Dylan. »Wir müssen zusammenbleiben. Ich weiß, das hört sich verrückt an, aber es ist die Wahrheit.«

»Was ist denn hier los?« Sie zuckten alle drei zusammen, als Joan plötzlich in der Wohnungstür erschien. »Warum ist er noch hier?«

»Mum …«

»Lass nur, Dylan«, unterbrach James seine Tochter. »Das übernehme ich.«

»Du übernimmst *was*?«

»Wir hatten eine Auseinandersetzung, wir drei«, sagte James zu Dylans Mum. »Tristan und ich haben uns ausgesprochen – von Mann zu Mann –, und ich denke, wir konnten ein paar Dinge klären.«

»Von Mann zu Mann?« In Joans Stimme schwang ein abfälliger Unterton mit, aber vor allem klang sie auf einmal sehr erschöpft. Völlig ausgepowert vor Angst und Sorge. Tristan bekam fast ein schlechtes Gewissen, als ihm zum ersten Mal klar wurde, was Dylans Mutter durchgemacht haben musste.

James räusperte sich. »Also, ich denke, wir haben uns verstanden. Von jetzt an kein Schuleschwänzen mehr, und Tristan, du verleitest Dylan nicht mehr dazu, abends so lange wegzubleiben.«

Tristan nickte bereitwillig. »Ja, Sir.« Er hob den Kopf und sah, wie James Dylans Mum anstarrte, etwas Weiches in seinem Blick.

»Eine zweite Chance?«, sagte er leise.

KAPITEL 38

»Ich kann nicht sehen, was sie machen«, beschwerte sich Dylan.

Sie schaute Tristan an. Er lehnte auf ihrem Bett und las in ihrem Kindle, sein Gesicht nur vom Lichtschein des Bildschirms beleuchtet, da sie ihn gebeten hatte, alle Lichter auszumachen.

»Ich muss das Fenster öffnen.«

Er sagte nichts, also öffnete sie den Riegel und schob leise das Fenster hoch. Sie beugte sich hinaus, so weit sie konnte, und reckte den Hals, bis sie zur Eingangstür hinunterschauen konnte. Was sie sah, ließ sie ins Zimmer zurückzucken und auf ihr Bett springen.

»Iiih!«

»Was ist?« Tristan schaute nicht von seinem Buch auf.

»Sie haben sich geküsst!«

Er las weiter, ein leises Lächeln auf den Lippen. »Na und? Was hast du erwartet? Sie hatten schließlich ein Date!«

»Aber sie haben sich geküsst!«

Tristan gab sich geschlagen, legte den Kindle weg und warf ihr einen übermütigen Blick zu. Dann zog er sie an sich. Und wie jeden Tag in den vergangenen vier Monaten flüsterte er ihr ins Ohr: »Ich liebe dich.«

Dylan strahlte bei diesen Worten – äußerlich und innerlich, so wie jeden Tag in den letzten vier Monaten.

»Ich liebe dich auch«, flüsterte sie zurück. »Ich war immer so unglücklich, bis du gekommen bist. Ich hatte keine Freunde und gar nichts und am liebsten hätte ich mich für alle Zeiten irgendwo verkrochen. Und jetzt kann ich's kaum erwarten, rauszugehen und mit dir zusammen die Welt zu erkunden. Ich will alles sehen, alles machen – mit dir.«

»Das werden wir auch«, versprach Tristan. »Wir haben jetzt Zeit – Zeit zu leben. Obwohl …« Ein Funkeln trat in seine Augen. »Also hoffentlich zählen solche Schulfeste nicht zu den Dingen, die du unbedingt ausprobieren musst – das eine hat mir voll gereicht.«

»Ach ja? Und dabei warst du noch nicht mal auf dem Weihnachtsball«, lachte Dylan. »Das darfst du dir auf keinen Fall entgehen lassen! Oder den Gay Gordons Line Dance. Oder Strip the Willow! Du wärst ein toller Dashing White Sergeant!«

Tristan stöhnte, und sie lachte übermütig, genoss es in vollen Zügen, ihn aufzuziehen – genoss *ihn* … und ihr ganzes aufregendes neues Leben. Sie schaute ihm tief in seine leuchtend blauen Augen, senkte den Kopf und küsste ihn. Tristan schlang seine Arme um sie und zog sie noch enger an sich. Endlich lebten sie – fühlten sich so unbeschreiblich, so wunderbar lebendig.

EPILOG

Der Wind heulte. Oder waren es die Dämonen? Susanna konnte es nicht sagen. Sie fühlte sich schwindlig, benommen.

Seltsam – so lief das normalerweise nicht ab. Wo war die Welt? Wo waren die hässlichen Wohnblocks und rostigen Autos? Wo der Blutfleck, den Jack auf dem Gehsteig hinterlassen hatte, als er sich vor seinen Angreifern wegzuschleppen versuchte – dem Tod in die Arme?

»Was ist das?«, rief Jack. Sie konnte ihn kaum verstehen in dem Tosen, Wirbeln und Kreischen, das um sie herum herrschte.

»Das Niemandsland«, rief sie zurück.

»Warum sieht es dann so anders aus?«

Weil das hier wirklich war. Die ungeschönte, blutig rote Realität, die hinter den Projektionen der Seelen lauerte. Das war die Unterwelt, in der die Dämonen sich nicht an die Gesetze von Licht und Dunkelheit halten mussten, weil der glühende Sonnenball am Himmel in düsterem Rot erstrahlte und die Landschaft in einem ewigen Halbdunkel hielt.

Sie starrte Jack an, ihr Magen schlingerte vor Angst. Das hier war die Strafe des Inquisitors. Das Niemandsland auf diese Weise zu durchqueren – nur diesem dünnen tintenschwarzen Fußweg folgend, der sich durch den blutigen Wüstensand zog –, war nahezu unmöglich.

Es war ihr Todesurteil.

»Jack«, sagte sie und drehte sich zu der Seele um, die sie zu weit von ihrem Pfad weggeführt hatte, »es tut mir leid. Es tut mir so schrecklich leid.«

DANKSAGUNG

Ein großes Dankeschön an die folgenden Menschen: An Ben Illis von der Agentur BIA. Der Zug fährt weiter und weiter. Hier also das kleine Buch. An meine Familie, dass ihr mir erlaubt habt, in meinen Kopf zu verschwinden. Für all die Stunden, in denen ich euch sagen musste: »Moment noch«, »Eine Sekunde«, »Bin gleich fertig«. An Floris Books danke, dass ihr mich in eure Familie aufgenommen habt. Ich freue mich darauf, dieses spannende Abenteuer mit euch fortzusetzen. Und schließlich an euch, die ihr »Ferryman – Der Seelenfahrer« gelesen habt und wissen wolltet, wie es mit Tristan und Dylan in der wirklichen Welt weitergeht. Danke, liebe Leserinnen und Leser.

(Ein besonderes *nǐ hǎo* an meine Leserinnen und Leser in China. *Wǒ hěn gāoxing nǐ yě ai Tristan he Dylan*. Ich hoffe, das macht Sinn – ich habe es versucht!)

Claire McFall

Claire McFall, geboren 1984, erhielt für ihr erstes Buch *Ferryman* den *Scottish Children's Book Award* und war zudem für den *Branford Boase Award* und die *Carnegie*-Medaille nominiert. Die Buchserie wurde vor allem in China mit über drei Millionen verkauften Exemplaren ein Riesenerfolg. Die ehemalige Lehrerin lebt heute mit ihrer Familie in Galashiels, einem Ort in der Region Scottish Borders.

Ilse Rothfuss hat Romanistik und Anglistik studiert und in verschiedenen Verlagen gearbeitet, bevor sie sich als Übersetzerin selbstständig gemacht hat. Sie hat vor allem Kinder- und Jugendbücher aus dem Englischen ins Deutsche übersetzt, u.a. von James Dashner, Meg Cabot und Kathryn Lasky. Sie lebt in München.

LESEPROBE

Band 3

»Ferryman – Die Verstoßenen«

KAPITEL 1

Das kann doch nicht wahr sein! Dylan starrte entsetzt auf ihr Abbild in dem bodenlangen Spiegel. Ihre Augen waren geweitet, mit dickem schwarzem Eyeliner umrandet und kunstvoll mit rauchgrauem Lidschatten geschminkt, der dezent schimmerte, wenn sie ihren Kopf hin und her bewegte. Ja, ihre Augen waren okay. Aber der Rest …

Ihr Haar war in alle Richtungen gezerrt und gezwirbelt und stand wie ein Rattennest von ihrem Kopf ab. Mit dem blutroten Lippenstift, der auf ihren Mund geschmiert war, sah sie aus wie ein Vampir, der gerade einen schnellen Drink genommen hatte. Und dann das Kleid! Ein Taftkleid. *Taft!* Das Wort hatte sie noch nie gehört, bis Joan sie mit in die Schnäppchenabteilung im großen Kaufhaus an der Sauchiehall Street geschleppt hatte. Es war der *Horror*, besonders dieser hässliche Pfirsichton, der sie wie ein zu lange gekochter Lachs aussehen ließ. Das Kleid hatte bauschige Ärmel und enge Bundfalten in der Mitte, die überall an den falschen Stellen zwickten. Der Rock sollte beim Gehen anmutig um ihre Beine schwingen, was er vielleicht auch getan hätte ohne diese Strumpfhose, die Joan ihr beim Ankleiden in die Kabine gereicht hatte. Das Elastan rieb sich an dem verdammten Taft und produzierte genug Elektrizität, um die halbe Stadt damit zu versorgen.

Einfach grässlich – sie schauderte so heftig, dass ihr Spiegelbild im Glas vibrierte. Und dabei war sie so glücklich gewesen, als ihre Eltern ihr gesagt hatten, dass sie heiraten würden und – was das Tollste war – dass sie eine der Brautjungfern sein durfte.

Aber das war vor dem Kleiderkauf gewesen.

»Oh, Schätzchen, du siehst wunderschön aus!« Großtante Gladys saß mit feucht schimmernden Augen in einem Sessel in der Ecke des Hotelzimmers und zerknüllte ein Taschentuch mit ihren geschwollenen, arthritischen Fingern. Dylan verdrehte innerlich die Augen. Aber okay, die alte Frau litt unter einem grauen Star, was ihre Geschmacksverirrung erklärte. Oder vielleicht war dieser Look in ihrer Jugend einmal der Burner gewesen. Irgendwann in der Steinzeit.

»Danke, Tante Gladys«, brachte sie mühsam hervor.

»Du bist das hübscheste Mädchen in der ganzen Stadt, meine Liebe.«

Dylan schnitt eine Grimasse. Eine heiße Röte überschwemmte ihren Ausschnitt und biss sich mit dem Farbton ihres Kleids. In dieser Aufmachung konnte sie unmöglich rausgehen. Auf keinen Fall.

Ein Klopfen an der Tür ließ sie zusammenzucken.

»Dylan, bist du fertig? Wird langsam Zeit.« Sie wirbelte zur Tür herum und starrte auf den glänzenden Messingknauf, der sich langsam drehte. »Sie warten alle auf ...«

»Augenblick noch!«, kreischte sie hektisch. Der Knauf hörte auf, sich zu drehen, und die Tür blieb zu. Und jetzt? »Bin noch nicht ganz fertig, Tristan. Warte ... warte noch ...« Verzweifelt drehte sie sich zu Großtante Gladys um, aber von dieser Seite war keine Hilfe zu erwarten. Die alte Frau rückte gerade ihre Gehhilfe zurecht, um sich aus ihrem Sessel zu erheben, was eine ziemlich langwierige Angelegenheit zu werden versprach.

»Komm rein, Junge«, rief sie hinaus. Sie nannte ihn immer nur »Junge«, obwohl Tristan sich in aller Form – und in voller Lautstärke – bei ihr vorgestellt und Dylan sie schon mindestens dreimal korrigiert hatte.

Tristan öffnete die Tür, und Dylan drehte sich schnell weg, in der Hoffnung, dass ihr sein Gesichtsausdruck erspart blieb, wenn er sie in diesem Outfit erblickte. Aber es half nichts, denn sie konnte ihn im Spiegel sehen und ihre Augen suchten ganz automatisch seinen Blick. Was immer Tristan dachte, er ließ sich nichts anmerken. Seine Züge blieben komplett ausdruckslos, nur seine Lippen zuckten leicht.

»Wow«, sagte er.

»Sprachlos, Junge, wie?«, johlte Großtante Gladys. »Da hast du es, meine Liebe, ich hab dir ja gesagt, wie umwerfend du aussiehst.«

»Und ob!«, stimmte Tristan zu. »Ich bin wirklich sprachlos.« Er grinste frech, und Dylan brachte ein verschmitztes Lächeln zustande, das noch breiter wurde, als sie seine glänzenden Schuhe, die coole schwarze Anzughose und das knallblaue Hemd ins Auge fasste. So elegant hatte sie Tristan noch nie gesehen und es stand ihm super. Vor allem das Hemd, das seine kobaltblauen Augen zum Strahlen brachte, und die zurückgekämmten blonden Haare, die ihm sonst wild in die Stirn hingen.

»Du siehst toll aus«, sagte sie bewundernd.

»Und jetzt weg da«, krächzte Großtante Gladys und schubste Tristan mit ihrer Gehhilfe beiseite, während sie mühsam und Schrittchen für Schrittchen zur Tür schlurfte. »Ich gehe an meinen Platz. Ach, und danke, Junge, aber bemüh dich nur nicht – ich brauche keine Hilfe. Bin ja schließlich erst zweiundneunzig!«

»Ich … ähm …« Tristan scharrte verlegen mit den Füßen und wusste offensichtlich nicht, wie er sich herausreden sollte. Dylan musste sich das Lachen verkneifen. Was sollte er auch machen? Er konnte Großtante Gladys ja nicht die Wahrheit sagen – dass der große Veranstaltungssaal unten einfach zu weit weg war. Das Band, das sie zusammenschweißte, würde an ihnen zerren, bis sie keine Luft mehr bekämen und sich vor Schmerzen krümmten. Es war schon schlimm genug gewesen, dass Tristan sich im Hotelzimmer nebenan, und somit außerhalb ihres Sichtfeldes, für die Hochzeit fertig machen musste, obwohl sie ja wusste, dass er da war.

Zum Glück erschien in diesem Moment Dylans Vater hinter Tristan.

»Tristan!« James schlug zur Begrüßung seine Hand auf Tristans Schulter, vielleicht ein bisschen zu hart, nach Tristans schmerzlicher Grimasse zu urteilen. Erst jetzt fiel James' Blick auf Dylan, aber sein Lächeln geriet nicht ins Wanken. An diesem Tag konnte ihm wohl nichts die Laune verderben, nicht einmal die Tatsache, dass seine Tochter wie eine überdimensionale Lachsmeringe aussah. »Ich wollte nur fragen, ob du vielleicht Hilfe brauchst, um an deinen Platz zu kommen, Gladys«, sagte er. »Wir fangen bald an.«

»Na also«, brummte Großtante Gladys etwas besänftigt. »Wenigstens einer, der noch Manieren hat.« Mit einem angewiderten Blick in Tristans Richtung schlurfte sie davon, schwer auf ihre Gehhilfe gestützt. Ungeduldig schlug sie James' Hand weg, als er sie am Ellbogen zu fassen versuchte.

»Ich glaube, sie mag mich nicht«, sagte Tristan zu Dylan, sobald sie außer Hörweite war, denn trotz ihrer zweiundneunzig Jahre hatte Großtante Gladys Ohren wie ein Luchs.

»Na ja, sie findet ja auch, dass ich gut aussehe«, gab Dylan in lautem Bühnenflüsterton zurück, »also würde ich auf ihr Urteilsvermögen nicht allzu viel geben.«

Okay, jetzt konnte er einhaken und ihr bestätigen, was sie bereits wusste – dass sie aussah, als wäre sie von einer hyperaktiven Fünfjährigen geschminkt worden. Und in dieser Aufmachung sollte sie vor fünfhundert Hochzeitsgäste treten!

»Ich finde, du siehst ...« Tristan ließ erneut seinen Blick über ihr Outfit wandern und suchte angestrengt nach etwas Aufmunterndem, das er ihr sagen konnte, aber es fiel ihm nichts ein. »Also, du hast sehr schöne Augen.«

»Na toll«, fauchte sie, und ihre »schönen Augen« wurden plötzlich feucht, was ihr gerade noch gefehlt hatte. Sie konnte doch nicht einfach losheulen wie ein Baby. »Ich zieh mir einfach 'ne Papiertüte über den Rest, okay?«

»Da brauchst du aber eine große Tüte«, stellte Tristan nachdenklich fest.

Einen Augenblick starrte sie ihn entgeistert an, dann lachte sie. Und boxte ihn in die Rippen.

»Sehr aufmunternd«, sagte sie mit gespielter Entrüstung.

»Ich tu mein Bestes.« Tristan grinste breit. Dann wurde er wieder ernst und nahm ihre linke Hand in seine. »Ehrlich, für mich bist du immer schön, egal was du anhast«, sagte er, »und wenn du in einer Papiertüte rumläufst. Und außerdem, falls ich dich daran erinnern darf: Das hier ist der große Tag deiner Mutter und nicht deiner. Alle werden nur Augen für Joan haben, das garantiere ich dir.«

»Ja, genau.« Dylan warf ihm einen zweifelnden Blick zu. »Ich verschmelze einfach mit dem Hintergrund.« Obwohl sie in ihrem Riesenpfirsich-Outfit absolut unübersehbar war. »Wenn ich Glück habe, passe ich perfekt zur Tapete oder zu den Vorhängen.

Und wenn ich an der richtigen Stelle stehe, löse ich mich einfach in Wohlgefallen auf.«

»Na also, that's the spirit!« Tristan beugte sich grinsend vor und küsste sie leicht auf die Stirn.

Genau in diesem Moment ging die Tür auf der anderen Flurseite auf, und Tante Rachel kam im Rückwärtsgang auf die beiden zu, mit dem pfirsichfarbenen Hinterteil voran, was nicht gerade figurschmeichelnd war. Sie gluckte aufgeregt um etwas herum, dann trat sie beiseite und gab den Blick auf Joan frei, die jetzt ebenfalls in den Flur trat. Dylan schnappte nach Luft. Joan trug sonst meistens ihre gestärkte marineblaue Schwesternuniform und zu Hause lief sie in bequemen Sachen herum und verschandelte ihre Figur mit einer Sammlung aus hässlichen Wollwesten.

Und jetzt diese Verwandlung!

In ihren High Heels war sie mehrere Zentimeter größer als sonst. Ihr cremefarbenes Satinkleid schmiegte sich im Wickellook vom Ausschnitt bis zu den Knien nahtlos um ihren schlanken Körper. Ein einziger schmaler Träger zog sich um ihren Nacken und verschwand in der schönen perlenbesetzten Spitze, die den Rückenausschnitt säumte.

In den Händen hielt sie ein zartes Rosensträußchen, von weißem Schleierkraut umhüllt.

»Mum!« Dylan schlug sich die Hand vor den Mund und spürte zu ihrer Überraschung, wie ihr die Tränen in die Augen schossen.

»Oh nein, wag es ja nicht!« Joan zeigte anklagend mit einem Finger in Dylans Richtung, ihr Nagel schimmerte in einem sanften Perlmuttton. »Oder willst du, dass ich auch noch anfange?«

Aber es war offensichtlich zu spät. Joan schnappte sich das Taschentuch, das Tante Rachel ihr hinhielt, und tupfte hektisch an ihren Augen herum.

»Das ist kein Tag zum Weinen«, bemerkte Tante Rachel tadelnd. Ihre Augen waren trocken, ihre Lippen leicht gekräuselt.

»Oh, bitte«, schoss Joan zurück. »Soweit ich mich erinnere, hast du dich an deiner Hochzeit eine Stunde lang im Badezimmer eingeschlossen und geheult wie ein Schlosshund, weil deine Frisur nicht richtig saß.«

Tante Rachel öffnete den Mund und funkelte Joan entrüstet an, brachte aber keinen Ton heraus. Dylan war an die Sticheleien der beiden Schwestern gewöhnt und zuckte nur mit den Schultern, obwohl sie wusste, dass es jederzeit in ernsthaften Streit ausarten konnte.

Aber Joan hatte sich durch den kleinen Schlagabtausch offenbar wieder gefangen, denn sie richtete sich schniefend auf und strahlte Dylan an. »Also – sind wir bereit?«

Dylan schaute wieder an ihrem Brautjungfern-Outfit herunter und wusste, dass sie nie bereit sein würde, aber Tristan hatte recht: Es war Joans Tag und nicht ihrer.

»Müsstest du nicht an deinem Platz sein?«, sagte Tante Rachel zu Tristan, mit einem scharfen Unterton in der Stimme, der verriet, dass ihr Ärger über Joans Retourkutsche noch nicht wirklich verraucht war.